兩宋文人書札精選

西泠印社出版社

靜齋 編

前言

兩宋時期，隨着經濟的發展和文化的繁榮，文人書法繼盛唐書法諸體完備、法度森嚴之後，産生了具有書卷氣、個性化和獨創性的『尚意』書風。這一書風的形成和寬泛的社會氛圍、理學思想的影響是分不開的。

兩宋時期，文人常以信札的形式，來建立和維護社會關係，因而札書也成了兩宋文化特有的載體。兩宋文人在書寫這種小件札書時，多注重書寫的文辭内容，有與同僚商議國事，抒發家國情懷；與好友品文論藝，抒咏高懷；也有寄物抒情，家長里短，表達内心真情實感等，内容豐富多彩。兩宋文人之間的信札交往，增進了溝通交流，豐富了物質之上的精神寄托。由于札書多在意文辭内容，書寫時淡化了書法的刻意，因而書法更隨意、更灑脱、更具無『意』而『意』的文人書法特質。

《兩宋文人書札精選》從書法的角度精選了七十一札作品（不作排序），讓讀者感知兩宋文人書札在充分滲透了文學各個層面後，兩宋文人的綜合素養，從中瞭解書法以外的修養對書法水平提高的重要性，同時，也讓讀者感受中國書法藝術在兩宋時期的豐富和璀璨。

編者

二〇二三年三月二十二日

目録

杜衍《更蒙帖》

更蒙寵惠珍果、新茶，皆奇品也。衹是荔子，道中暑雨，悉多損壞，至可惜。

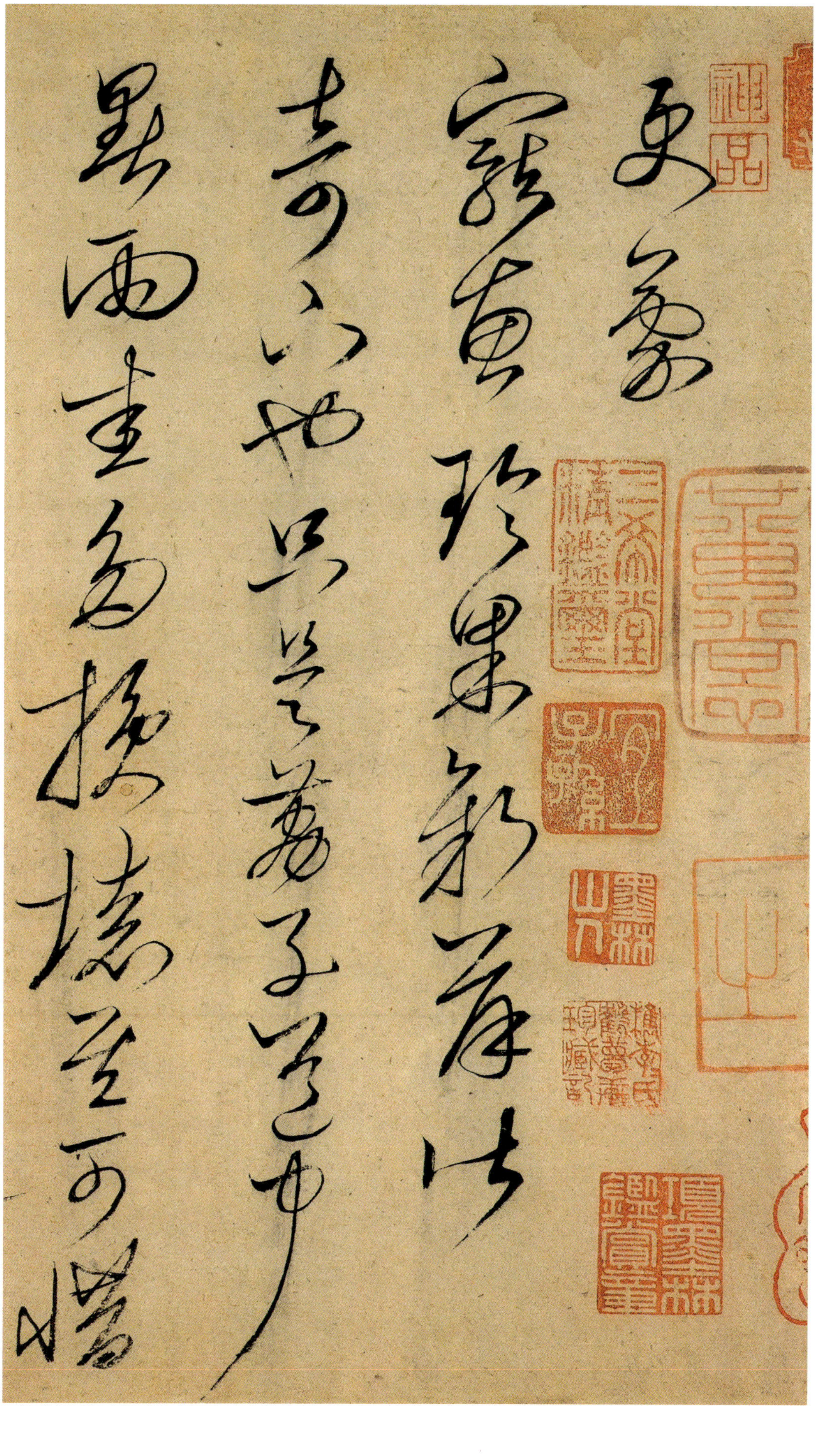

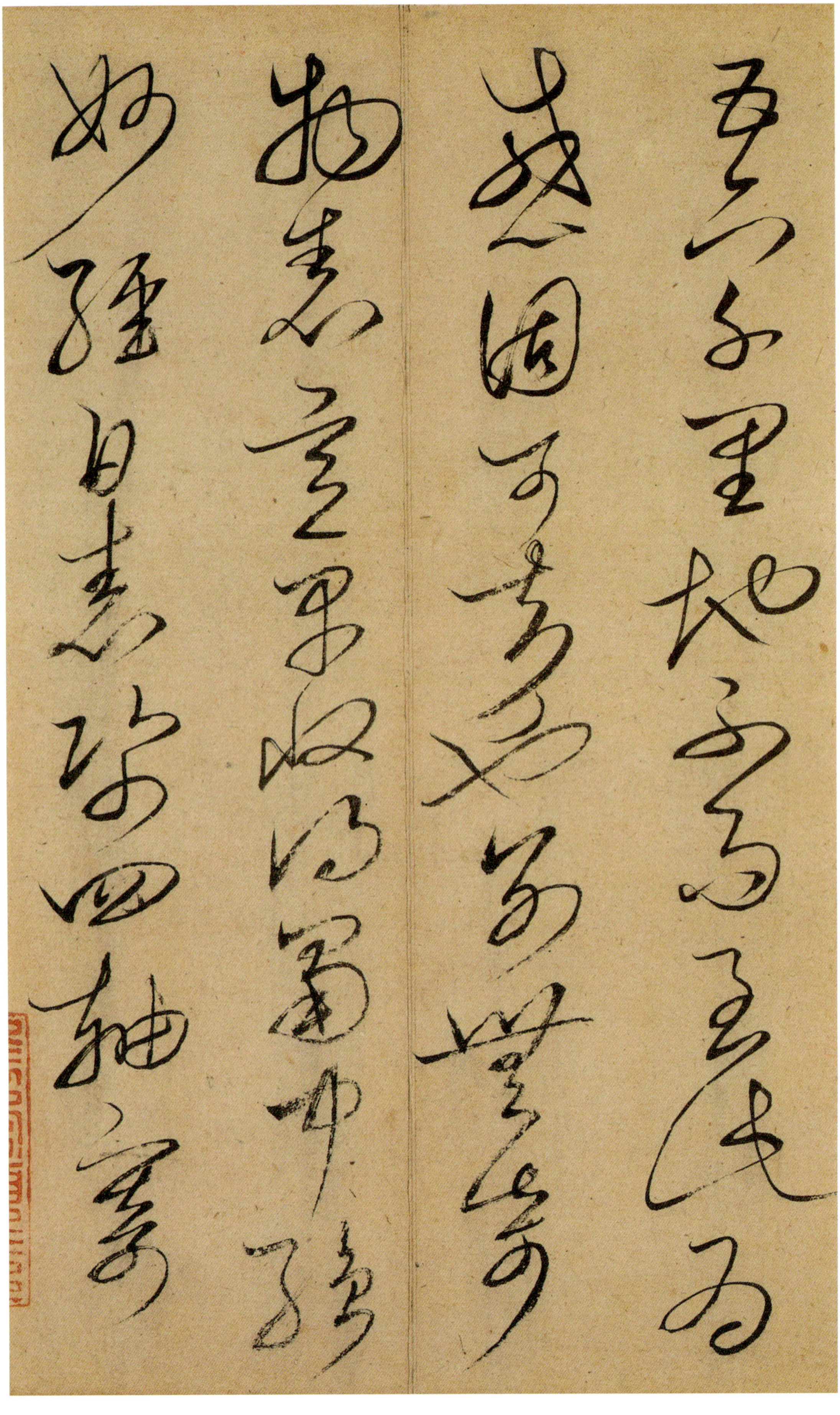

五六千里地，不易至此，爲感固可知也。別無奇物表意，早收得蜀中絕妙經白表紙四軸寄

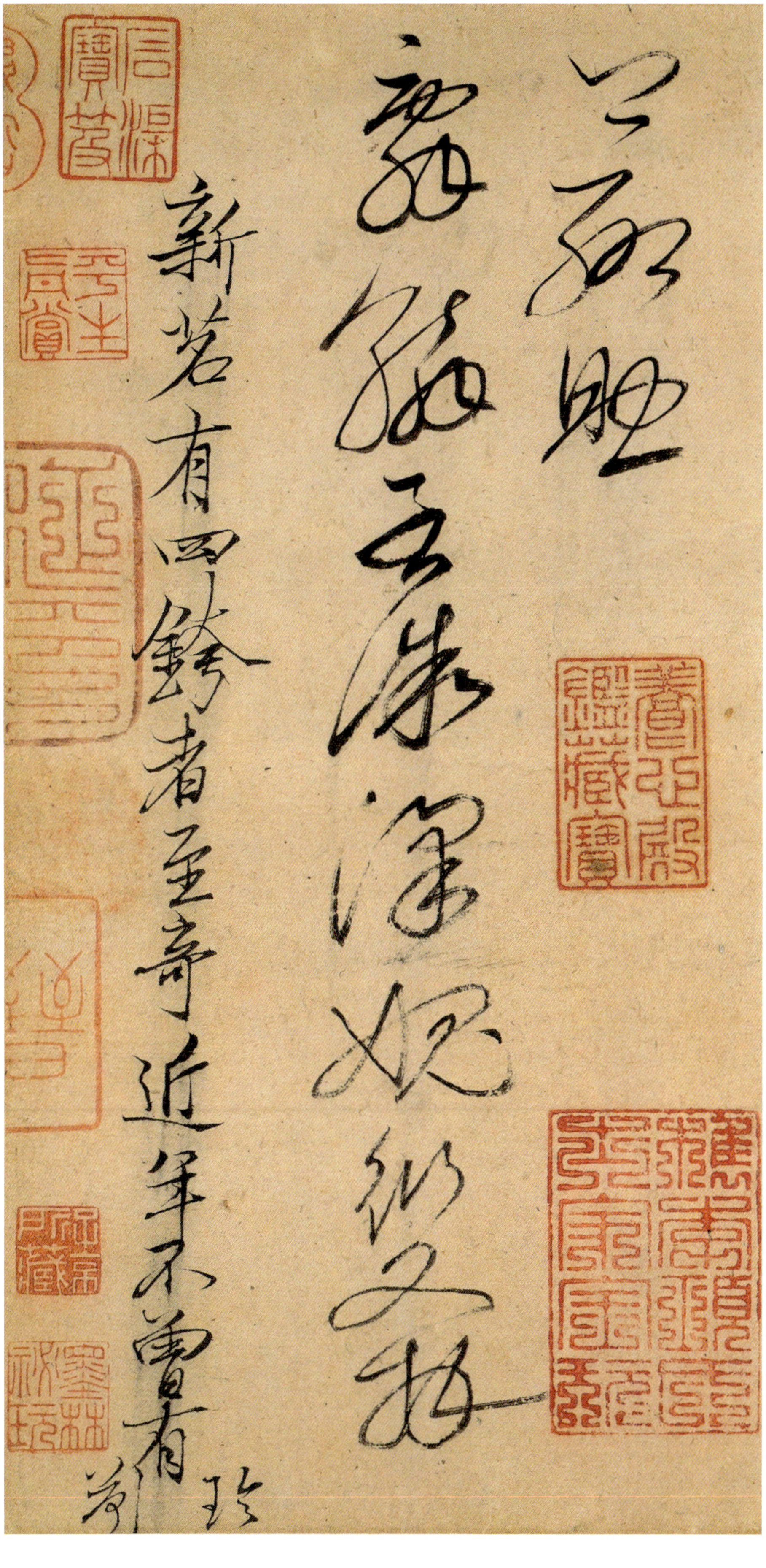

上，聊助辭翰，至微深愧。衍又拜。新茗有四銙者至奇，近年不曾有。珍荷。

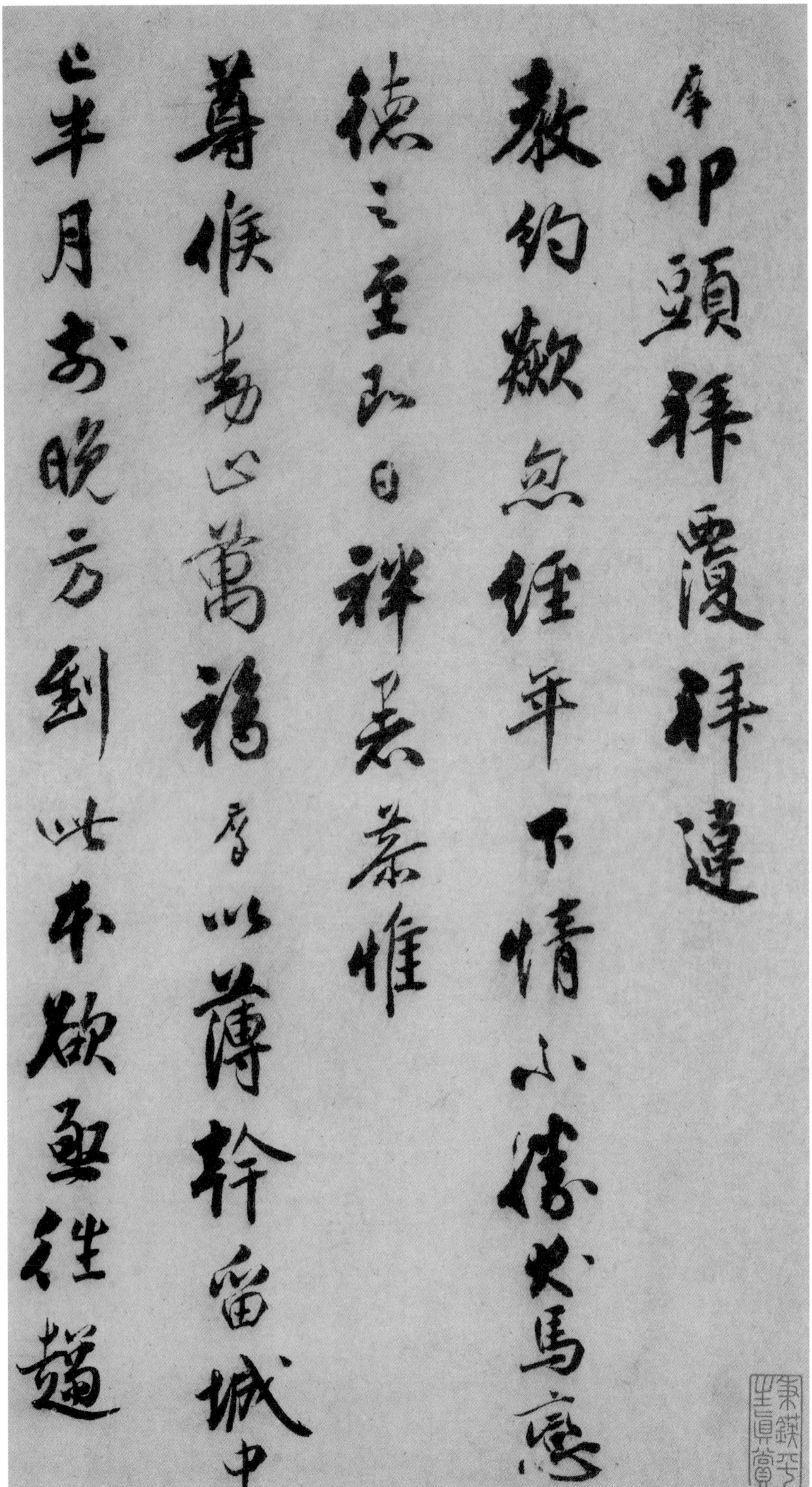

宋庠致宮使少卿書

庠叩頭拜覆。拜違教約，欻忽經年，下情不勝犬馬戀德之至。即日祥署，恭惟尊候動止萬福。庠以薄幹，留城中止半月，前晚方到此，本欲亟往趨

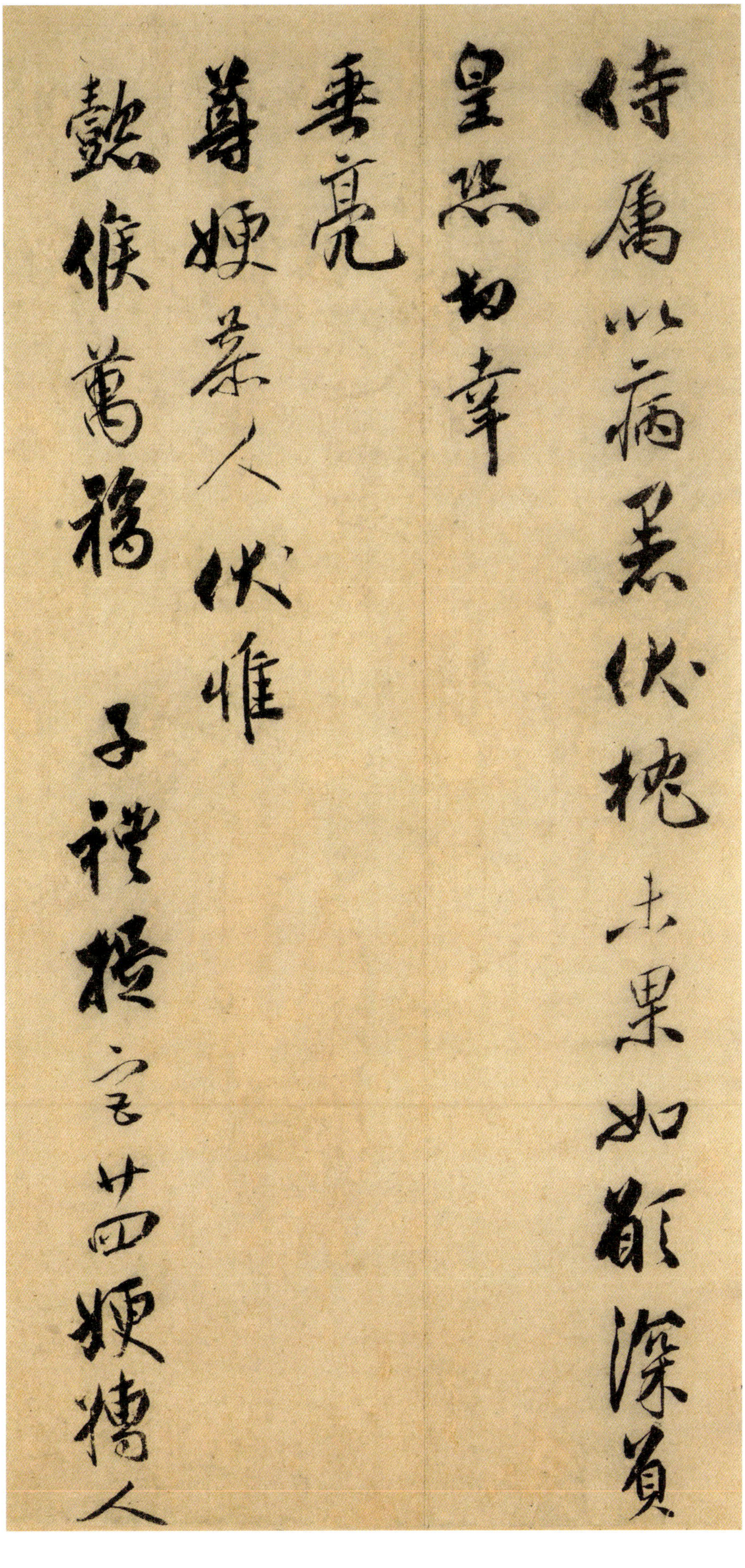

侍，屬以病暑伏枕，未果如願，深負皇恐，切幸垂亮。尊嫂恭人，伏惟懿候萬福。子禮提宮，廿四嫂孺人，

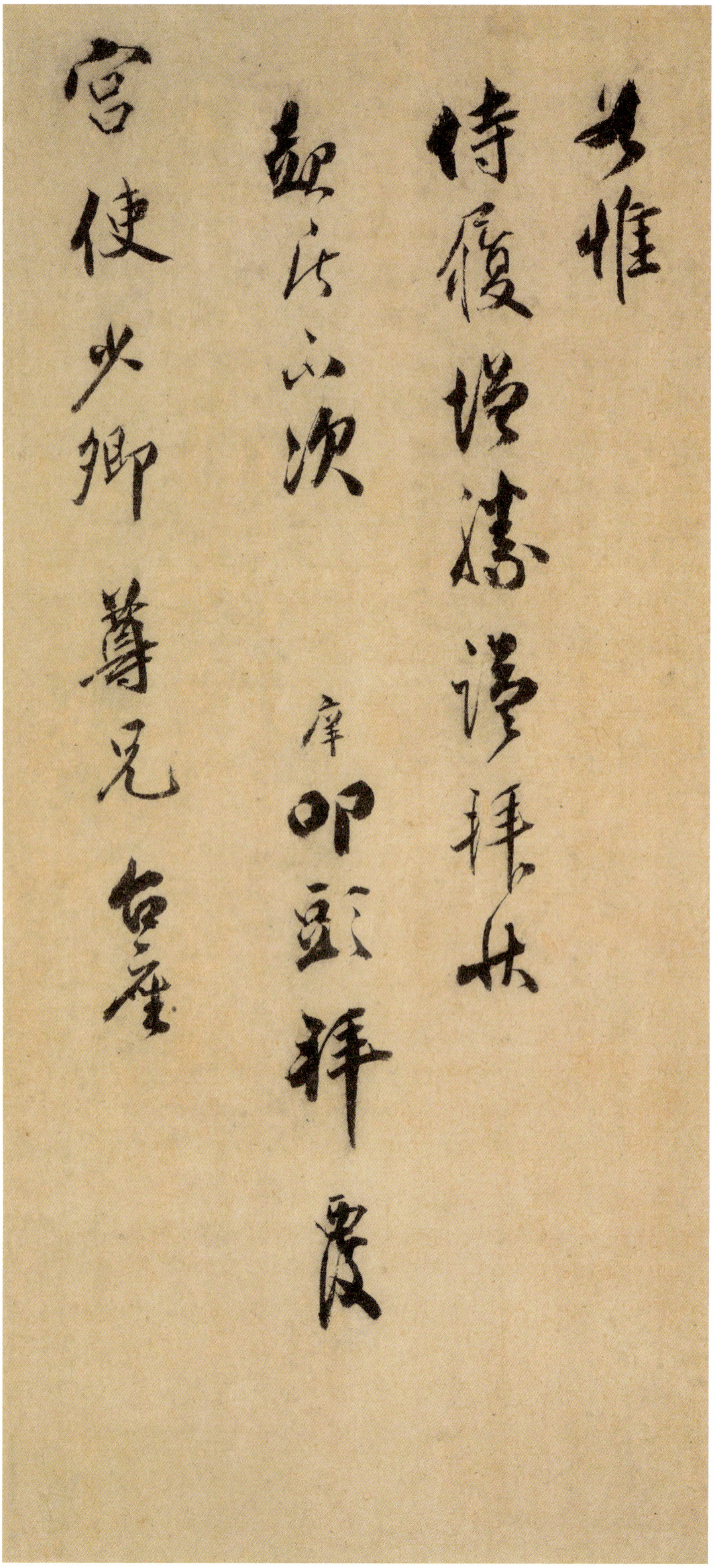

各惟侍履增勝，謹拜狀起居不次。庠叩頭拜覆宮使少卿尊兄台座。

蘇洵致提舉監丞書

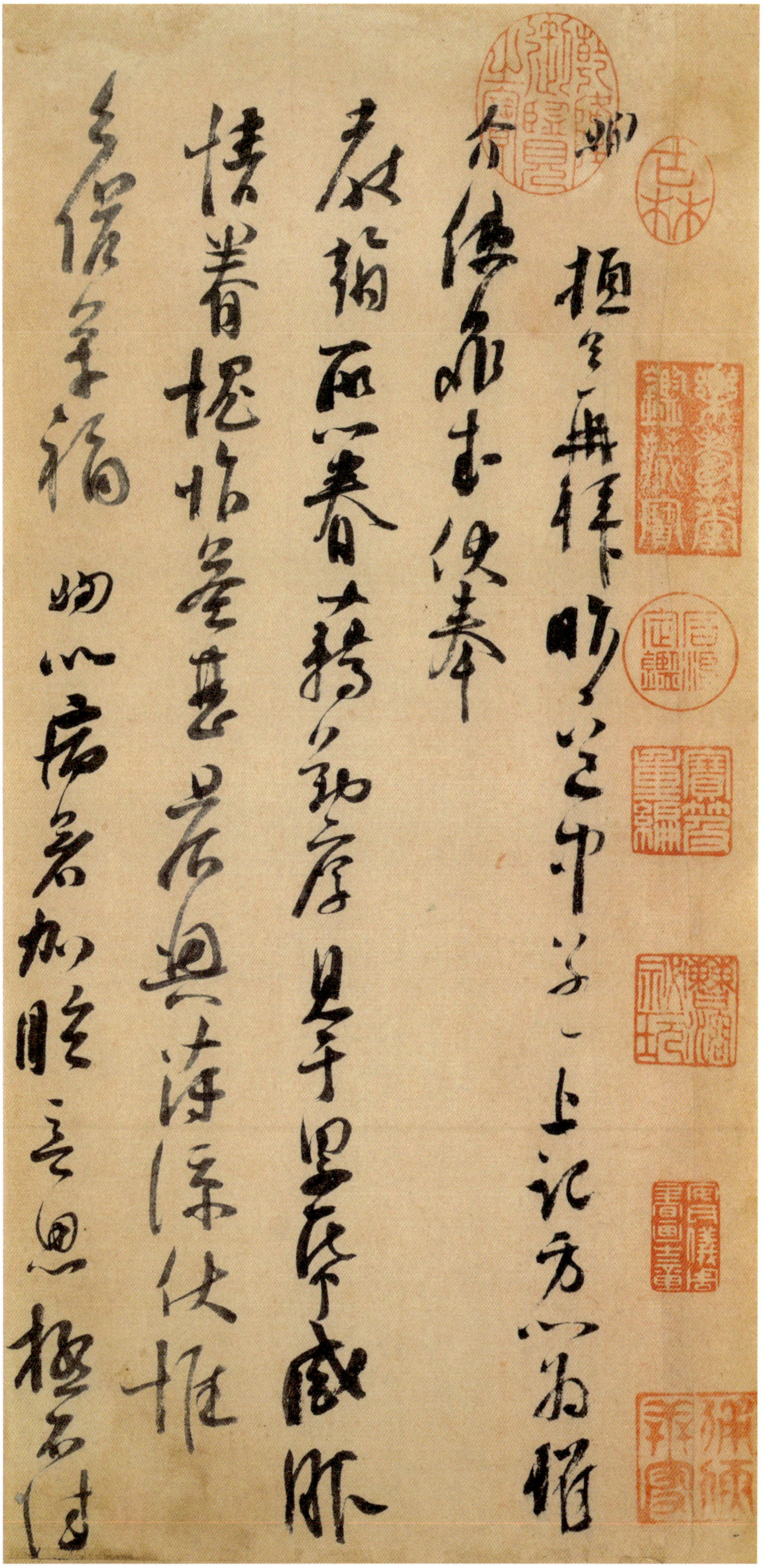

洵頓首再拜。昨日道中草草上記，方以爲懼，介使罪來，伏奉教翰，所以眷藉勤厚，見于累紙。感服情眷。愧怍益甚。晨興薄涼，伏惟台候萬福。洵以病暑加眩，意思極不佳。

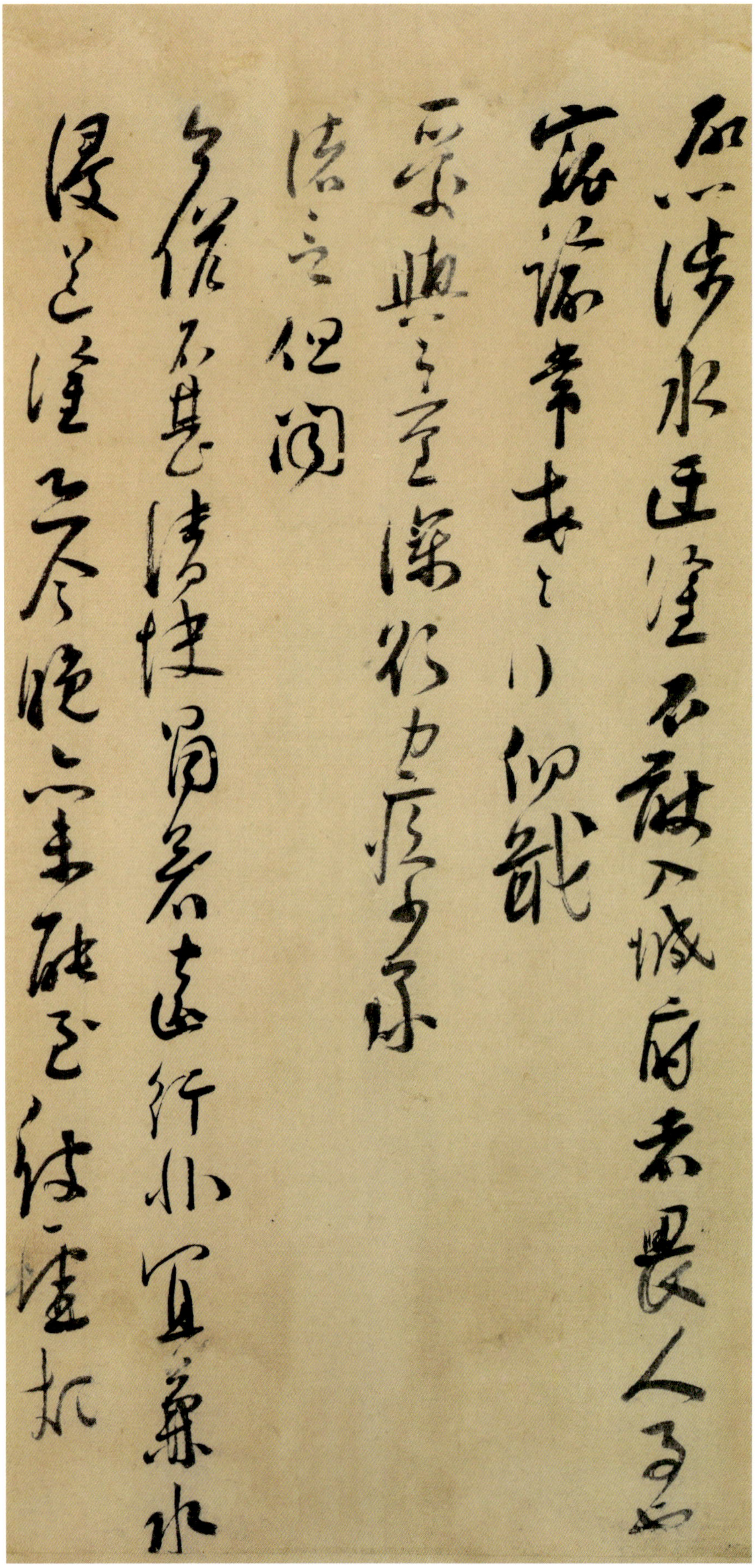

所以涉水迂塗，不敢入城府者，畏人事也。寵諭常安之行，仰戢愛與之重，深欲力疾，少承緒言。但聞台候不甚清快，冒暑遠行非宜，兼水浸道塗，恐今晚亦未能至彼。虛煩

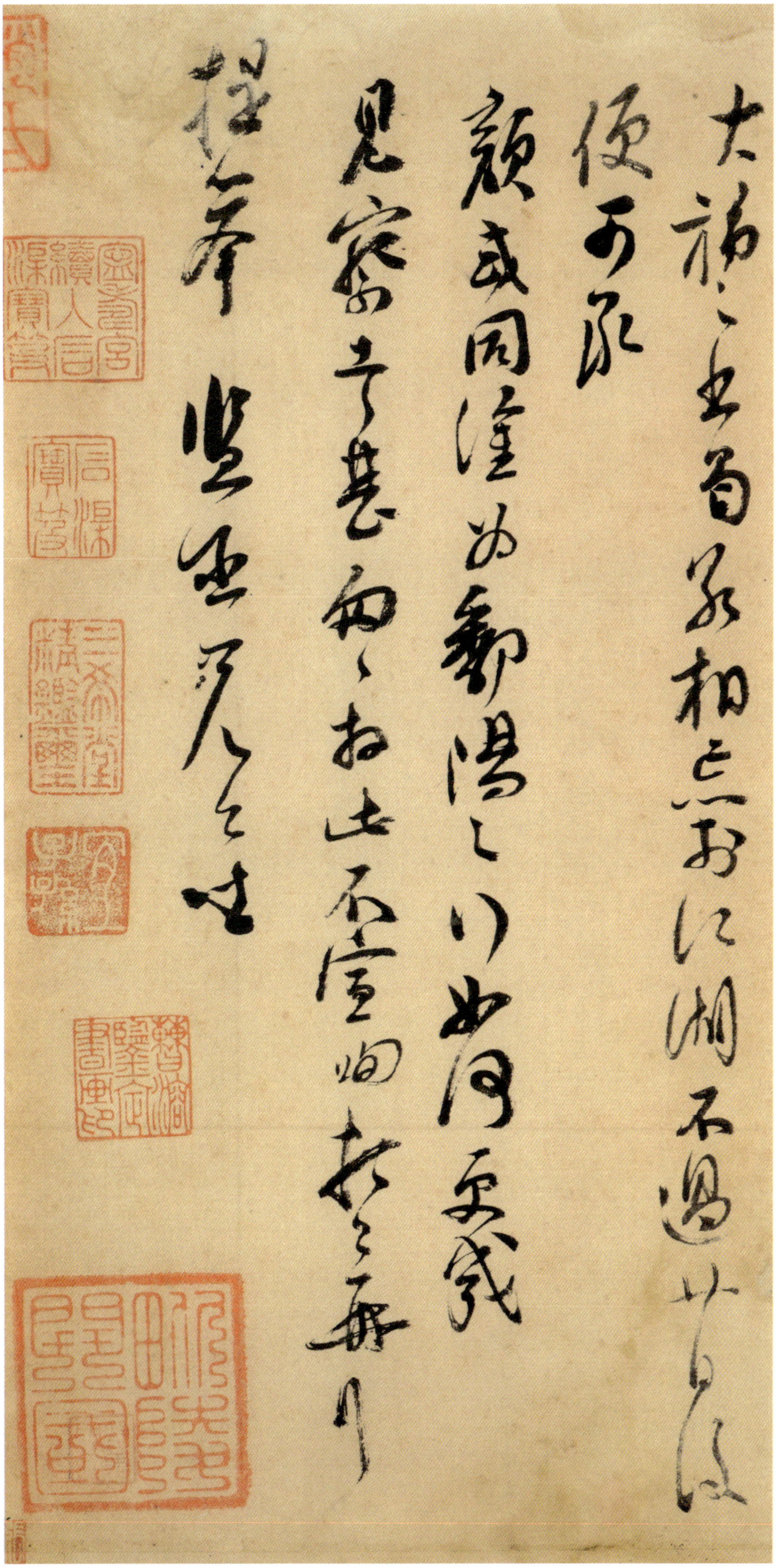

大旆之出，曷若相忘於江湖。不過廿日後便可承顏，或同塗爲鄱陽之行，如何？更幾見察，幸甚。匆匆拜此，不宣。洵頓首再拜提舉監丞兄台坐。

陳襄《天果帖》

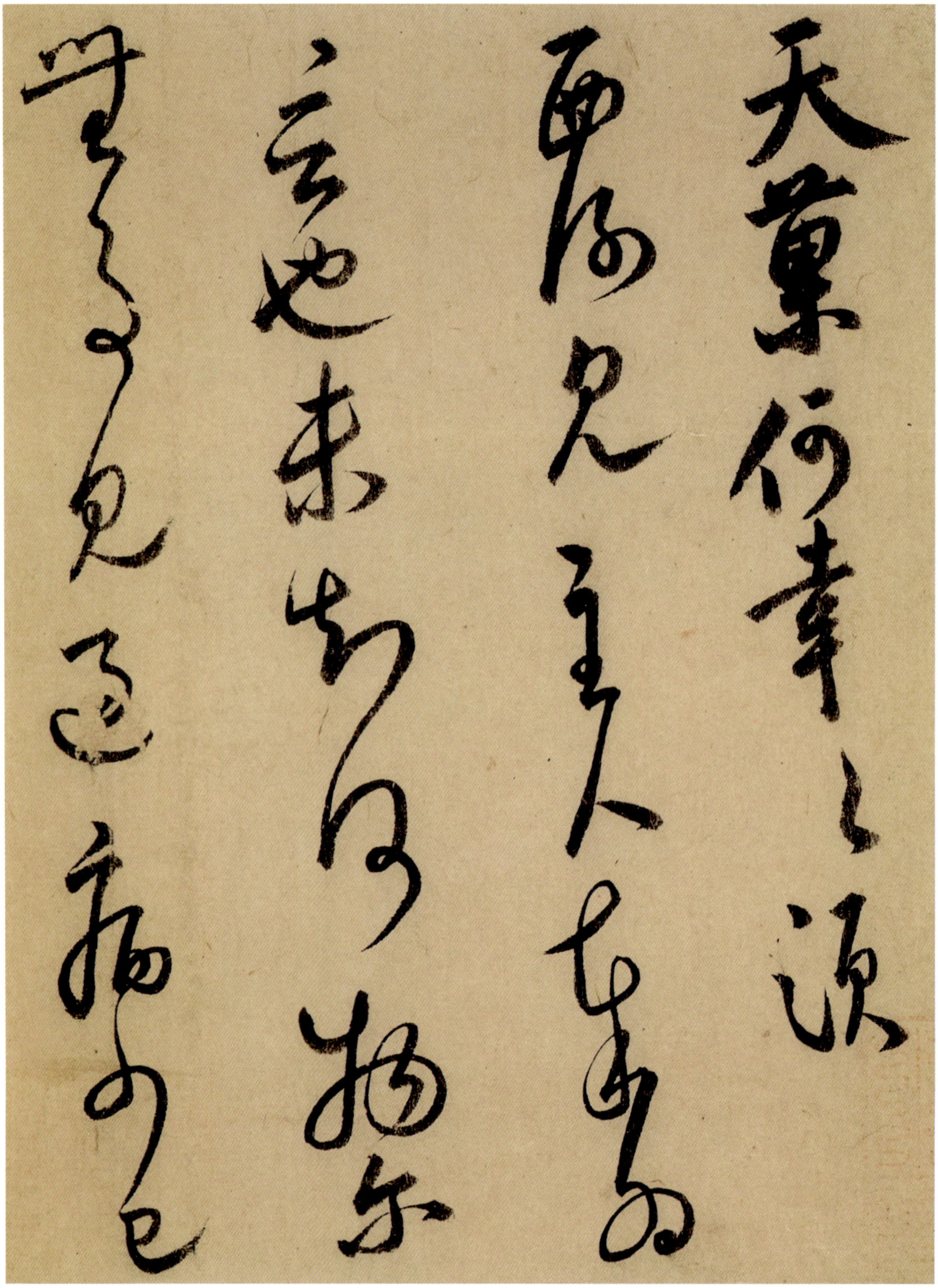

天果何幸何幸！須面謝，見主人奉爲言也。未知何物爾，無事見過。病少已

力惙力惙。襄頓首，陳弟。

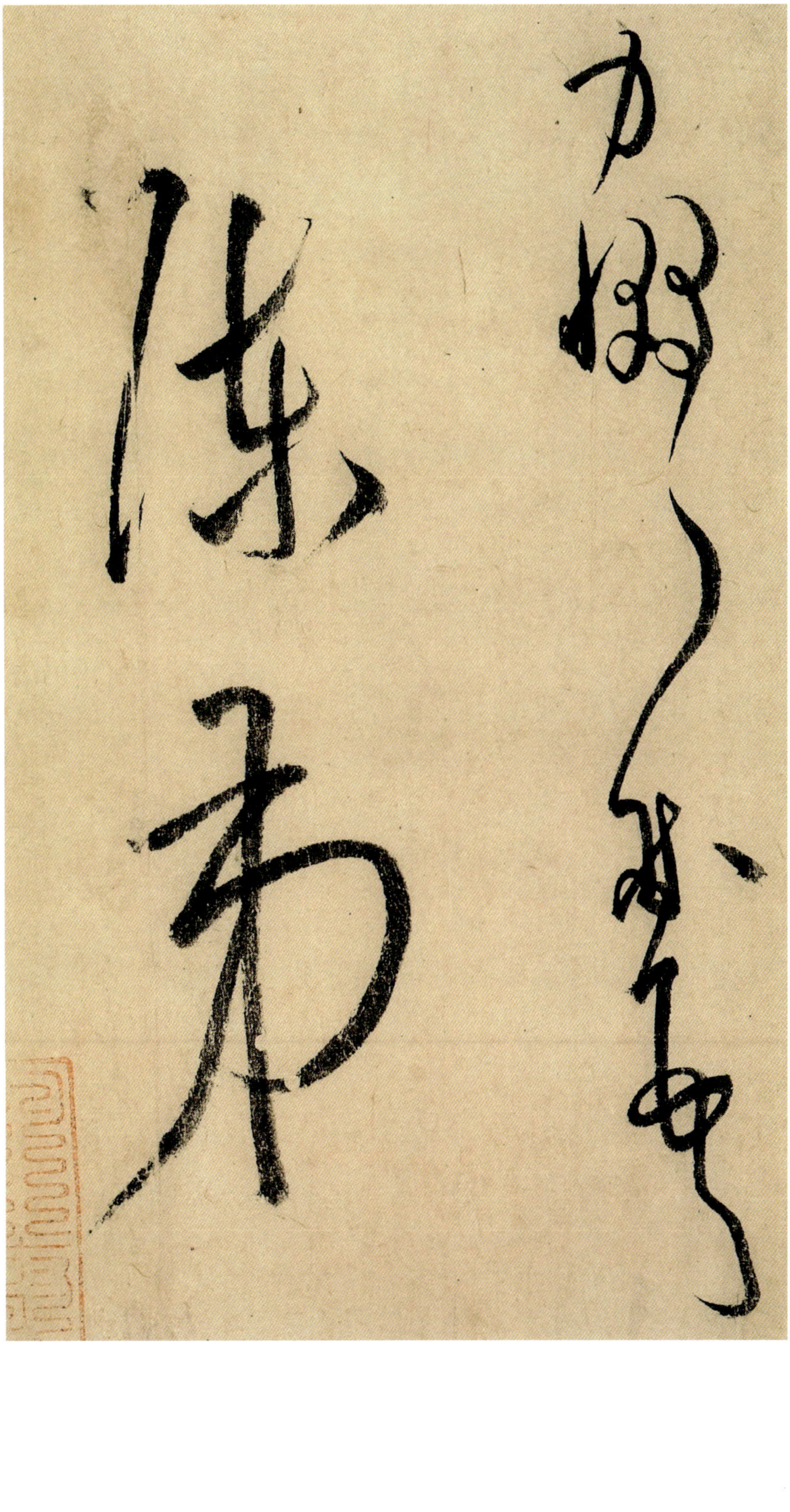

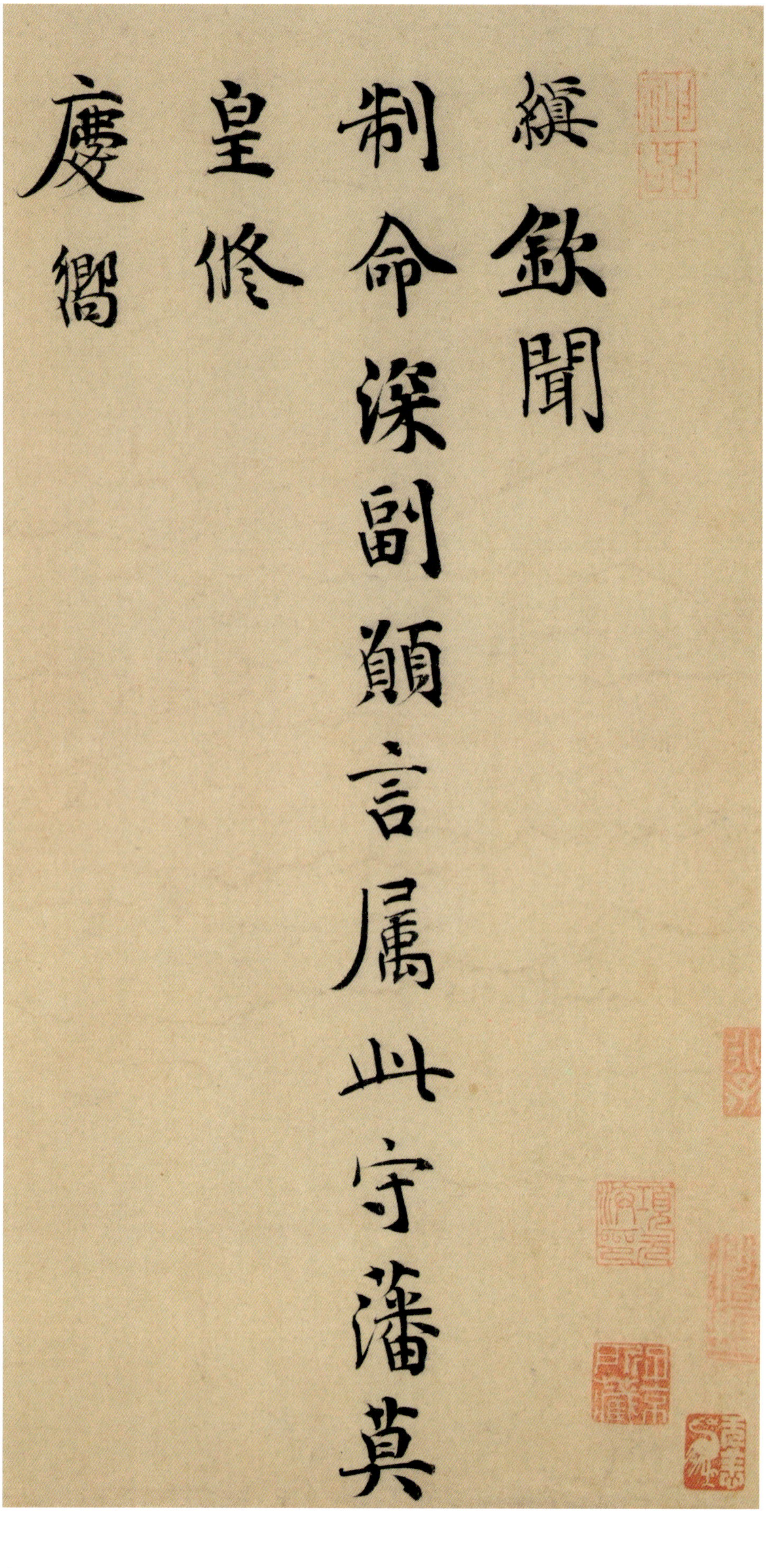

韓縝《欽聞帖》

縝欽聞制命，深副顧言。屬此守藩，莫皇修慶。嚮風馳想，言叙奚殫。縝又上。

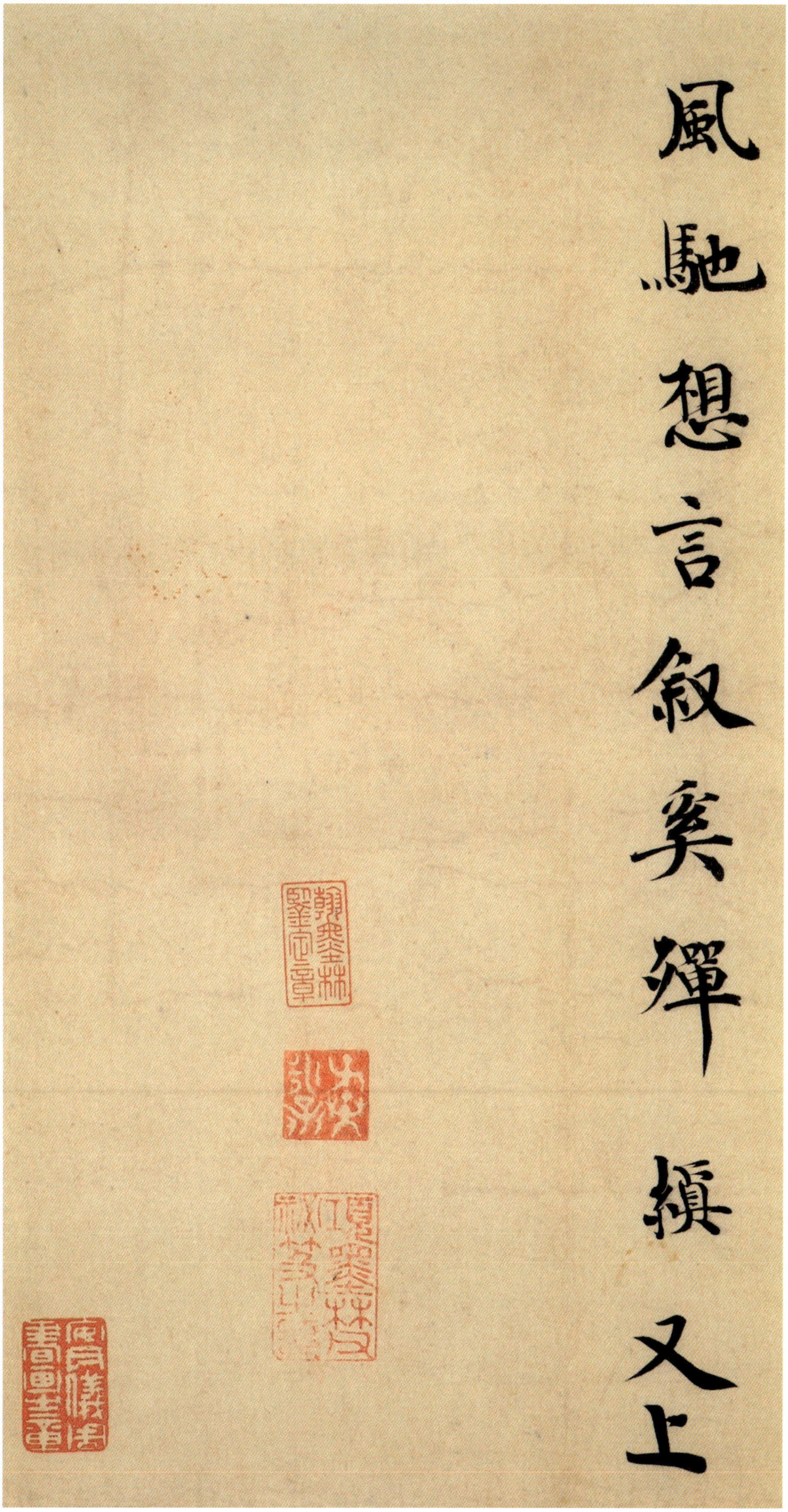

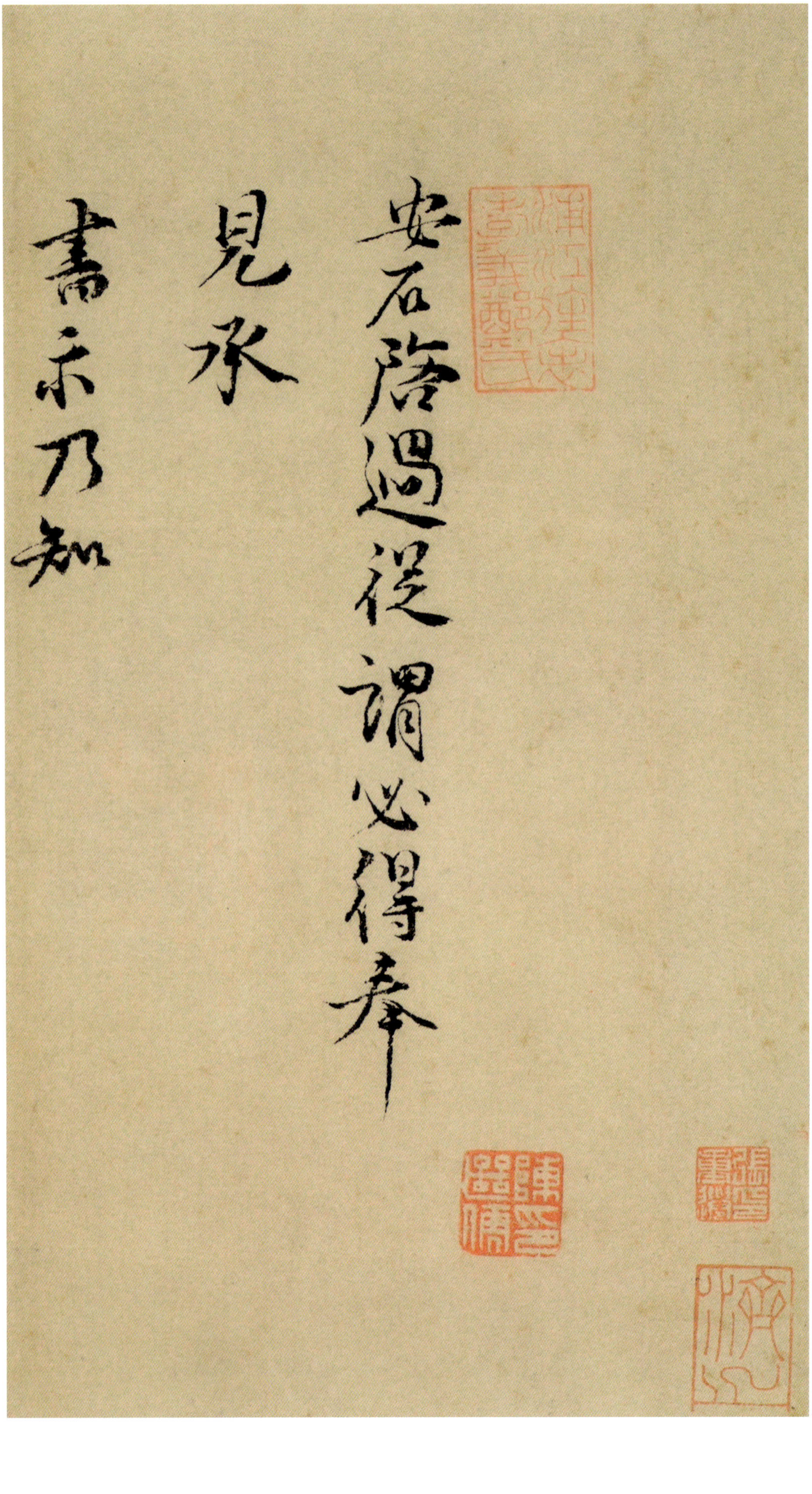

安石啓：過從謂必得奉見。承書示，乃知

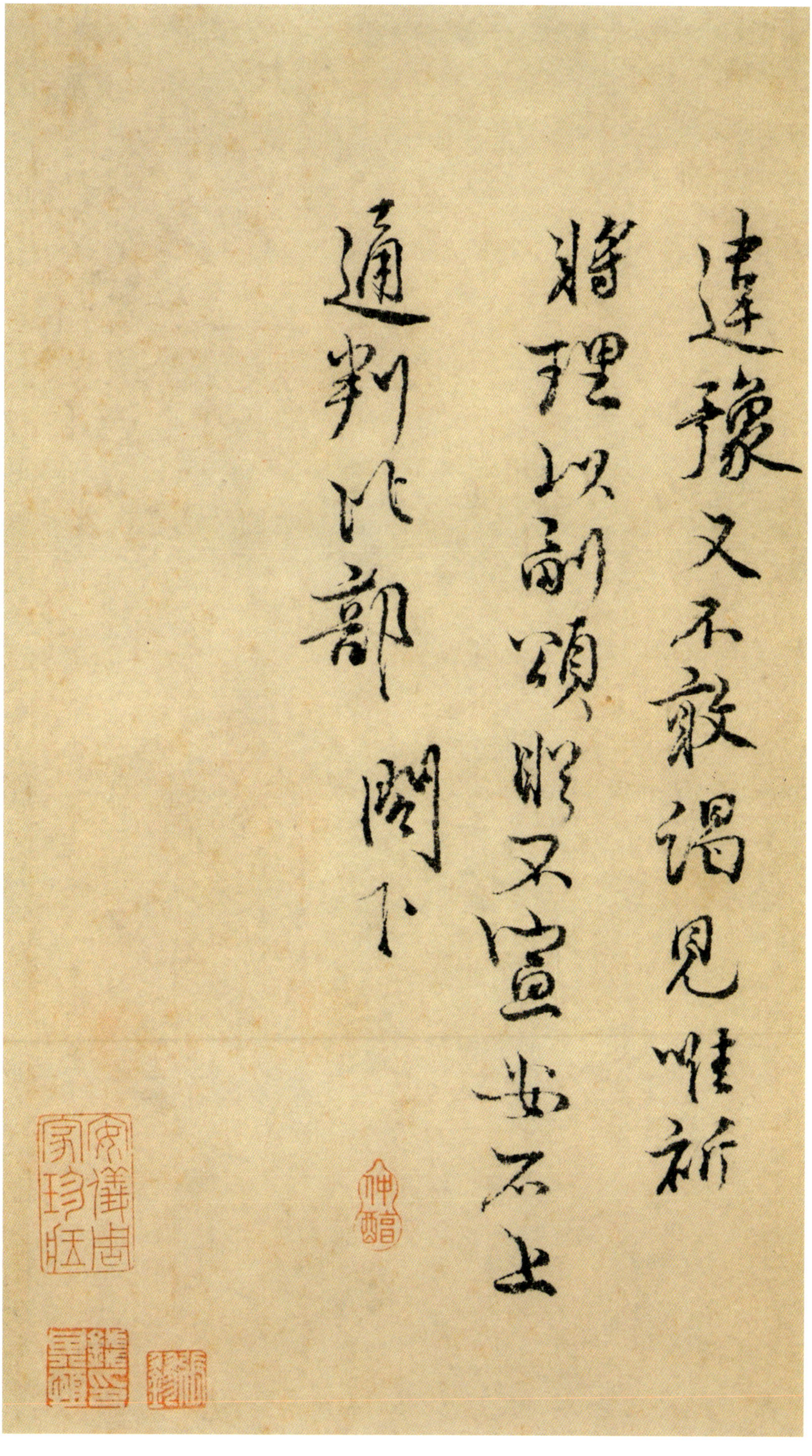

違豫，又不敢謁見。唯祈將理，以副頌盼。不宣。安石上通判比部閣下。

孫甫致子温書

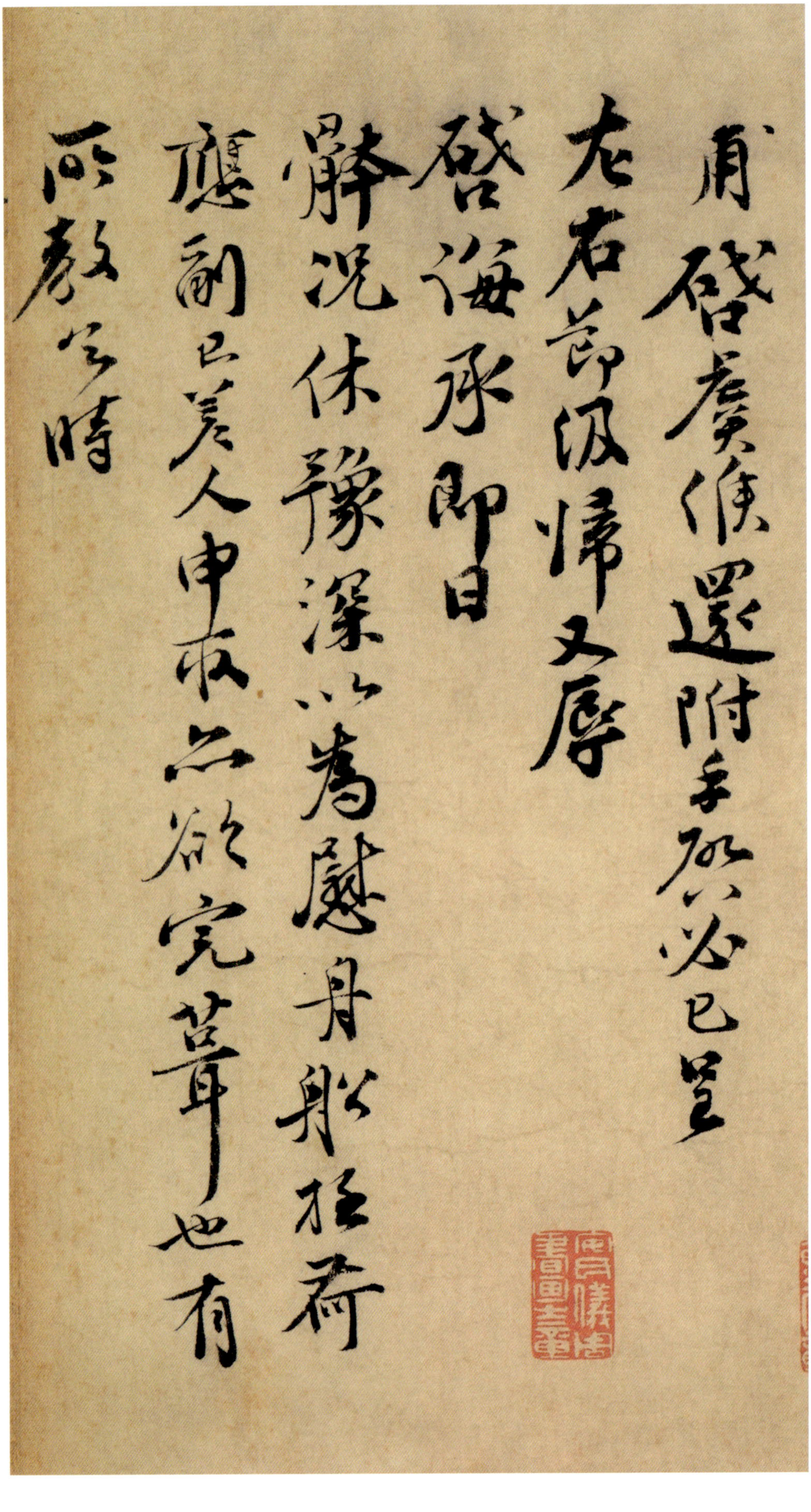

甫啓：虞候還，附手啓，必已呈左右。節級歸，又辱啓誨，承即日體况休豫，深以爲慰。舟船極荷應副，已差人申取，亦欲完葺也。有所教，乞時

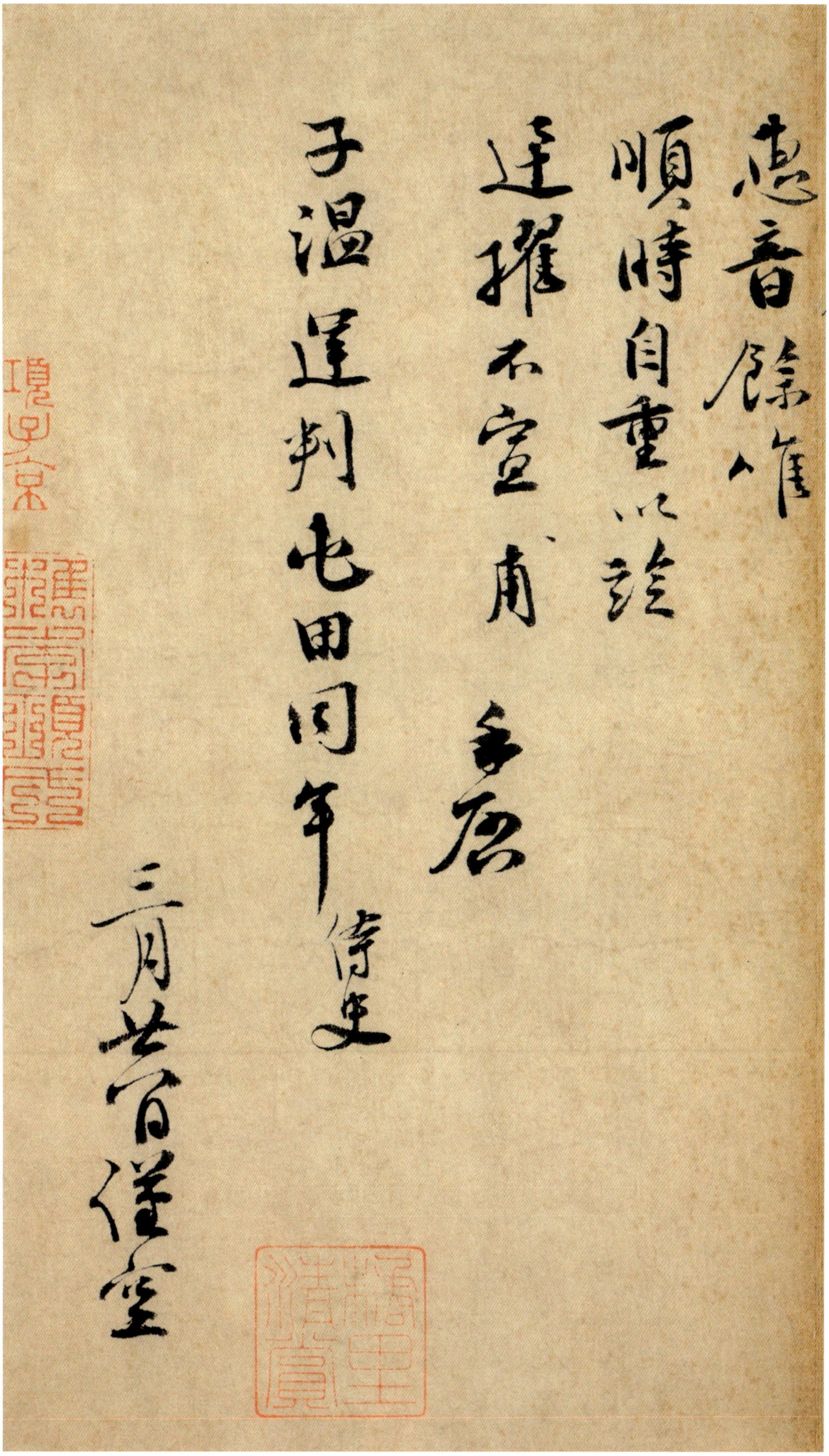

惠音。餘唯順時自重，以俟迅擢，不宣。甫手啓子温運判屯田同年侍史，三月廿八日。謹空。

吕公弼《子安帖》

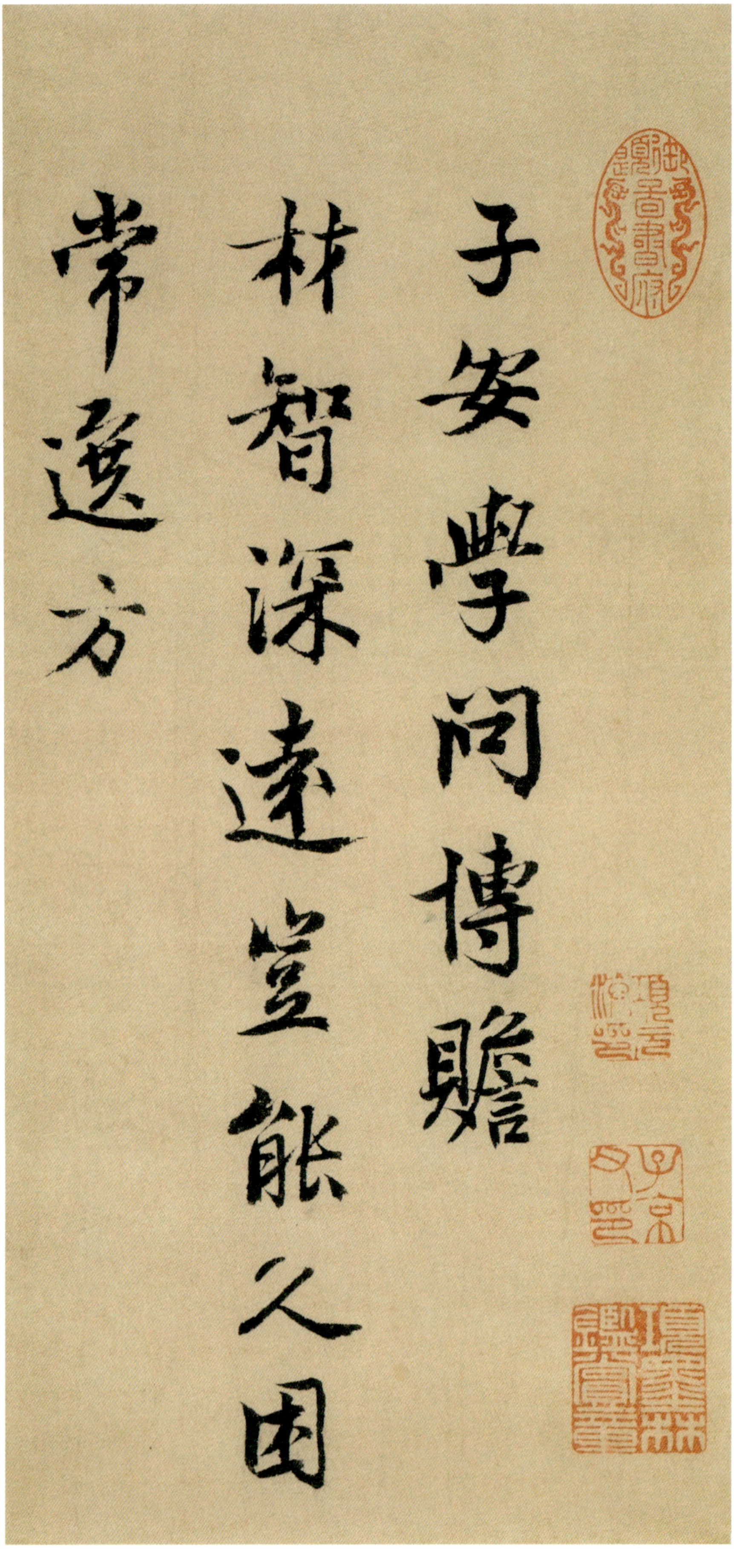

子安學問博贍，材智深遠，豈能久困常選？方

朝廷搜揚俊异，用特立之士，何必借譽平常之流？公弼再拜。

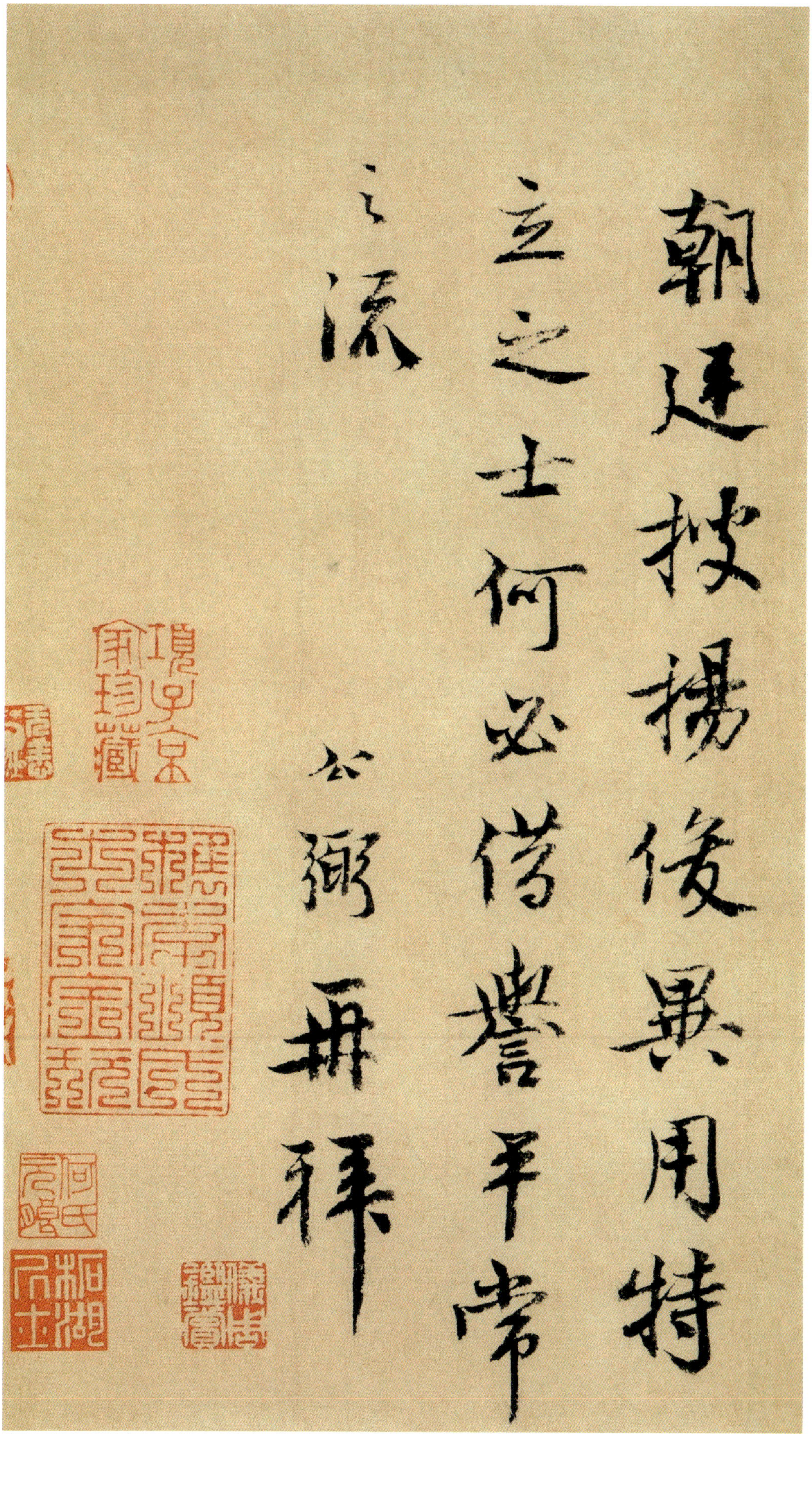

王素《才德帖》

素再拜啓：陝右久藉才德，宣布天子之惠，一方安肅，實解朝廷西顧之憂。然偶淹

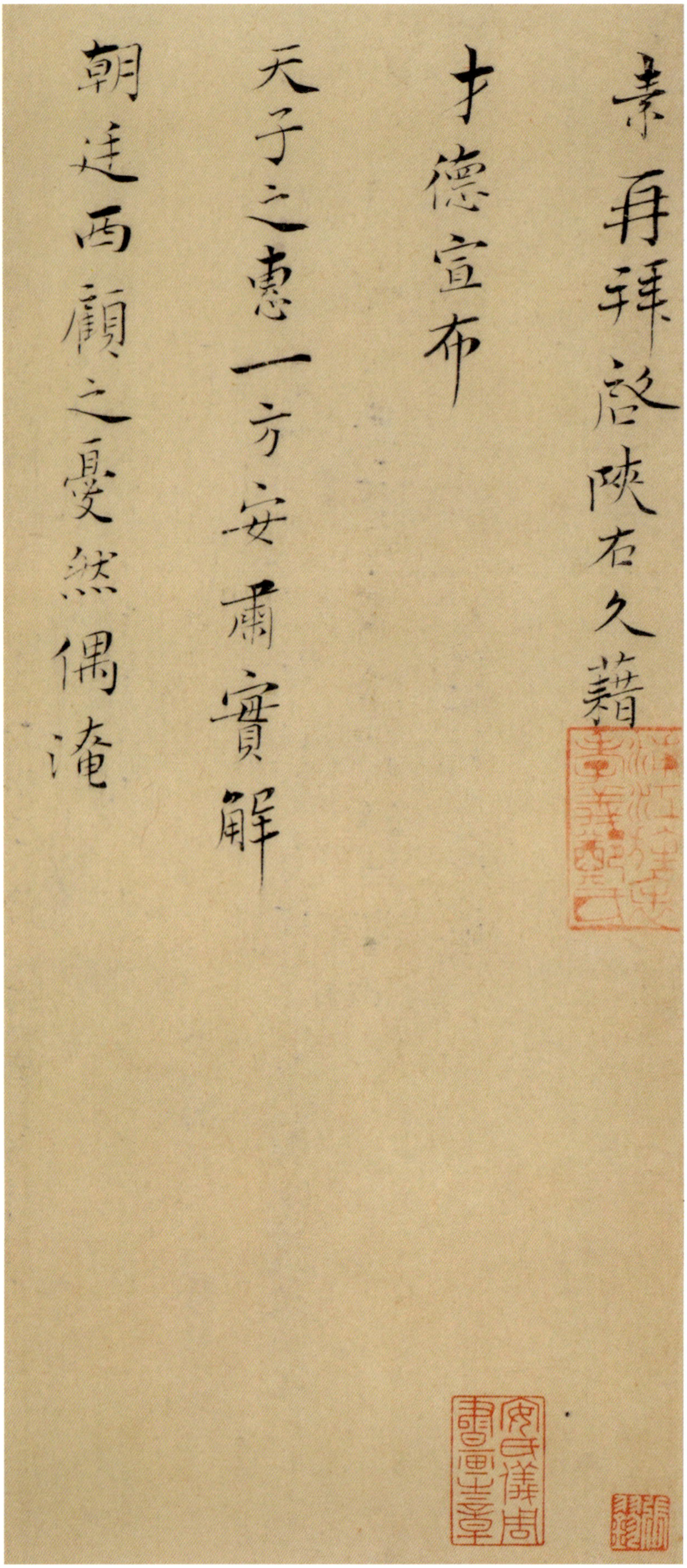
素再拜啓陝右久藉
才德宣布
天子之惠一方安肅實解
朝廷西顧之憂然偶淹

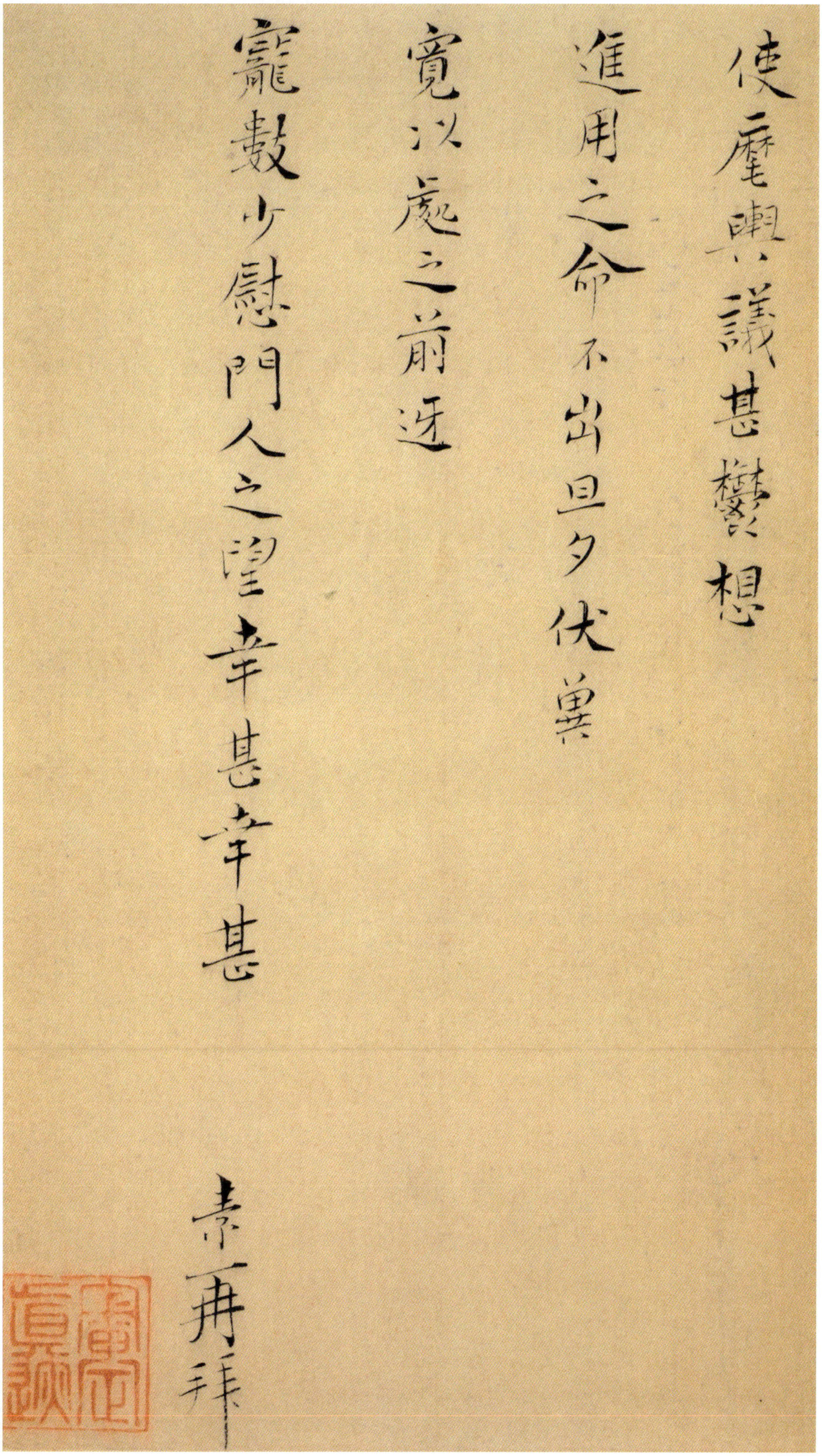
使麾輿議甚鬱想
進用之命不出旦夕伏冀
寬以處之前迓
寵數少慰門人之望幸甚幸甚
素再拜

使麾，輿議甚鬱。想進用之命，不出旦夕。伏冀寬以處之，前迓寵數，少慰門人之望。幸甚幸甚！素再拜。

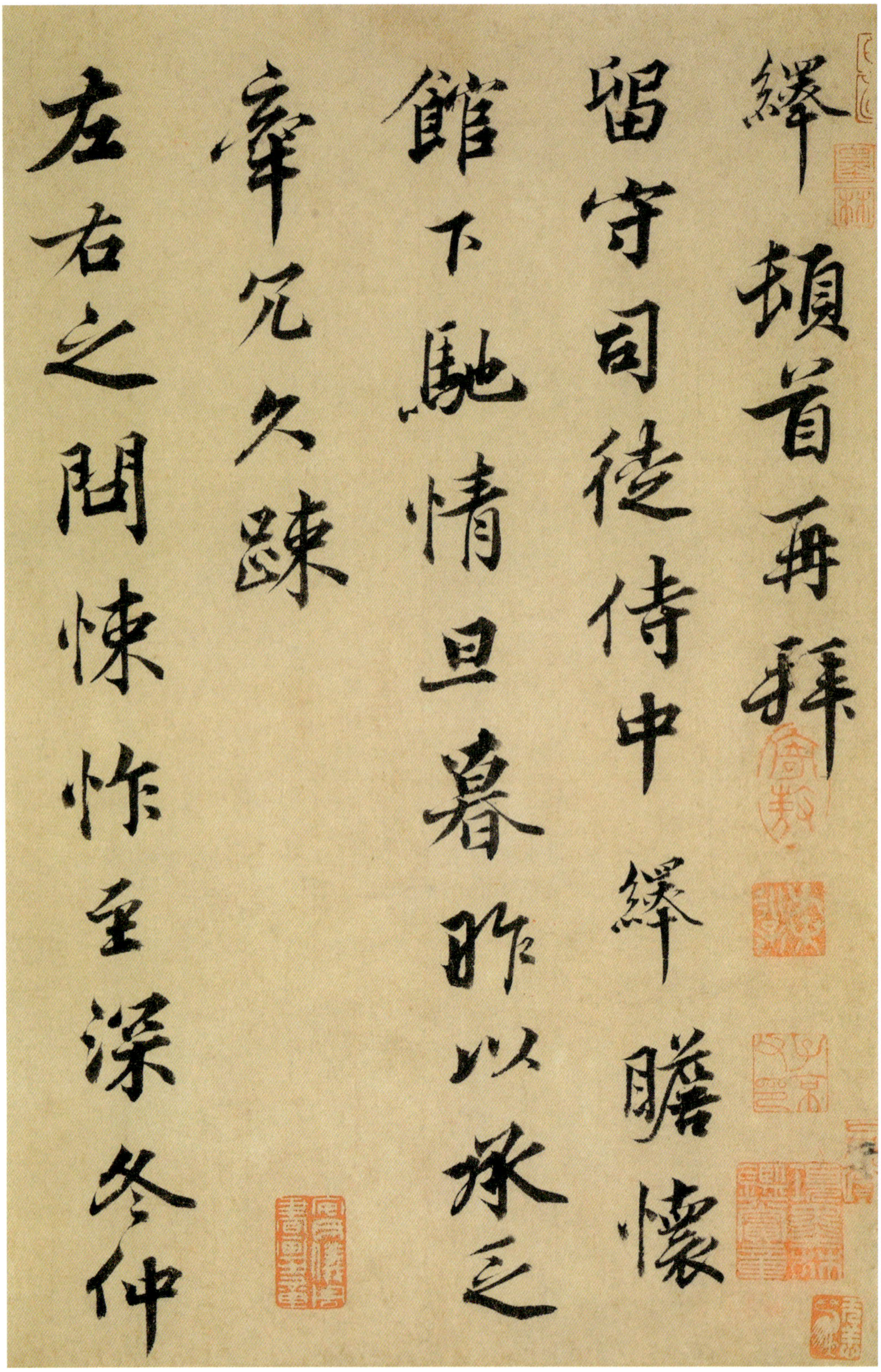

韓繹致留守司徒侍中書

繹頓首再拜留守司徒侍中。繹瞻懷館下，馳情旦暮。昨以承乏牽冗，久疏左右之問，悚怍至深。
冬仲

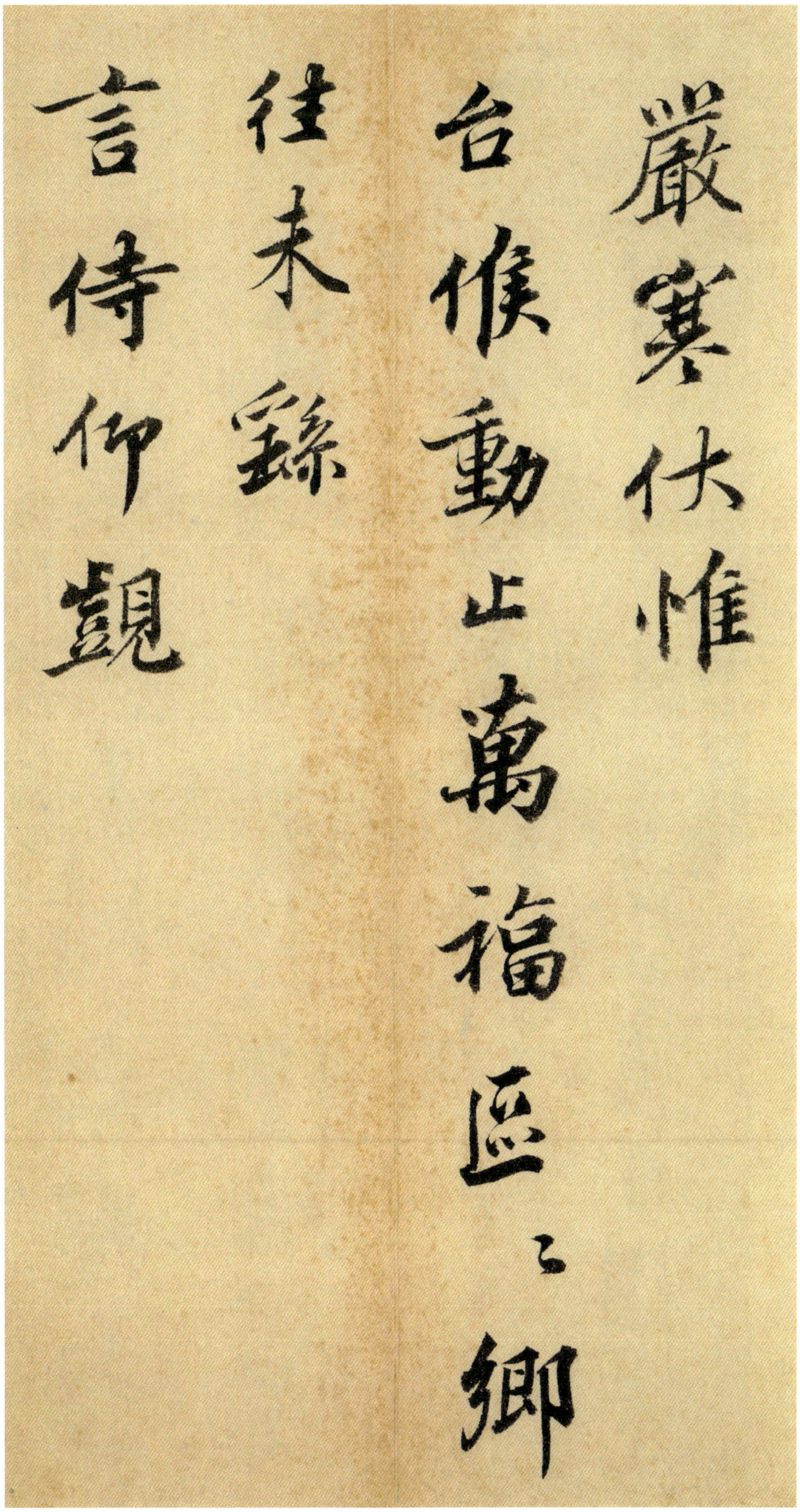

嚴寒，伏惟台候動止萬福，區區鄉往，未繇言侍，仰覬

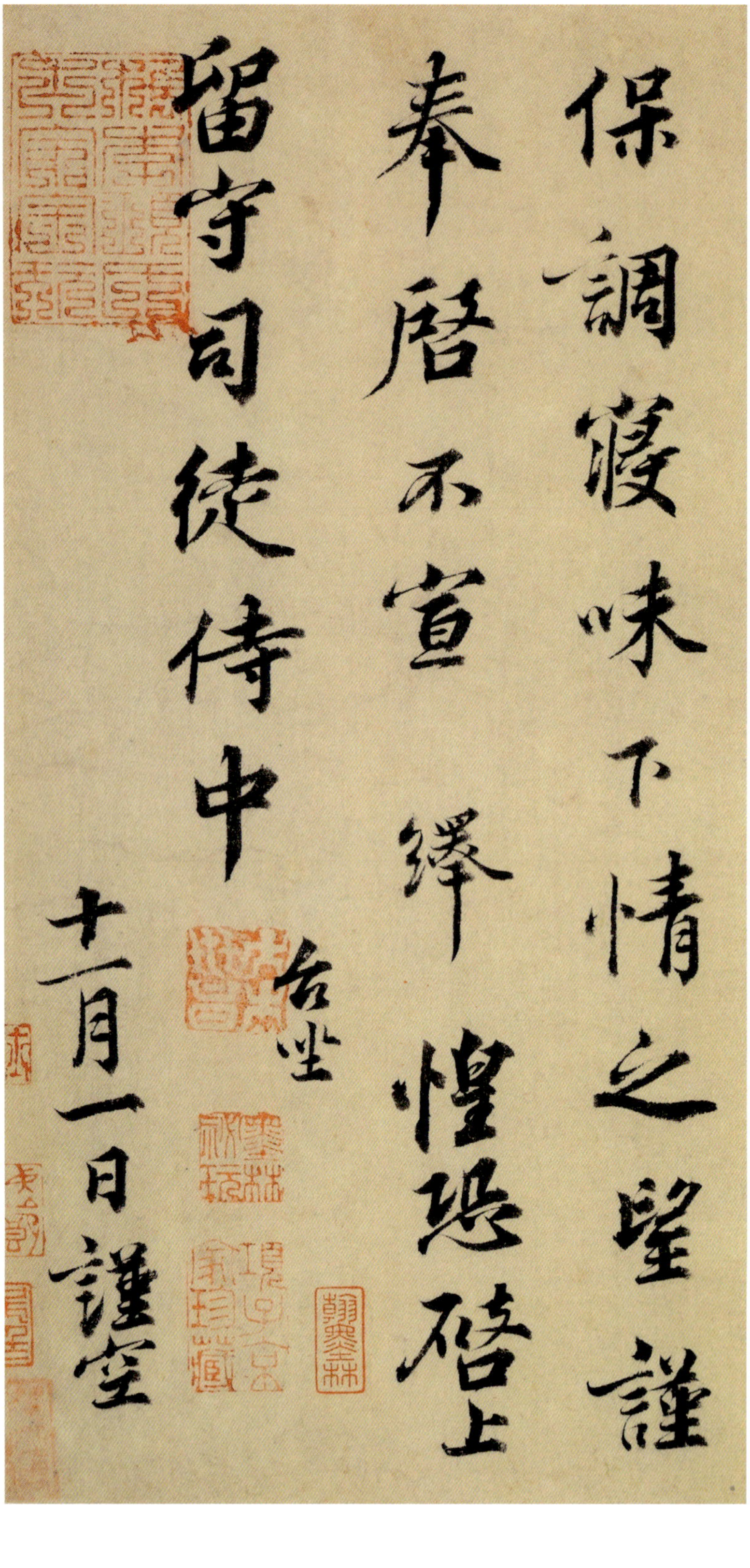

保調寢味，下情之望。謹奉啓，不宣。繹惶恐啓上留守司徒侍中台坐，十一月一日。謹空。

呂嘉問《蒙恩帖》

嘉問衰晚無堪，蒙恩進職易郡，悉出交游延譽之賜，將何補報，有愧而已。辱誨示副以

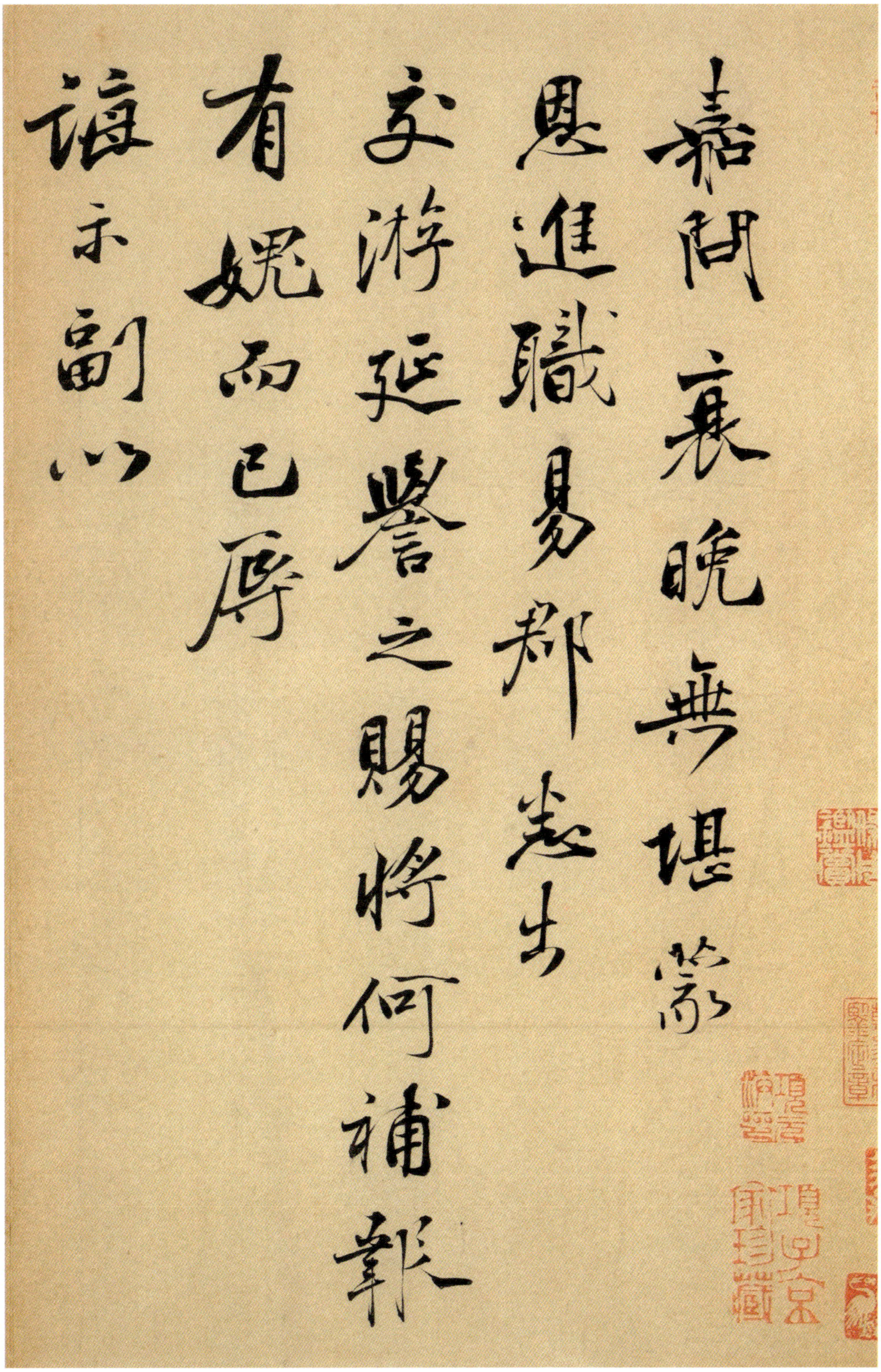

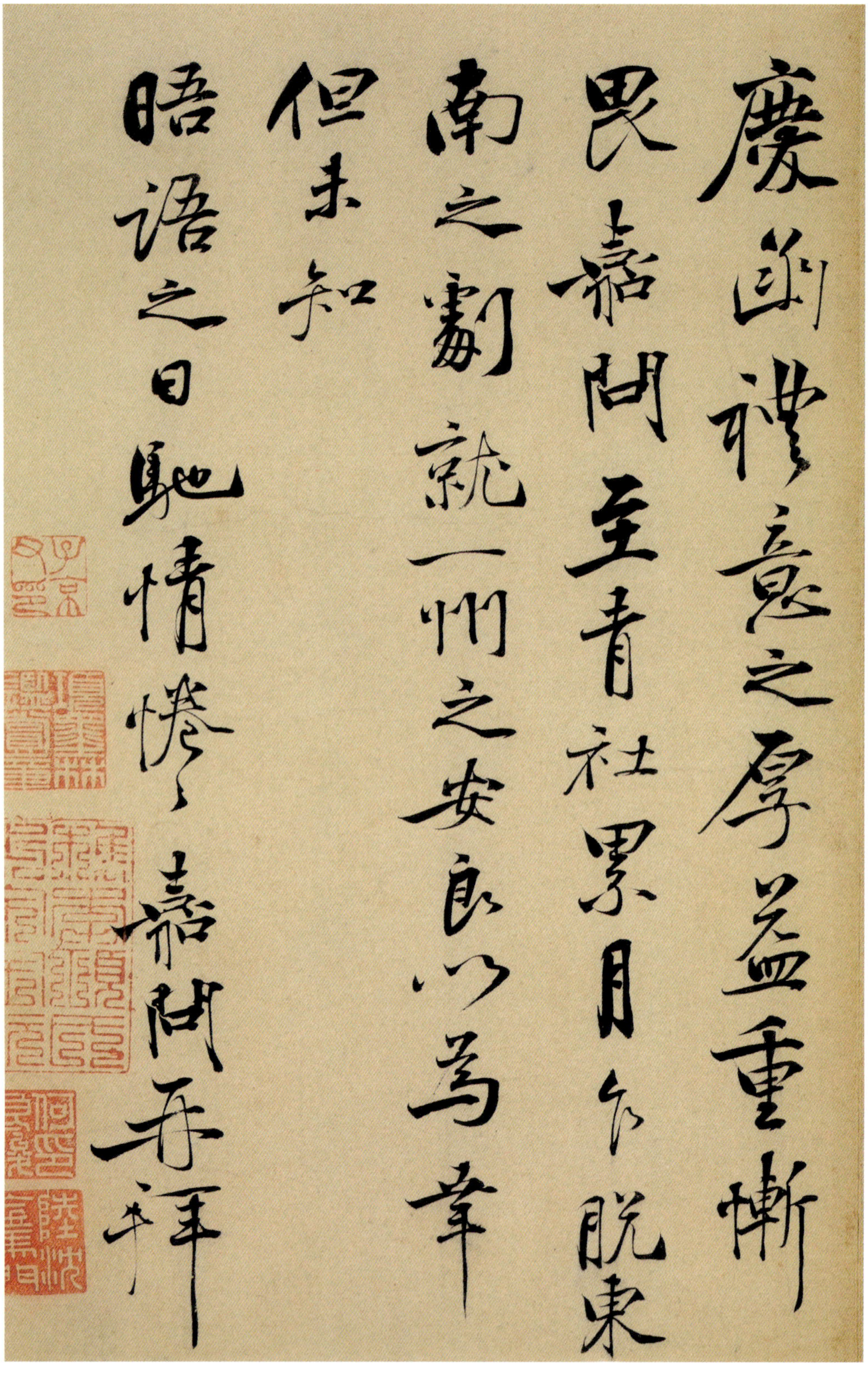

慶函，禮意之厚，益重慚畏。嘉問至青社累月，乍脱東南之劇，就一州之安，良以爲幸。但未知晤語之日，馳情惓惓。嘉問再拜。

林希致劉秘書書

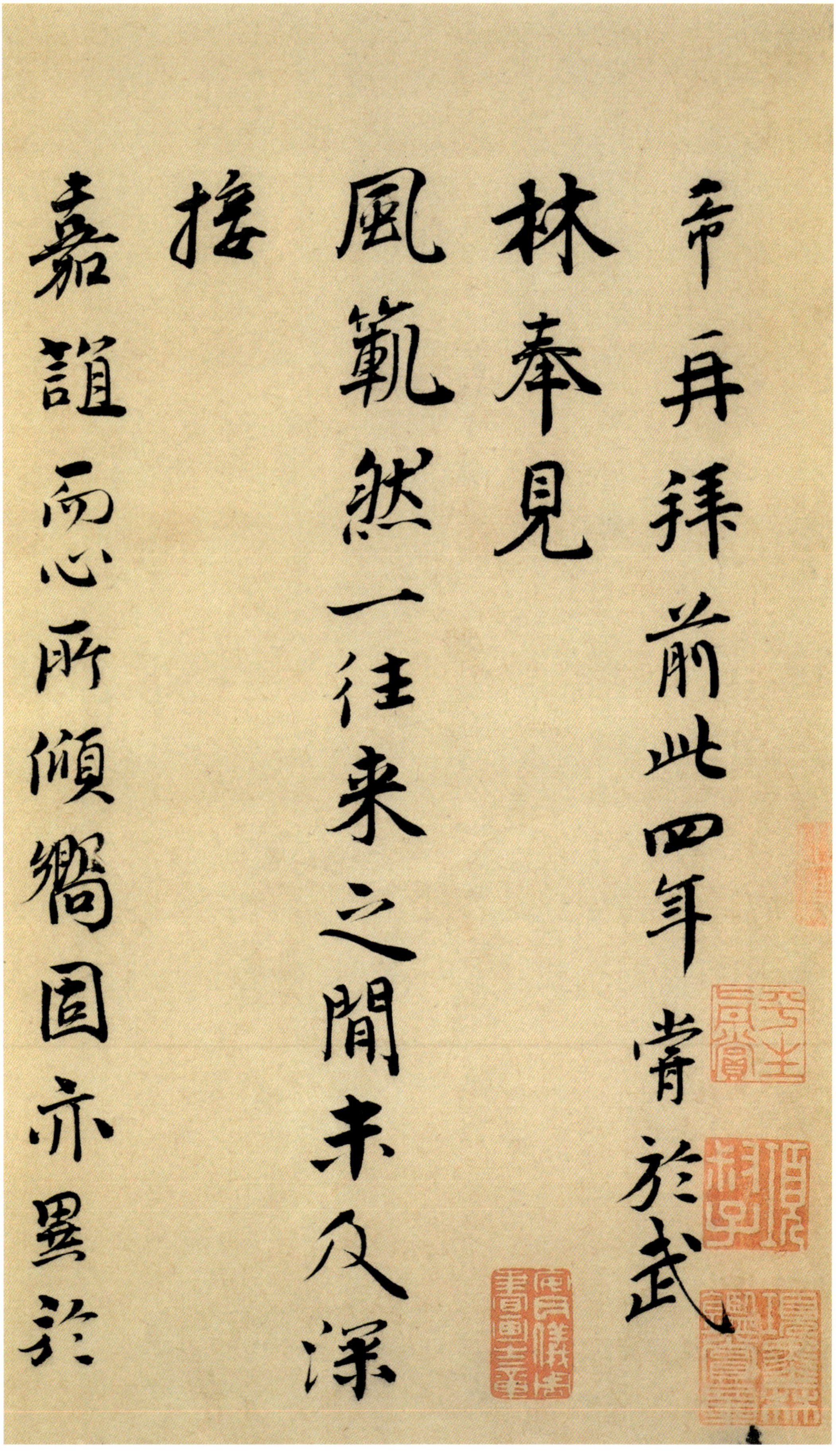
希再拜前此四年嘗於武
林奉見
風範然一往來之間未及深
接
嘉誼而心所傾嚮固亦異於

希再拜。前此四年，嘗於武林奉見風範。然一往來之間，未及深接嘉誼，而心所傾嚮，固亦异於

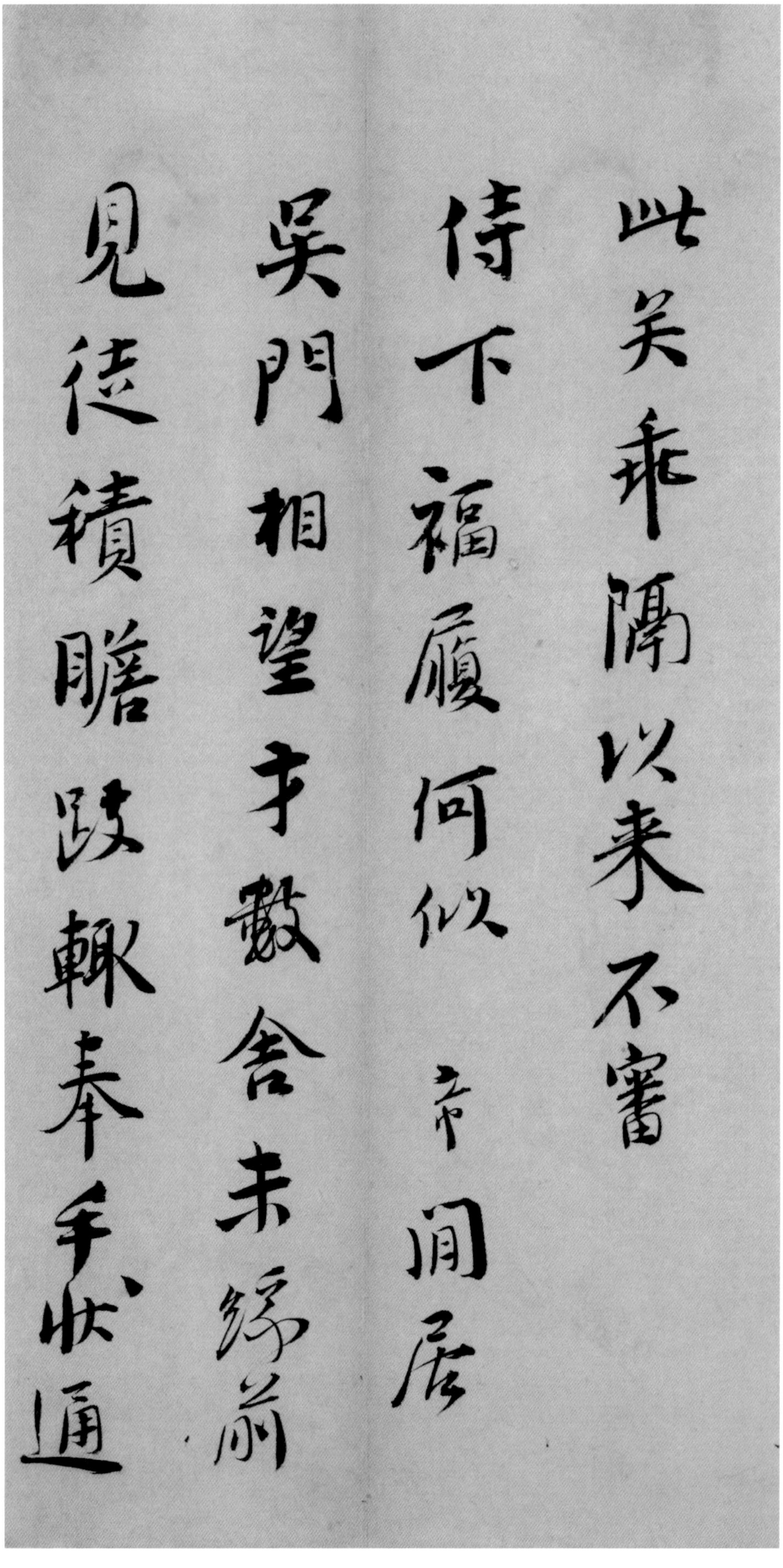

此矣。乖隔以來，不審侍下福履何似？希閑居吳門，相望纔數舍，未緣前見，徒積瞻跂。輙奉手狀通

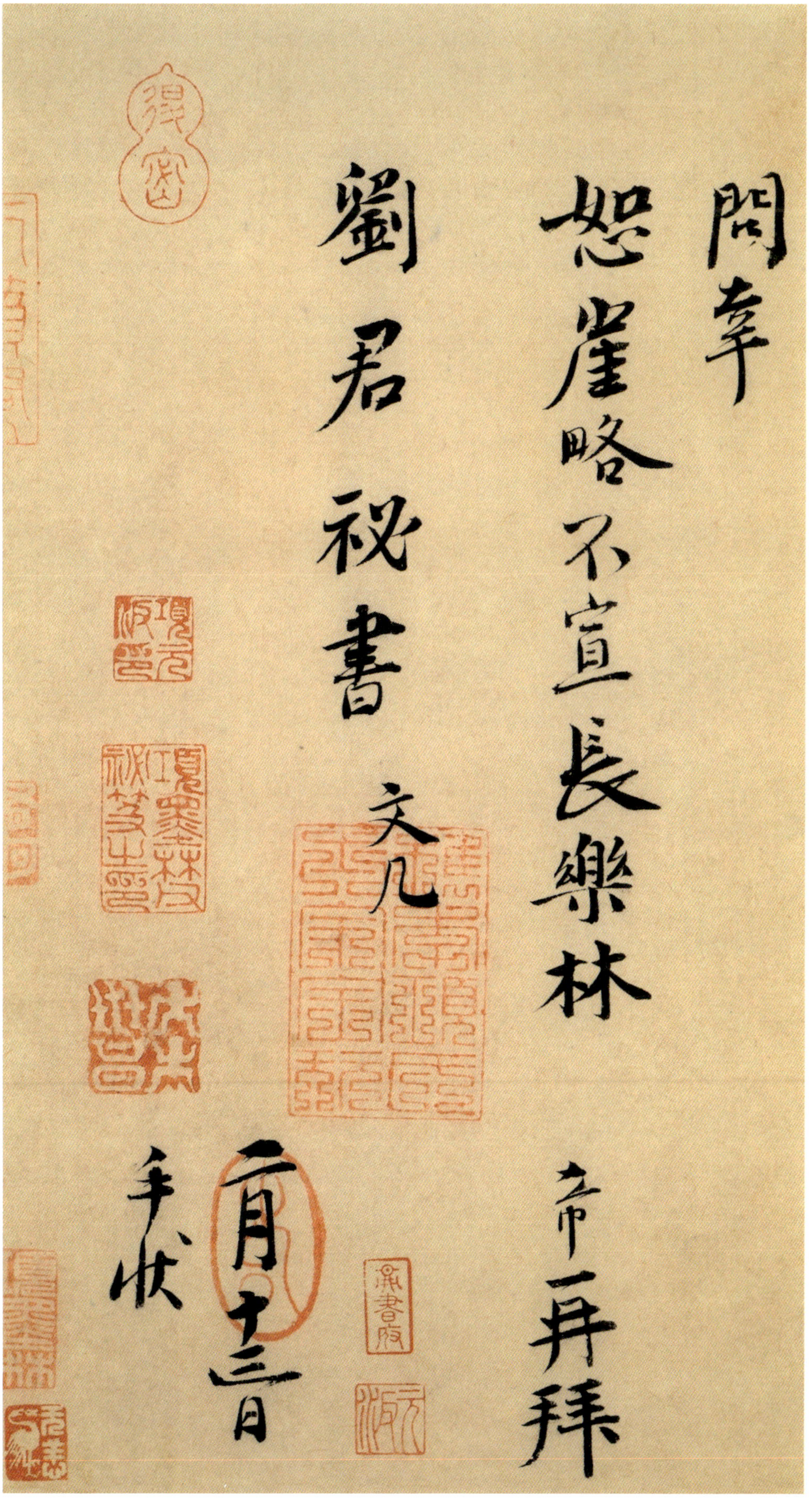

問，幸恕崖略。不宣。長樂林希再拜劉君秘書文几。二月十三日手狀。

蘇轍致定國承議使君書

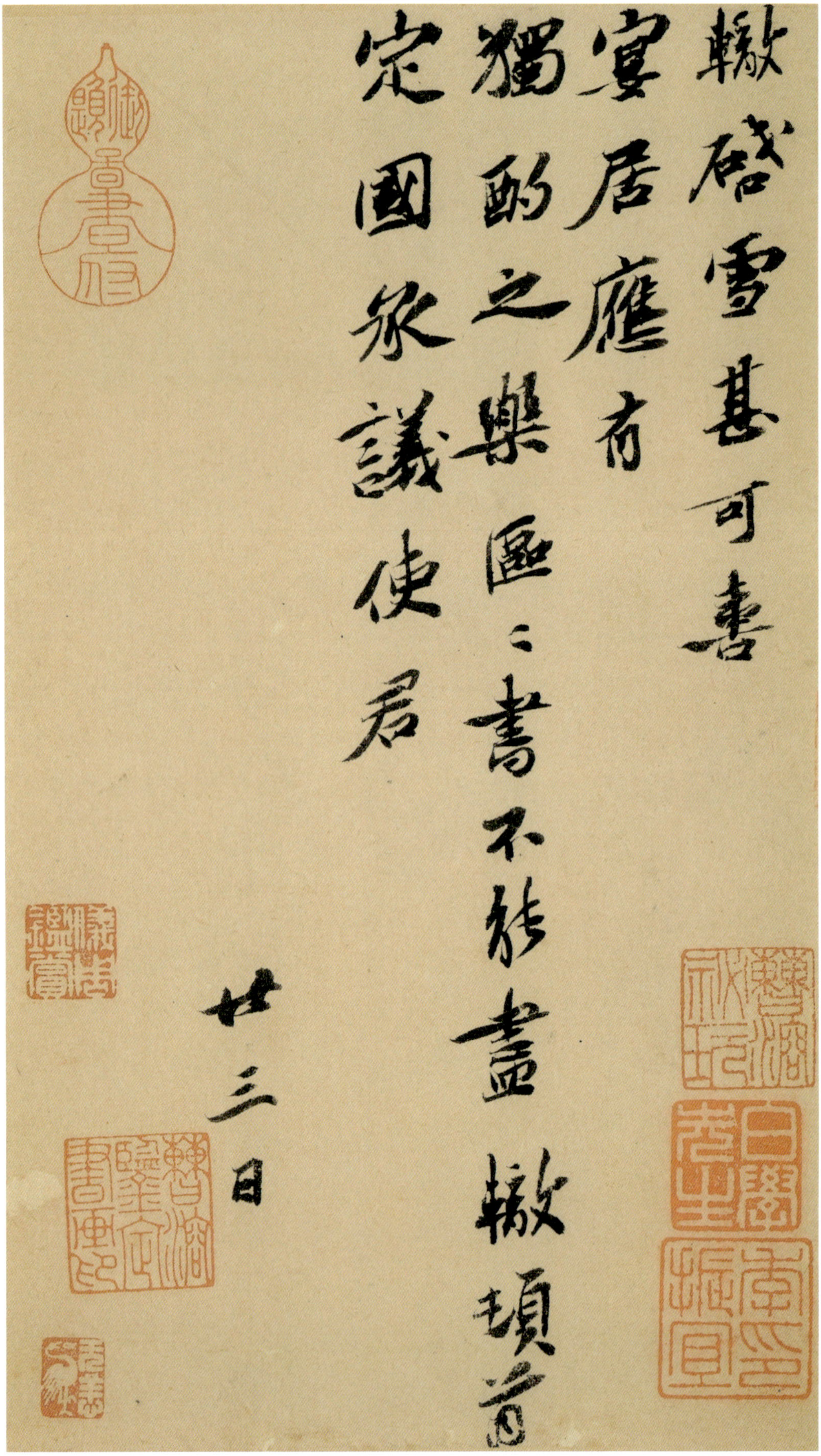
轍啓雪甚可喜
宴居應有
獨酌之樂區區書不能盡轍頓首
定國承議使君
廿三日

轍啓∴雪甚可喜，宴居應有獨酌之樂，區區書不能盡。轍頓首，定國承議使君，廿三日。

蔣之奇致彥和書

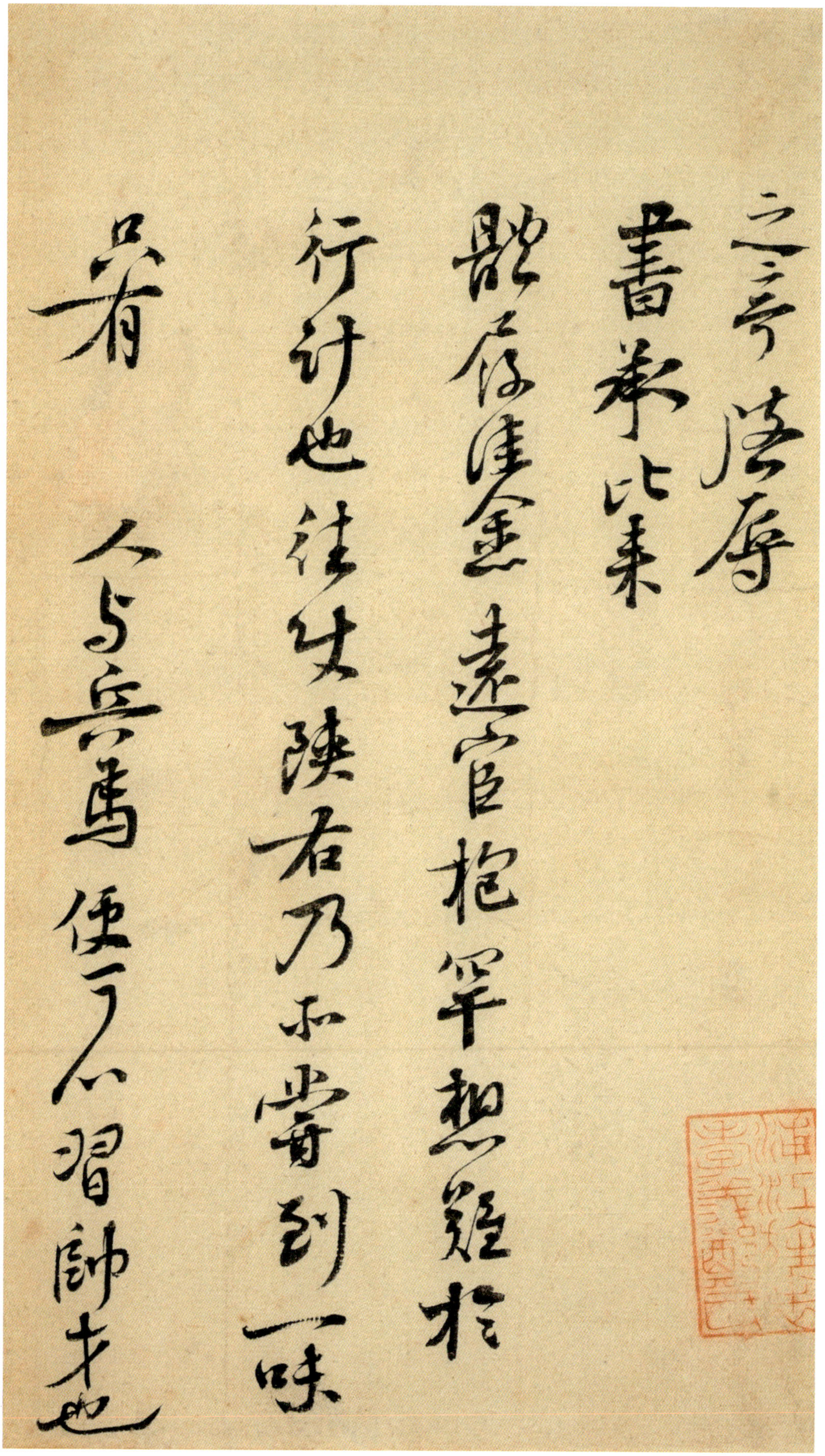

之奇啓：辱書，承比來體履佳悆遠宦枹罕，想難於行計也。往使陝右，乃所嘗到。一味衹有人與兵馬，便可心習帥才也，

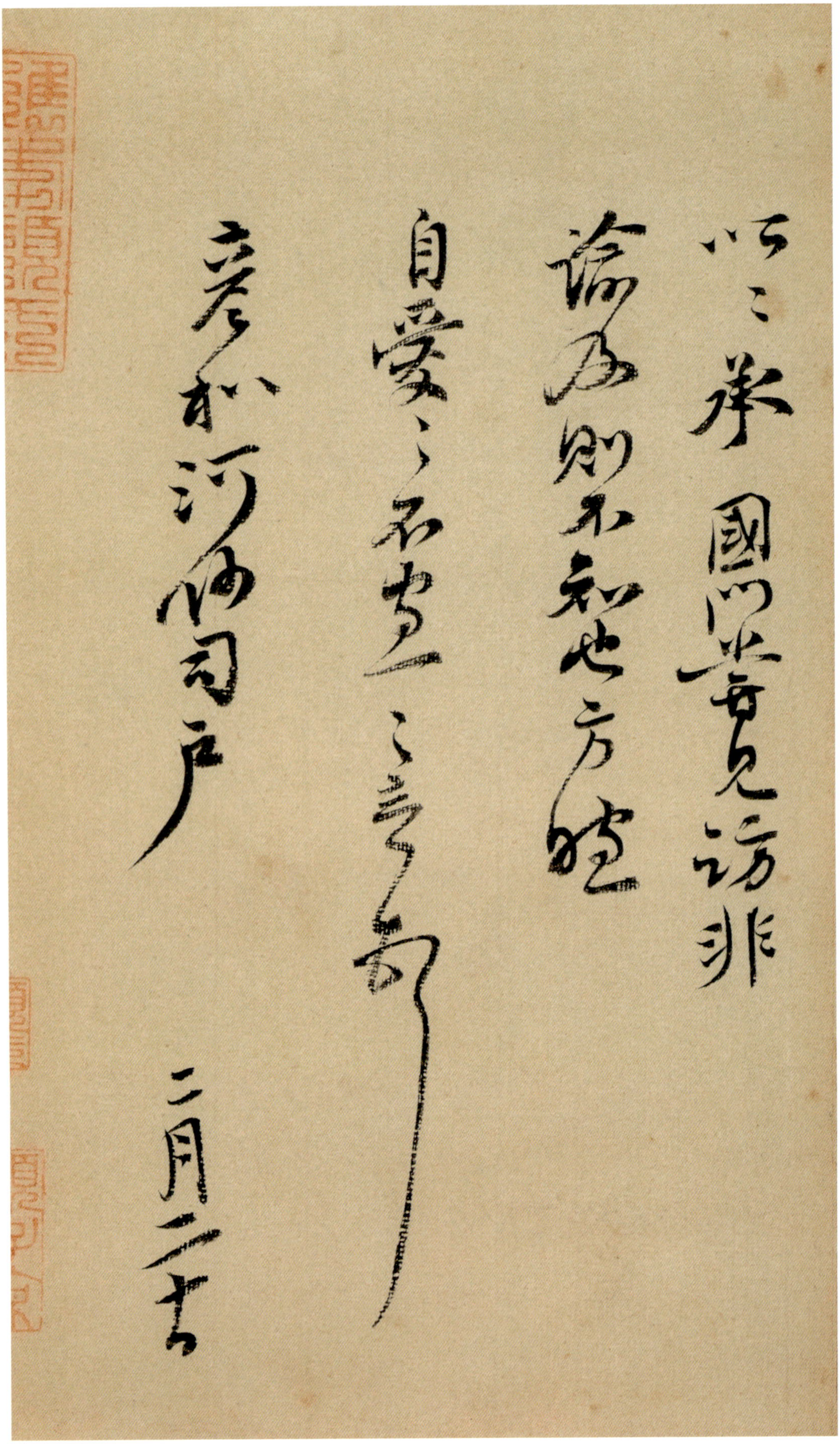

呵呵！承國門嘗見訪，非諭及則不知也。方暄，自愛自愛！不宣。之奇頓首，彥和河州司户，二月二十日。

章惇《會稽帖》

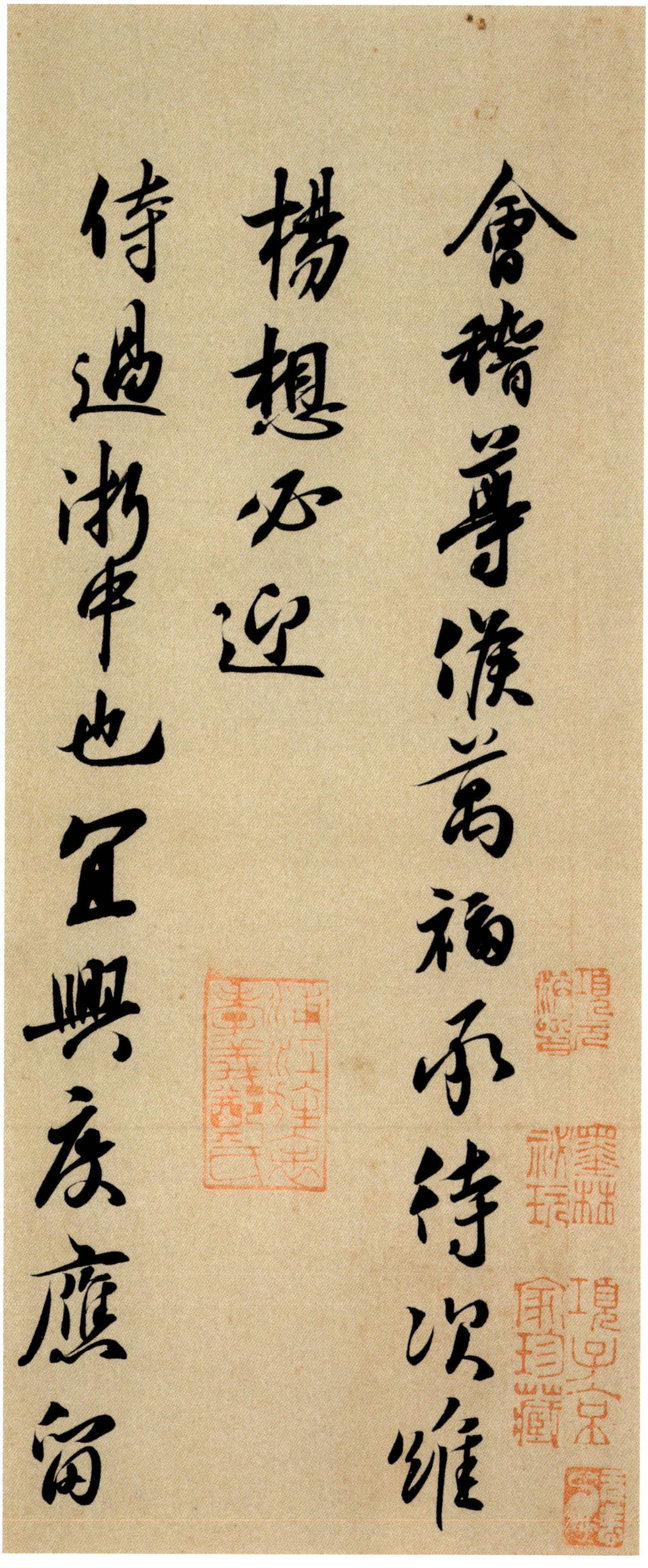

會稽尊候萬福。承待次維楊，想必迎侍。過浙中也，宜興度應留

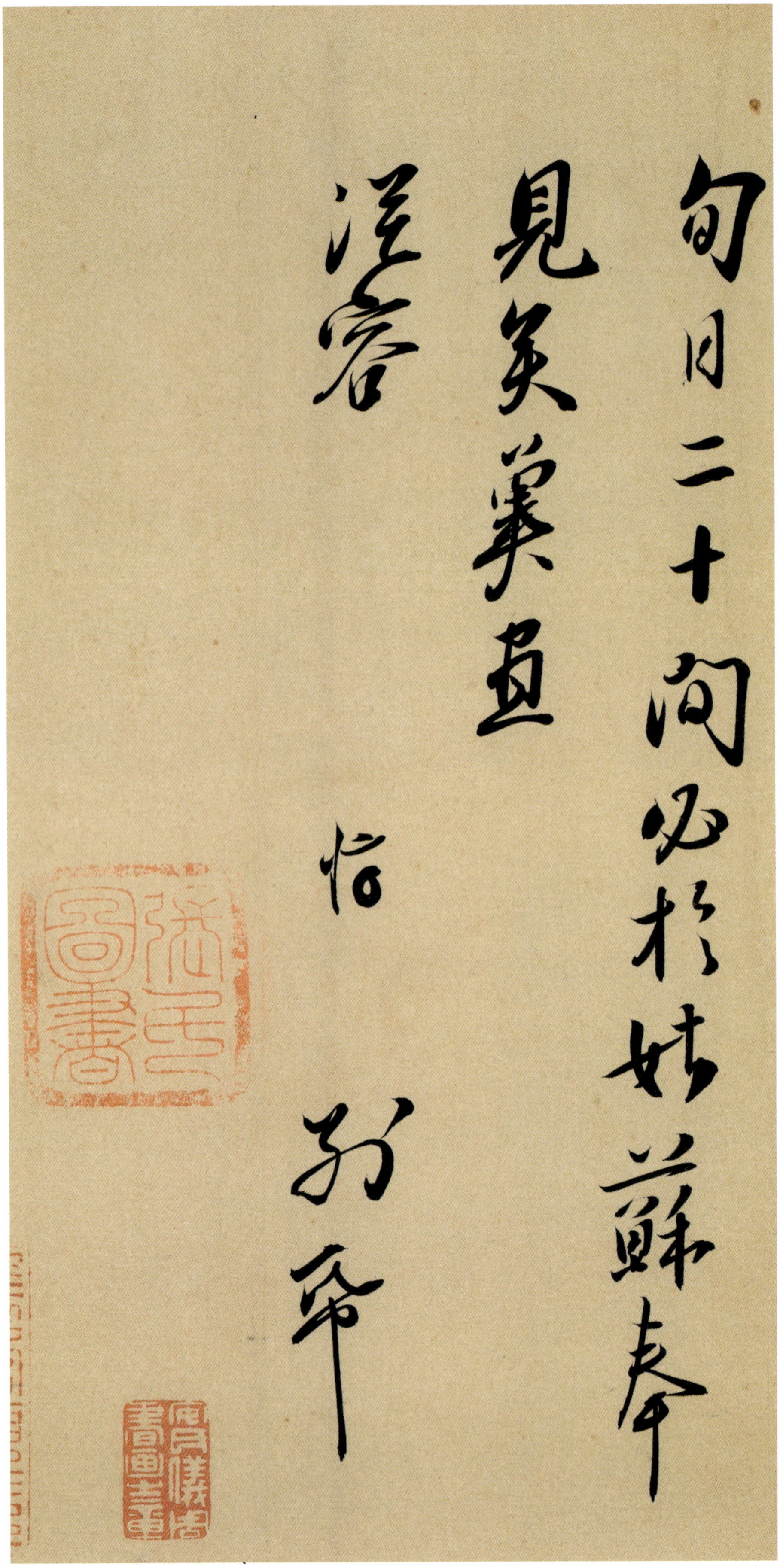

旬日二十間，必於姑蘇奉見矣，冀盡從容。惇別紙。

蔡京致節夫書

京再拜。昨日終日遠勞同詣，下情悚感，不可勝言。大暑，不審還館

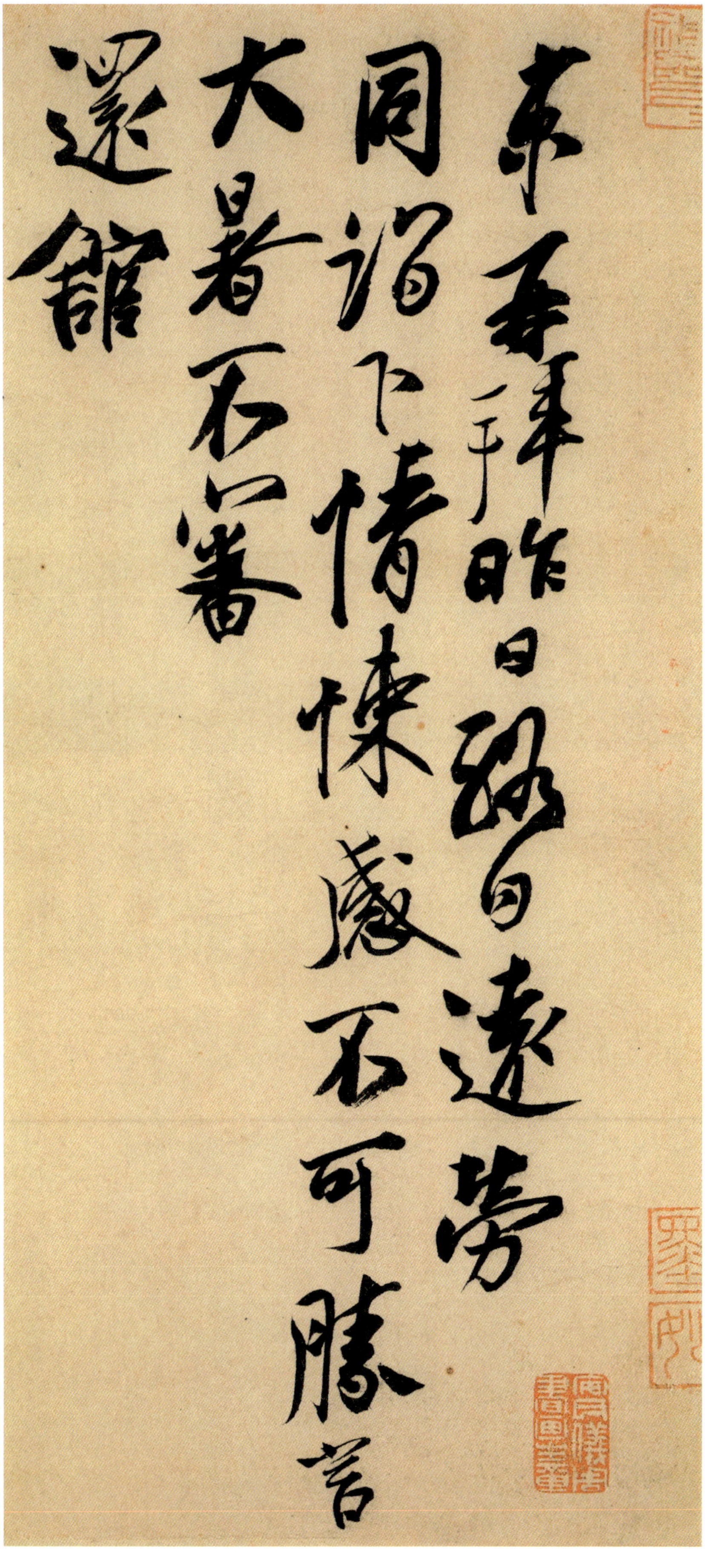

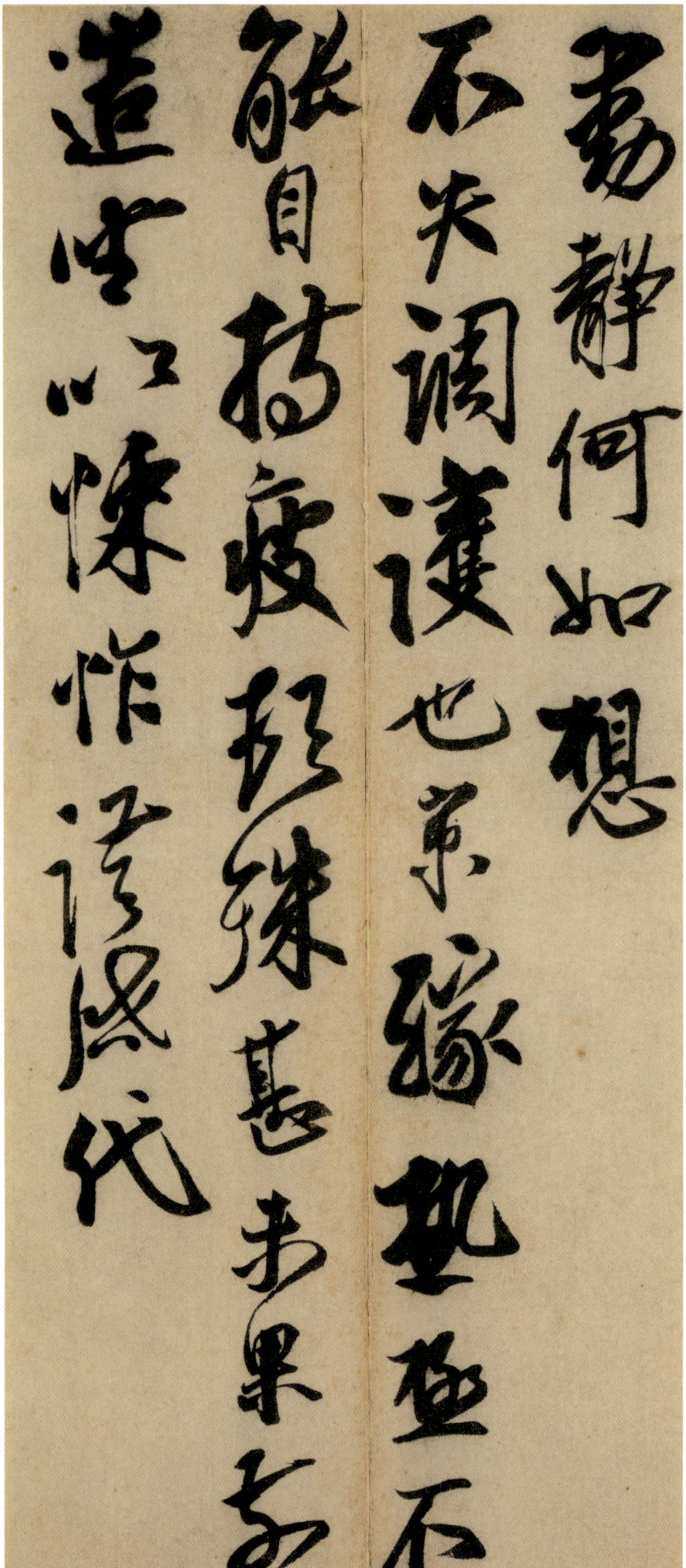

動静何如？想不失調護也。京緣熱極，不能自持，疲頓殊甚，未果前造坐次。悚怍，謹啓代

面叙。不宣。京再拜節夫親契坐前。

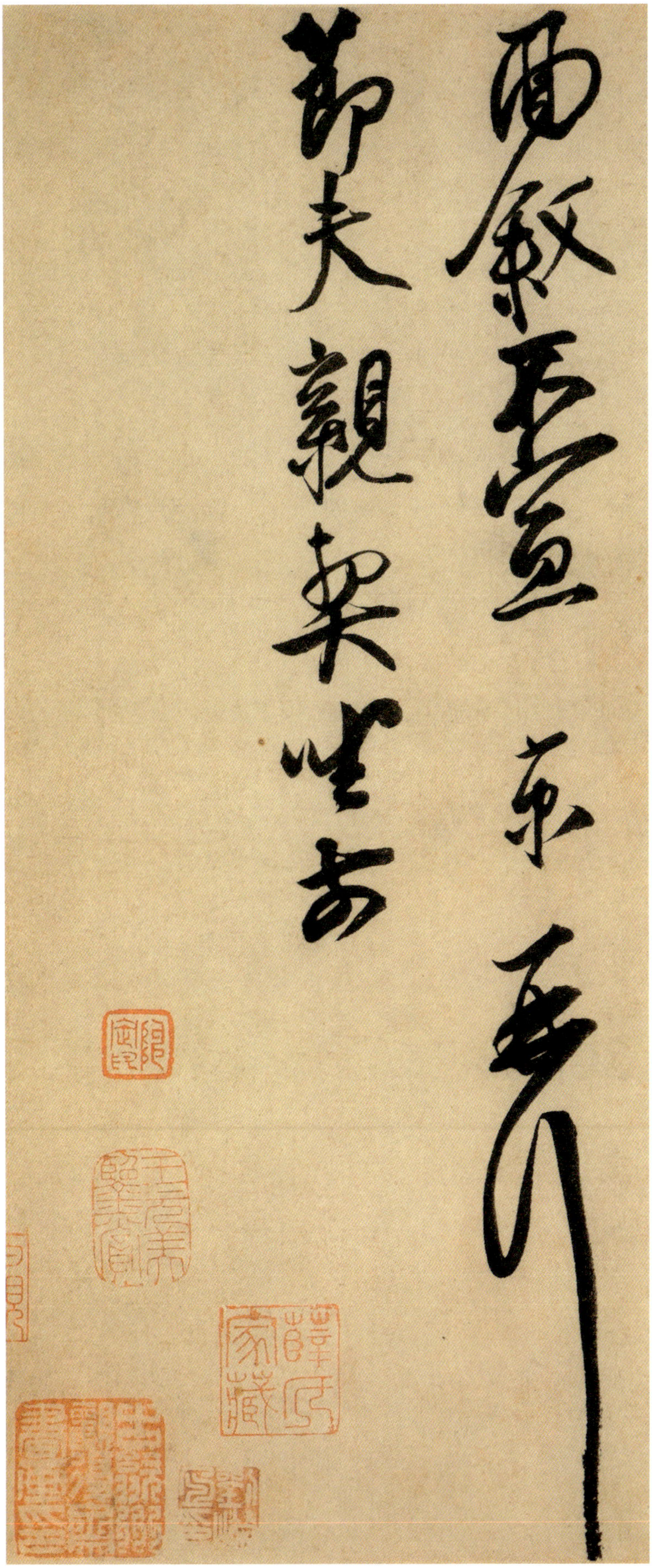

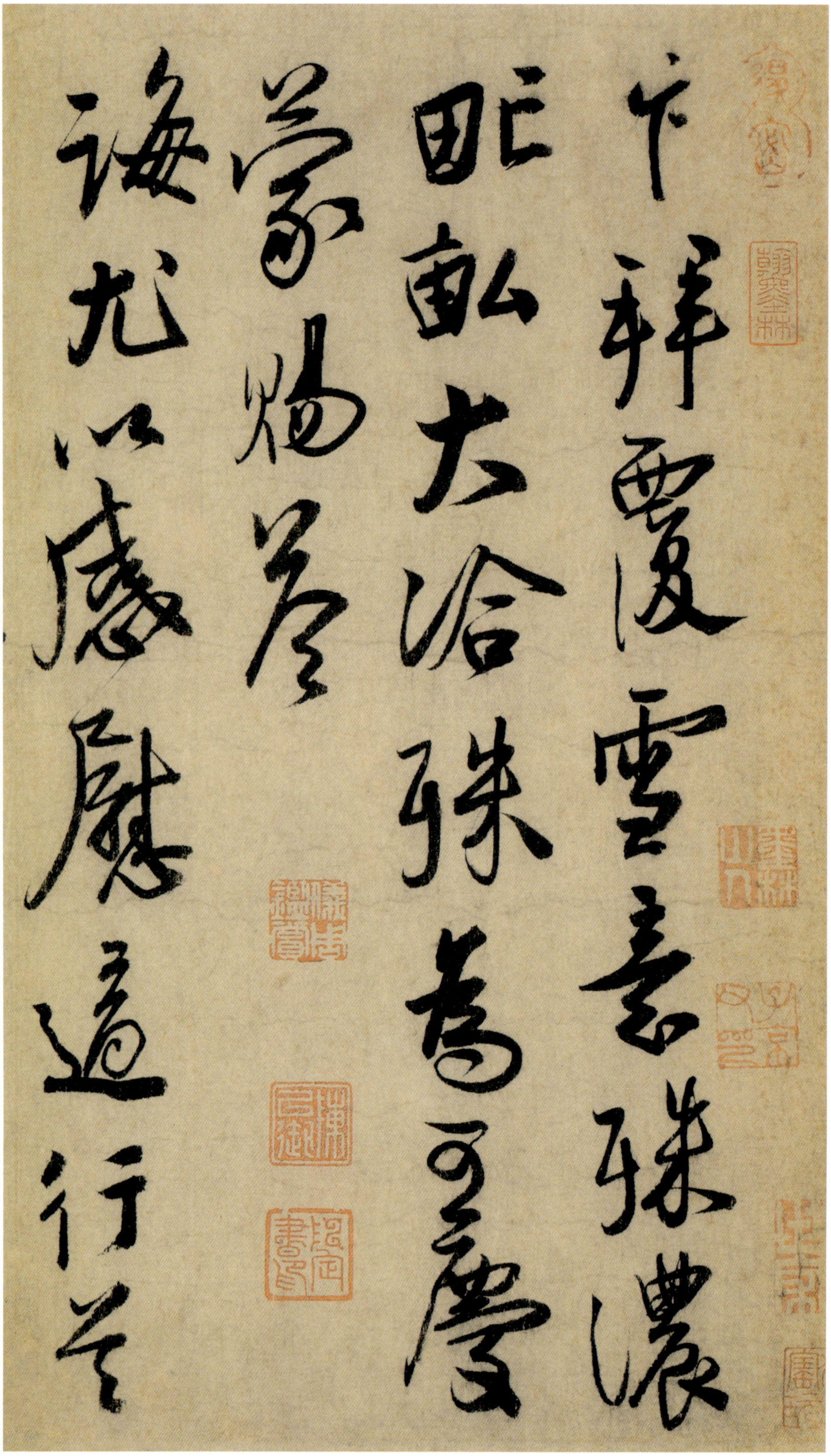

蔡卞致四兄書

卞拜覆。雪意殊濃，氓畝大洽，殊爲可慶。蒙賜答誨，尤以感慰。適行首

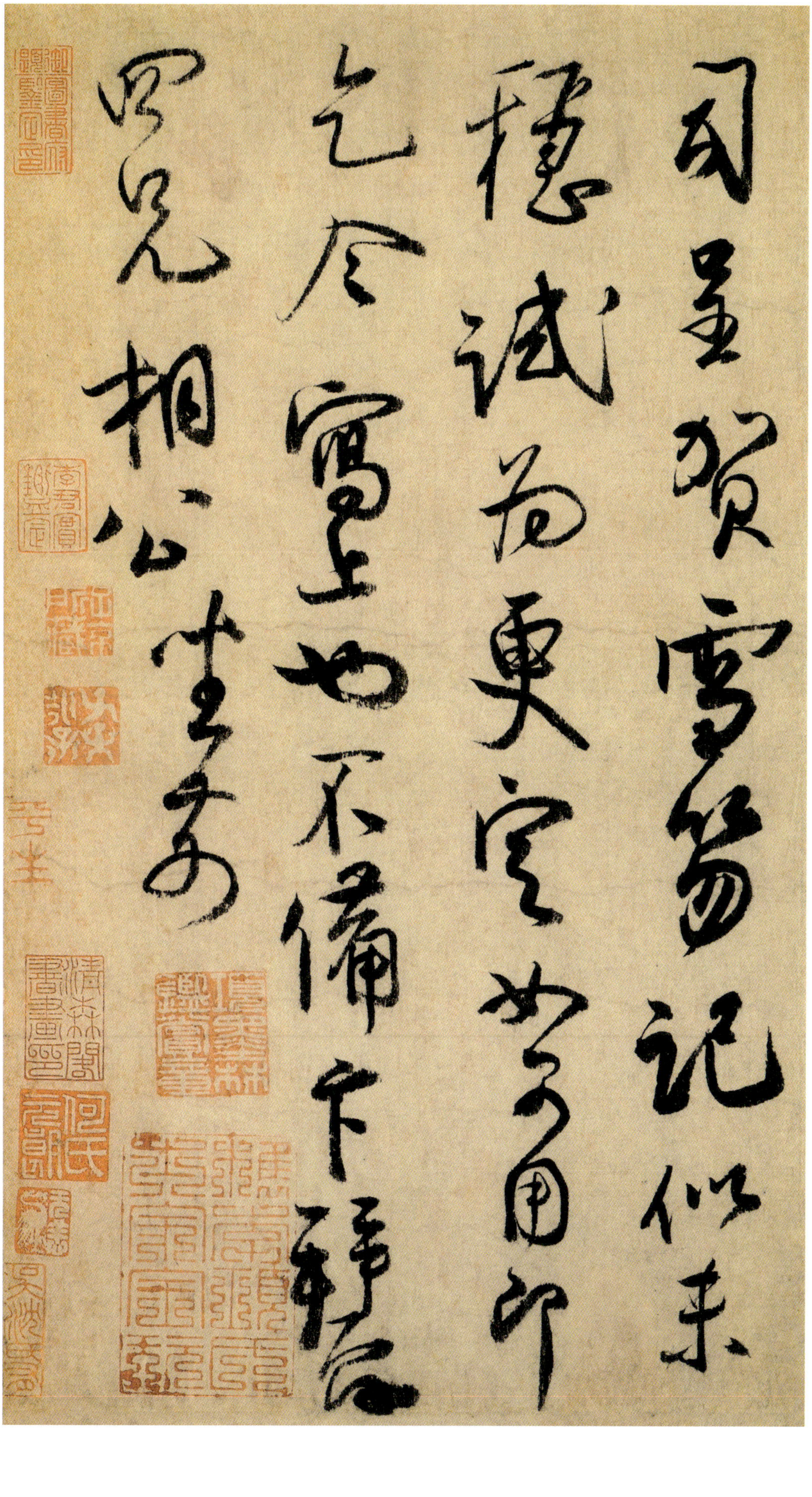

司呈賀雪笏記，似未穩，試爲更定。如可用，即乞令寫上也。不備。卞拜覆四兄相公坐前。

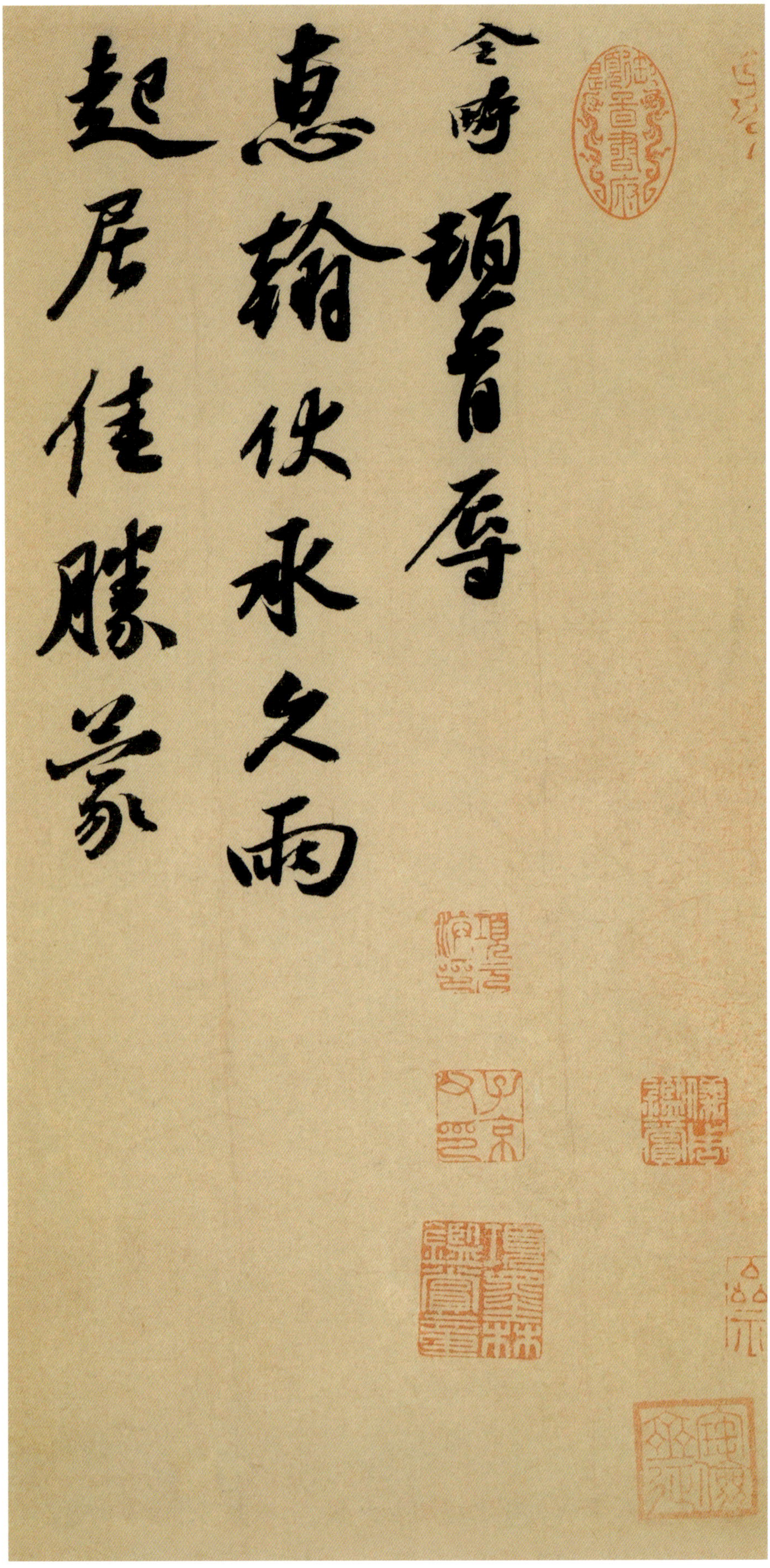

趙令時致仲儀書

令時頓首。辱惠翰。伏承久雨，起居佳勝？蒙

餉梨栗，愧荷。比拜上恩賜茶，分一餅，可奉尊堂。餘冀爲時自愛。不宣。令時頓首，

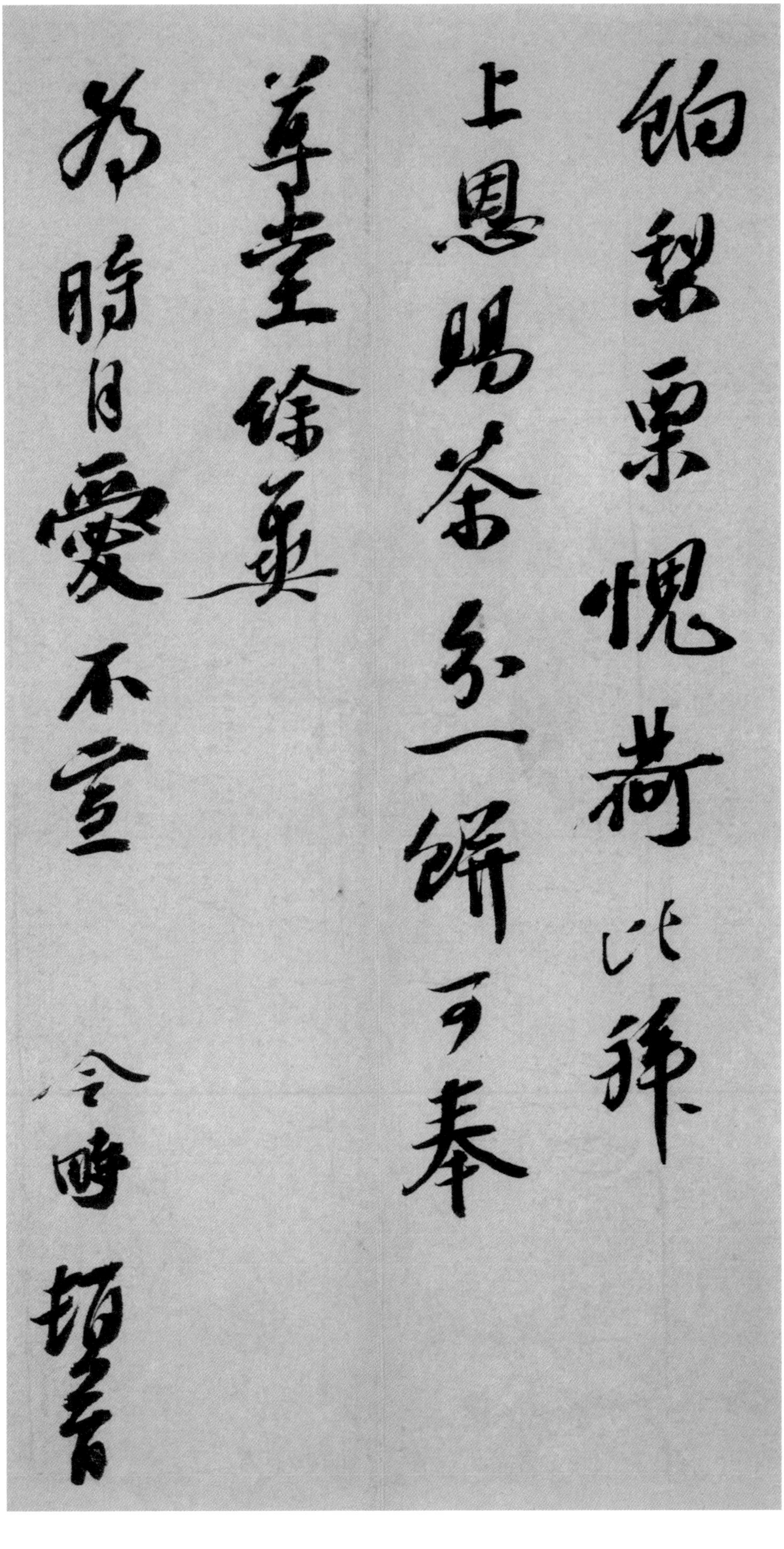

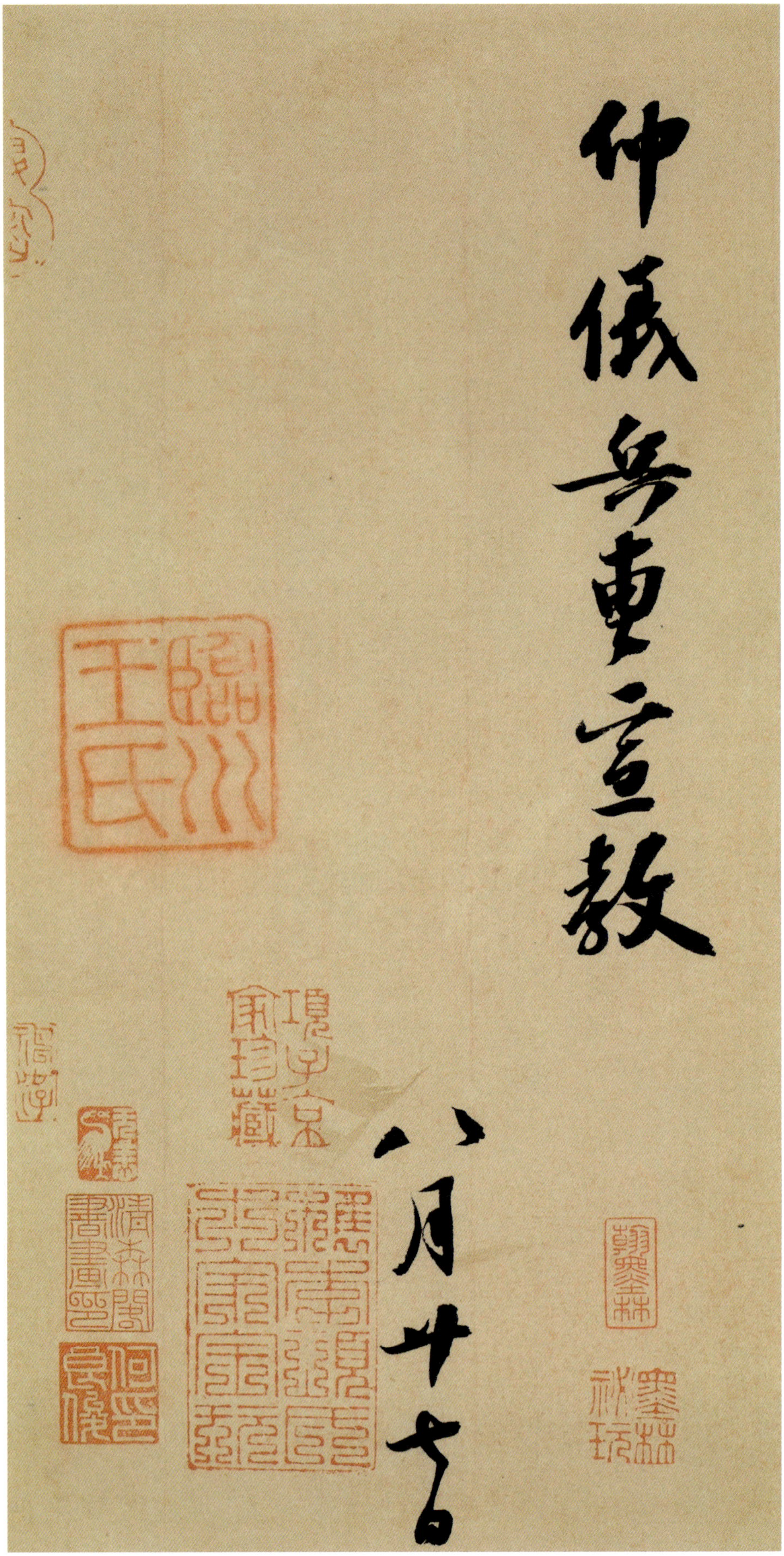

仲儀兵曹宣教，八月廿七日。

陳師錫致方迴書

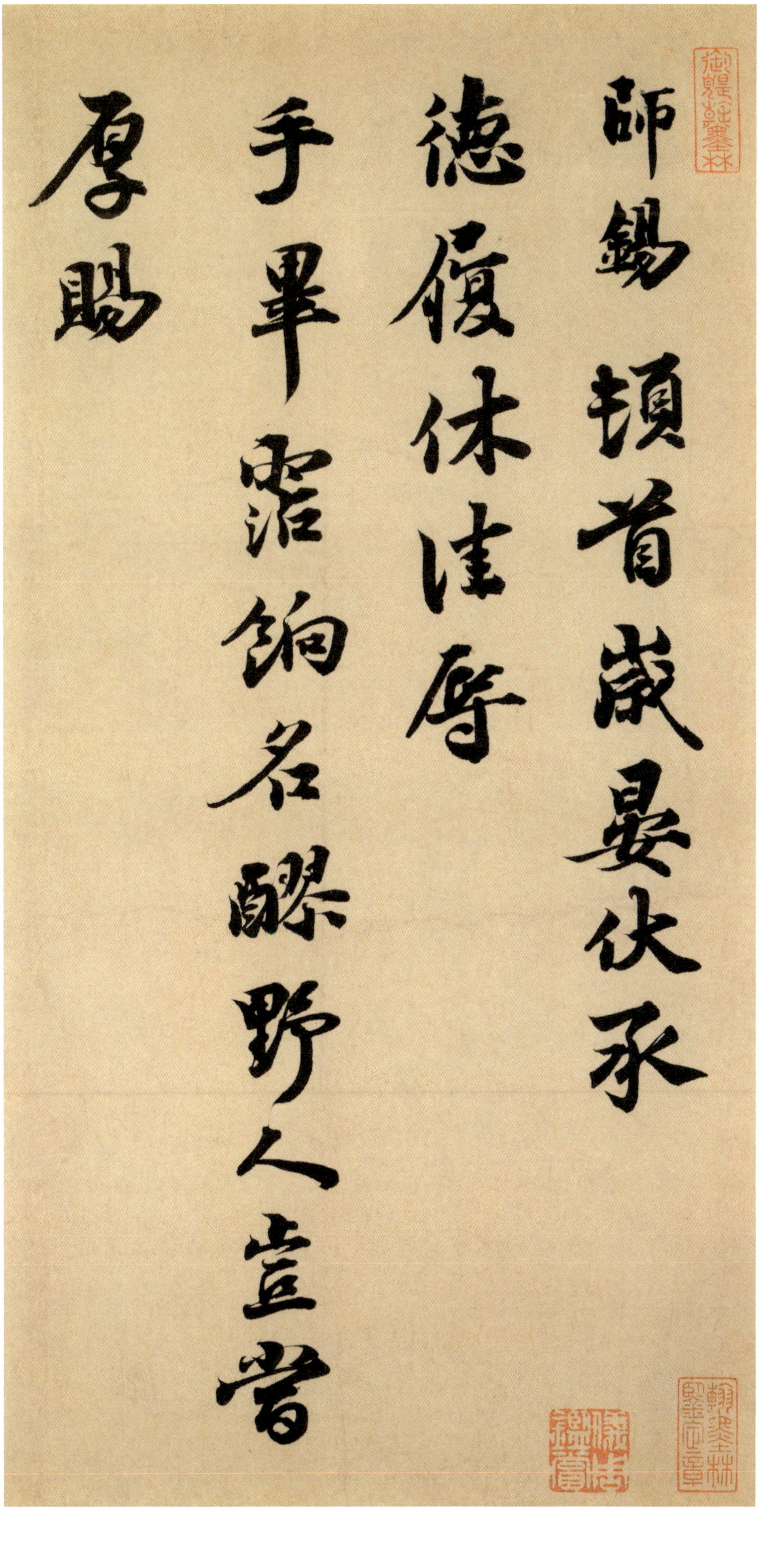
師錫頓首歲晏伏承
德履休佳辱
手畢沾餉名醪野人豈當
厚賜

師錫頓首。歲晏，伏承德履休佳。辱手畢，沾餉名醪，野人豈當厚賜？

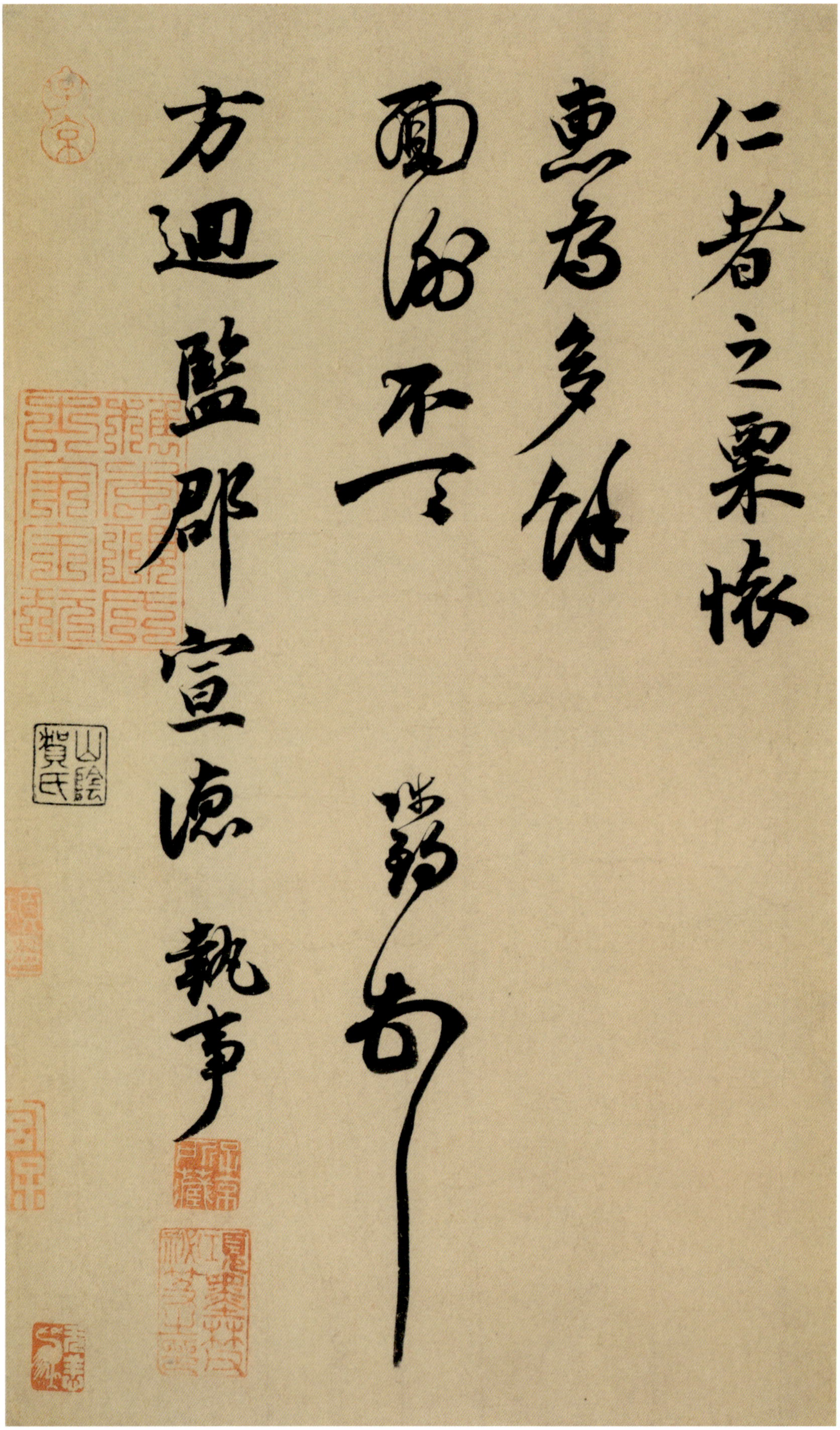

仁者之粟，懷惠爲多。餘面謝，不一一。師錫頓首，方迴監郡宣德執事。

蘇邁致主管學士書

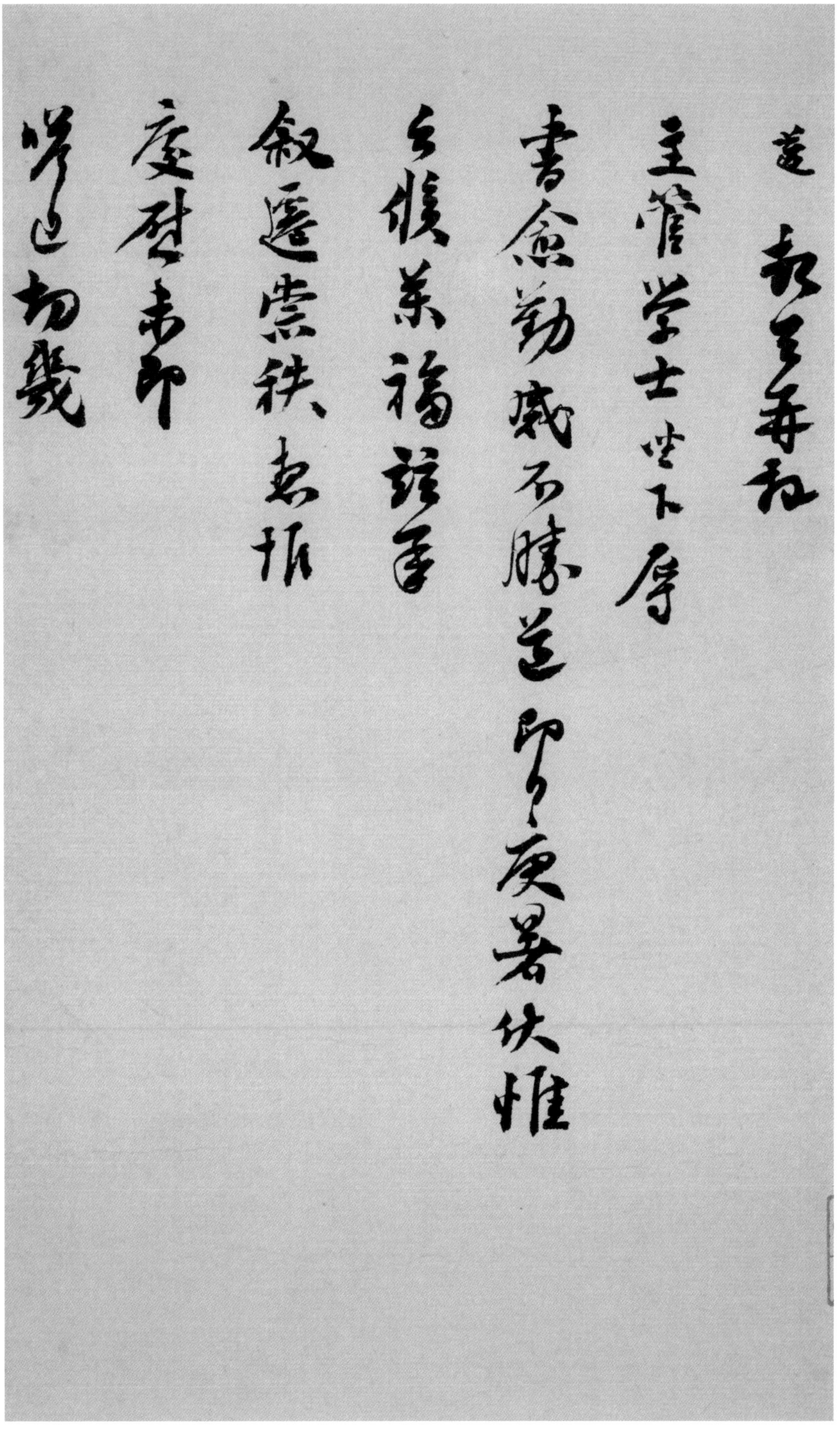

邁頓首再拜主管學士坐下：辱書愈勤，感不勝道。即日庚暑，伏惟台候萬福。兹承叙遷崇秩，想惟慶慰。未即瞻近，切幾

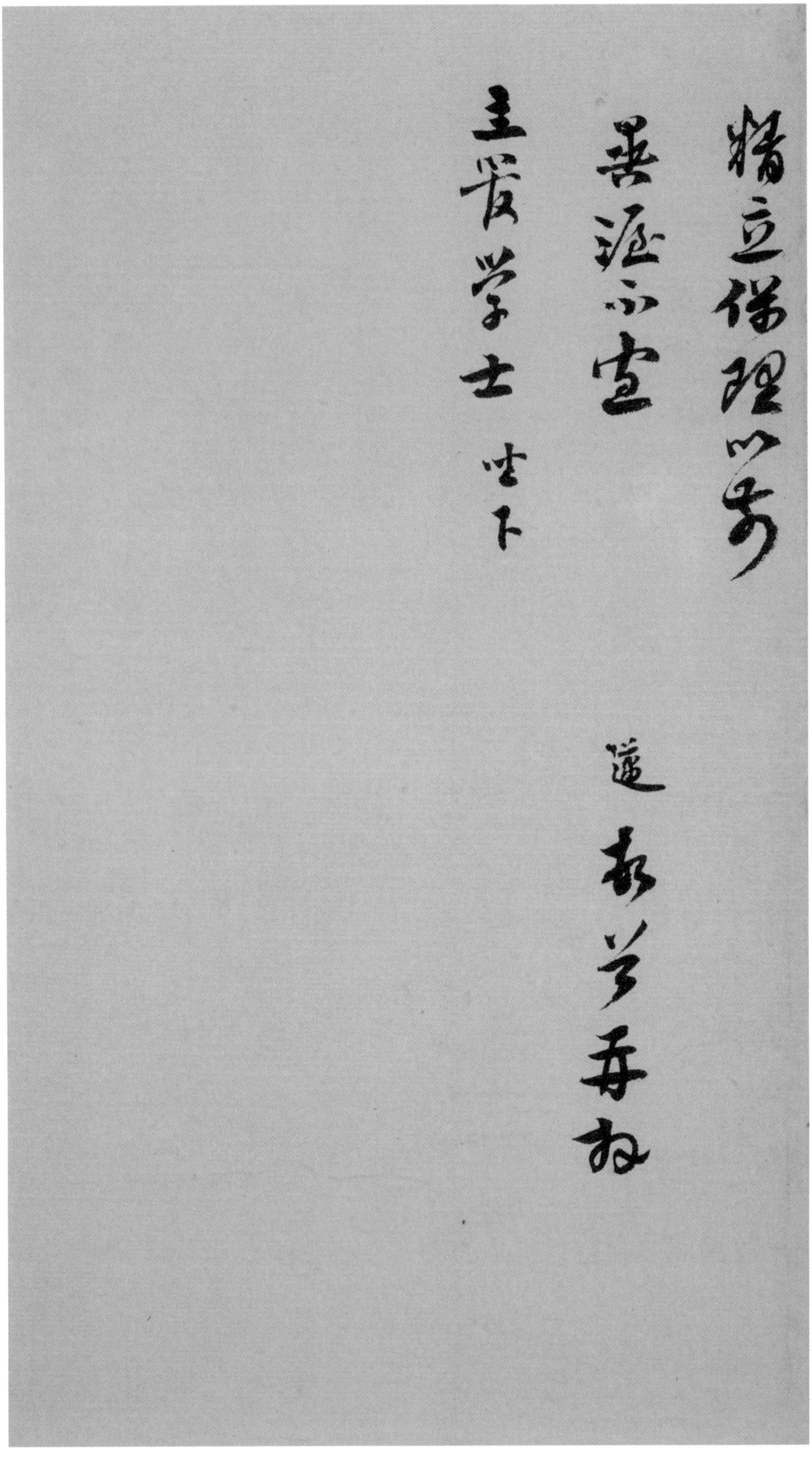

精立保理，以前异渥。不宣。邁頓首再拜主管學士坐下。

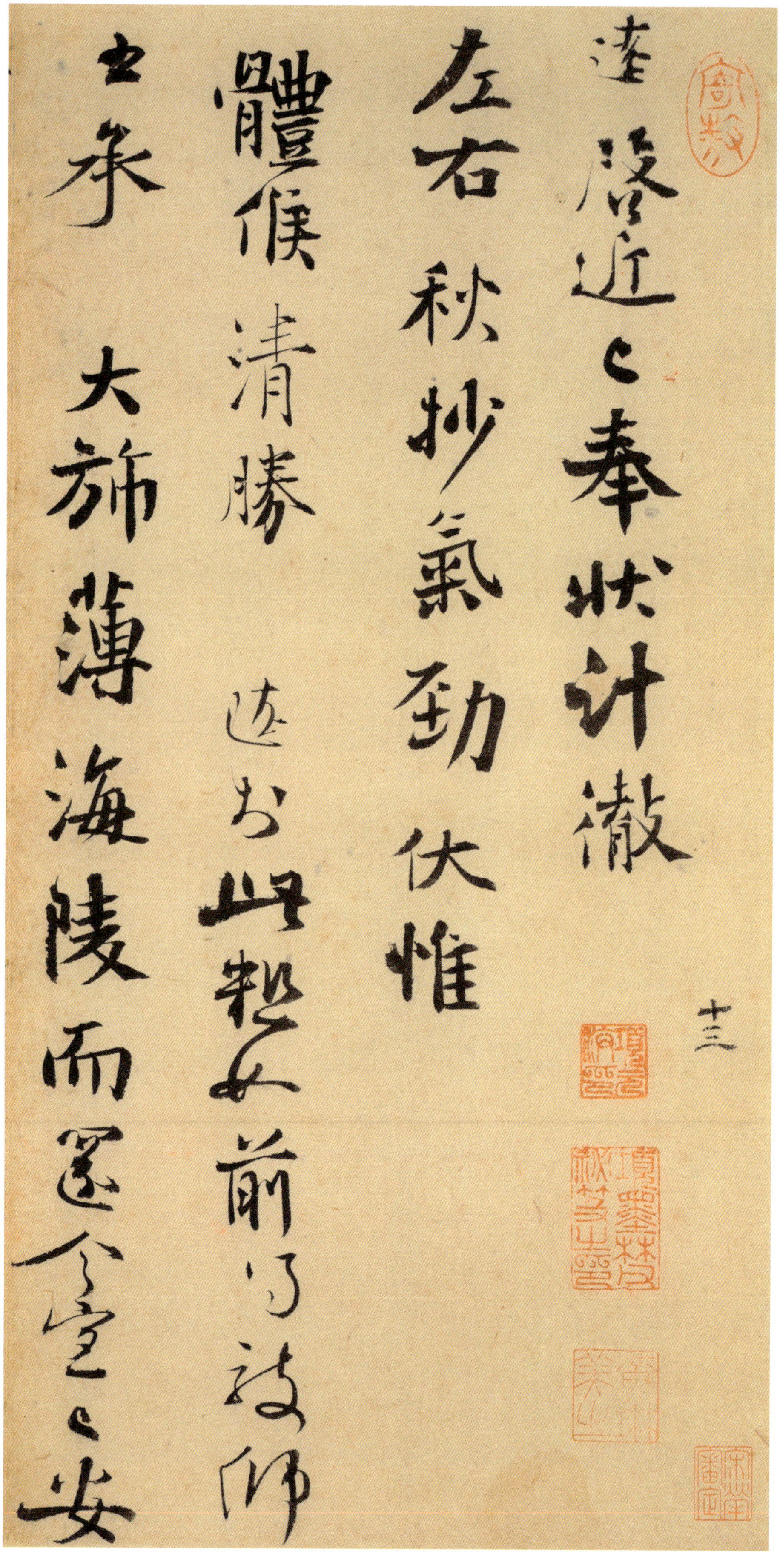

沈遼致穎叔書

遼啓：近已奉狀，計徹左右。秋杪氣勁，伏惟體候清勝。遼於此粗如前。得敦師書，承大旆薄海陵而還，今宜已安

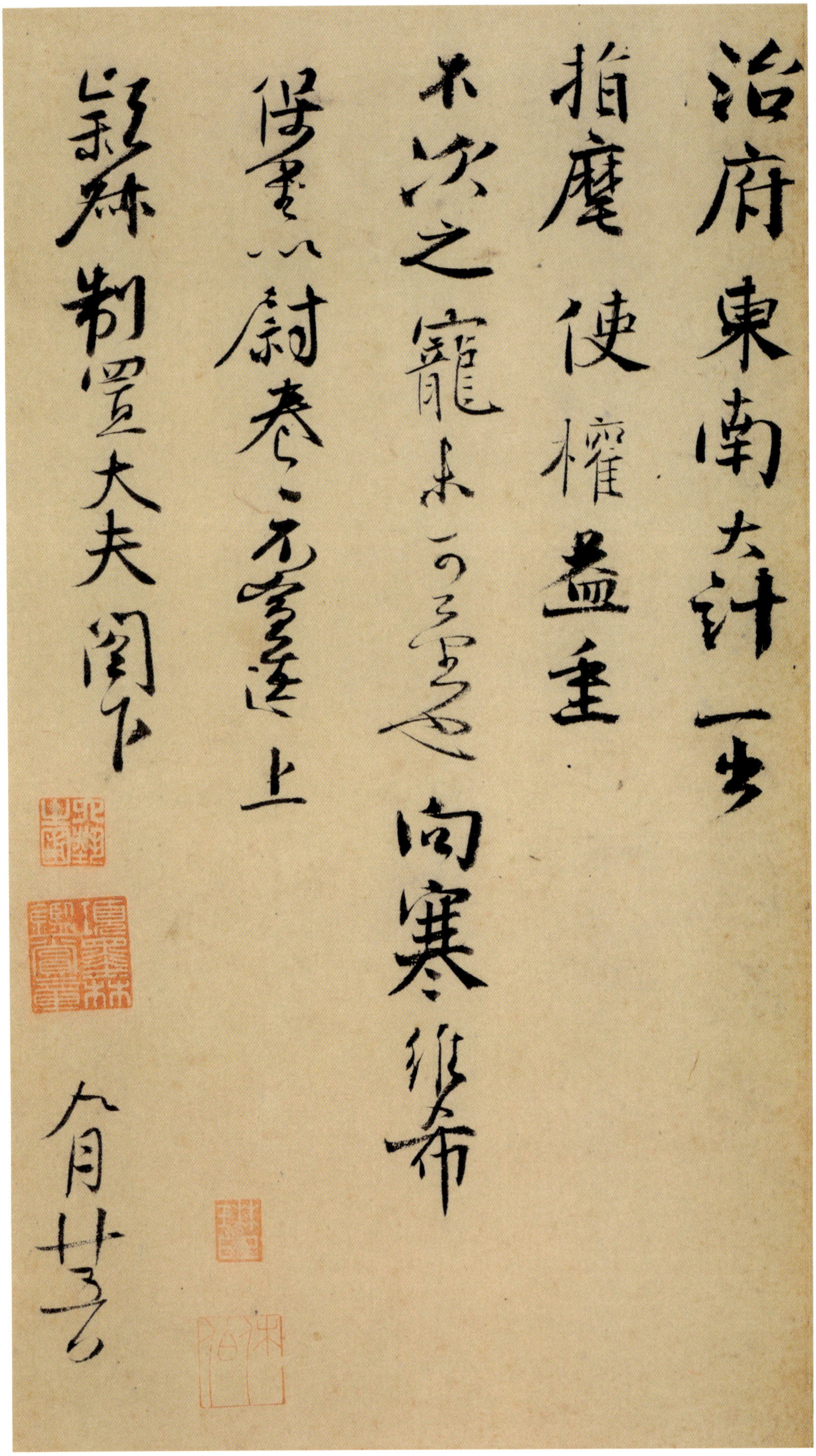

治府。東南大計，一出指麾，使權益重，不次之寵，未可量也。向寒，維希保重，以尉卷卷。不宣。遼上潁叔制置大夫閣下，九月廿五日。

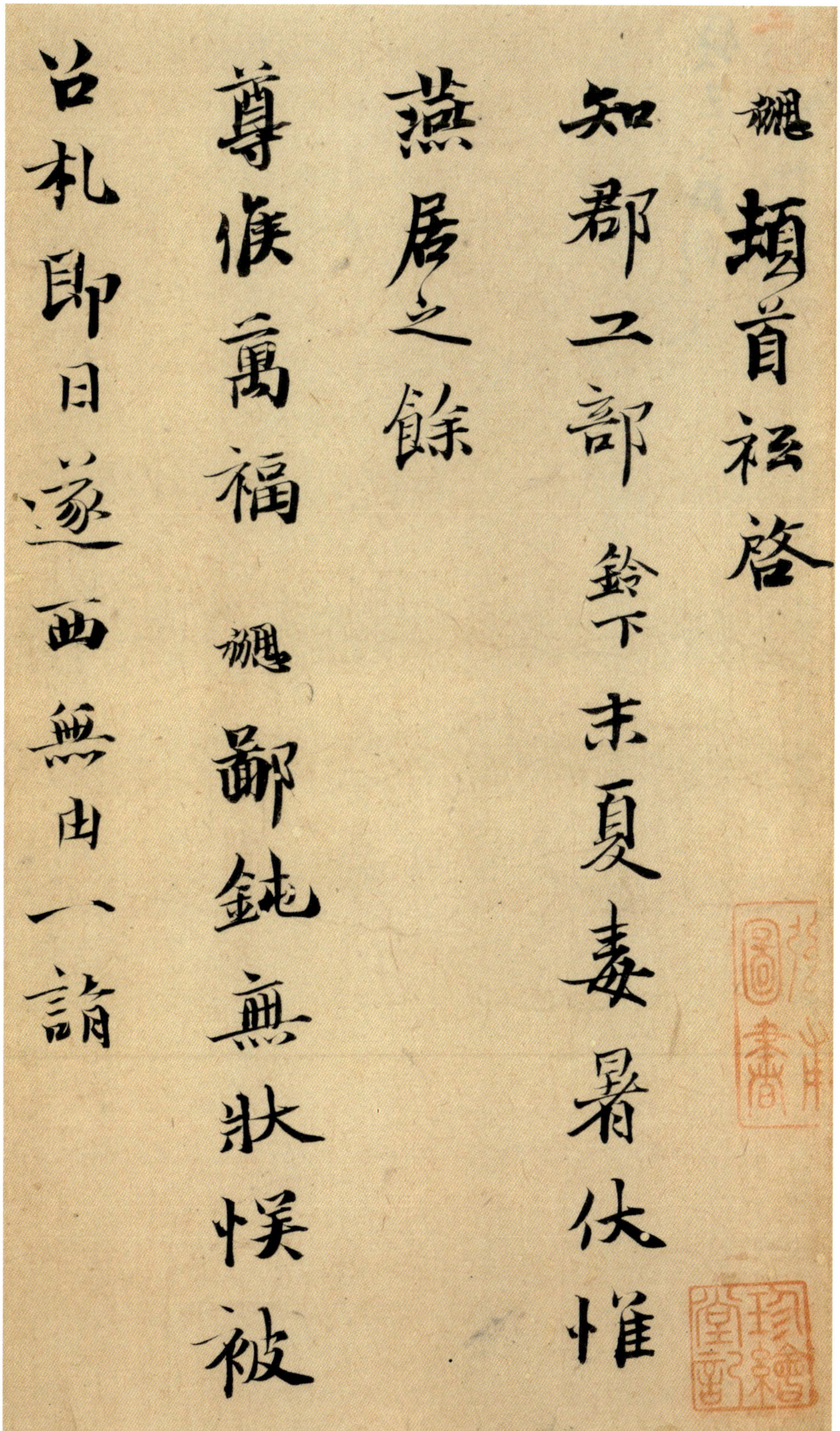

錢勰致知郡工部書

勰頓首祗啓知郡工部鈐下：末夏毒暑，伏惟燕居之餘，尊候萬福。勰鄙鈍無狀，誤被召札，即日遂西，無由一詣

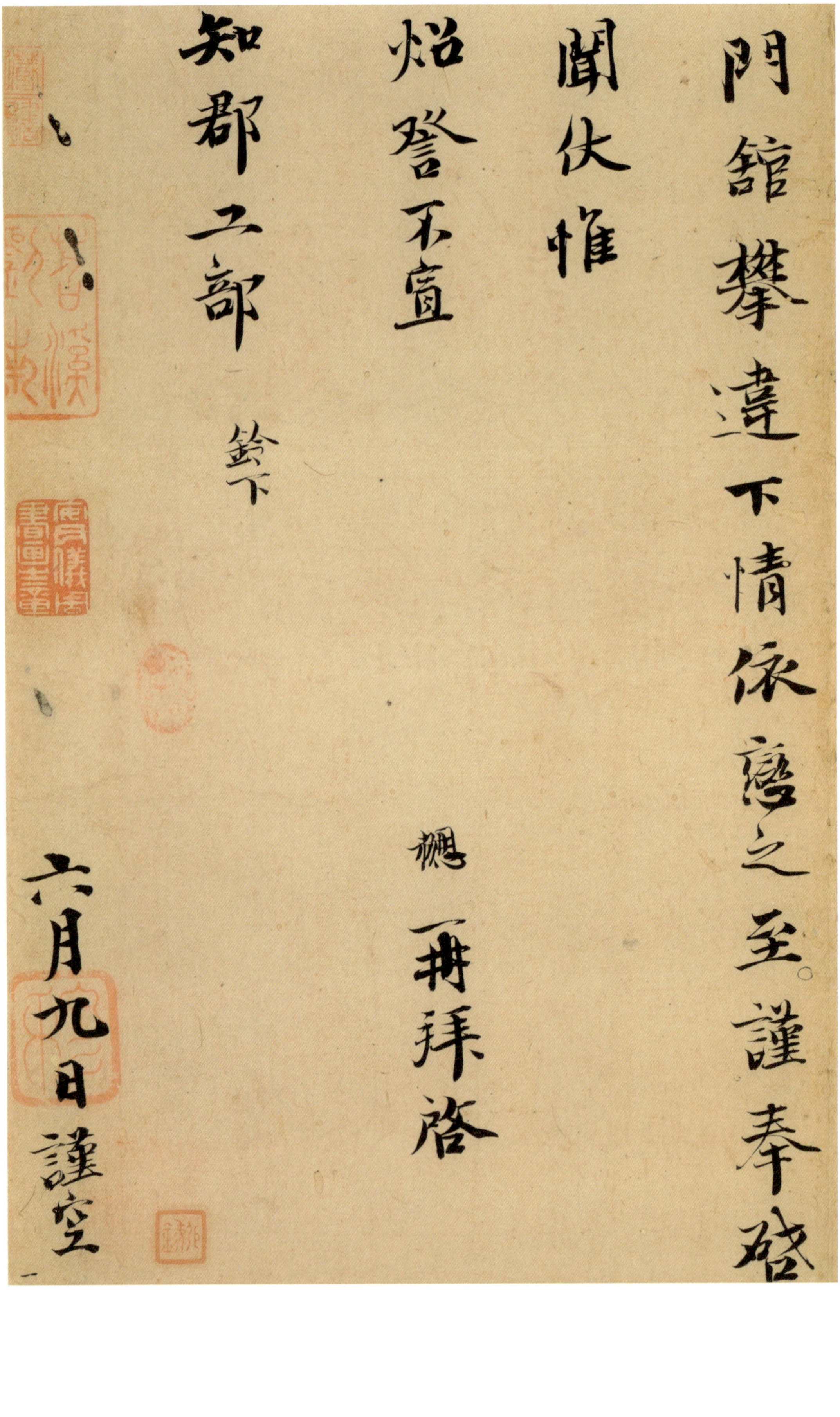

門館。攀違下情，依戀之至，謹奉啓聞，伏惟照察。不宣。䰠再拜啓知郡工部鈐下。六月九日。謹空。

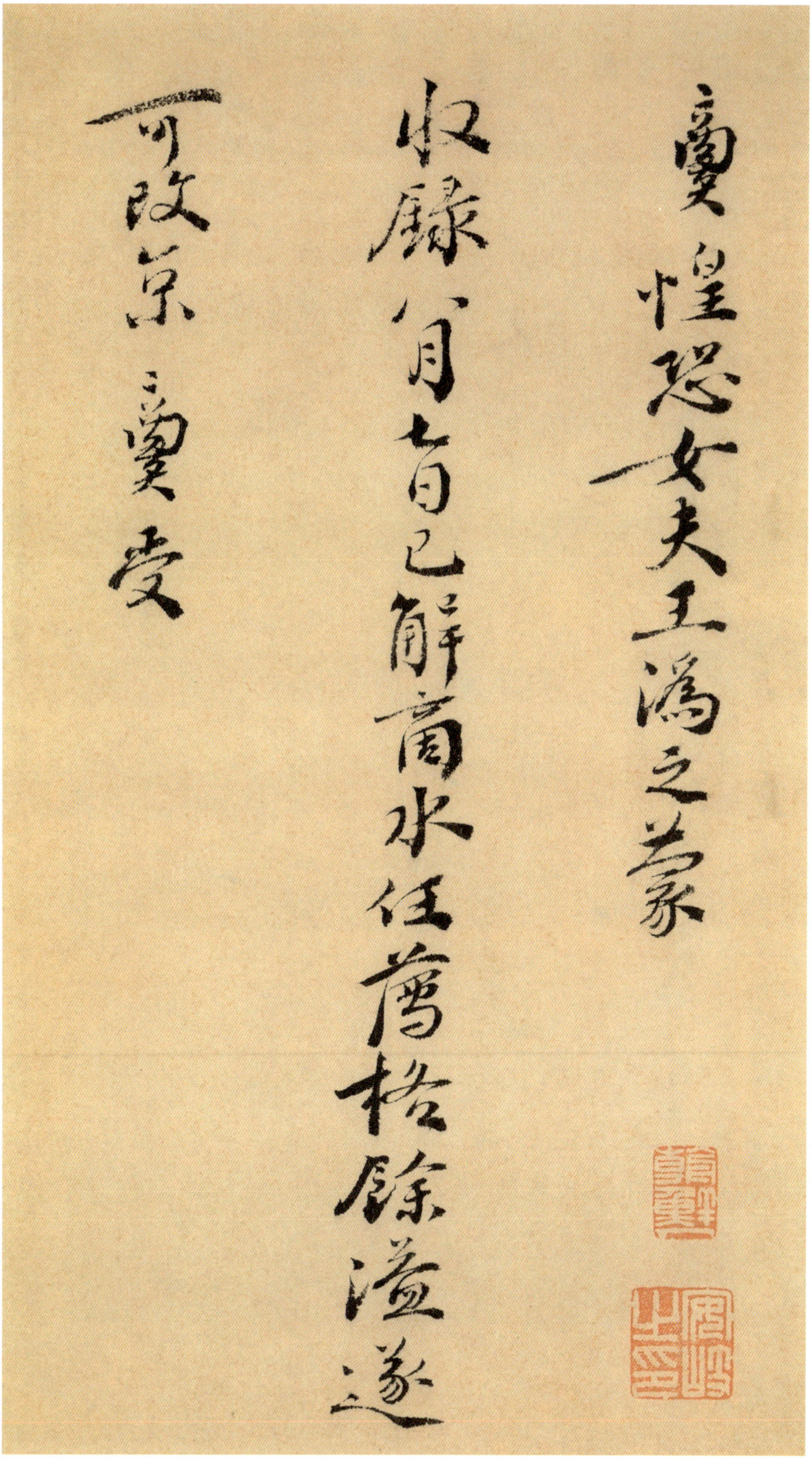

張商英《女夫帖》

商英惶恐。女夫王潙之蒙收録，八月七日已解商水任，薦格餘溢，遂可改京。商英受

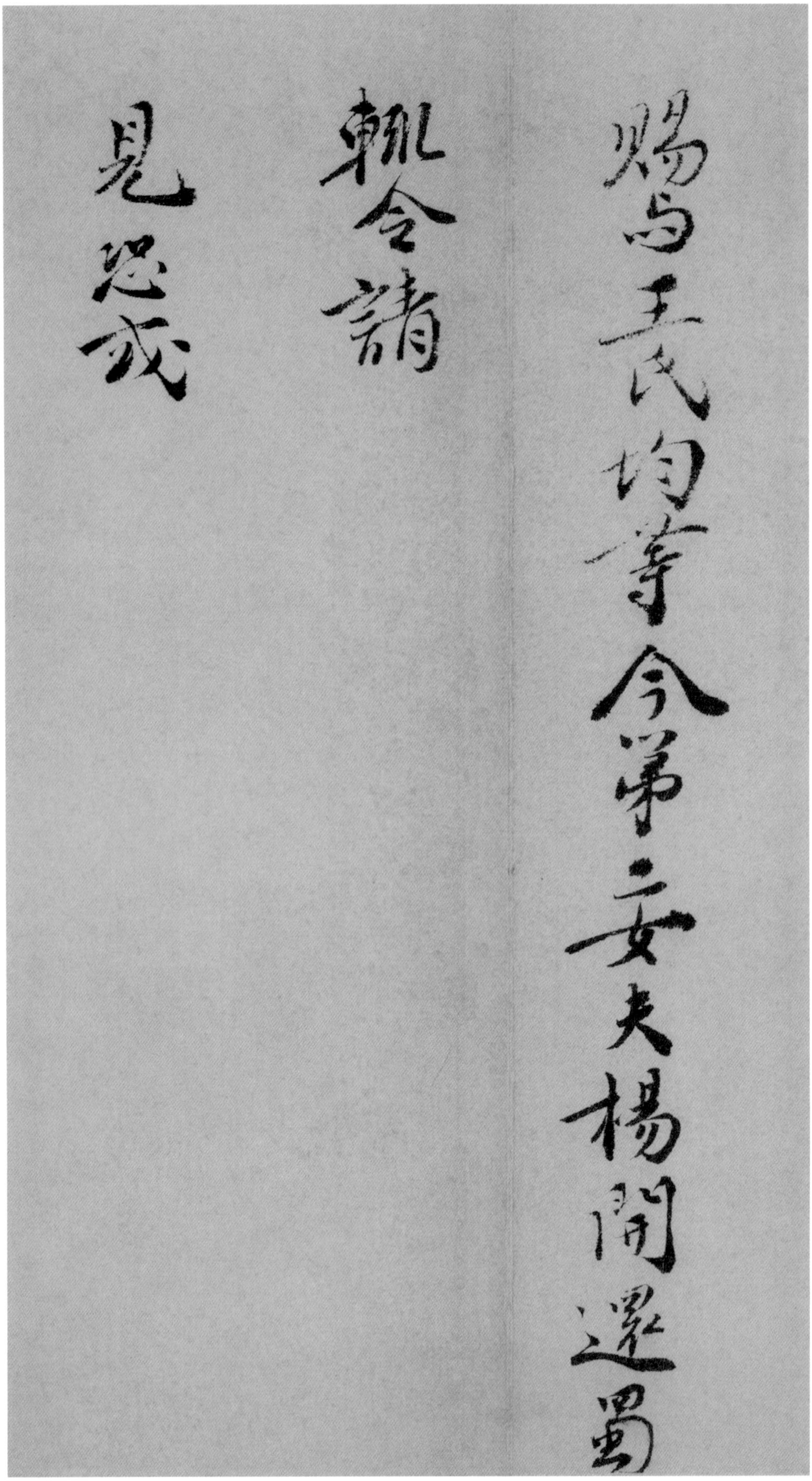

賜，與王氏均等。今第二女夫楊開還蜀，輒令請見，恐或

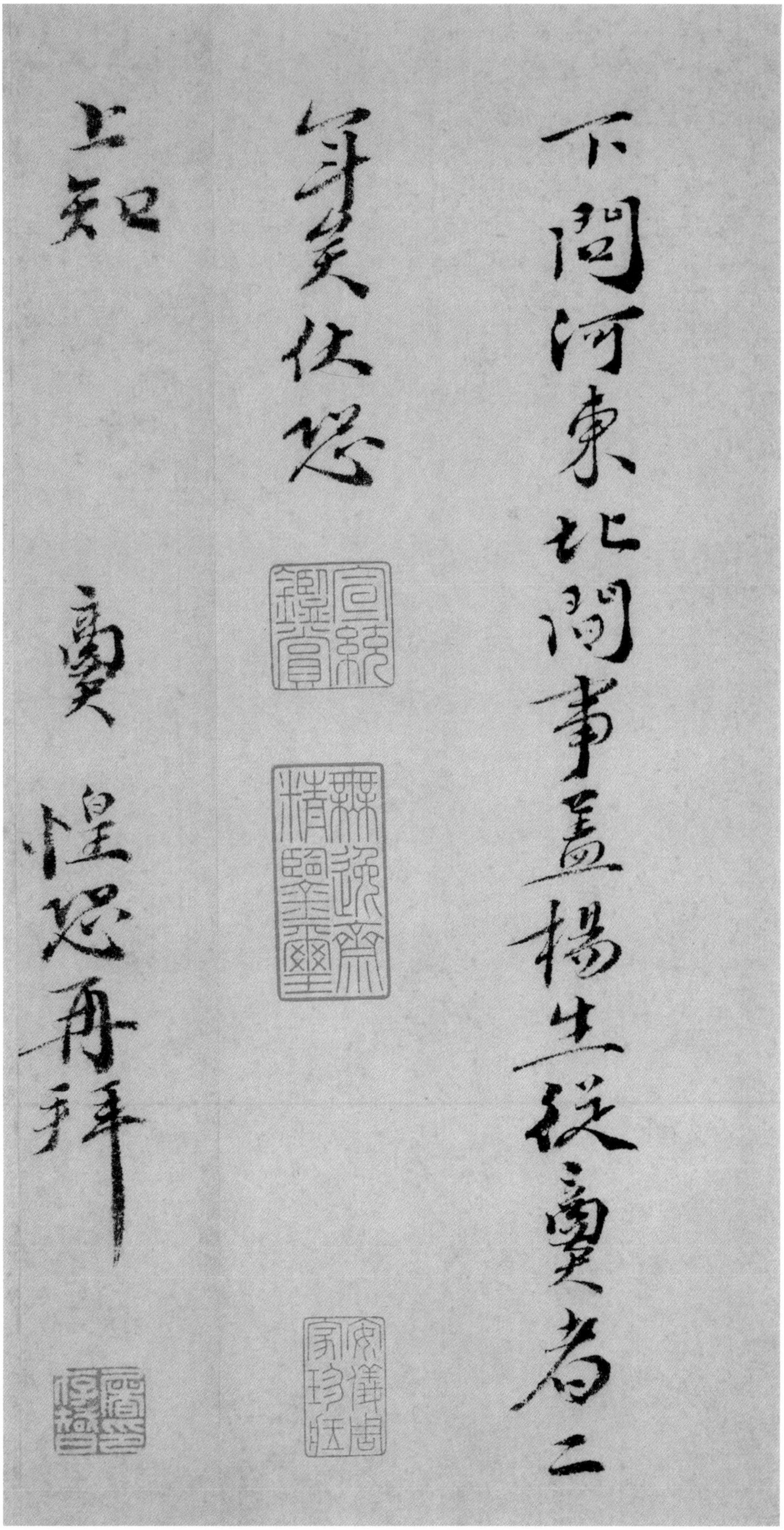

下問河東北問事。蓋楊生從商英者二年矣，伏恐上知。商英惶恐再拜。

李彭《得彼相從帖》

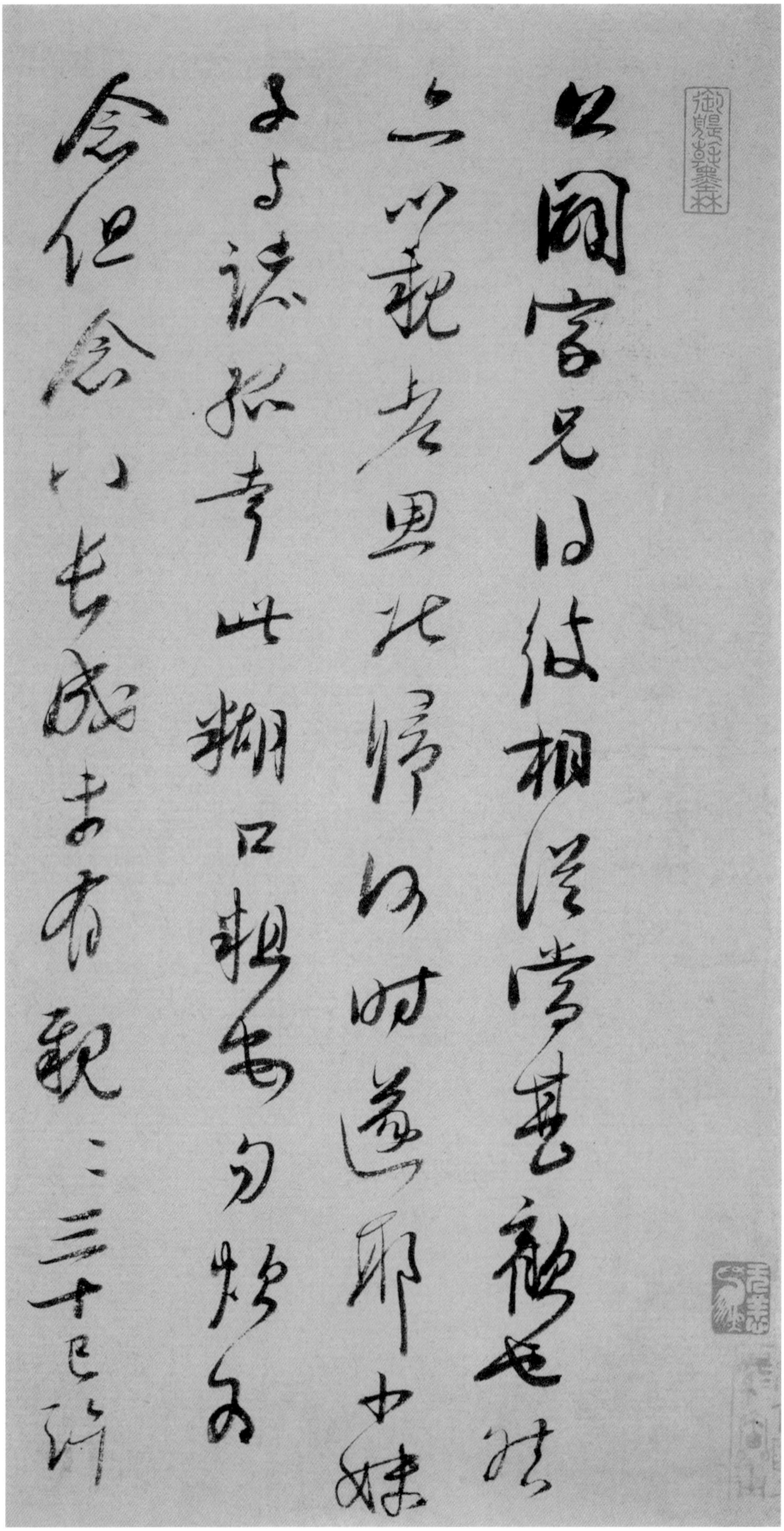

公闞家兄，得彼相從，當甚歡也。然亦以親老思北歸，何時遂耶？小妹子與諸孤幸此糊口粗安，勿煩爲念。但念八長成，未有親親，三十已許

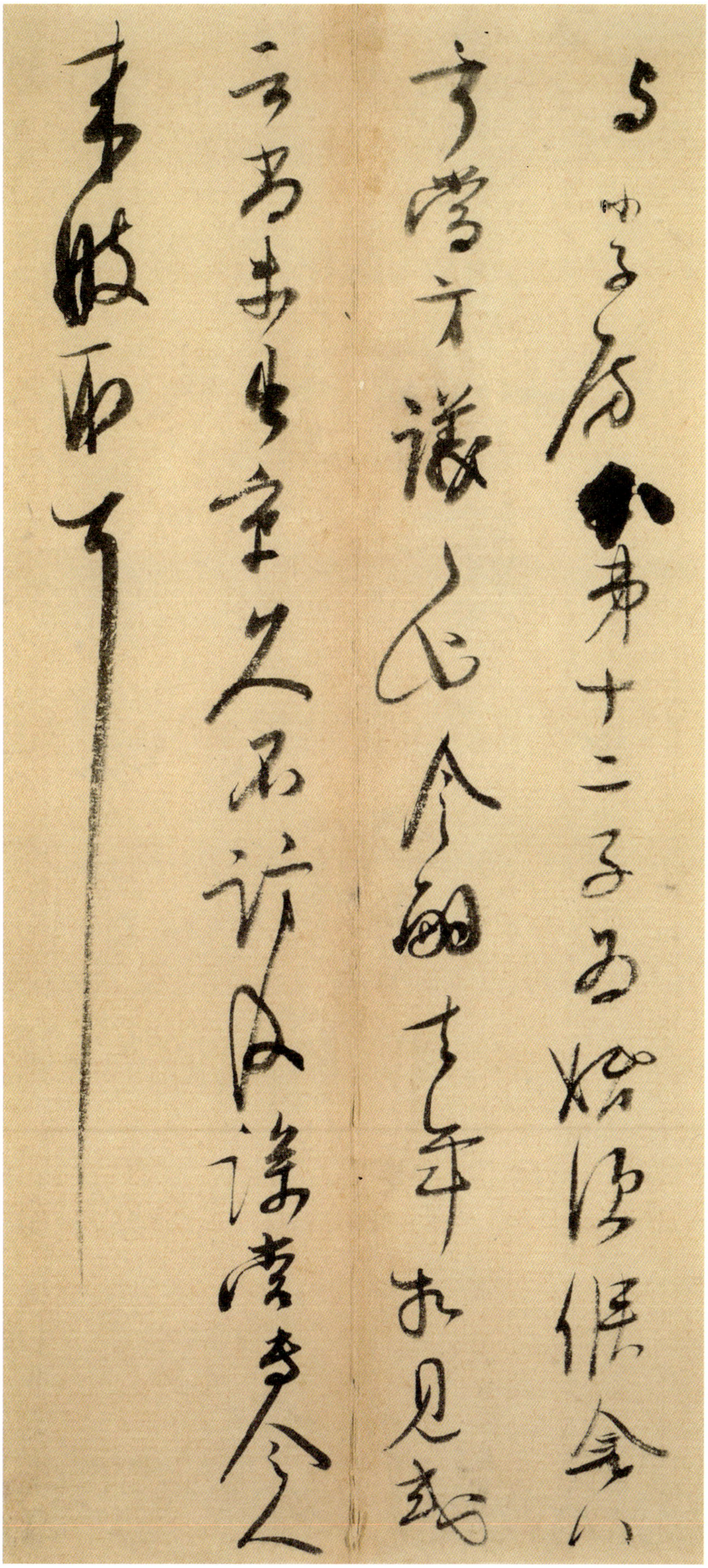

與小子房弟十二子爲婚，須候念八了，當方議之也。令嗣去年相見，或云尚未出京，久不訪及，諒當專令人來彼取耳。

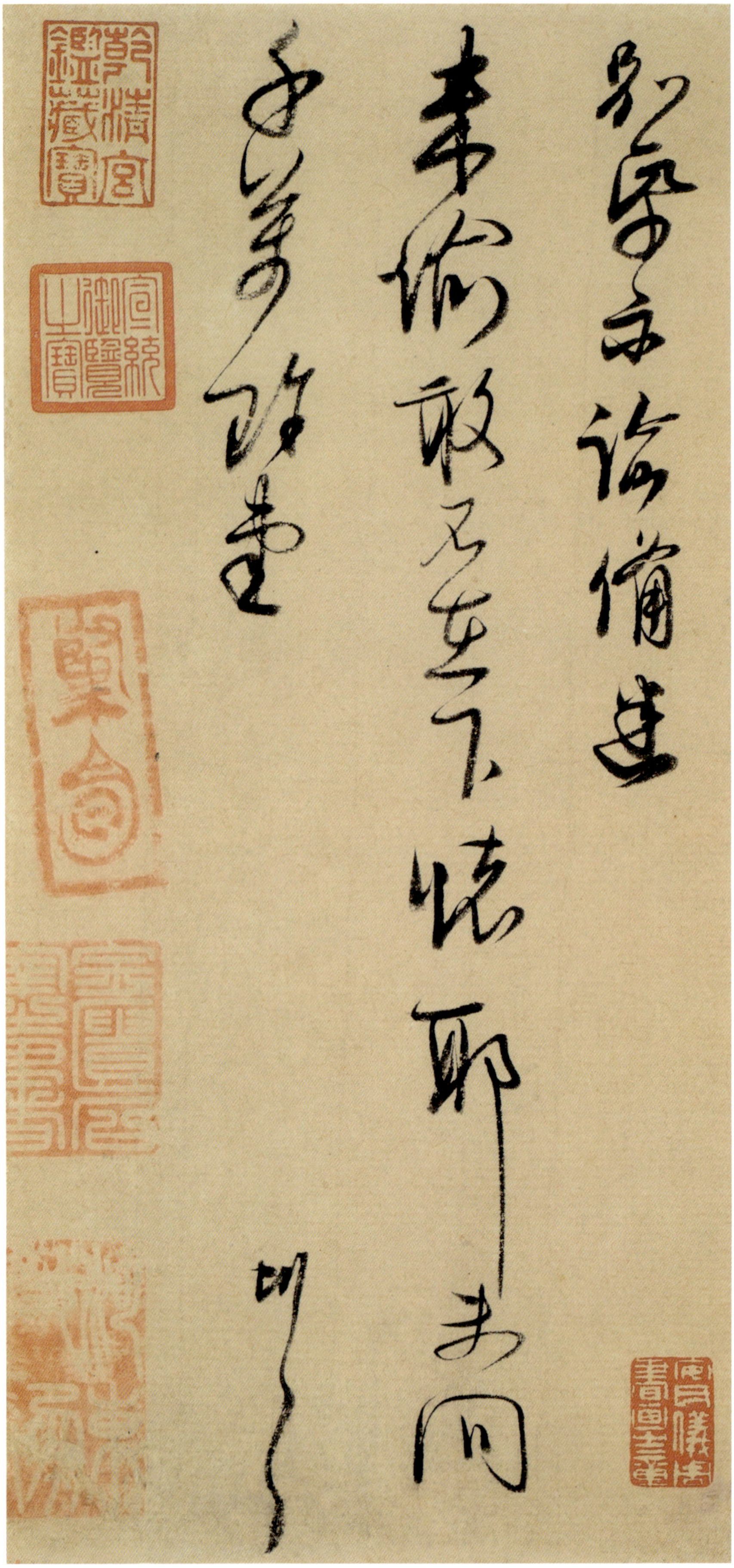

別紙示諭，備悉，來諭敢不在下懷耶？未間，千萬珍重。彭頓首。

胡安國致伯高書

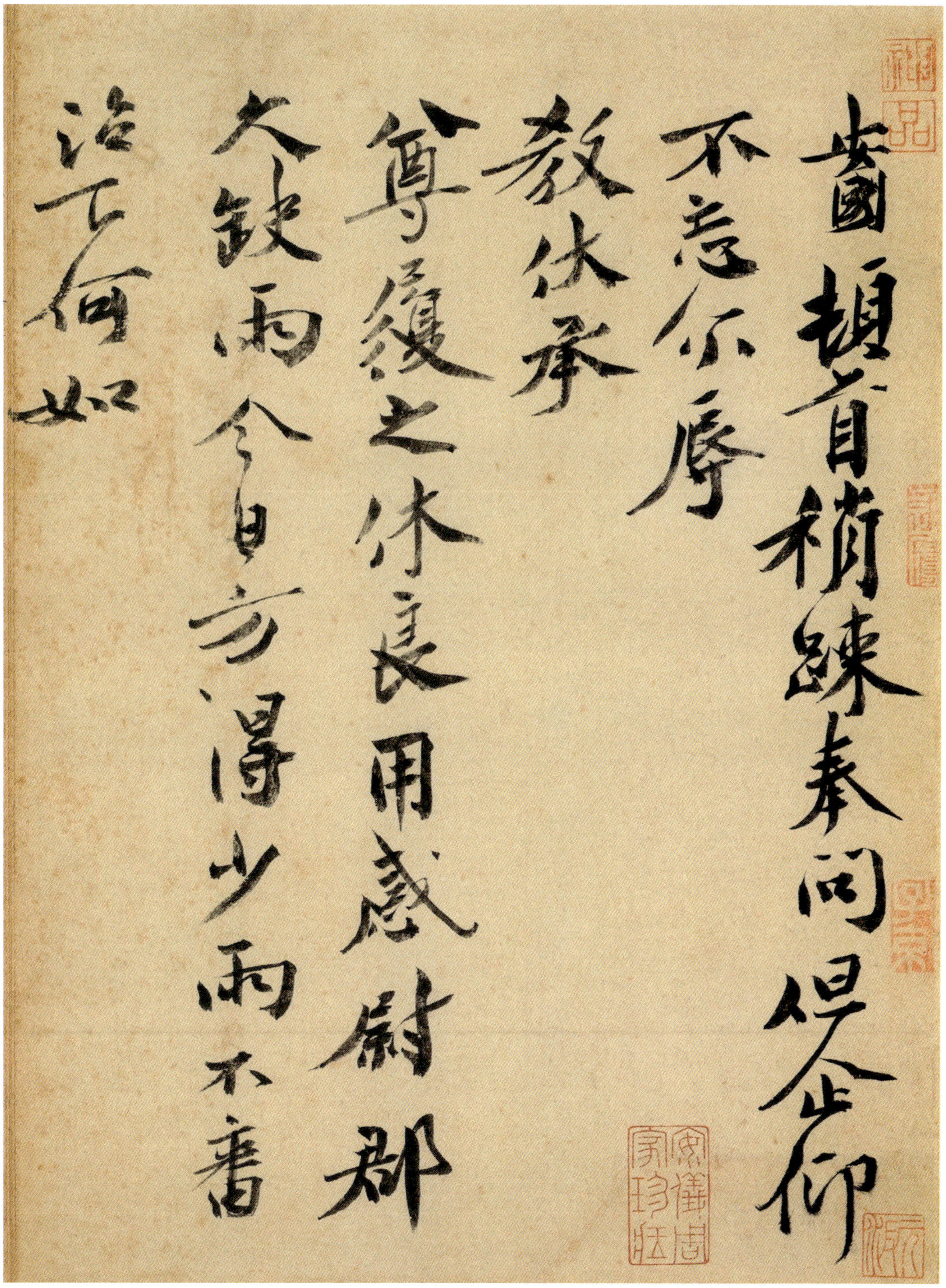
安國頓首稍疏奉問但企仰
不忘爾辱
教伏承
尊履之休良用感尉郡
久缺雨今日方得少雨不審
治下何如

安國頓首。稍疏奉問，但企仰不忘爾。辱教，伏承尊履之休，良用感尉。郡久缺雨，今日方得少雨，不審治下何如？

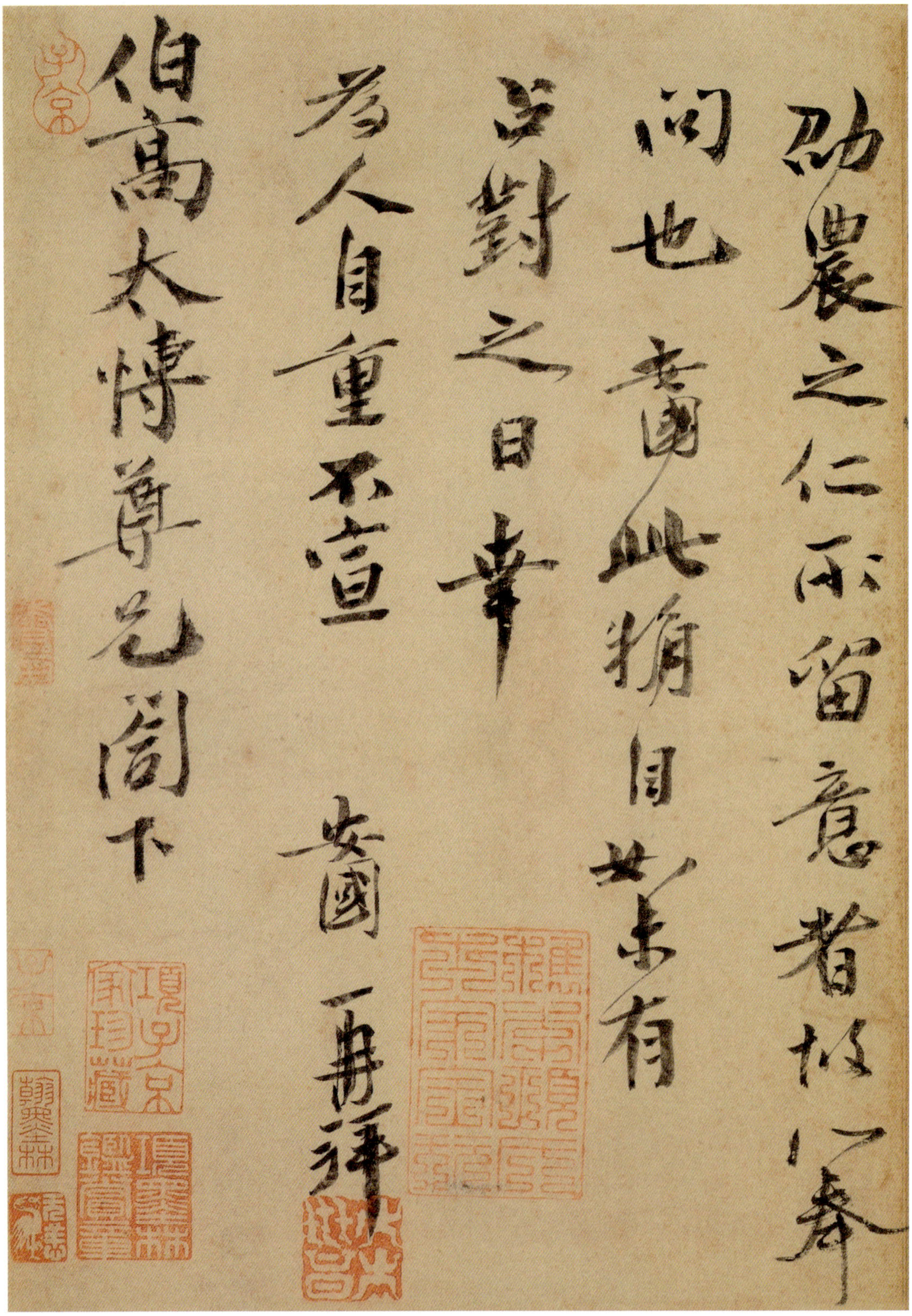

劭農之仁，所留意者，故以奉問也。安國此粗自如，未有占對之日，幸爲人自重。不宣。安國再拜伯高太博尊兄閣下。

韓彦質致大縣宣教書

彦質啓：承書，良荷至意，近因便已嘗奉報矣。改歲，爲况復何如？

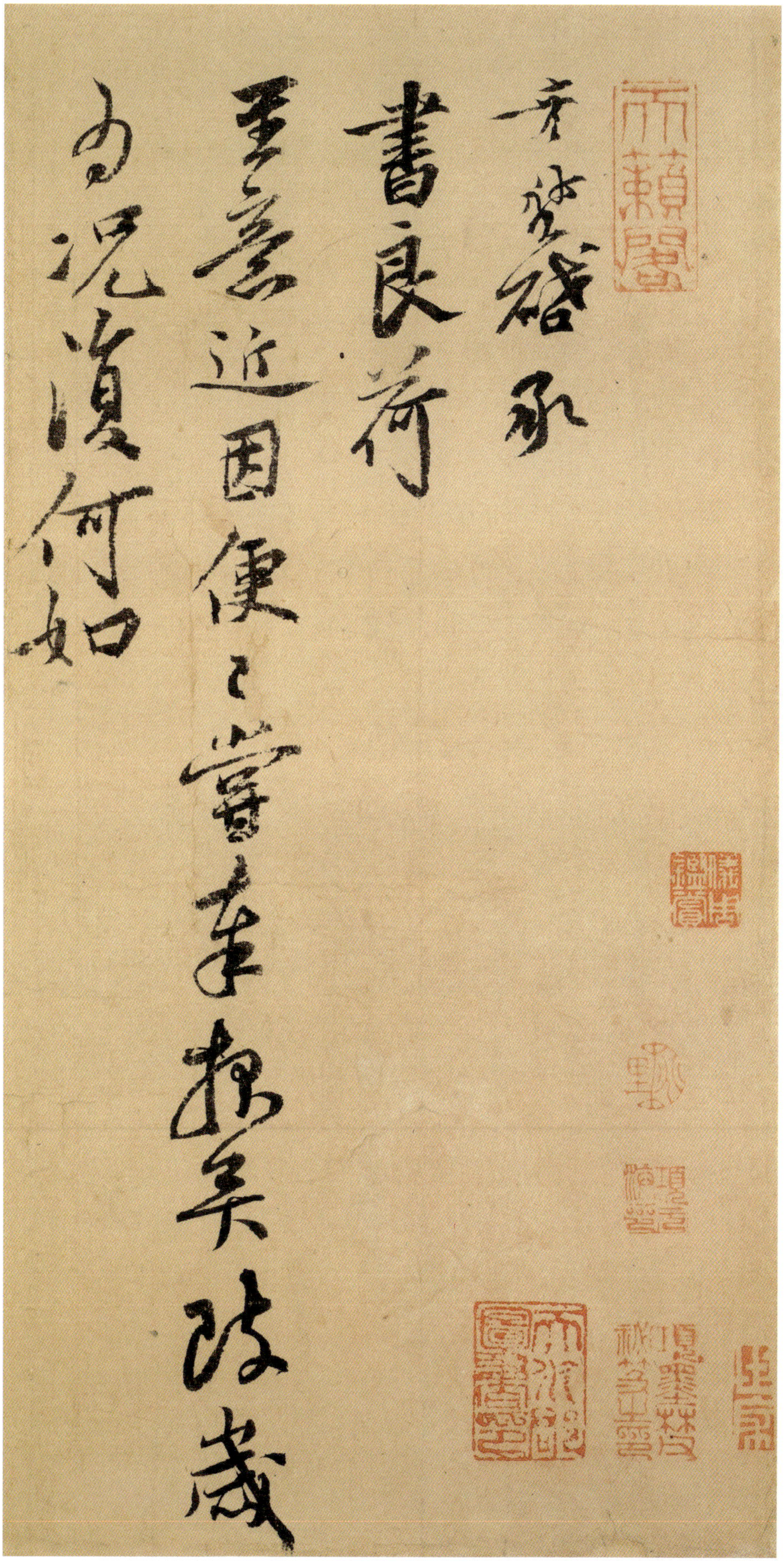

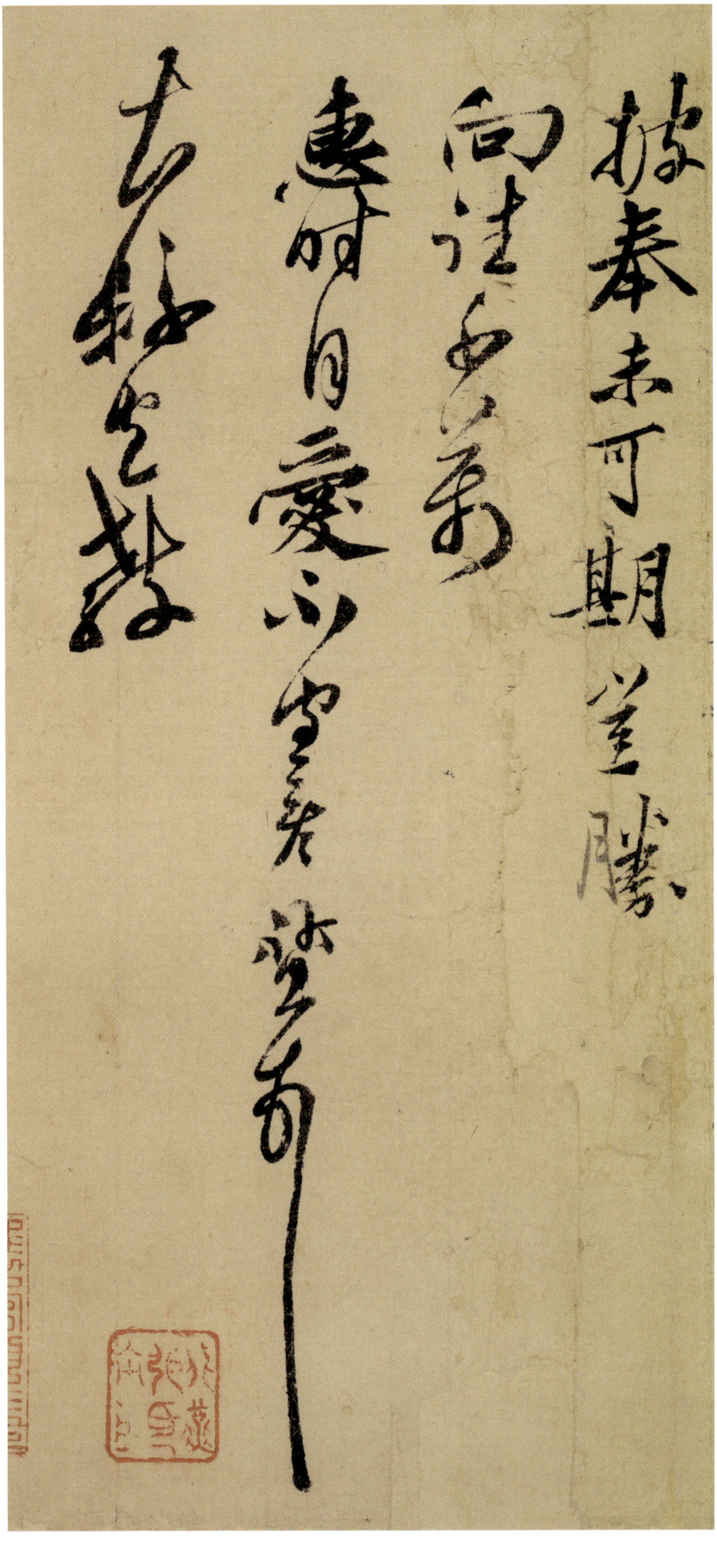

披奉未可期，豈勝嚮往。千萬惠時自愛。不宣。彥質頓首，大縣宣教。

汪藻致太虚判院朝議台坐書

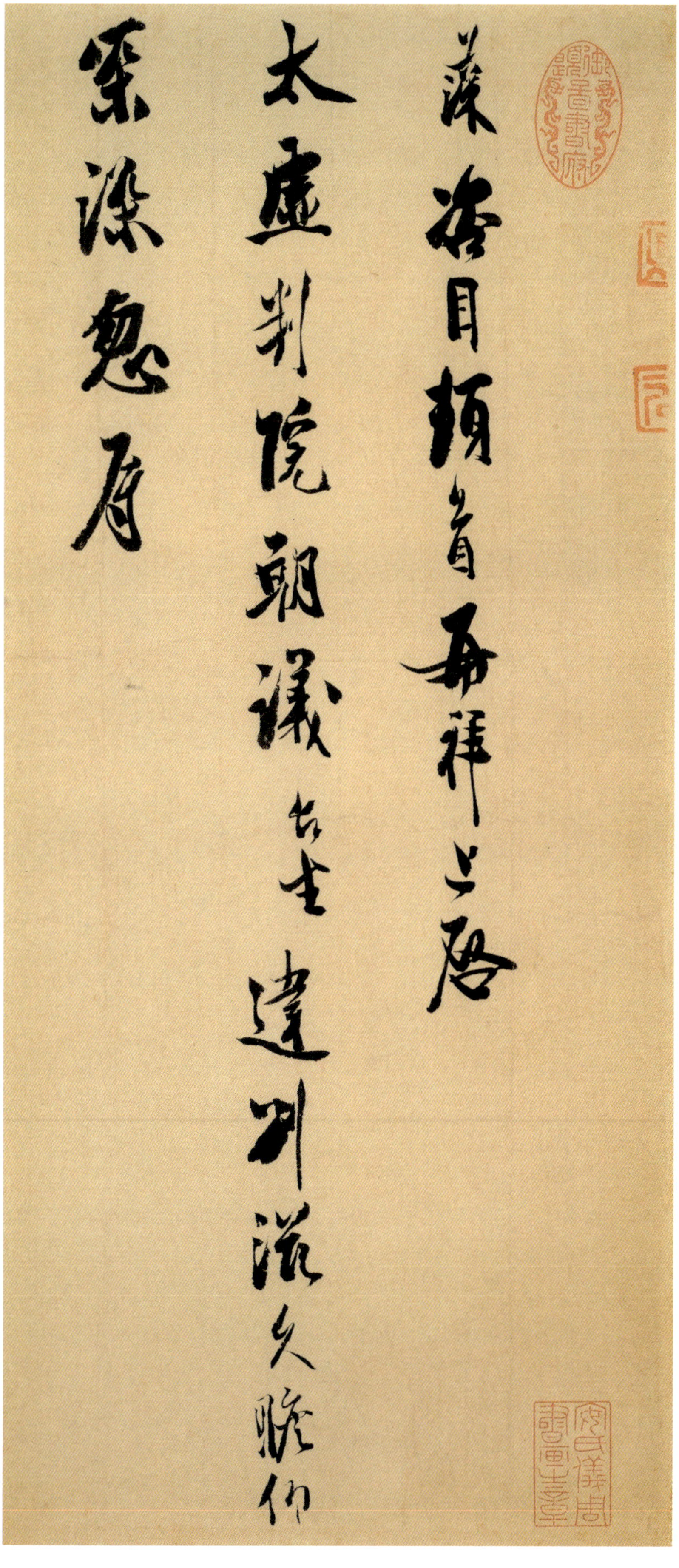
藻咨目頓首再拜上啓
太虚判院朝議台坐違别滋久瞻仰
冞深忽辱

藻咨目，頓首再拜上啓太虚判院朝議台坐：違别滋久，瞻仰冞深。忽辱

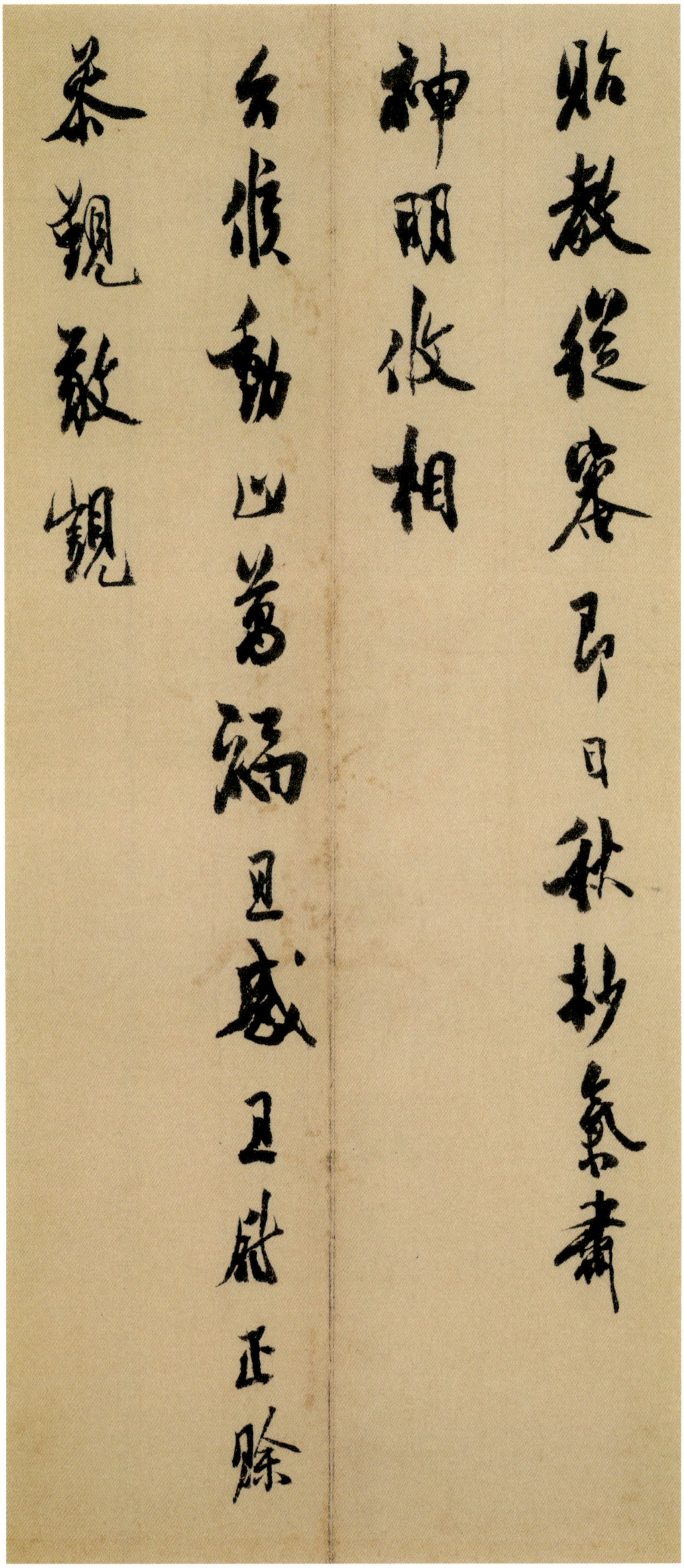

貽教，從審即日秋杪氣肅，神明攸相，台候動止萬福，且感且尉。正賒參覲，敢覬

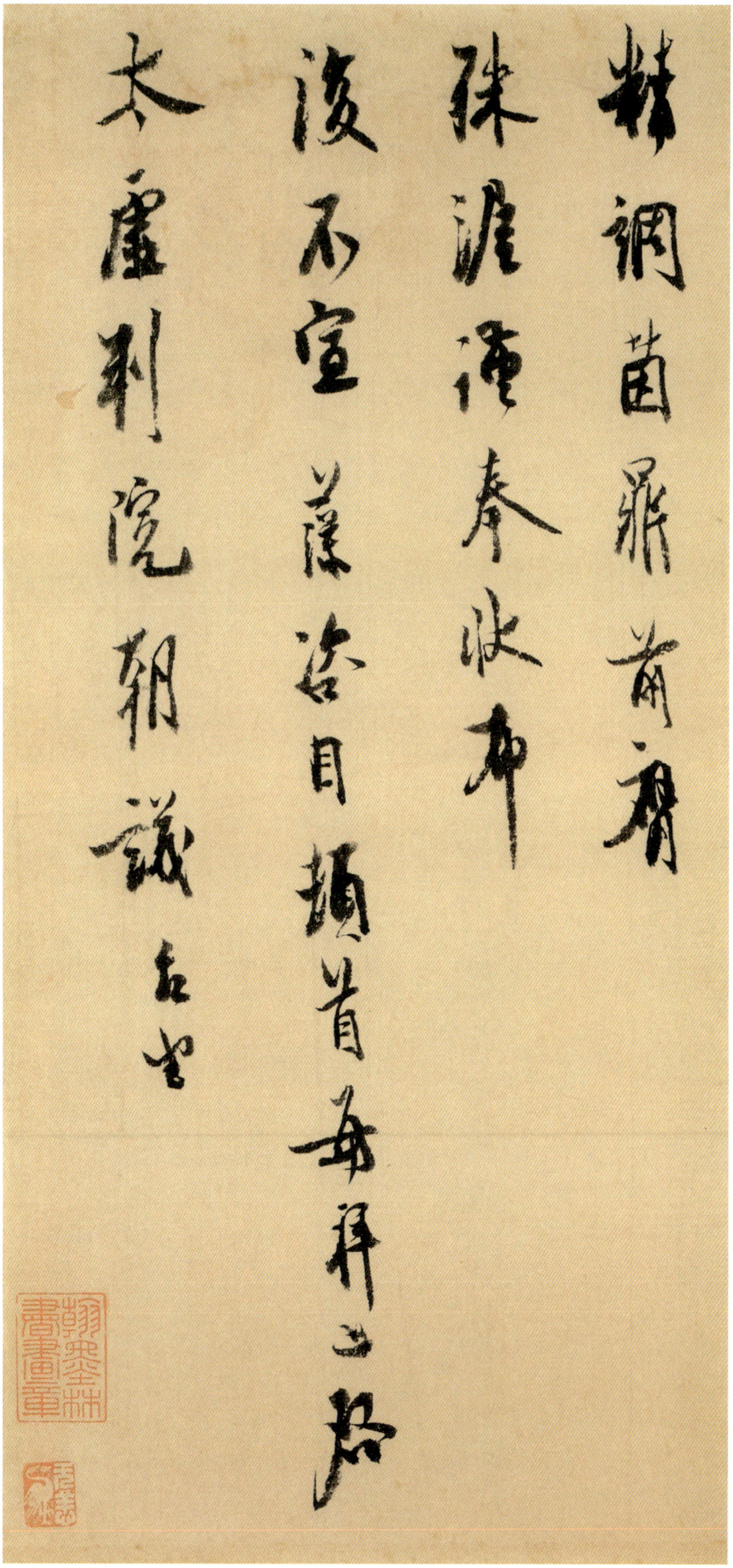

精調茵鼎，前膺殊渥。謹奉狀布復，不宣。藻咨目，頓首再拜上啓太虛判院朝議台坐。

孫覿致務德知府學士書

覿頓首再拜。三時不接言侍，區區系心，而以老罷不能自致於竿牘之間，必諒此意也。牙兵傳教，益佩

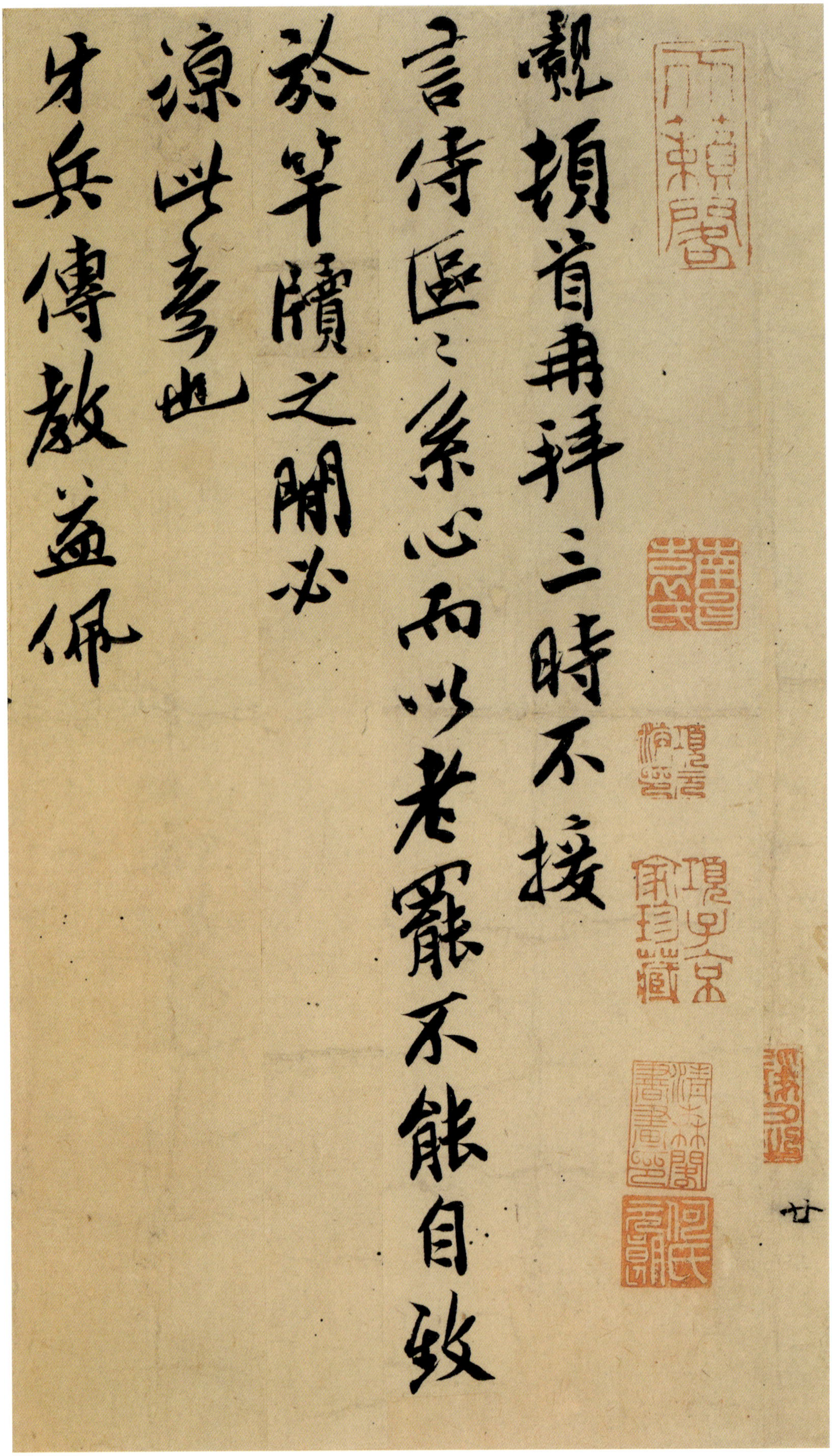

覿頓首再拜三時不接
言侍區區系心而以老罷不能自致
於竿牘之間必
諒此意也
牙兵傳教益佩

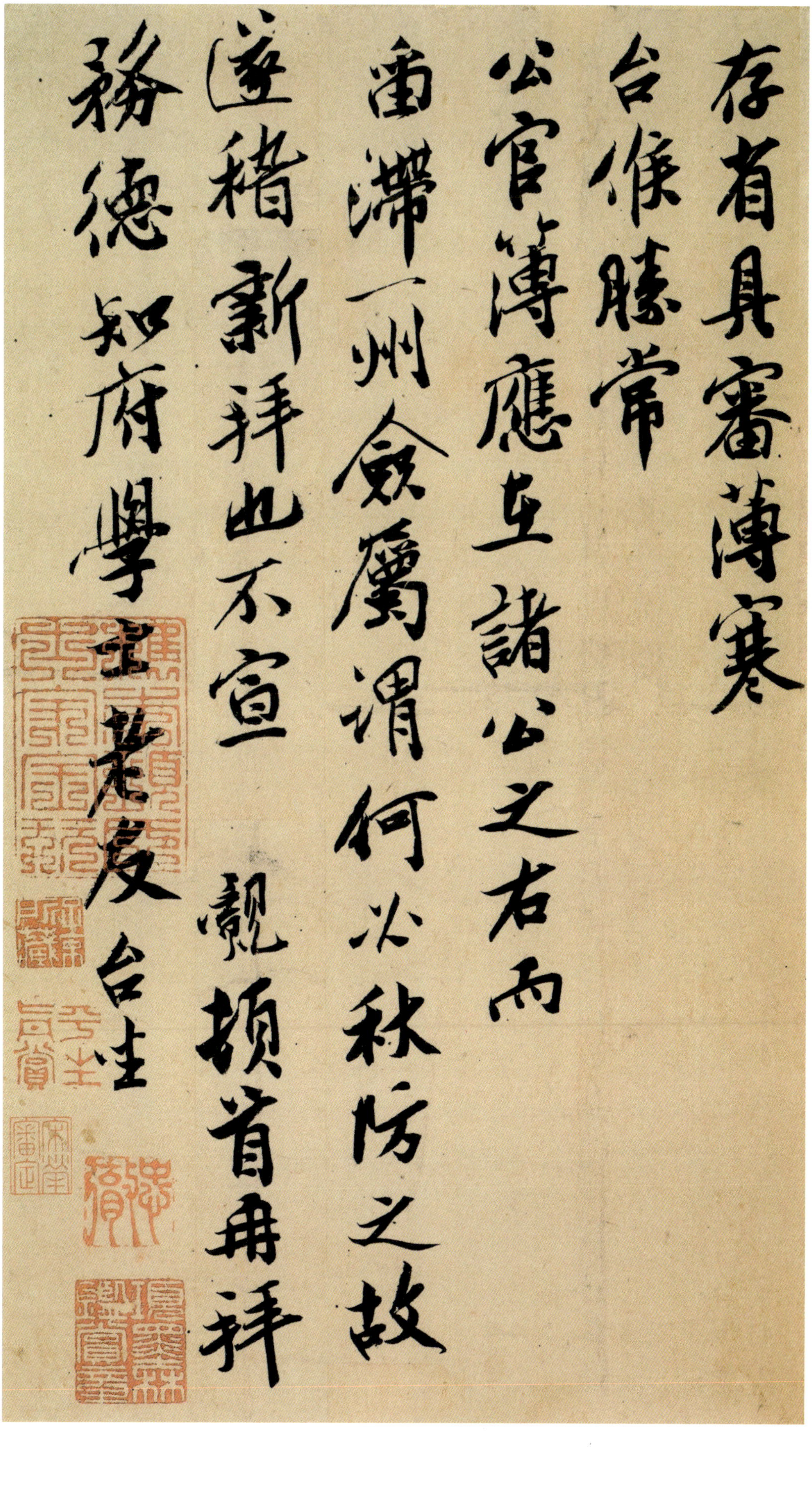

存省，具審薄寒台候勝常。公官簿應在諸公之右，而留滯一州，僉屬謂何必秋防之故，遂稽新拜也。不宣。覿頓首再拜務德知府學士老友台坐。

劉正夫《往履帖》

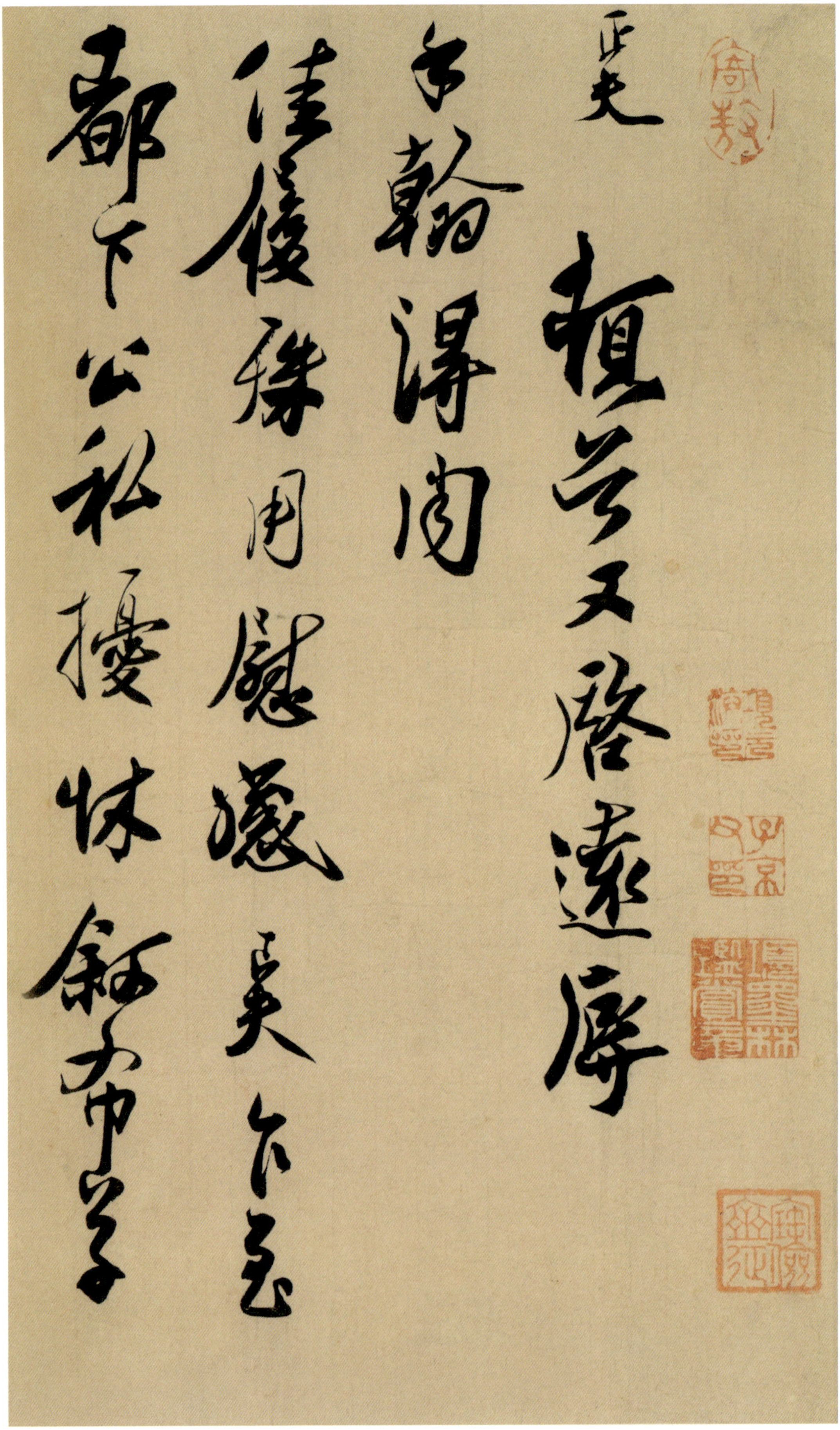

正夫頓首又啓：遠辱手翰，得聞佳履，殊用慰感。正夫乍至都下，公私擾怵，叙布草

略，惟亮幸甚。他冀珍嗇，以需褒除褒除。正夫頓首。

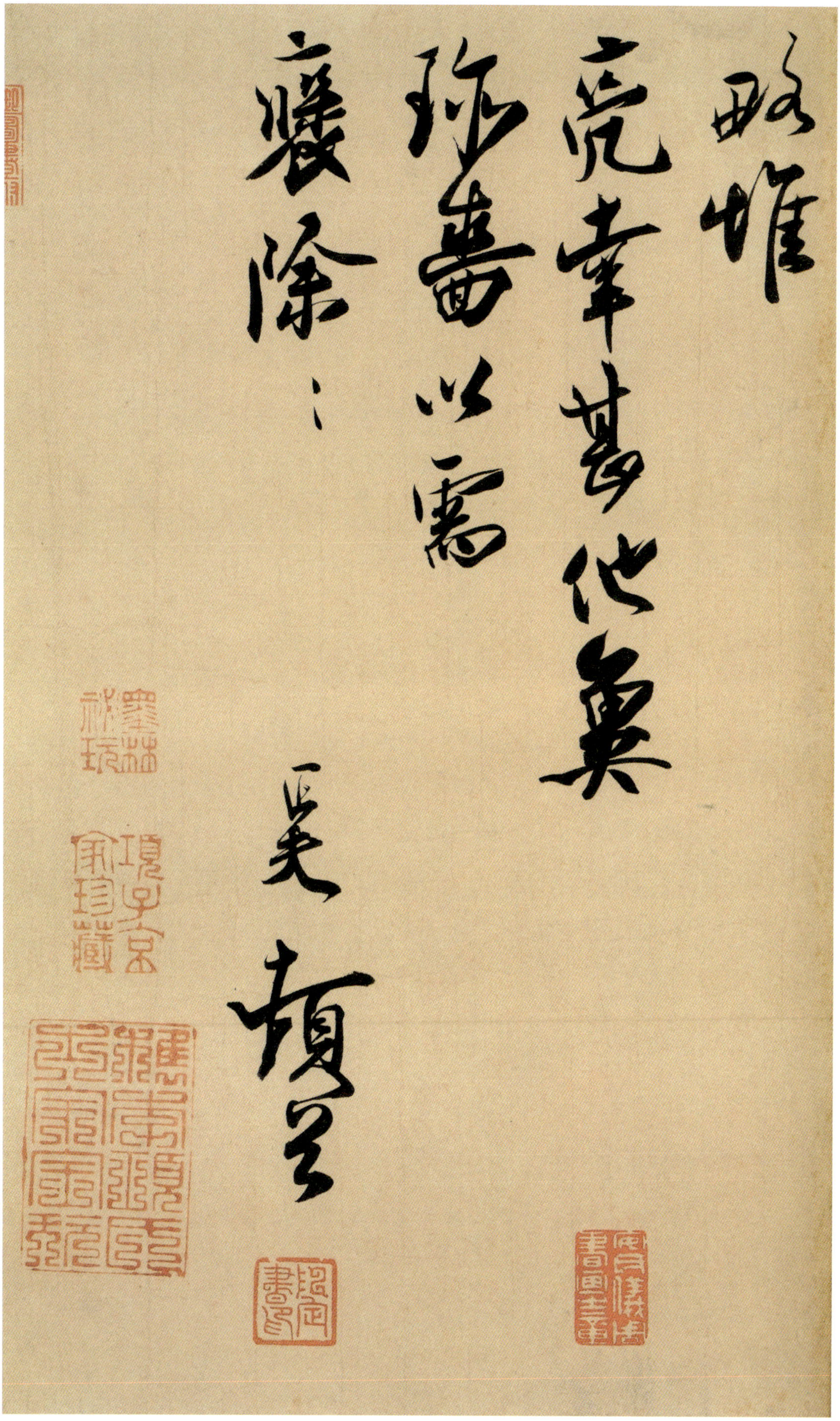

邵䶵致存道良親司理書

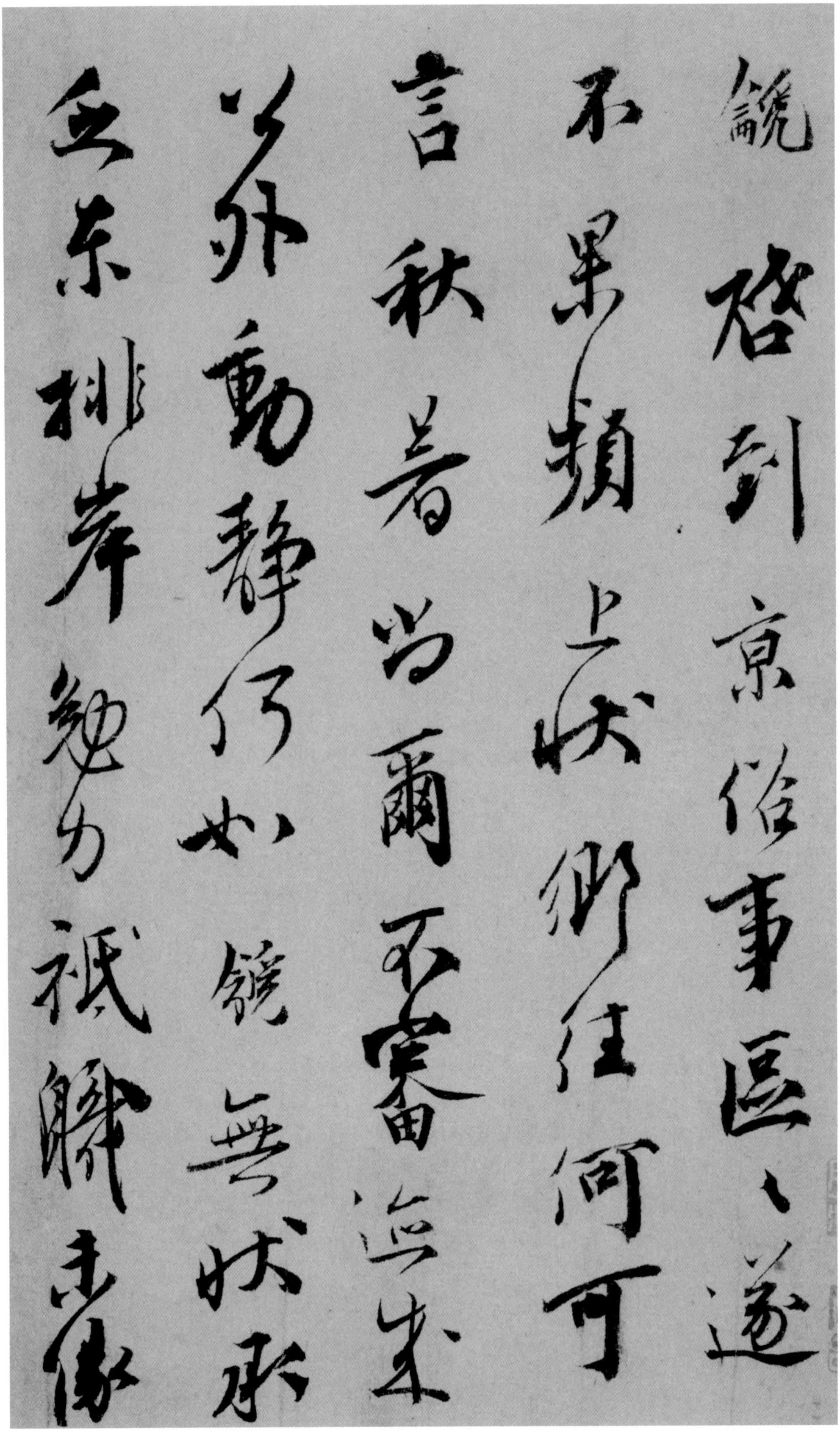

䶵啓：到京俗事區區，遂不果頻上狀，鄉往何可言。秋暑尚爾，不審邇來公外動静何如？䶵無狀，承乏東排岸，勉力祗職。未緣

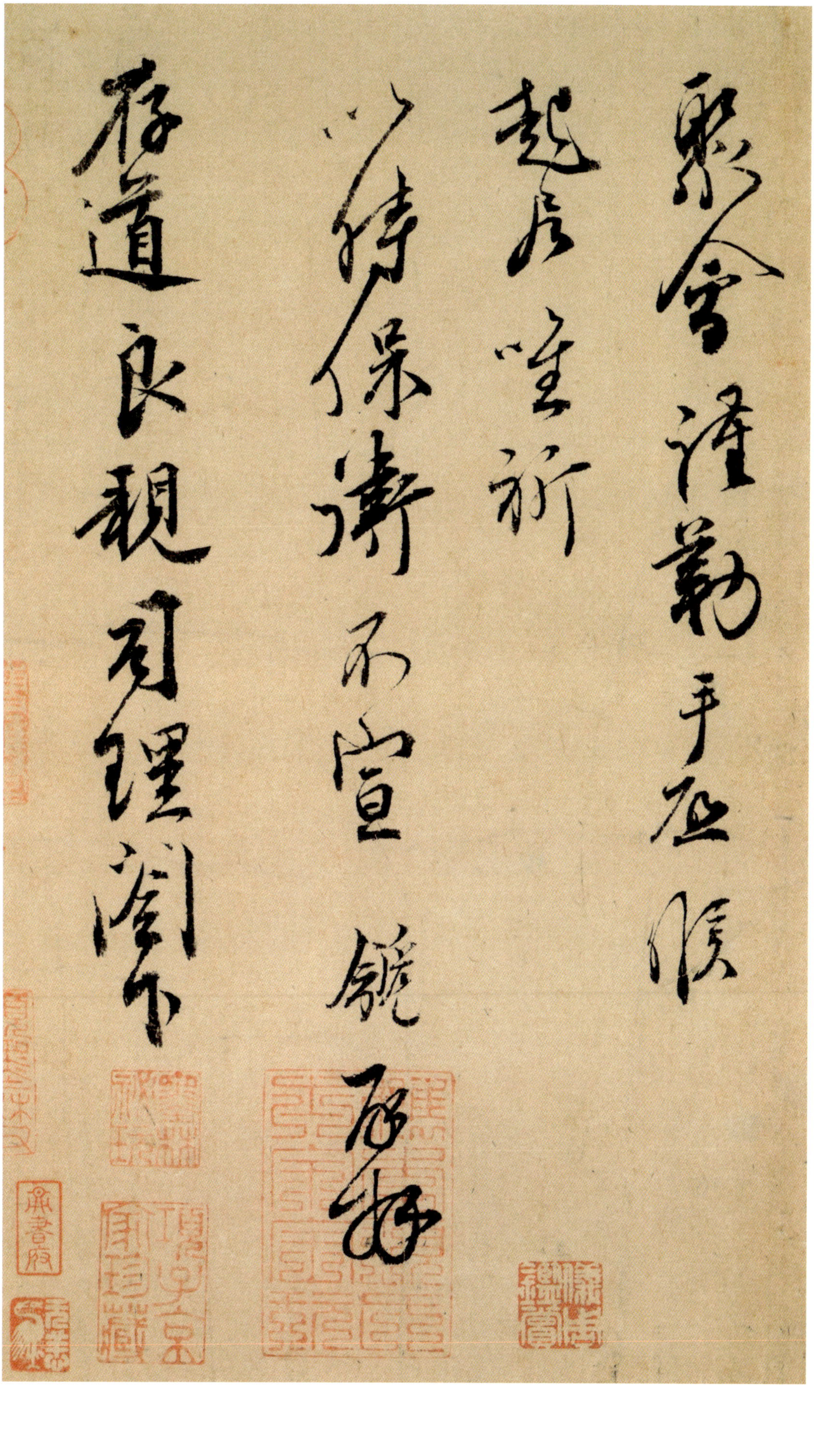

聚會，謹勒手啓。候起居，唯祈以時保衛。不宣。黻再拜存道良親司理閣下。

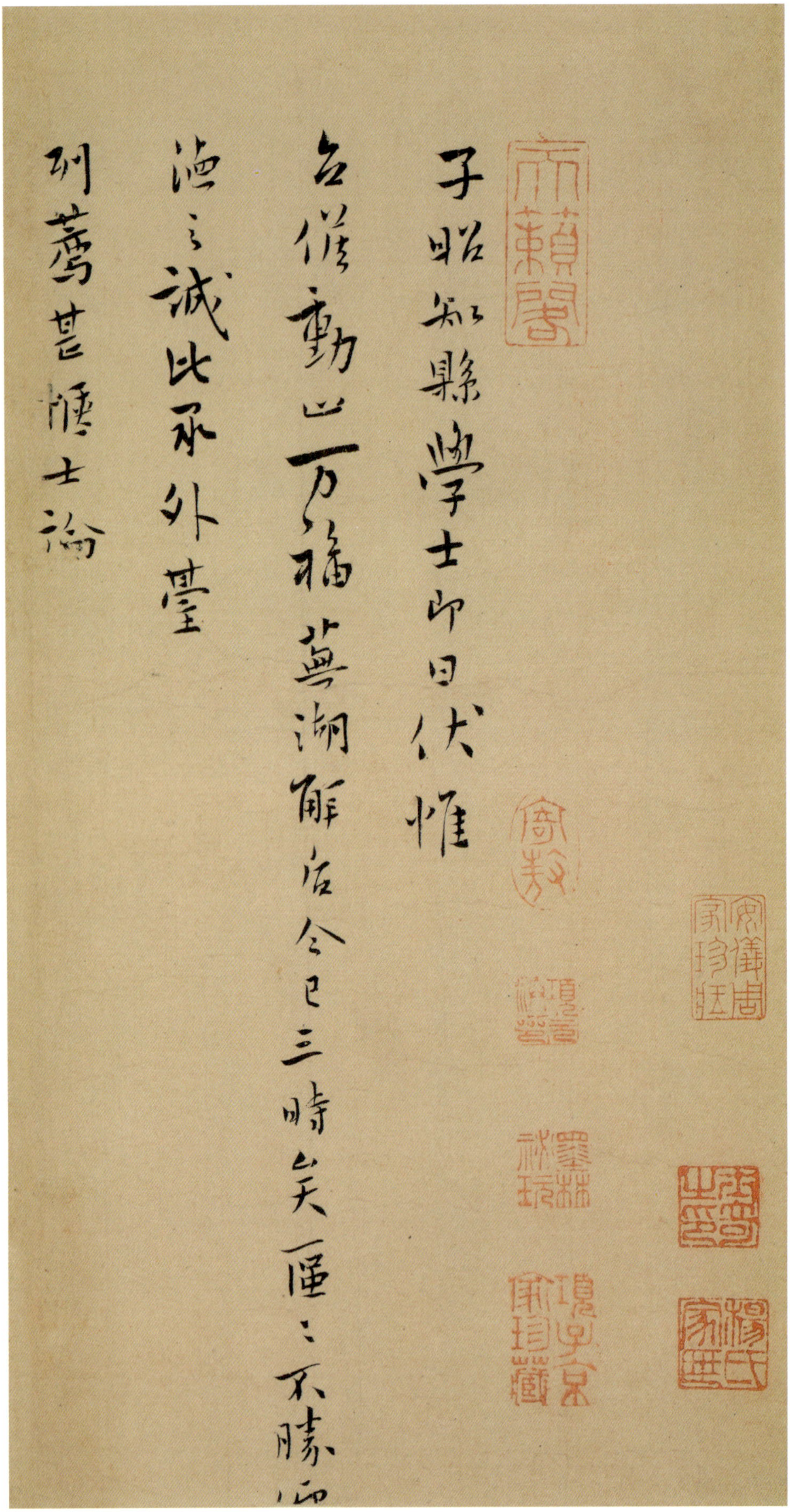

張閣致子昭書

子昭知縣學士：即日伏惟台候，動止萬福。蕪湖解後，今已三時矣，區區不勝仰德之誠。比承外臺列薦，甚愜士論。

朝廷方且以公爲循良稱首，柄用宜在朝夕，忽爾丐祠，何也？不敢別書，未聞，尚冀惠序節宣。無任傾禱，閎再拜，上問。

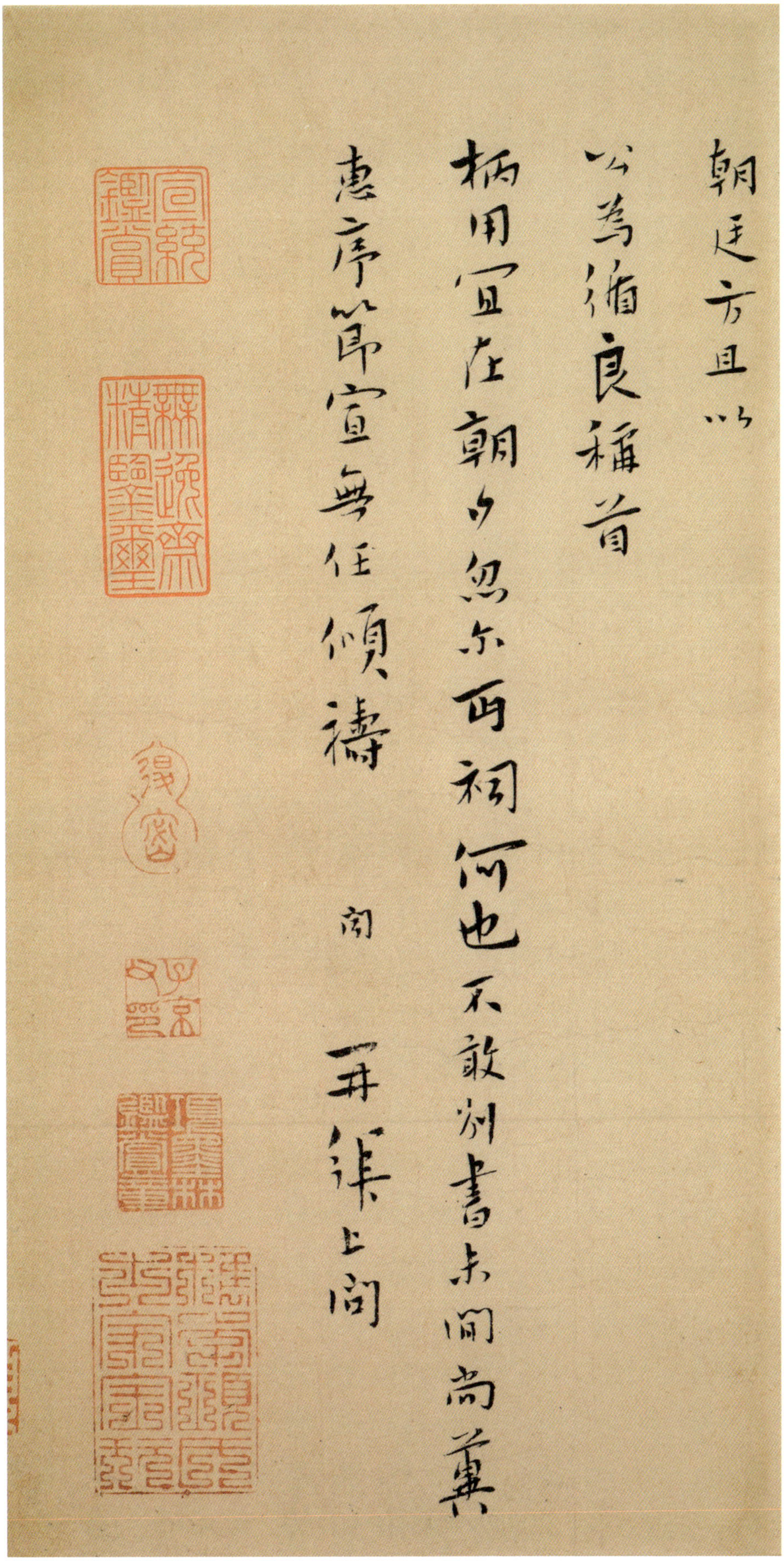

張舜民《潭州帖》

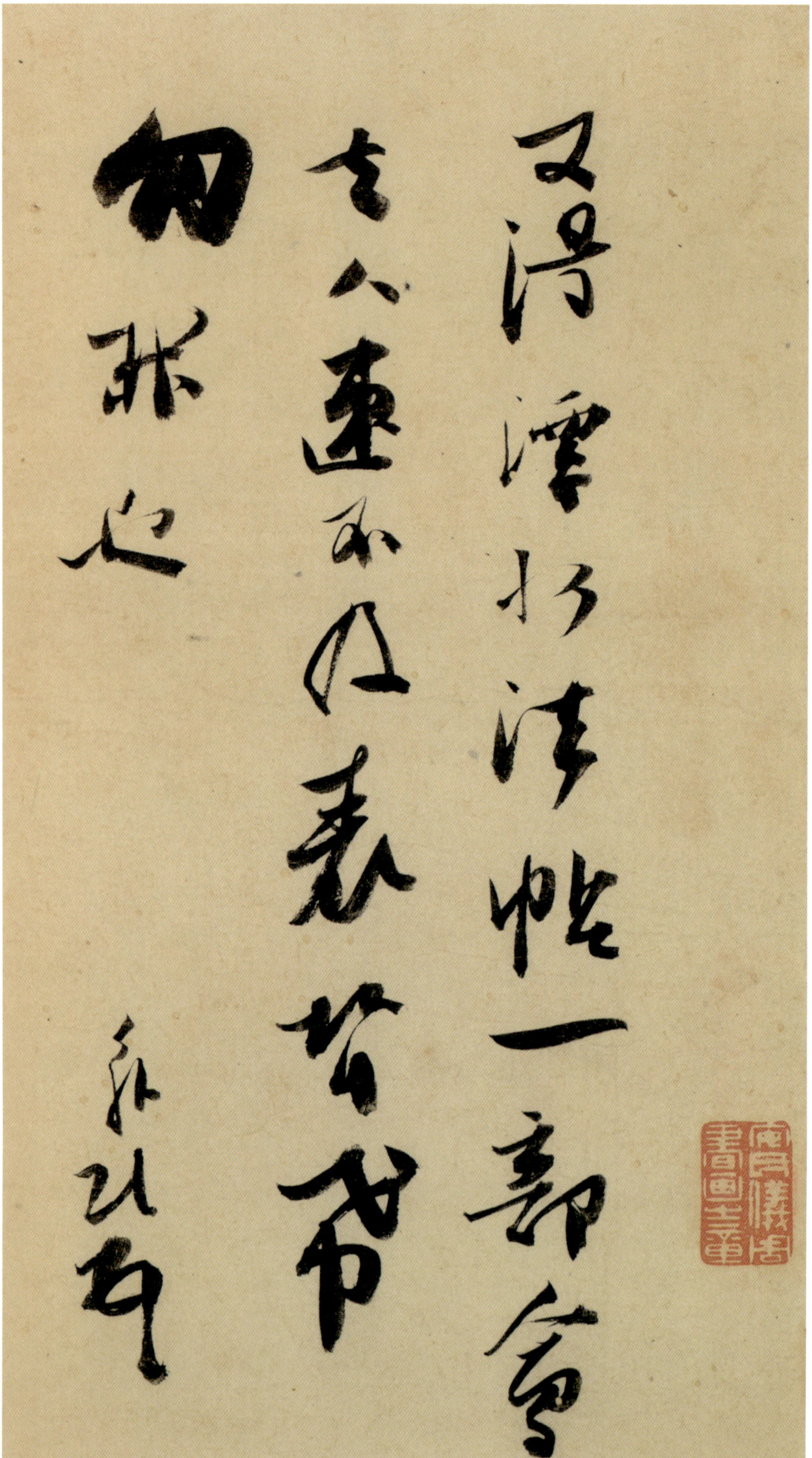

又得潭州法帖一部，會去人速，不及表背，希勿罪也。舜民頓首。

王升《衰老帖》

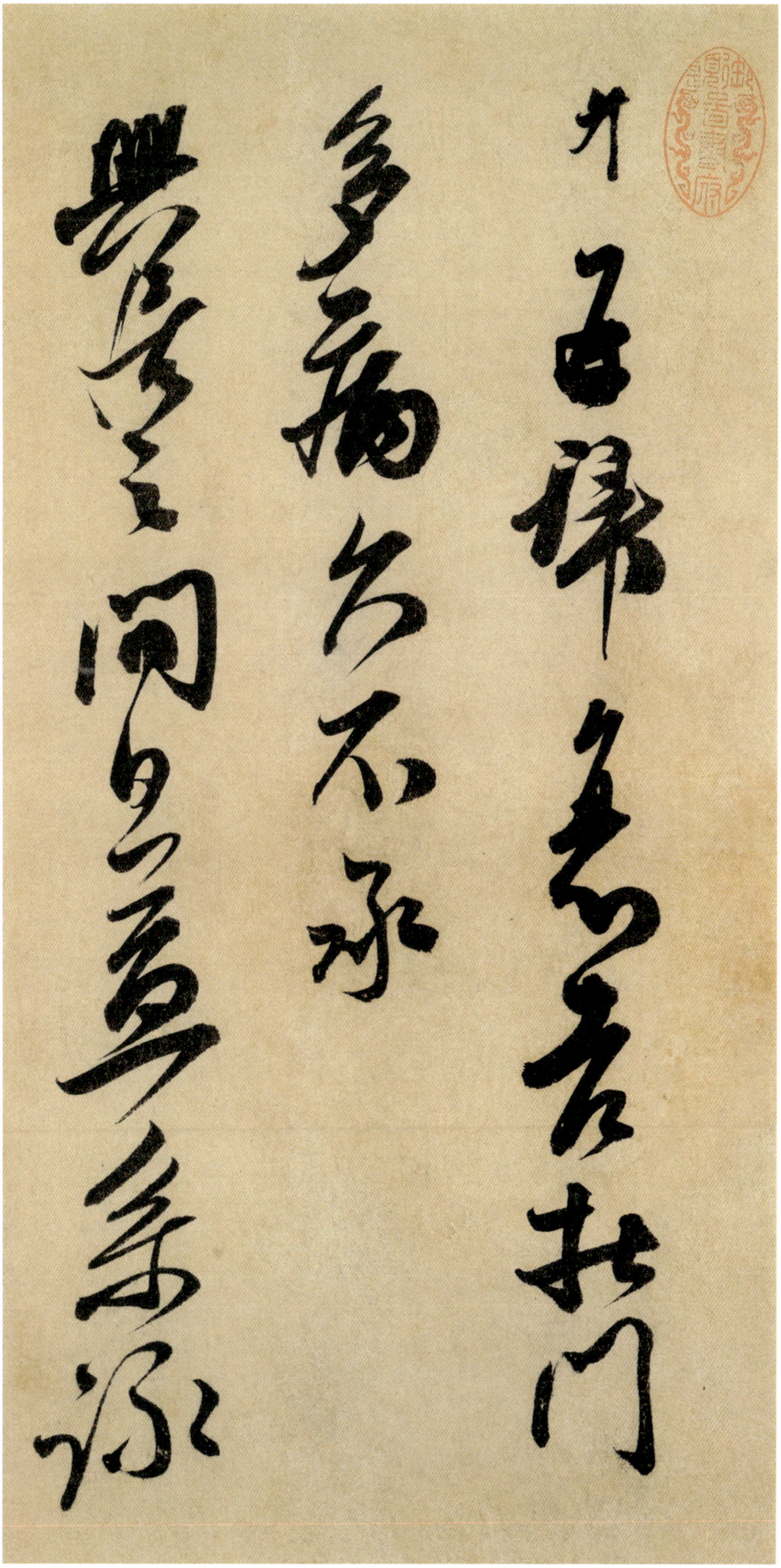

升再拜。衰老杜門多病，久不承興居之問，日益系咏。

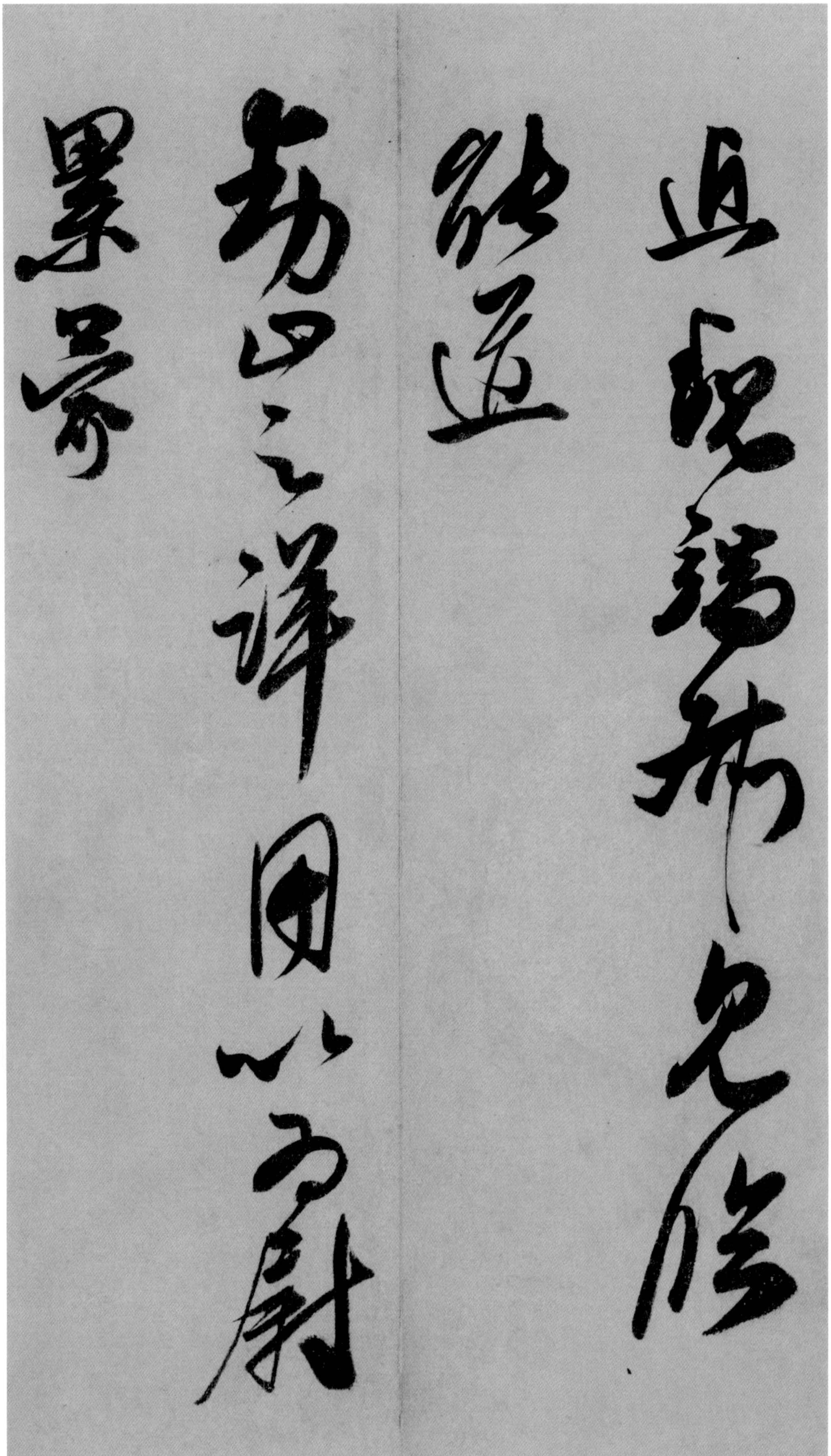

近魏端叔見臨，能道動止之詳，用以爲慰。累蒙

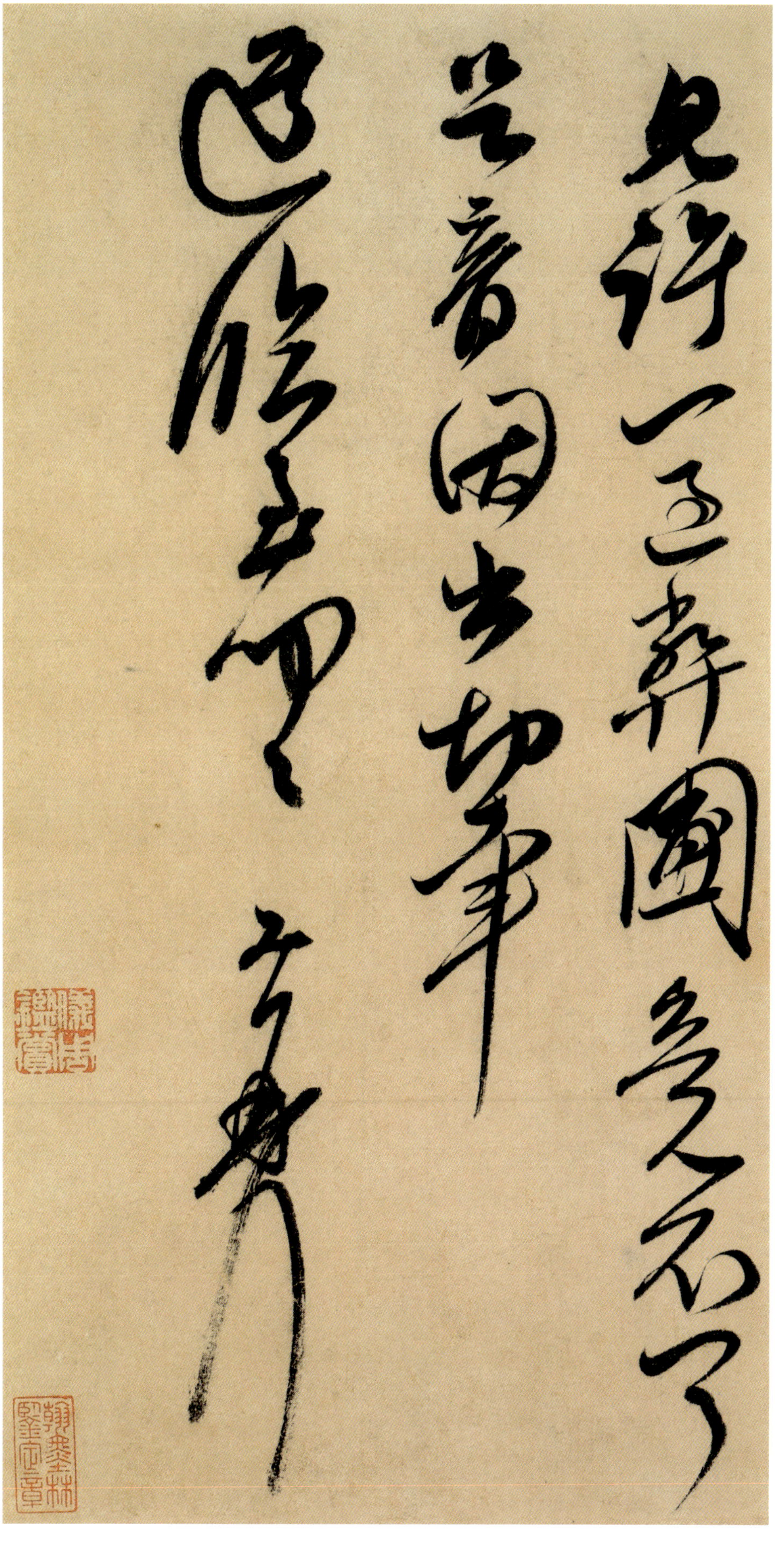

見許一過弊圃，竟不聞足音。因出，切幸迂臨。至叩至叩。升再拜。

蔡翛致子通書

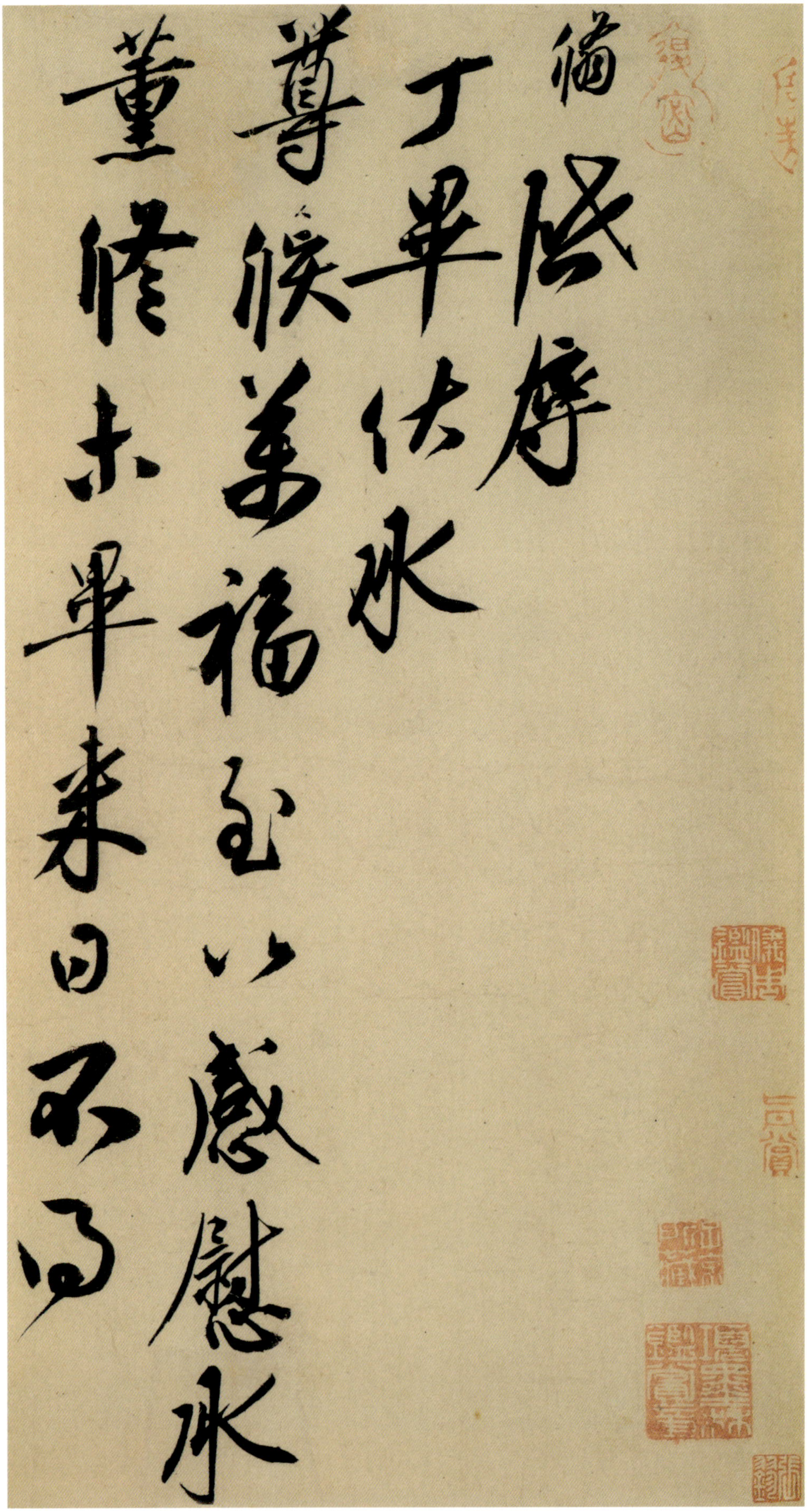

翛啓：辱手畢，伏承尊候萬福，至以感慰。承薰修未畢，來日不得

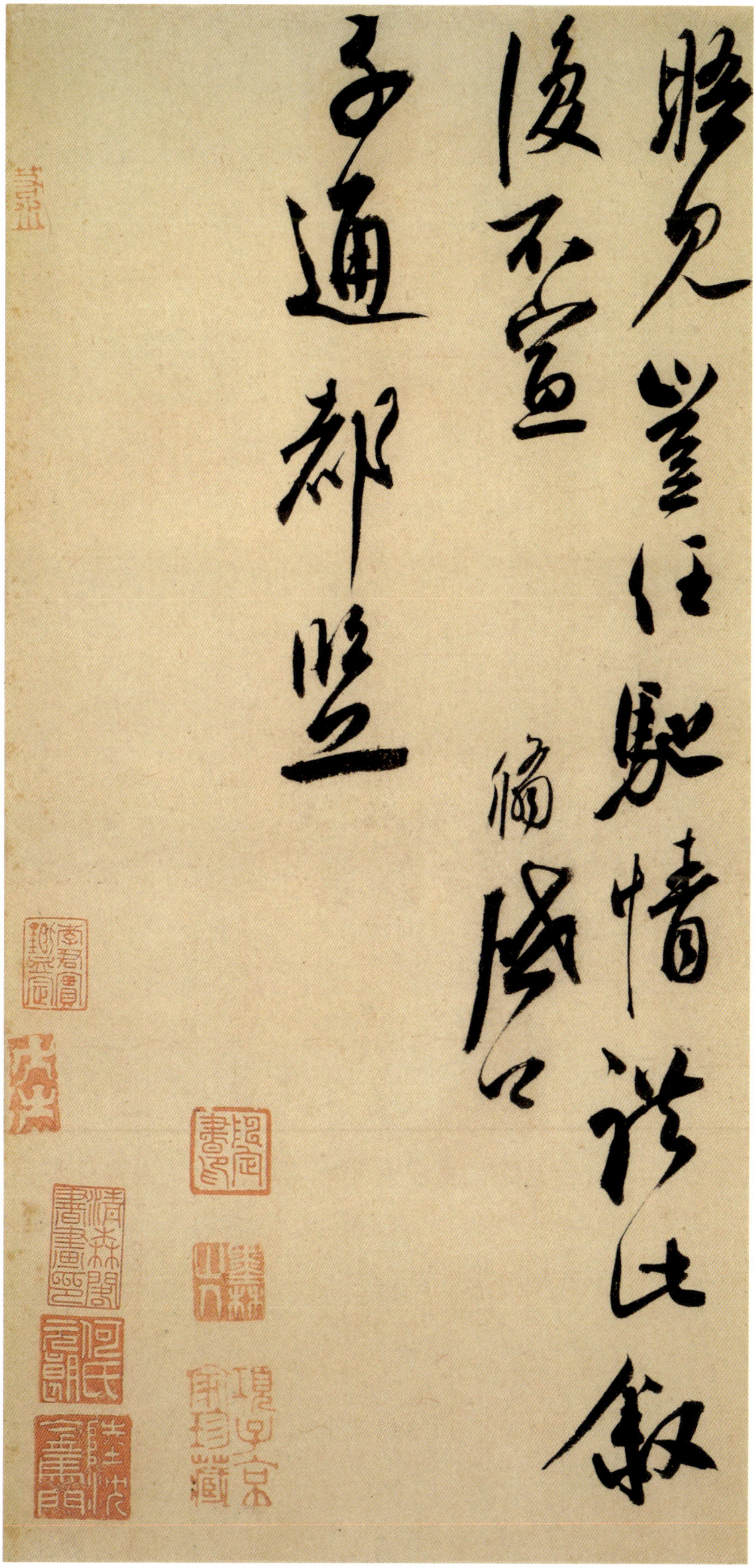

晤見，豈任馳情。謹此叙復不宣。翛啓問子通都監。

李綱《近被御筆帖》

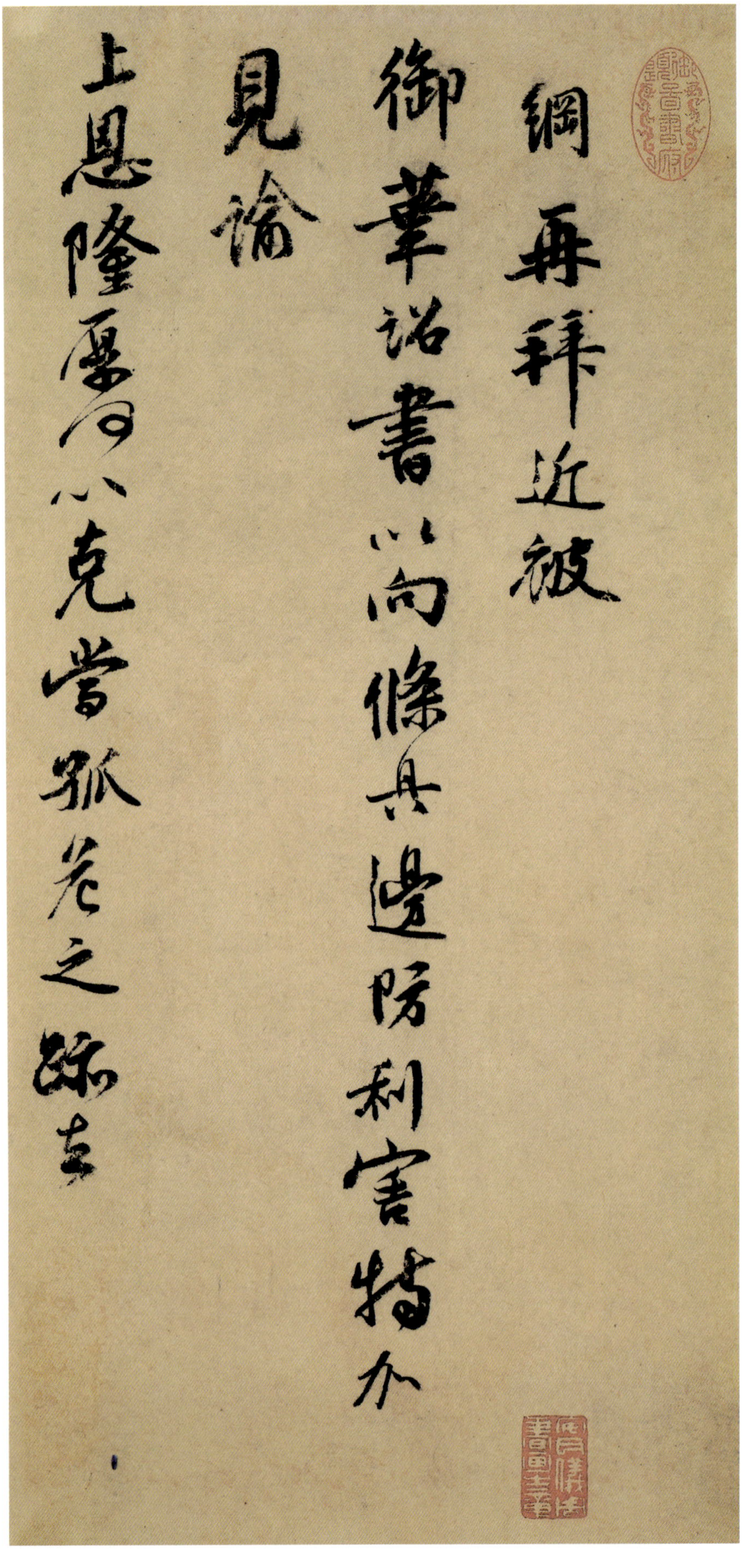

綱再拜。近被御筆詔書，以嚮條具邊防利害，特加見諭。上恩隆厚，何以克當。孤危之迹，去

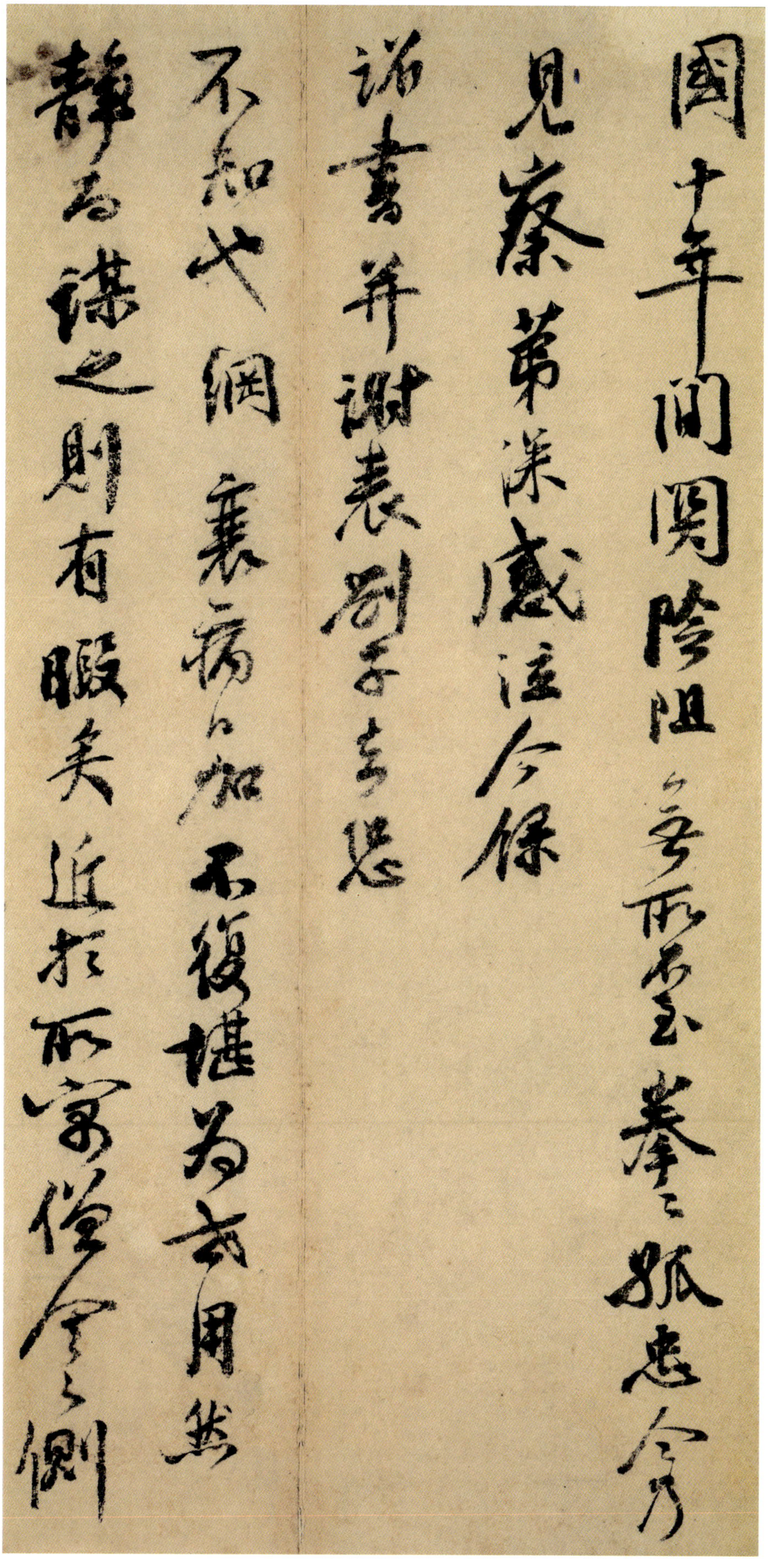

國十年，間關險阻，無所不至，拳拳孤忠，今乃見察，第深感泣。今録詔書并謝表、札子去，恐不知也。綱衰病日加，不復堪爲世用，然静而謀之，則有暇矣。近於所寓僧舍之側

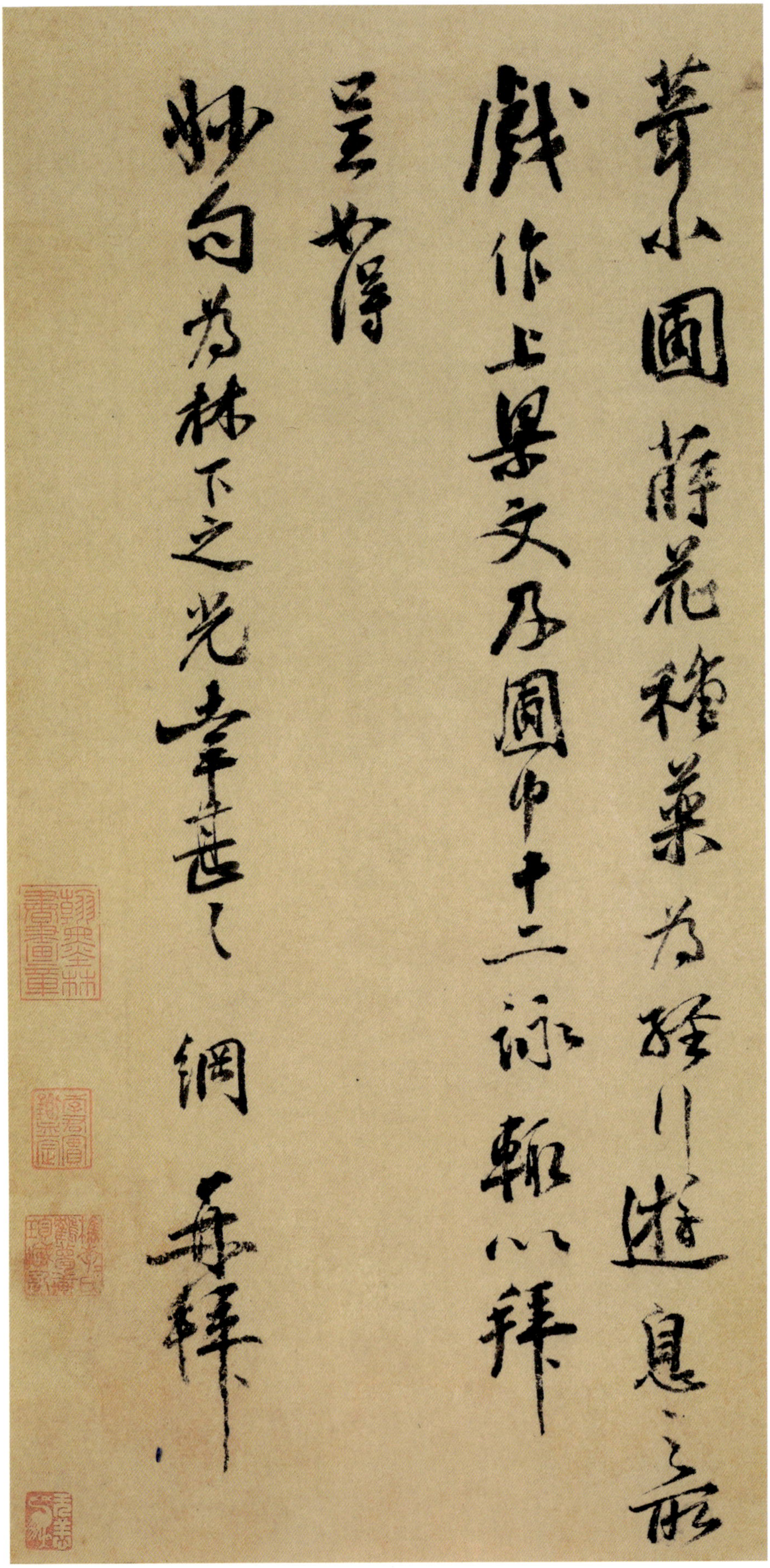

葺小圃，蒔花種藥，爲經行游息之所。戲作上梁文及圃中十二咏，輒以拜呈。如得妙句，爲林下之光，幸甚幸甚！綱再拜。

米友仁《悚息帖》

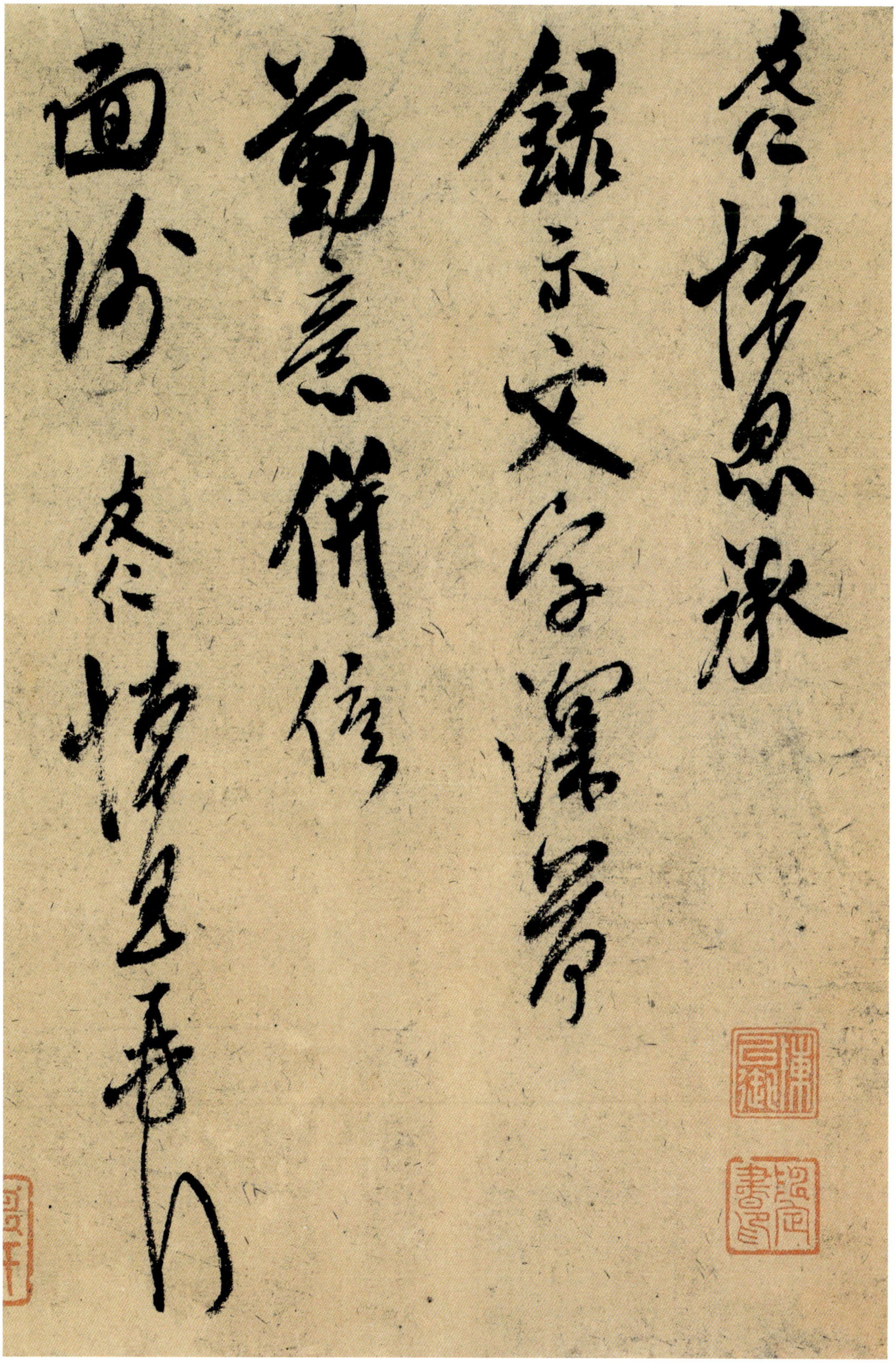

友仁悚息。承録示文字，深荷勤意，并俟面謝。友仁悚息再拜。

康與之致宮使尚書先生書

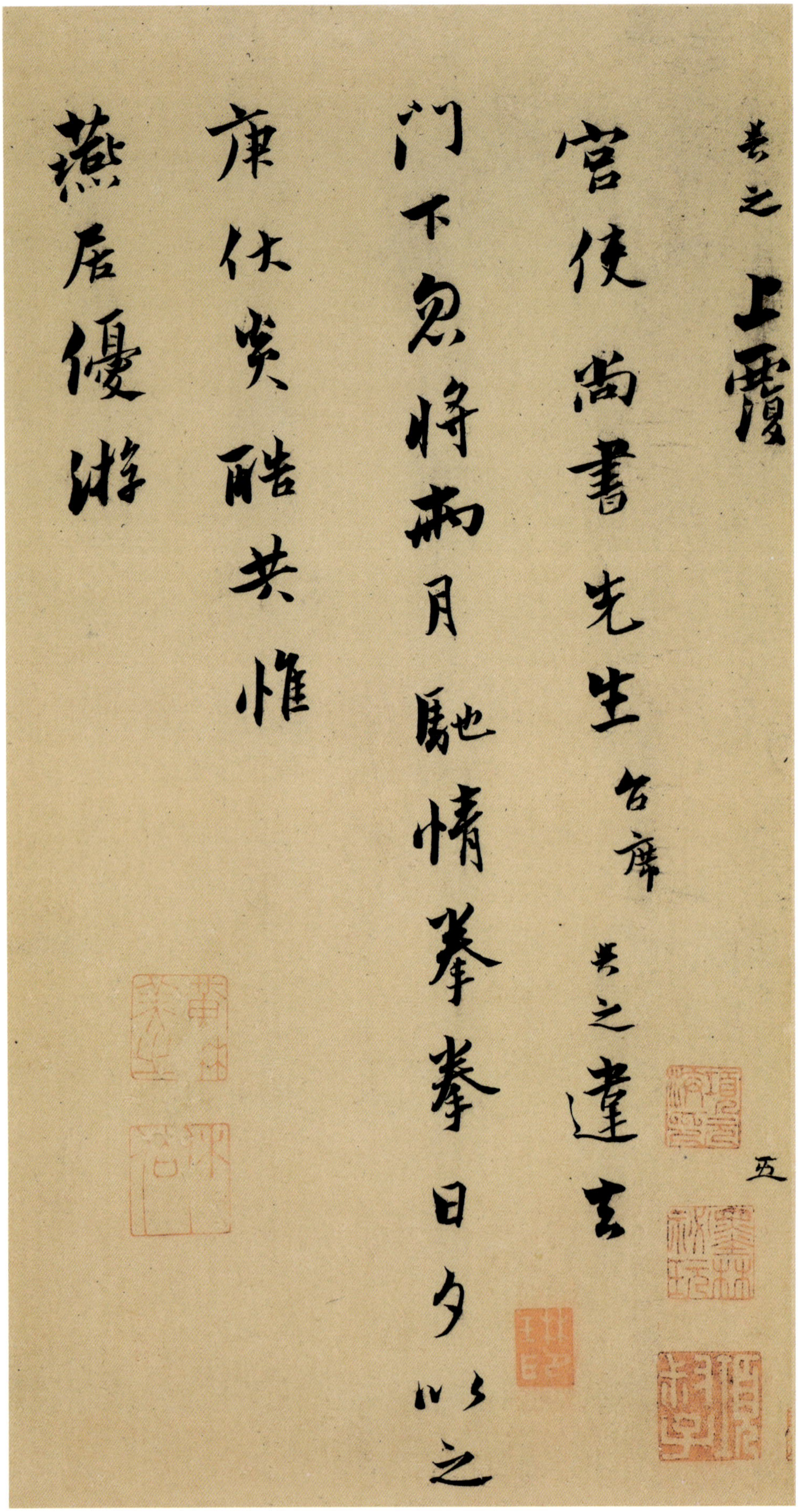

與之上覆宮使尚書先生台席：與之違去門下，忽將雨月，馳情拳拳，日夕以之。庚伏炎酷，共惟燕居優游，

神物協相，台候動止萬福。與之遠賴輝庇。粗爾遺免，未即侍見，敢祈珍育，行膺

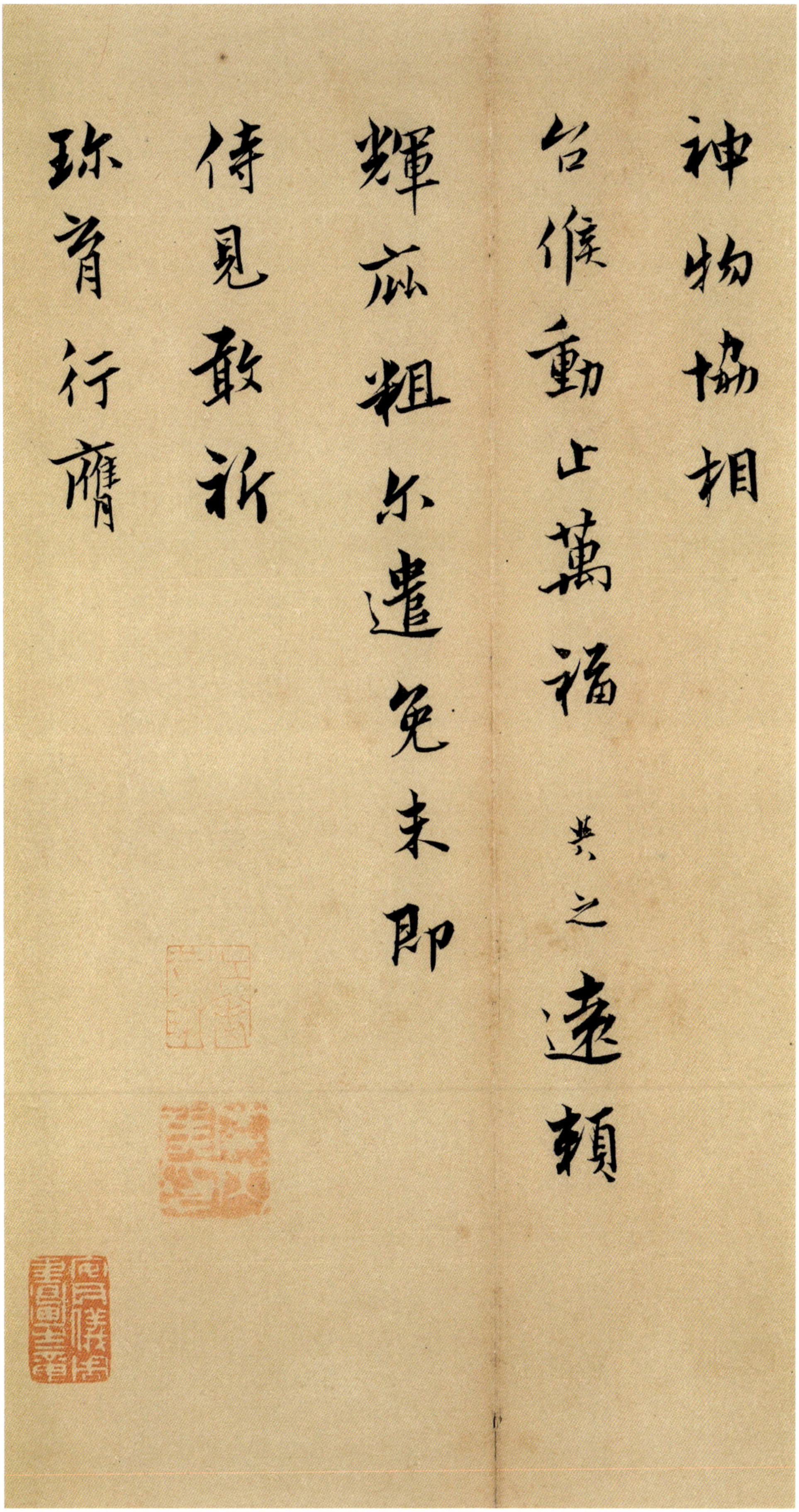
神物協相
台候動止萬福　與之遠賴
輝庇粗尔遺免未即
侍見敢祈
珍育行膺

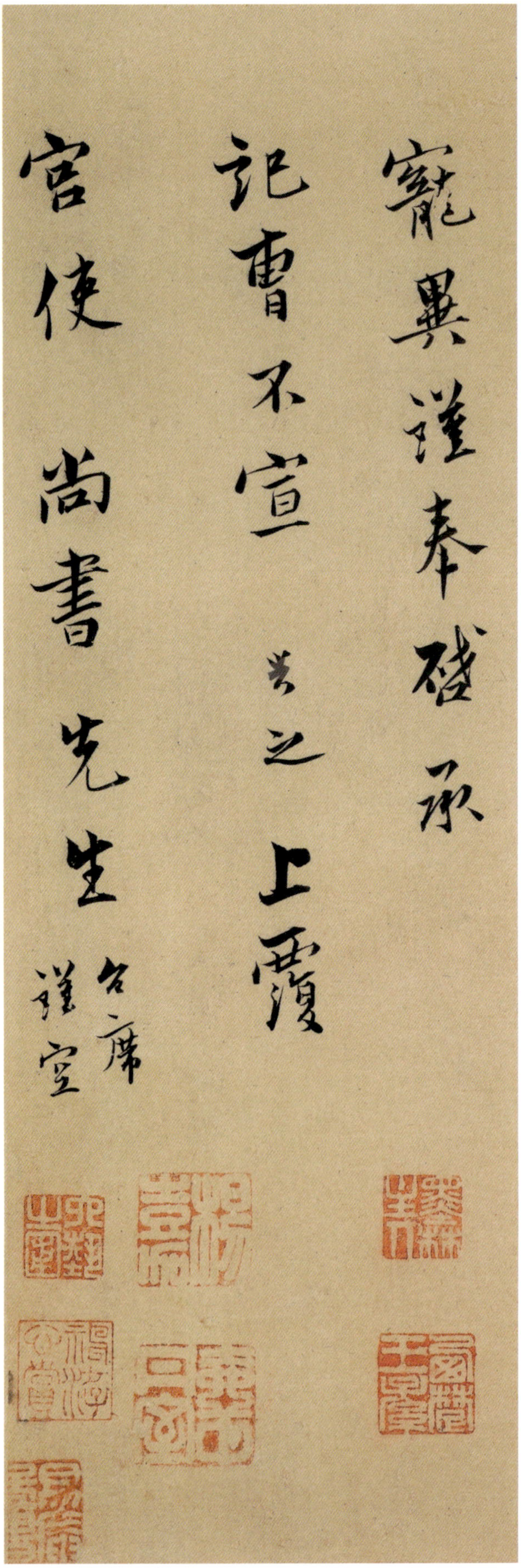

寵异。謹奉啓承記曹，不宣。與之上覆宮使尚書先生台席。謹空。

吴琚致觀使開府相公書

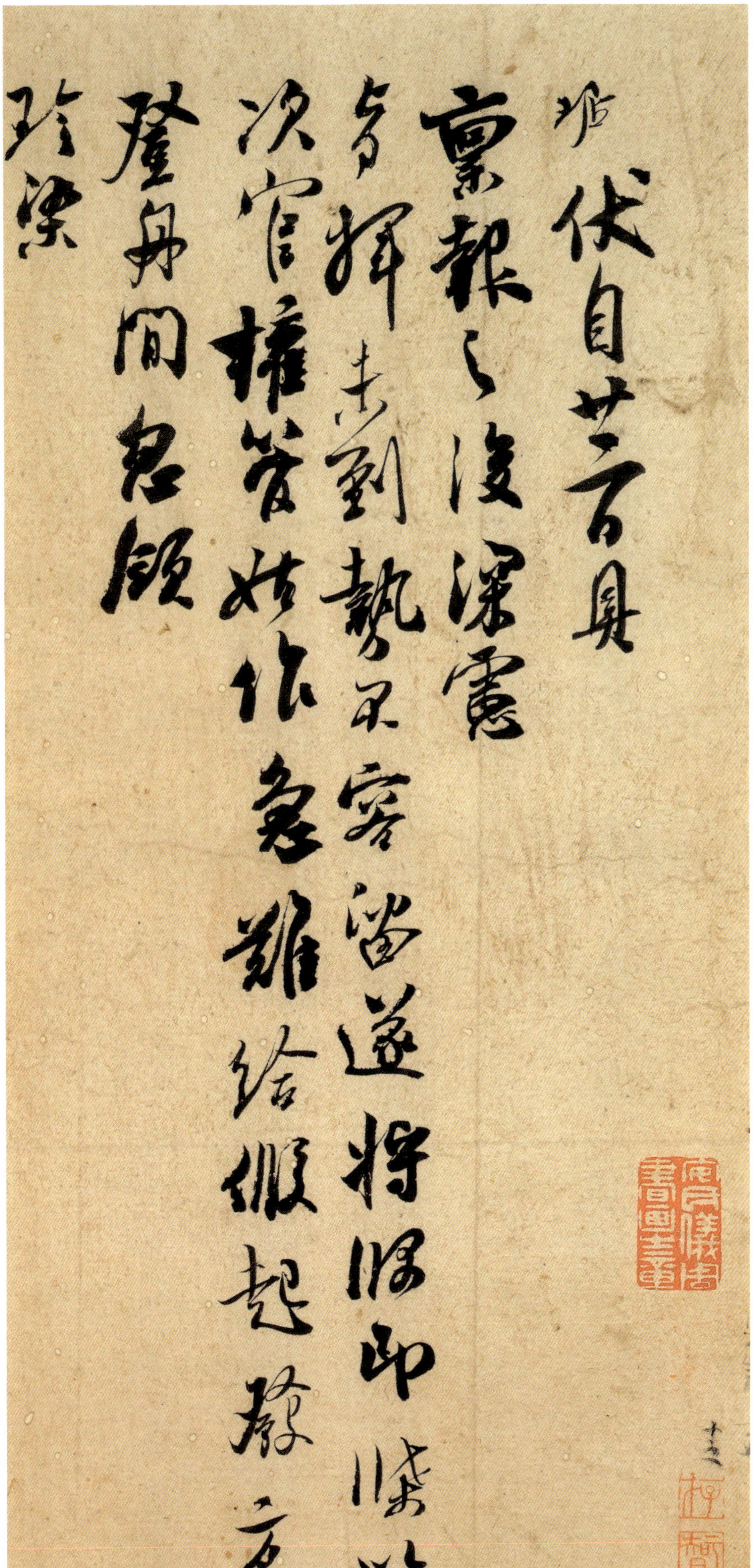

琚伏自廿二日具稟報之後，深慮旨揮未到，勢不容留，遂將牌印牒以次官權管，姑作急難，給假起發。方登舟間，忽領珍染，

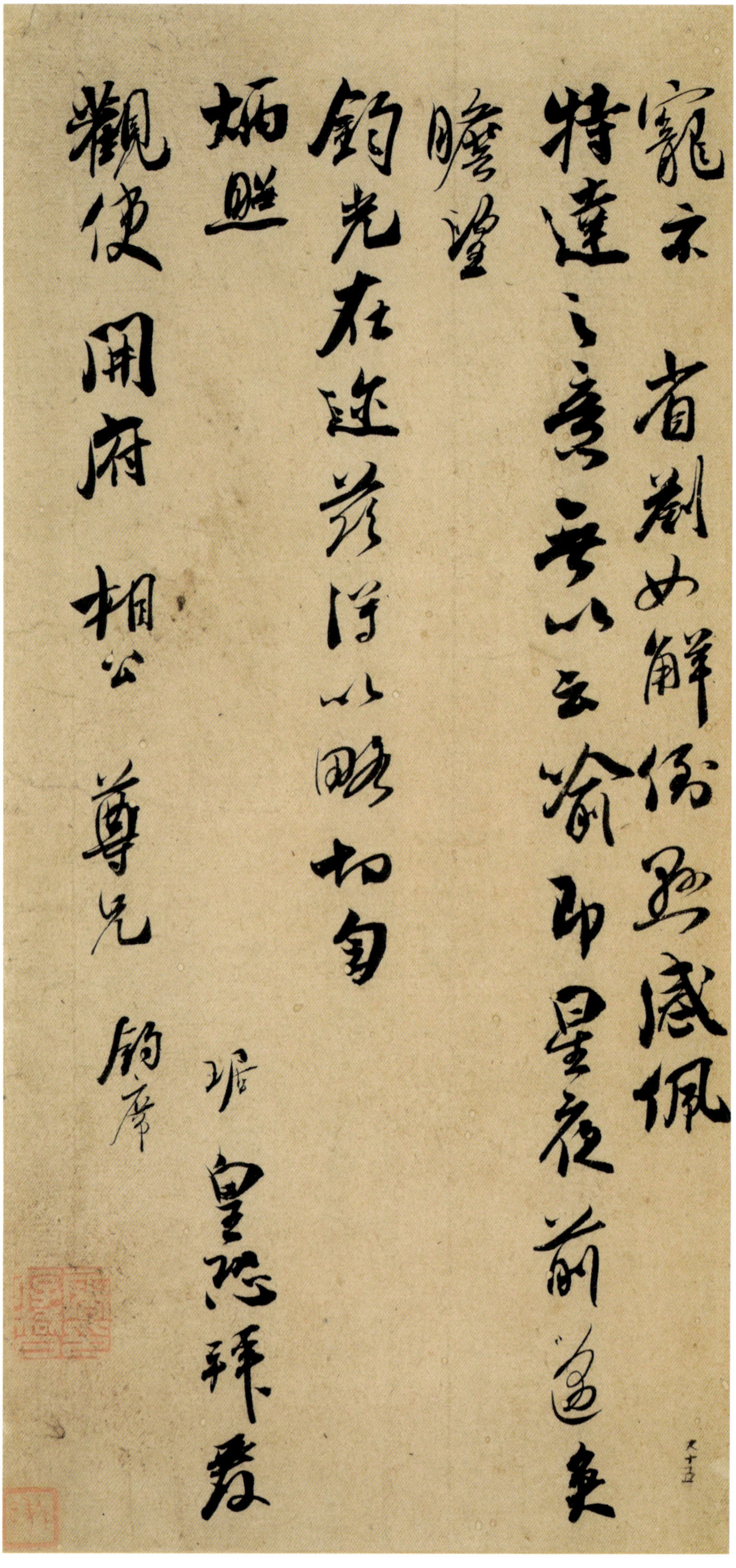

寵示省札，如解倒懸，感佩特達之意，無以云喻。即星夜前邁矣，瞻望鈞光在邇，玆得以略，切自炳照。琚皇恐拜覆觀使開府相公尊兄鈞席。

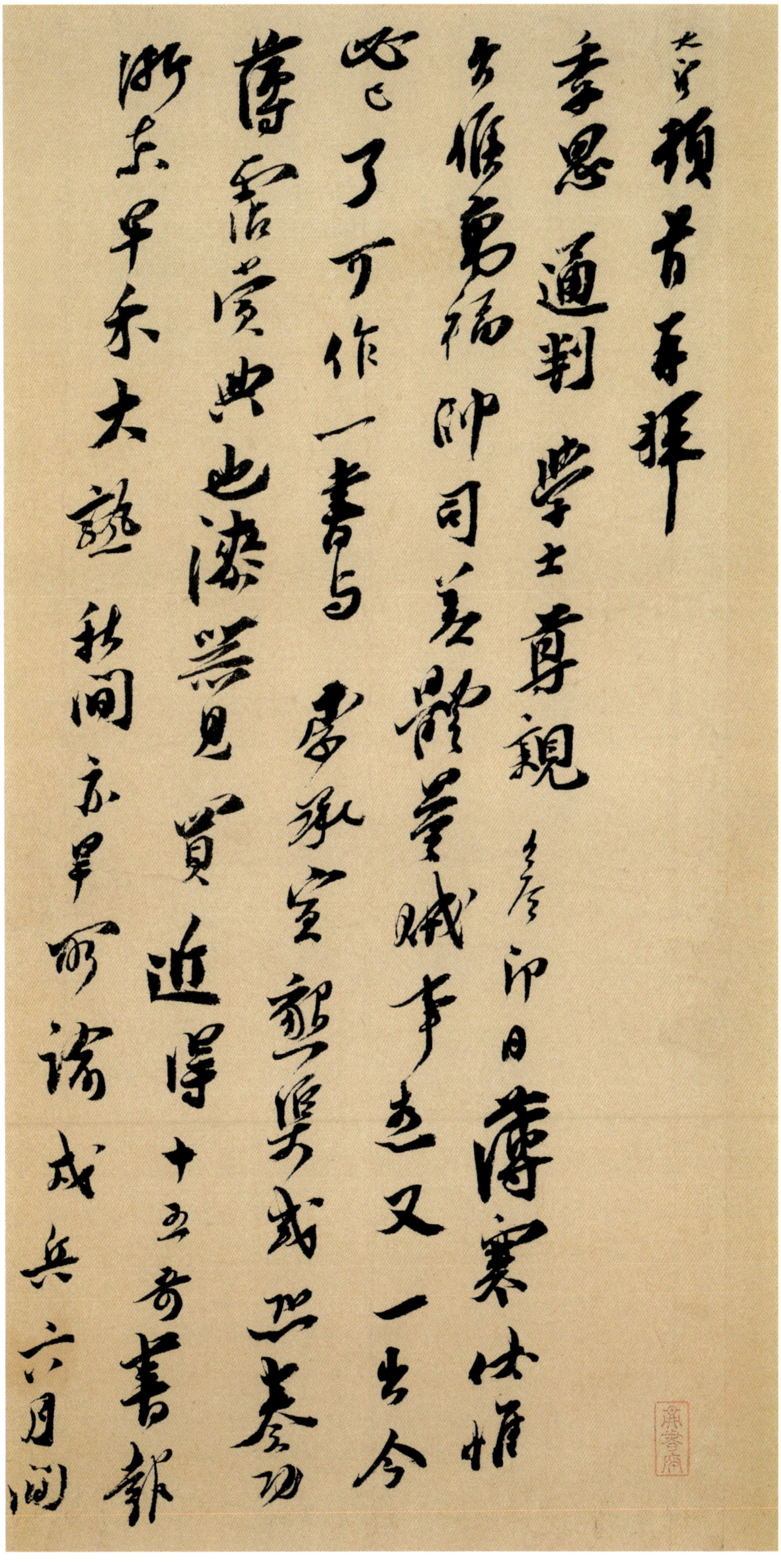

王之望致季思書

之望頓首再拜季思通判學士尊親台座。即日薄寒，伏惟台候萬福。帥司差體量賊事，想又一出，今必已了。可作一書與李承宣，懇渠或恐奏功，薄沾賞典也。漆器見買。近得十五哥書，報浙東早禾大熟，秋間亦旱。所諭戍兵，六月間

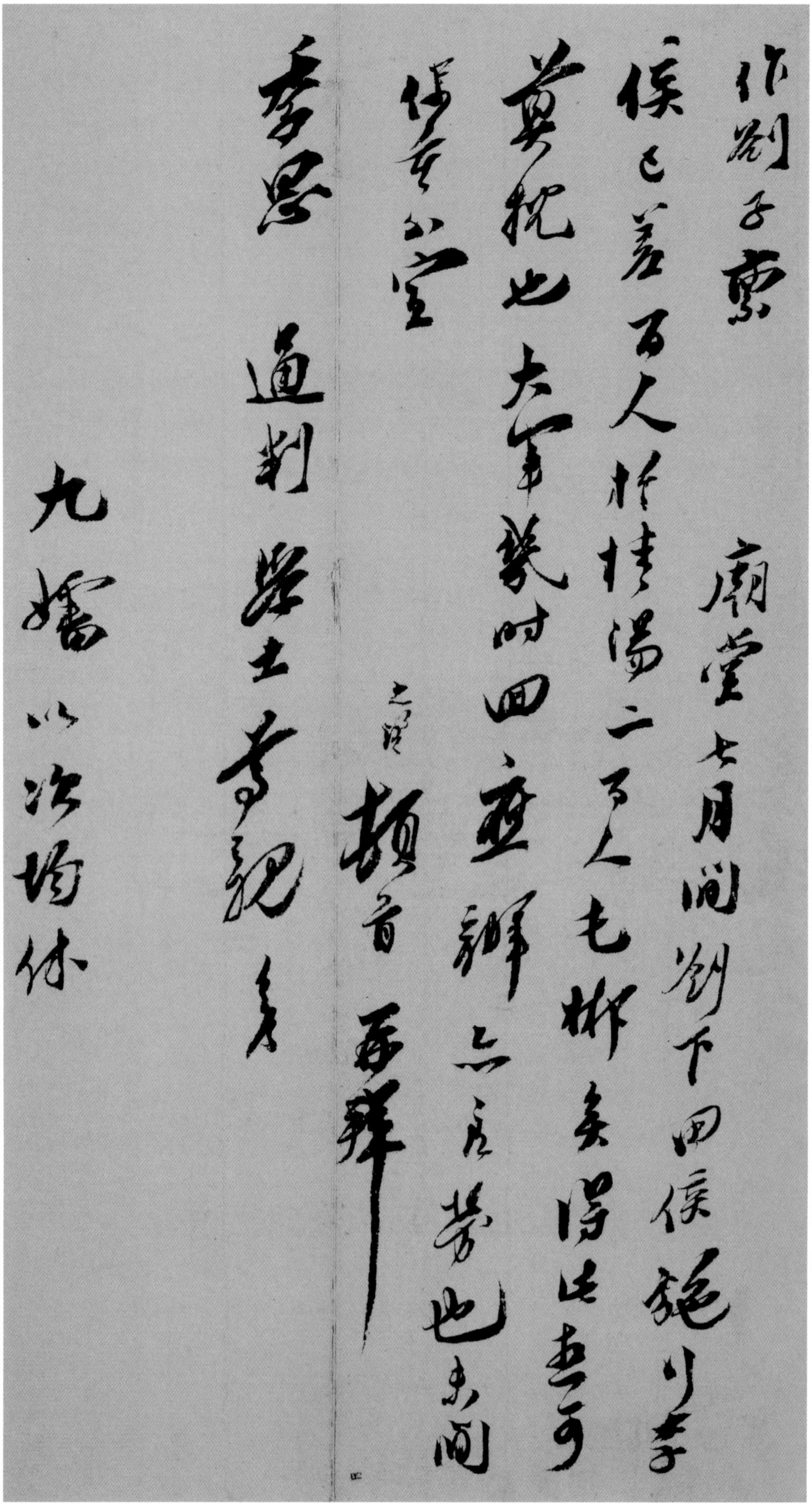

作札子稟廟堂，七月間札下田侯施行，李侯已差百人於桂陽，二百人屯郴矣。得此想可奠枕也。大軍幾時回，應辦亦良勞也。未問，保重。不宣。
之望頓首再拜季思通判學士尊親台座。九嬸以次均休。

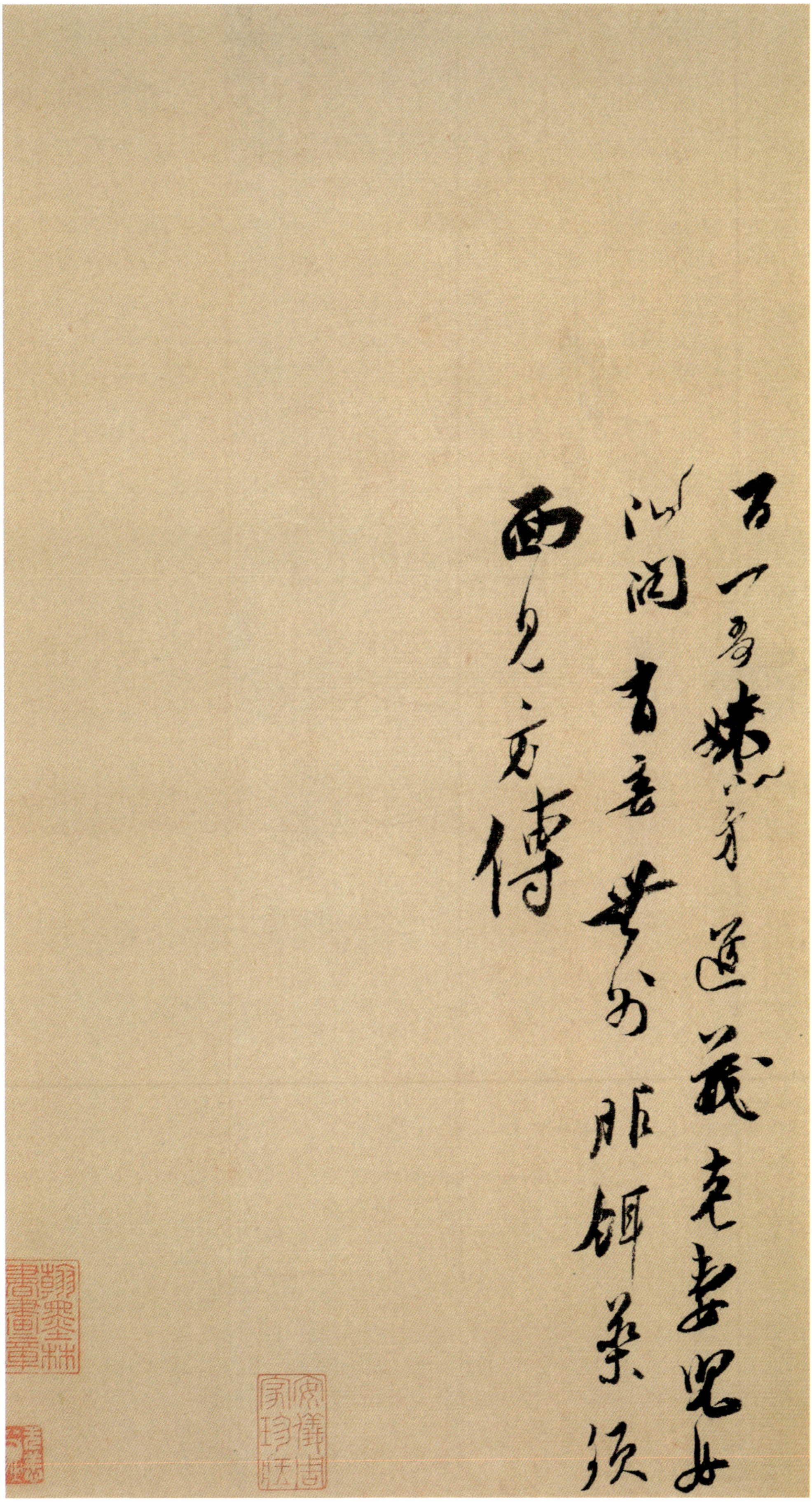

百一哥、妹，方進茂老妻兒女附問。有妾無？外服餌藥須面見方傳。

揚无咎《仙藥帖》

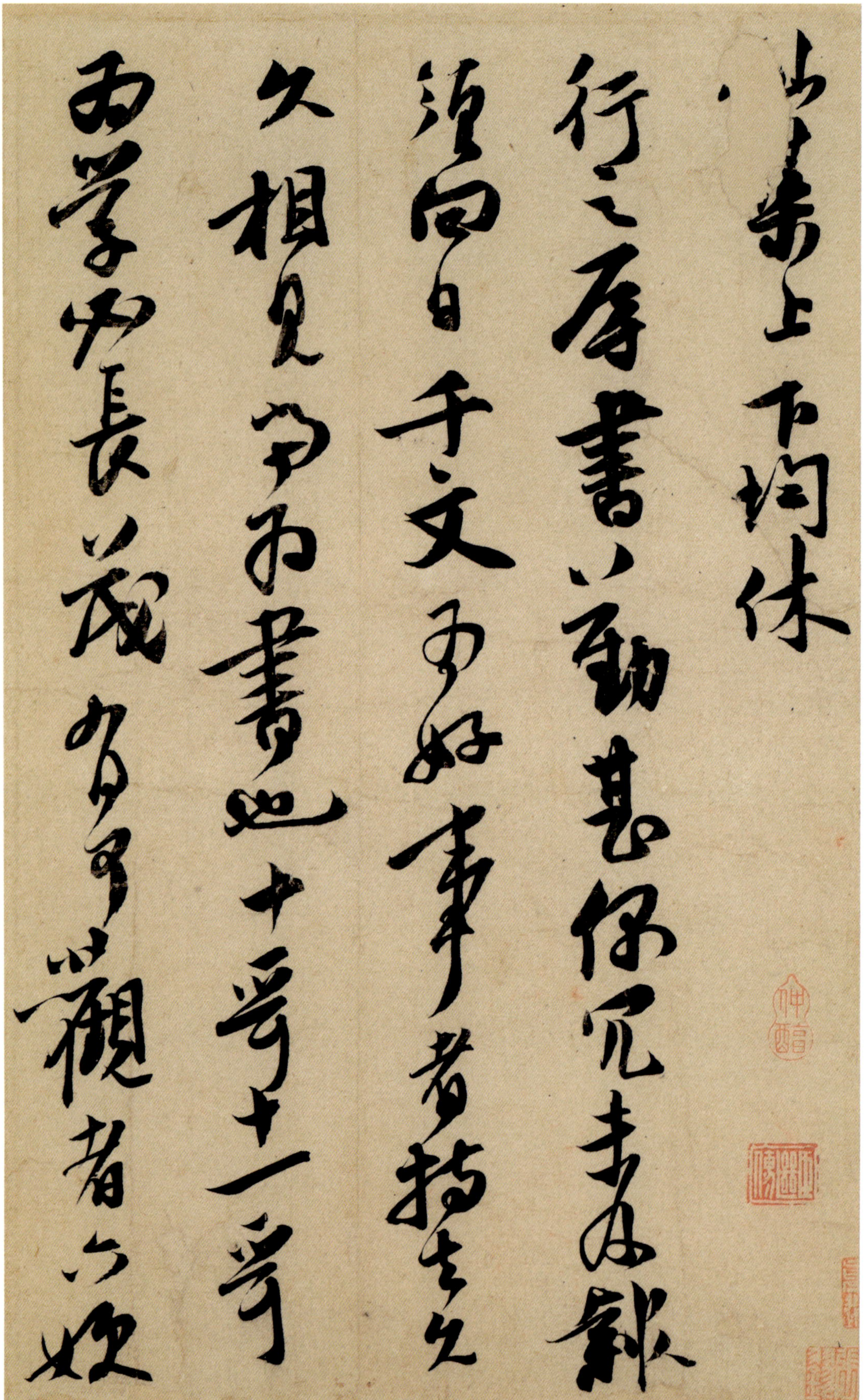

仙藥，上下均休。行之辱書勤甚，偶冗未及報。須向日千文，爲好事者持去。久久相見，當爲書也。十哥、十一哥爲學必長茂有可觀者。六嫂

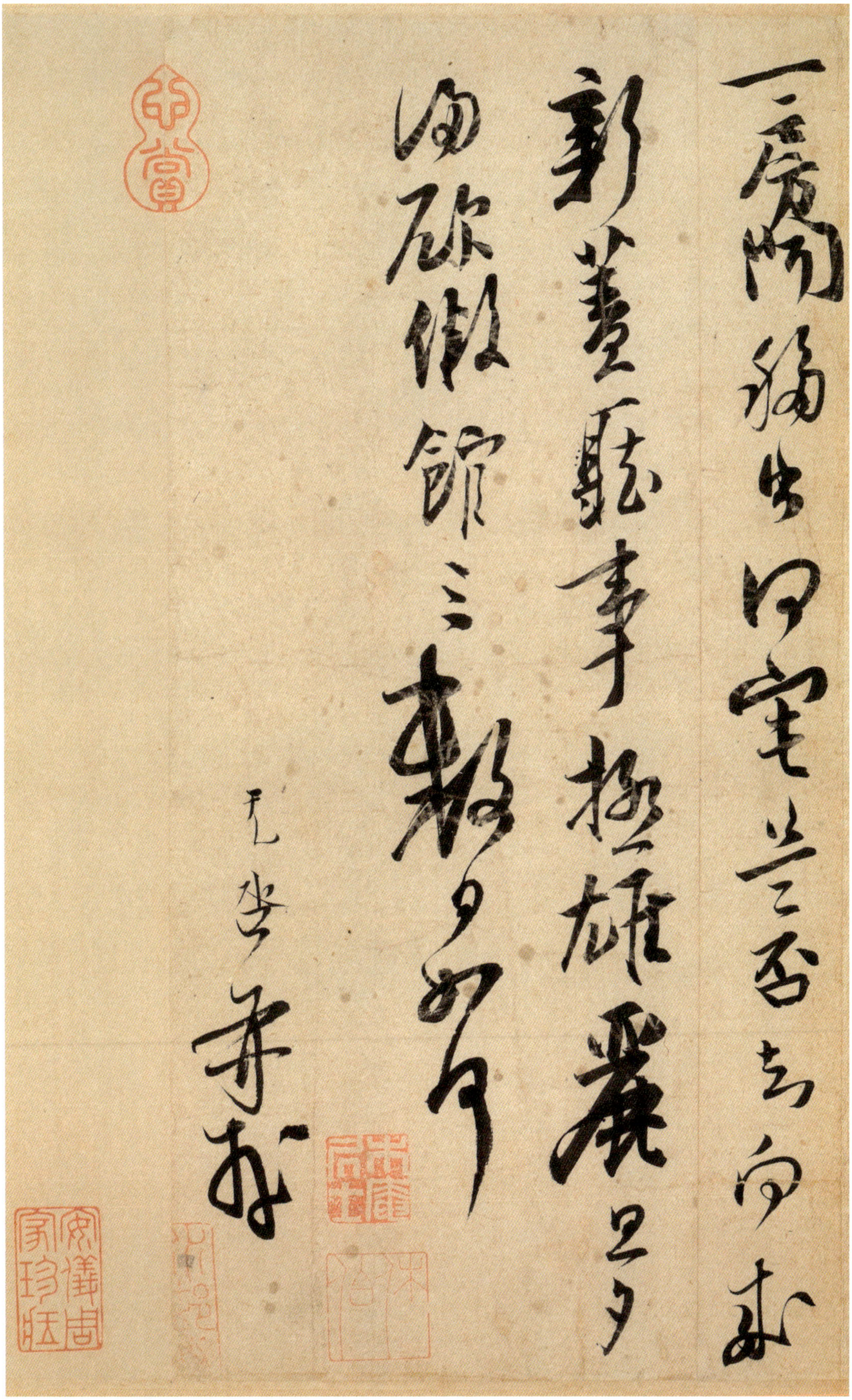

一房，聞移出何宅，是否？知向來新蓋聽事極雄麗，旦夕歸，願假館三數日，如何？无咎再拜。

張九成《慈溪帖》

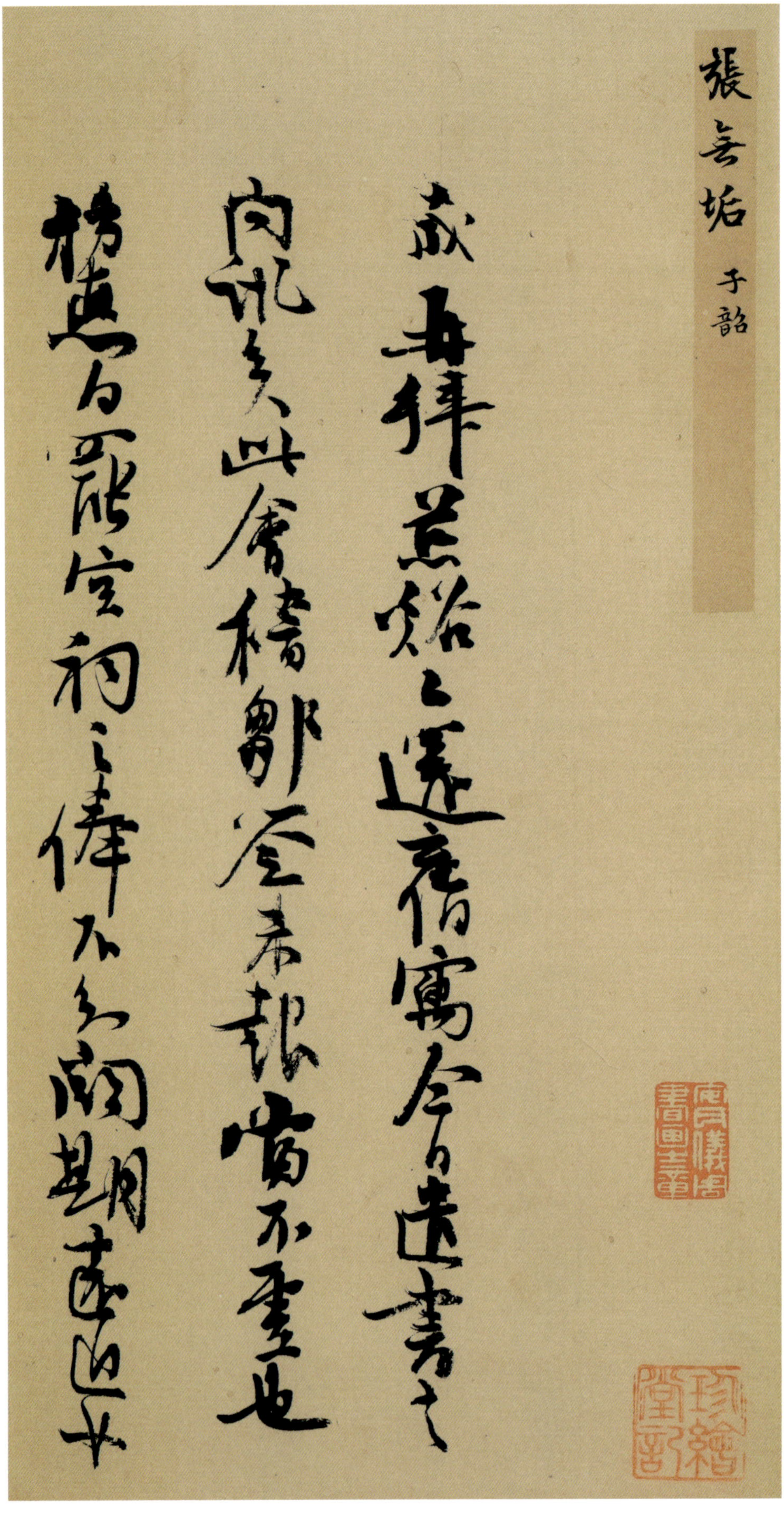

九成再拜。慈溪已還舊寓，今日遣書去問訊矣。此會稽鄒簽來報，當不虛也。務德嚮罷空祠之俸，不知闕期遠近如

何，每念之令人不安。近日此間得雨，頗濟旱涸，不知海鹽如何？區區萬端，非面莫叙，瞻渴瞻渴。九成再拜。

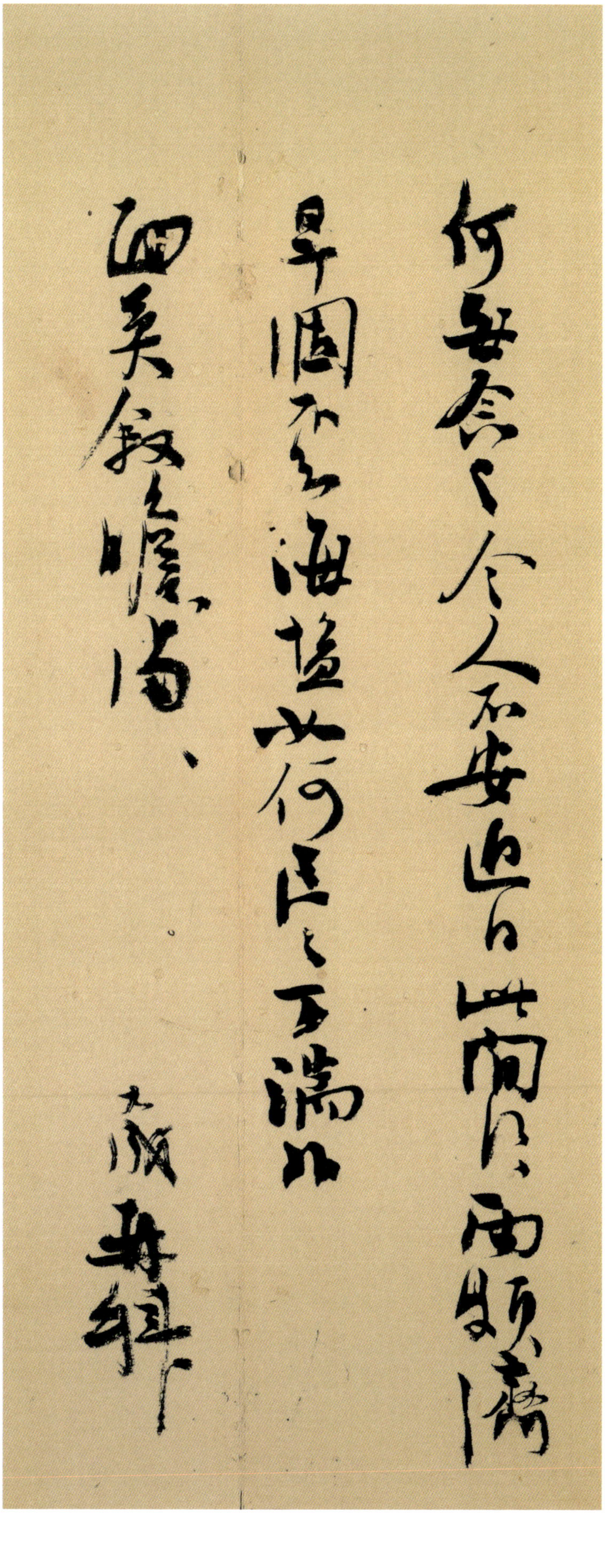

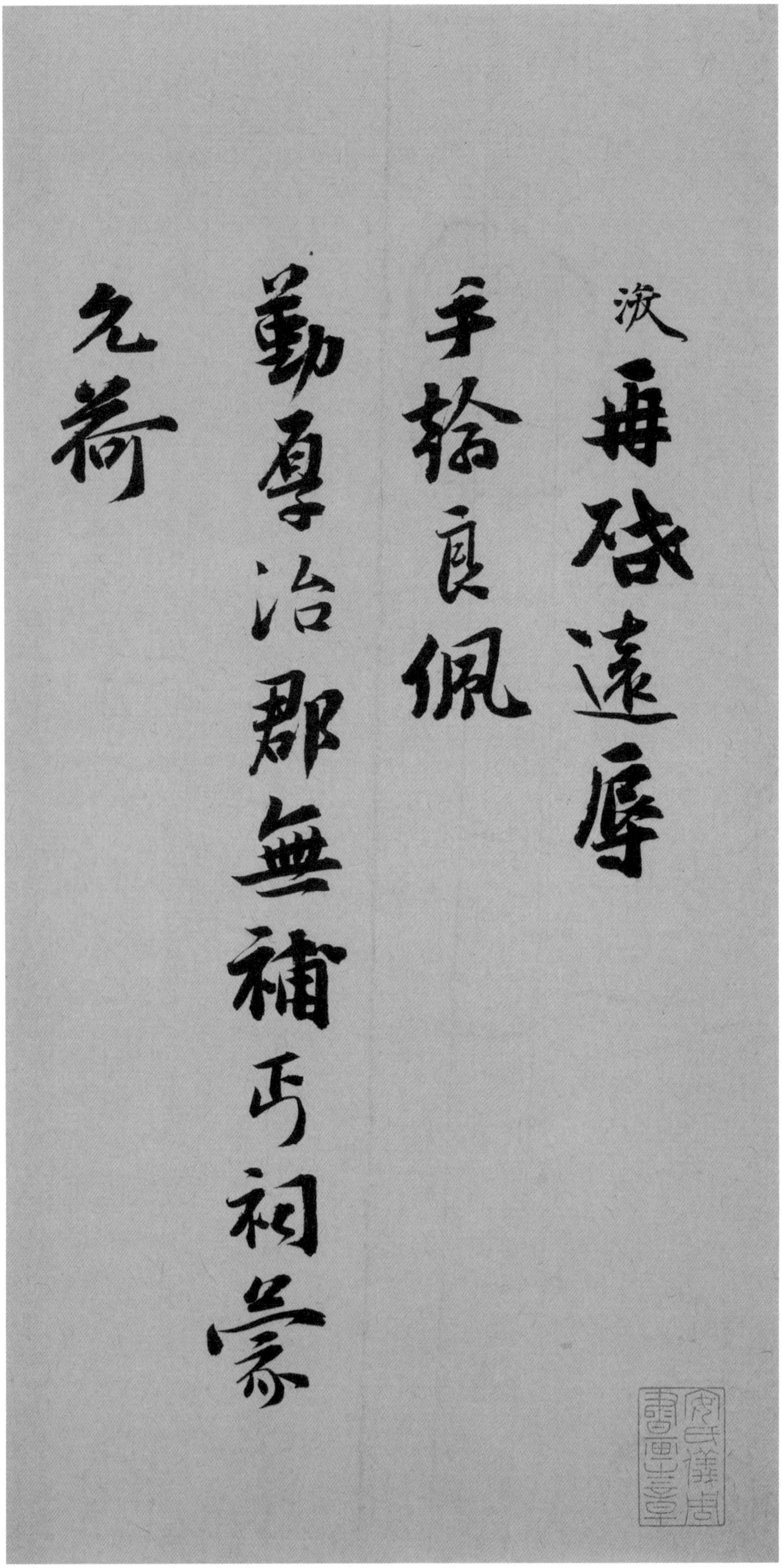
浚
再啓遠辱
手翰良佩
勤厚治郡無補丐祠蒙
允荷

浚再啓：遠辱手翰，良佩勤厚。治郡無補，丐祠蒙允。荷

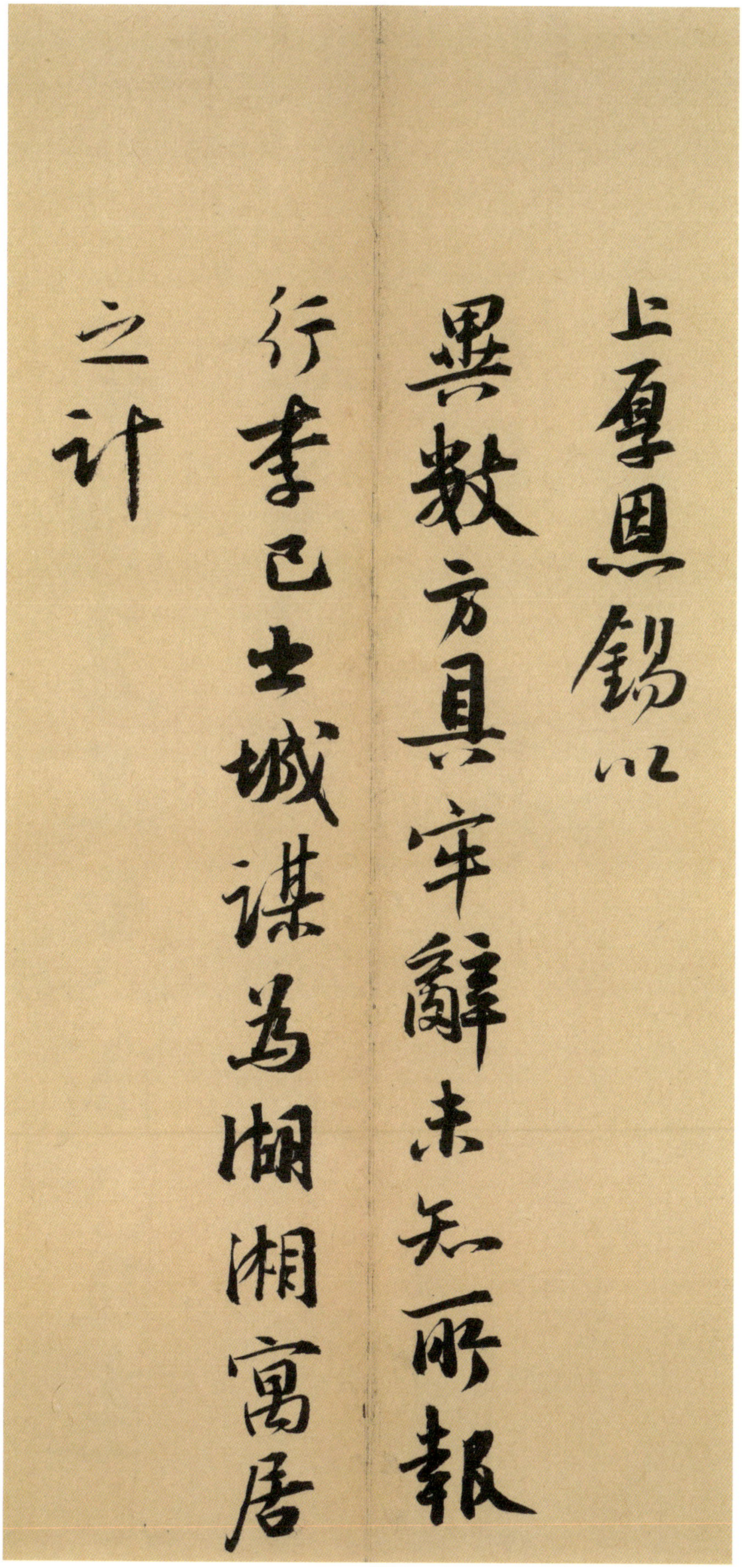

上厚恩，錫以异數，方具牢辭。未知所報。行李已出城，謀爲湖湘寓居之計。

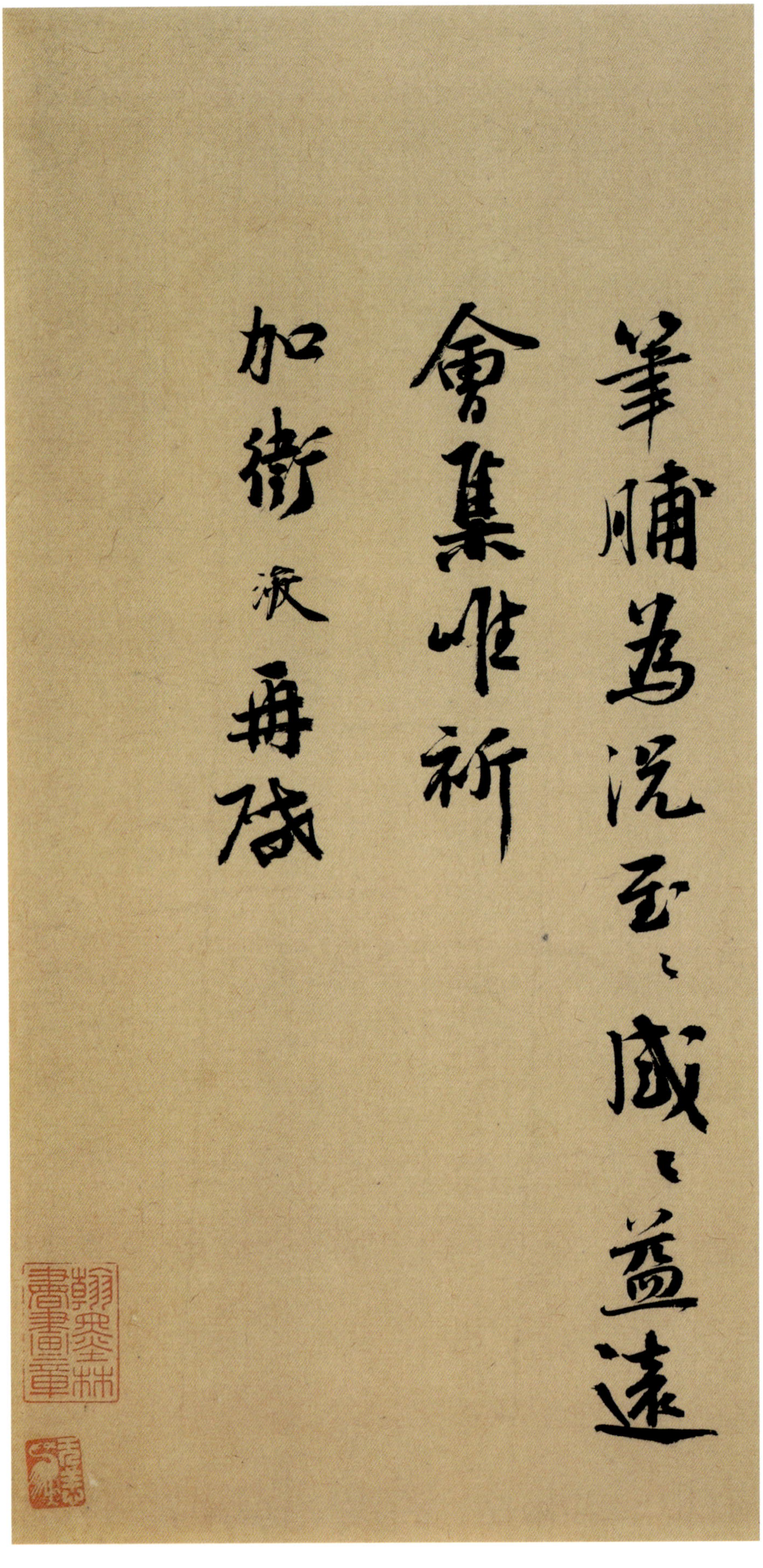

筆脯爲況，至感至感！益遠會集，唯祈加衛。浚再啓。

胡沂致壽翁書

沂頓首。奉手畢，欣承初暑起居佳定。即得小款，他留

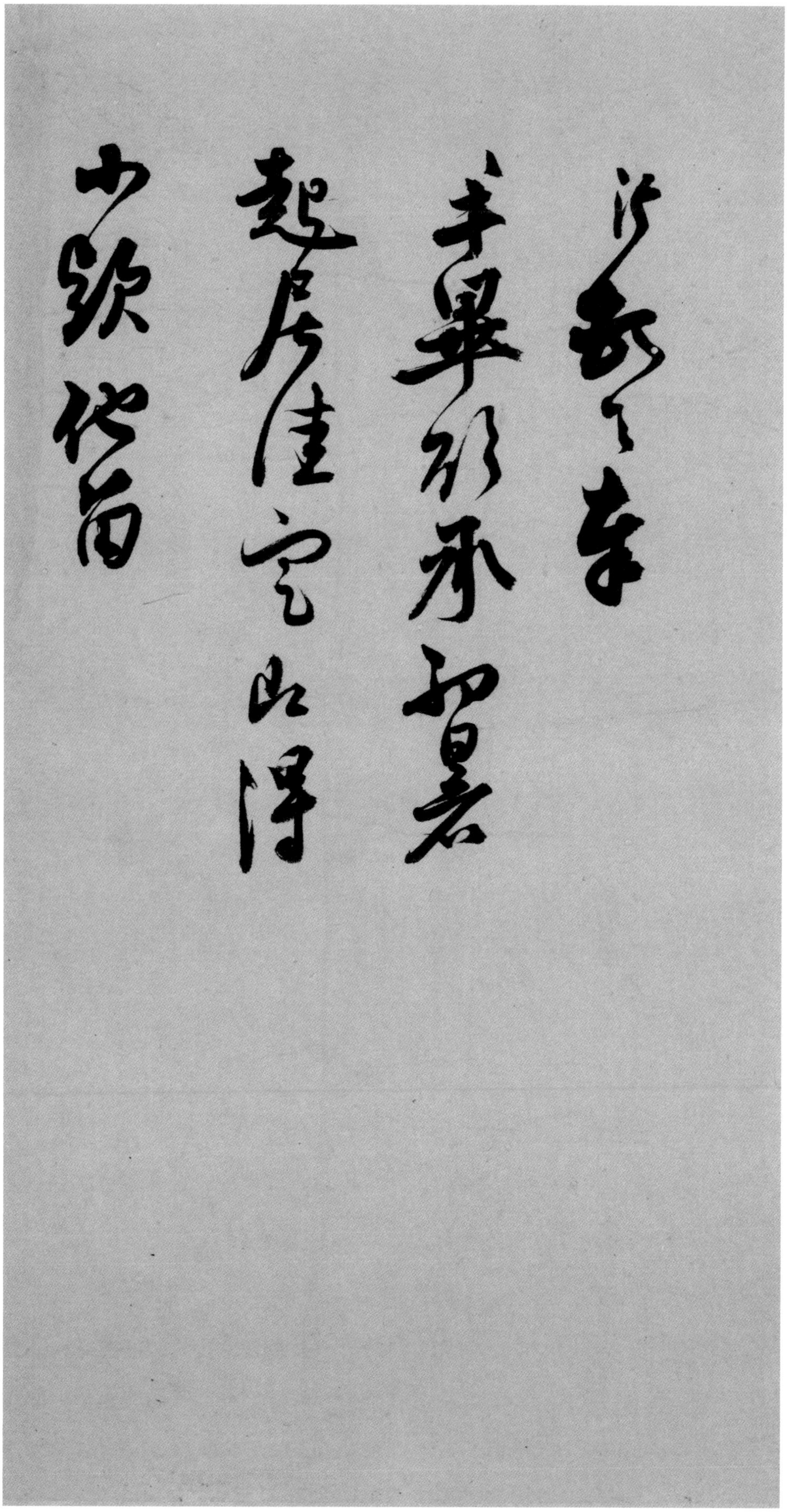

面言。六嫂郎娘安勝。不悉。沂再拜壽翁節推六哥。

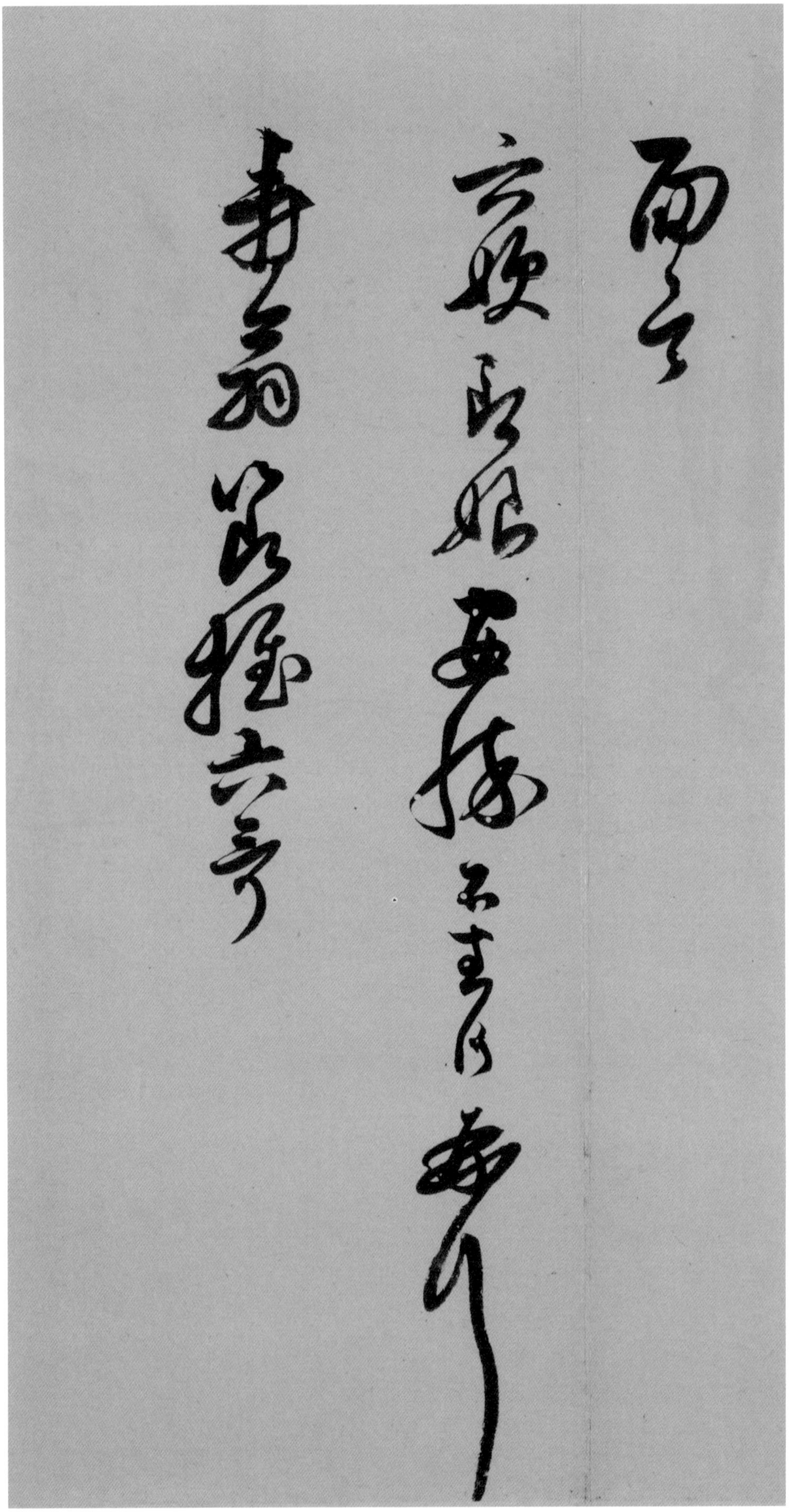

徐夢莘致安國書

莘頓首。區區久不上訊，企想不勝。□日遞中蒙問，伏審公暇履用安裕。數日前得

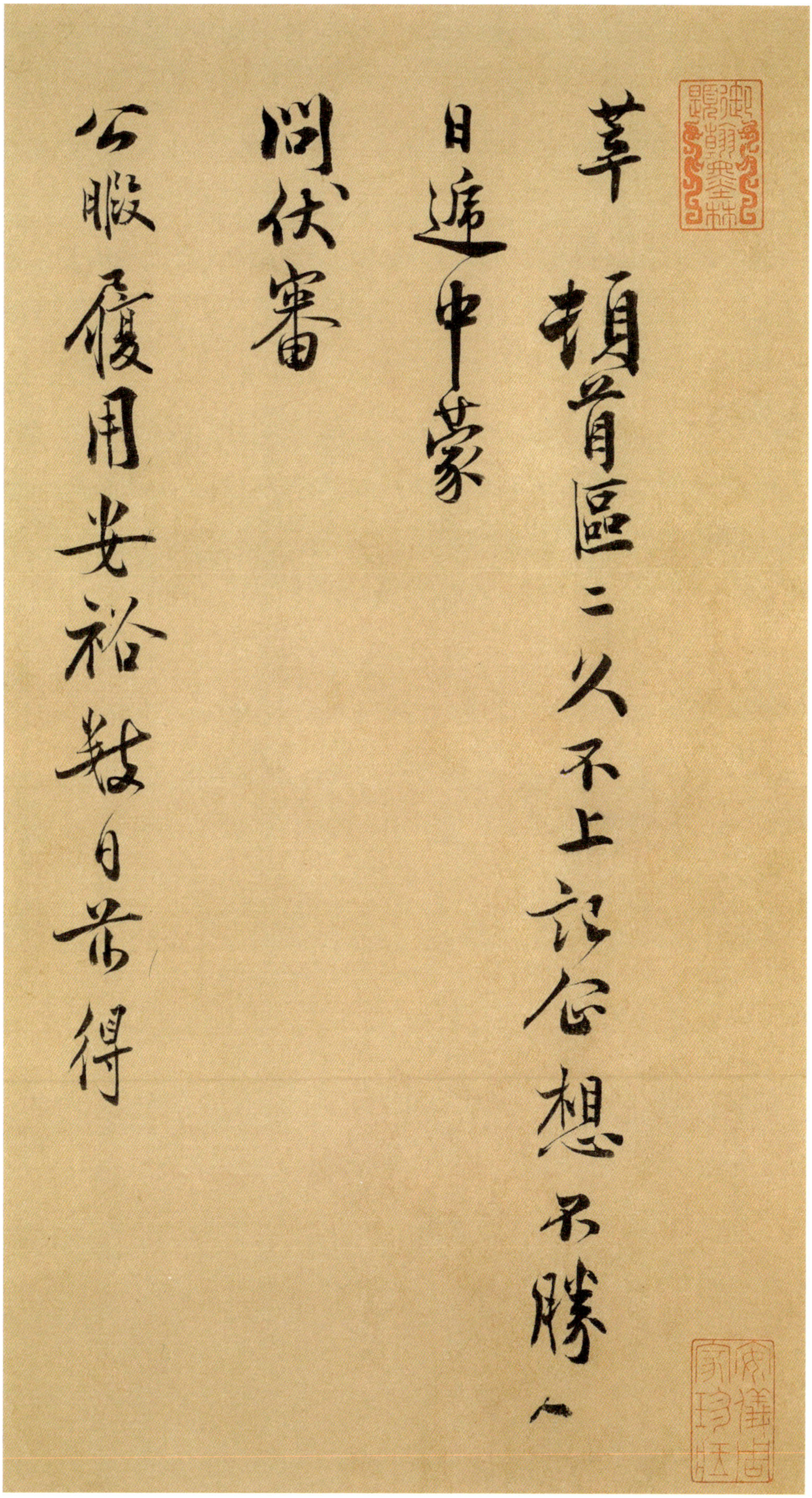

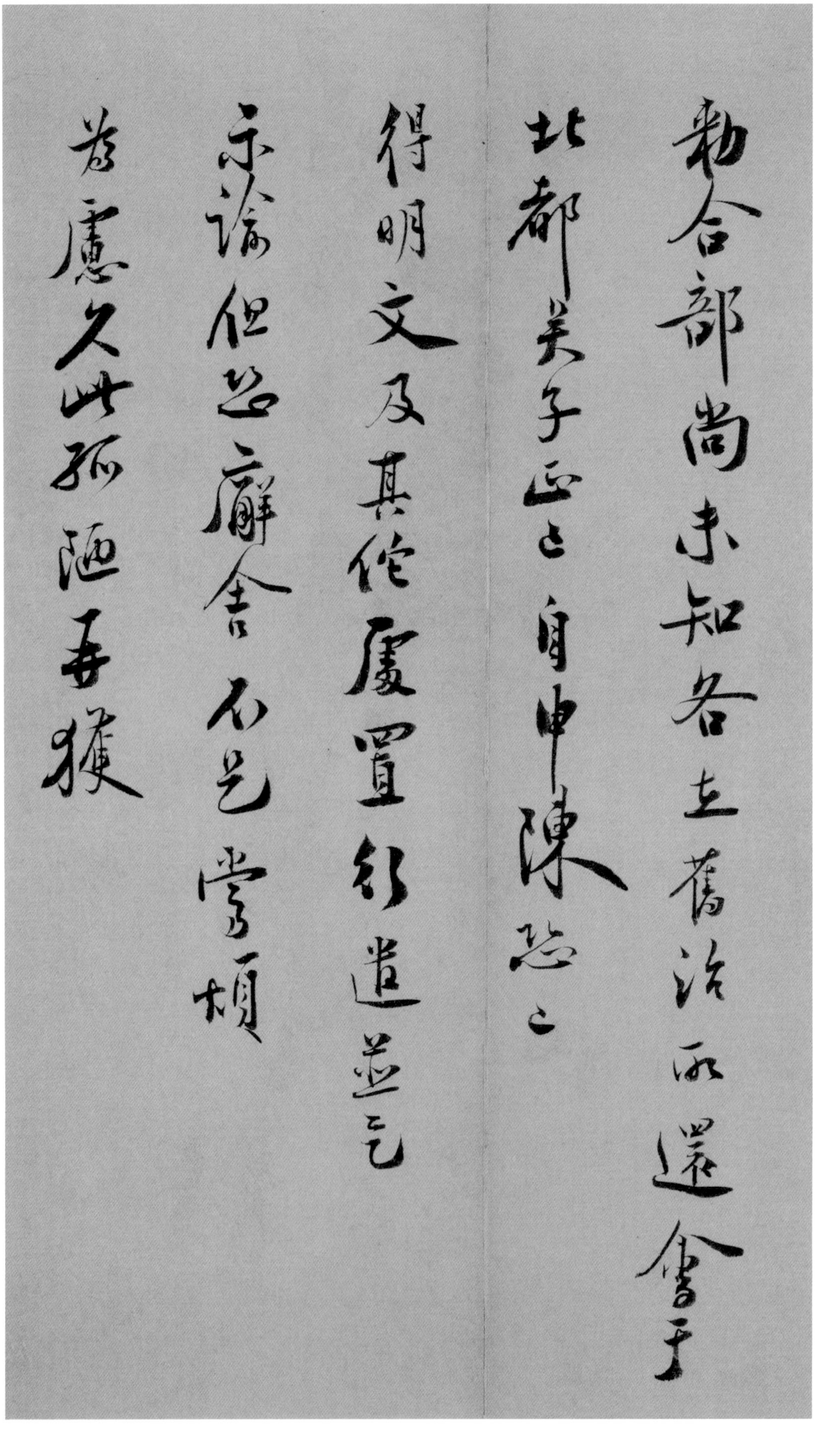

敕合部，尚未知各在舊治所，還會于北都矣。子正已自申陳，恐已得明文。及其佗處置行遣，并乞示諭。但恐廨舍不足，當煩爲慮。久此孤陋，再獲

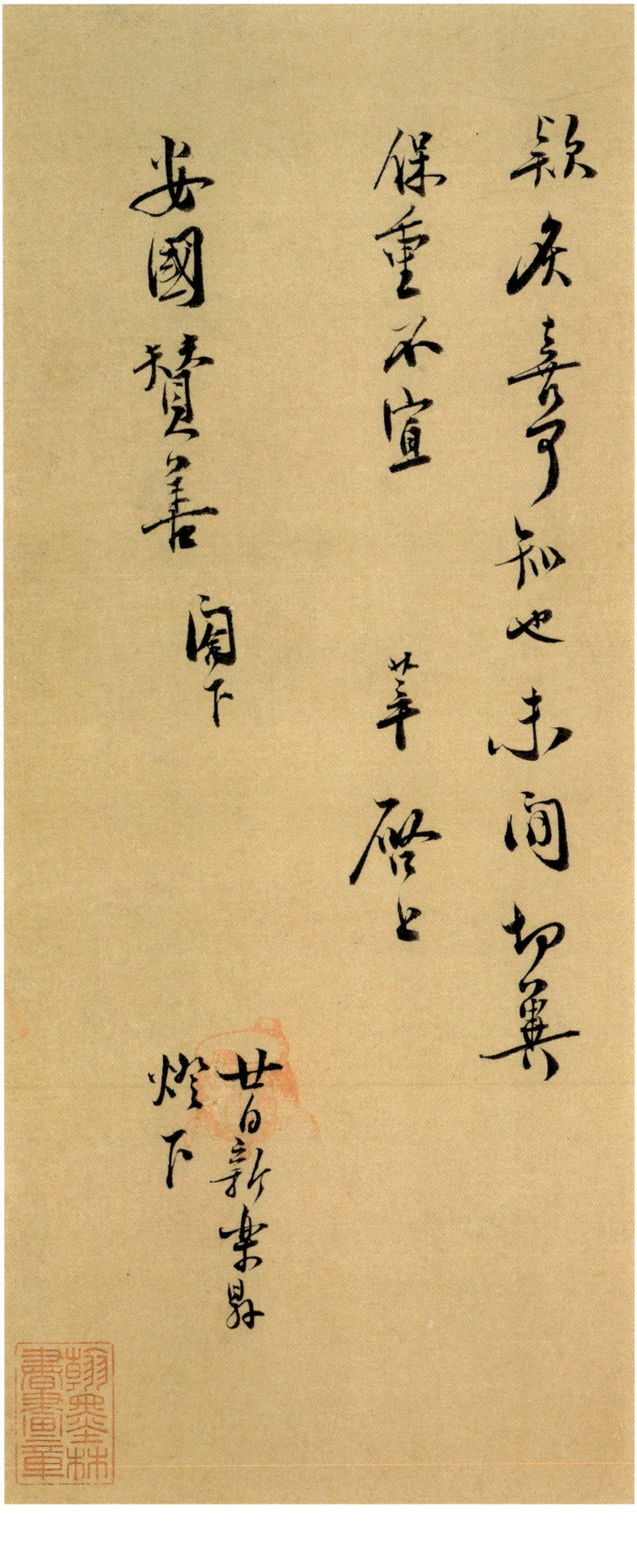

款炙，喜可知也。未間，切冀保重，不宣。莘啓上安國贊善閣下，廿日，新樂縣燈下。

沈與求致子明書

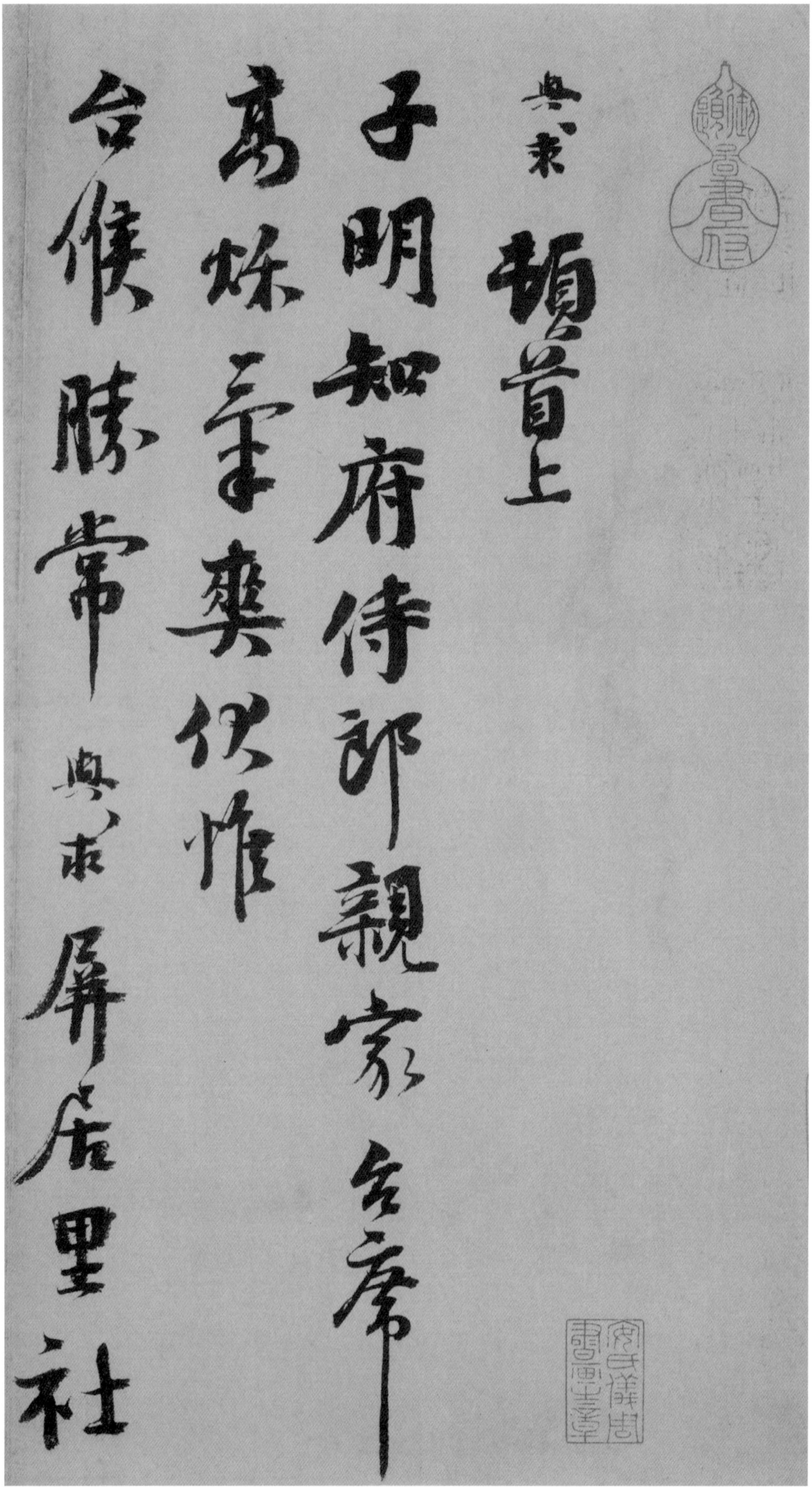

與求頓首上子明知府侍郎親家台席：高秋氣爽，伏惟台候勝常。與求屏居里社，

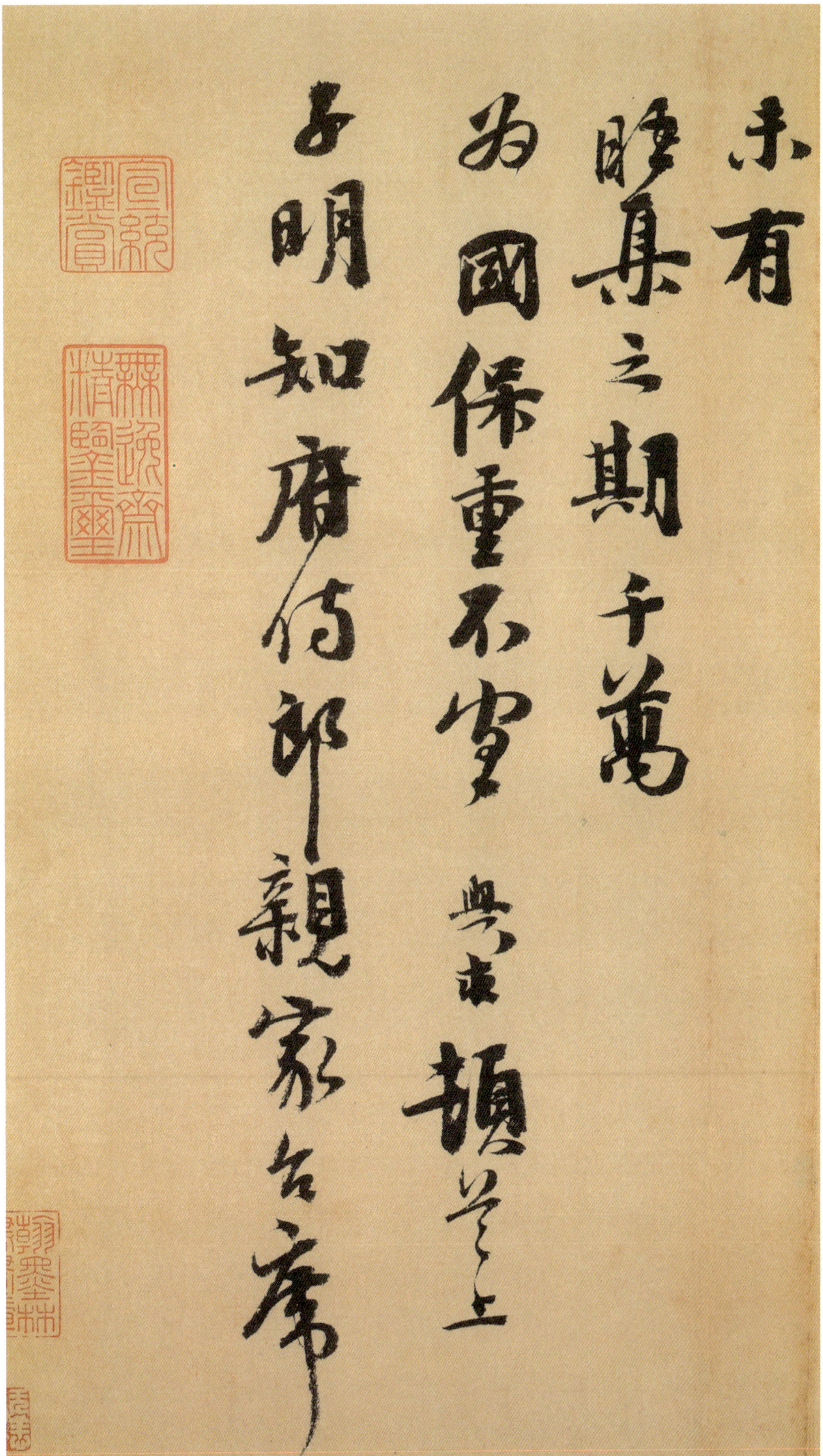

未有晤集之期，千萬爲國保重。不宣。與求頓首上子明知府侍郎親家台席。

朱敦儒《塵勞帖》

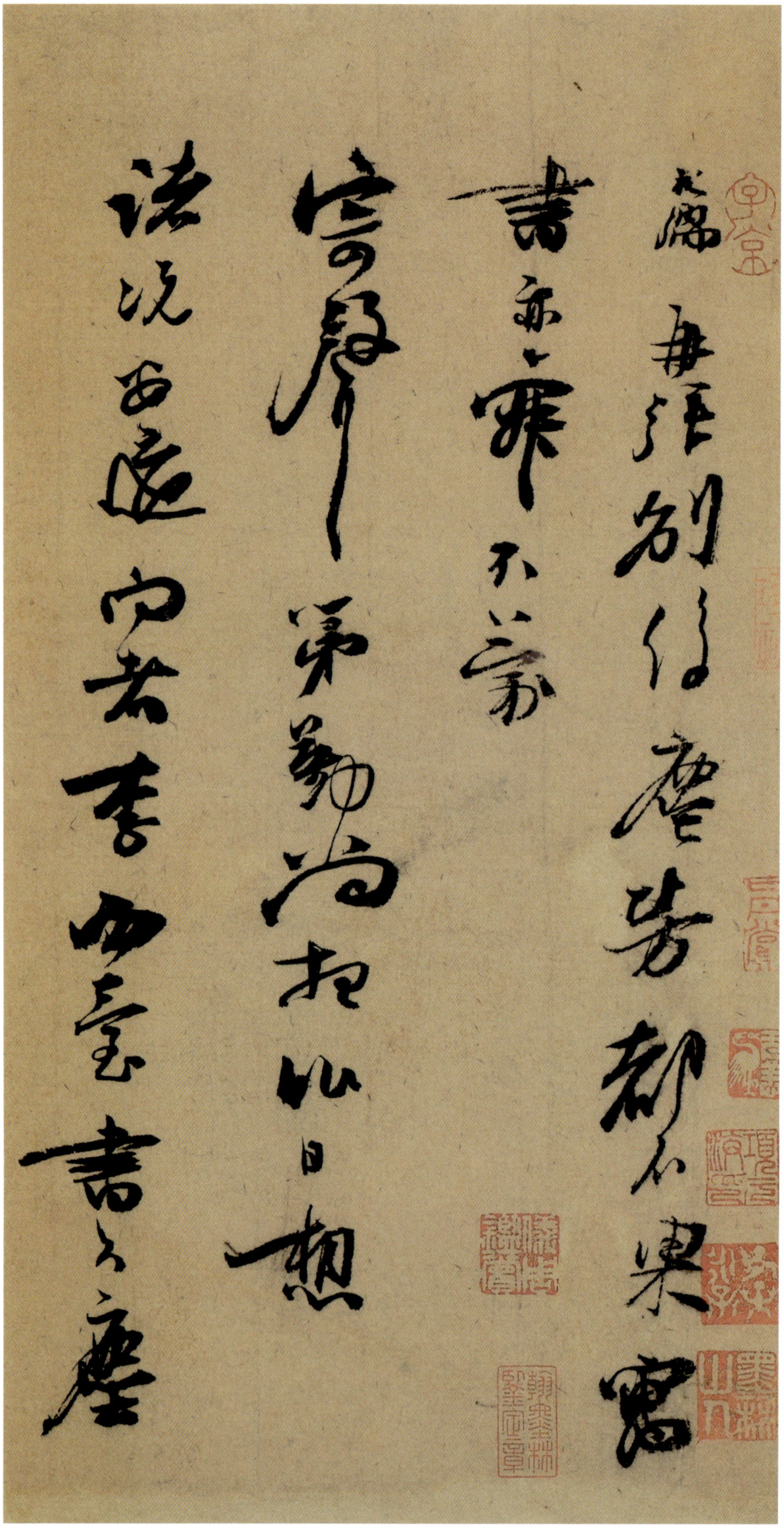

敦儒再拜。別後塵勞，都不果寓書，亦寂不蒙寄聲，第勤尚想。比日想諸況安適？鄉者李西臺書，久塵

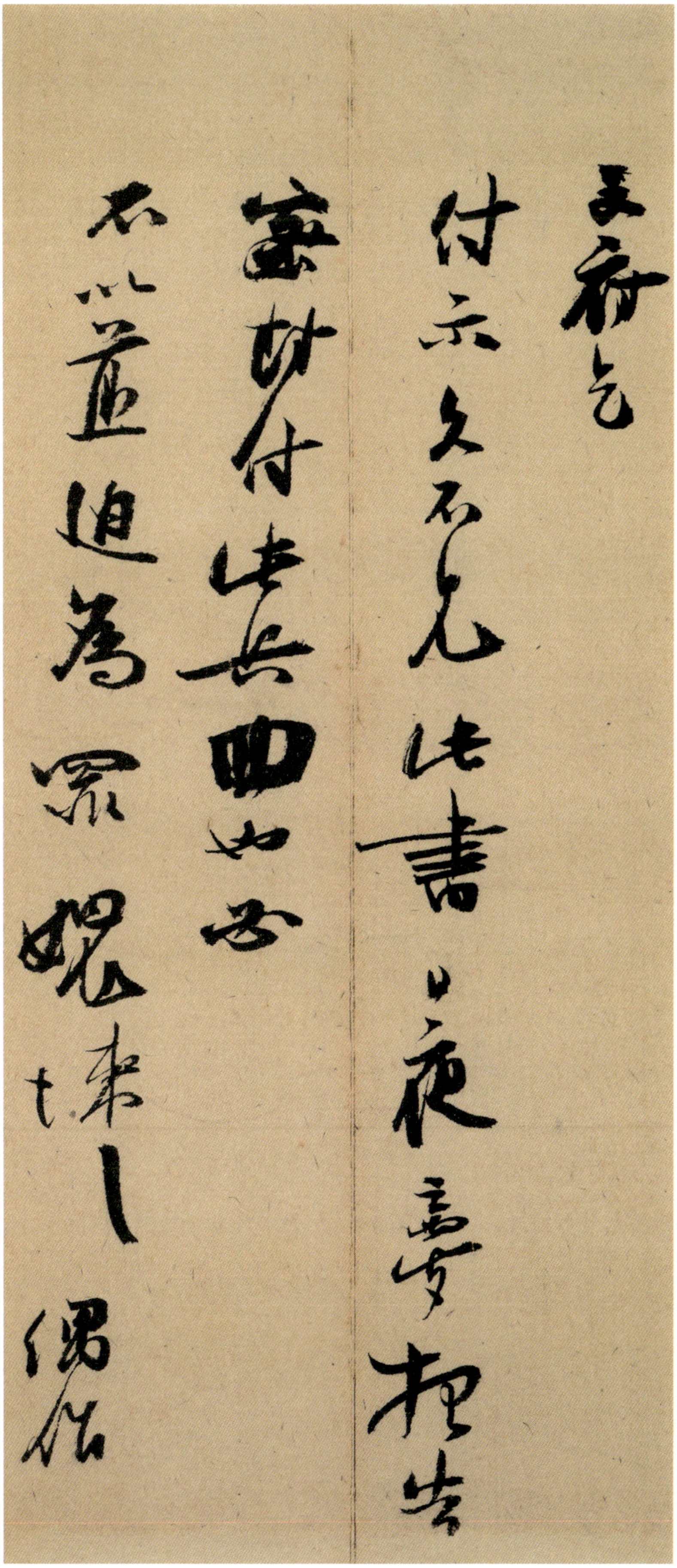
文府乞
付示久不見此書日夜夢想告
密封付此兵回也必
不以煎迫爲罪愧悚愧悚
偶作

文府，乞付示。久不見此書，日夜夢想。告密封付此兵回也，必不以煎迫爲罪。愧悚愧悚。偶作

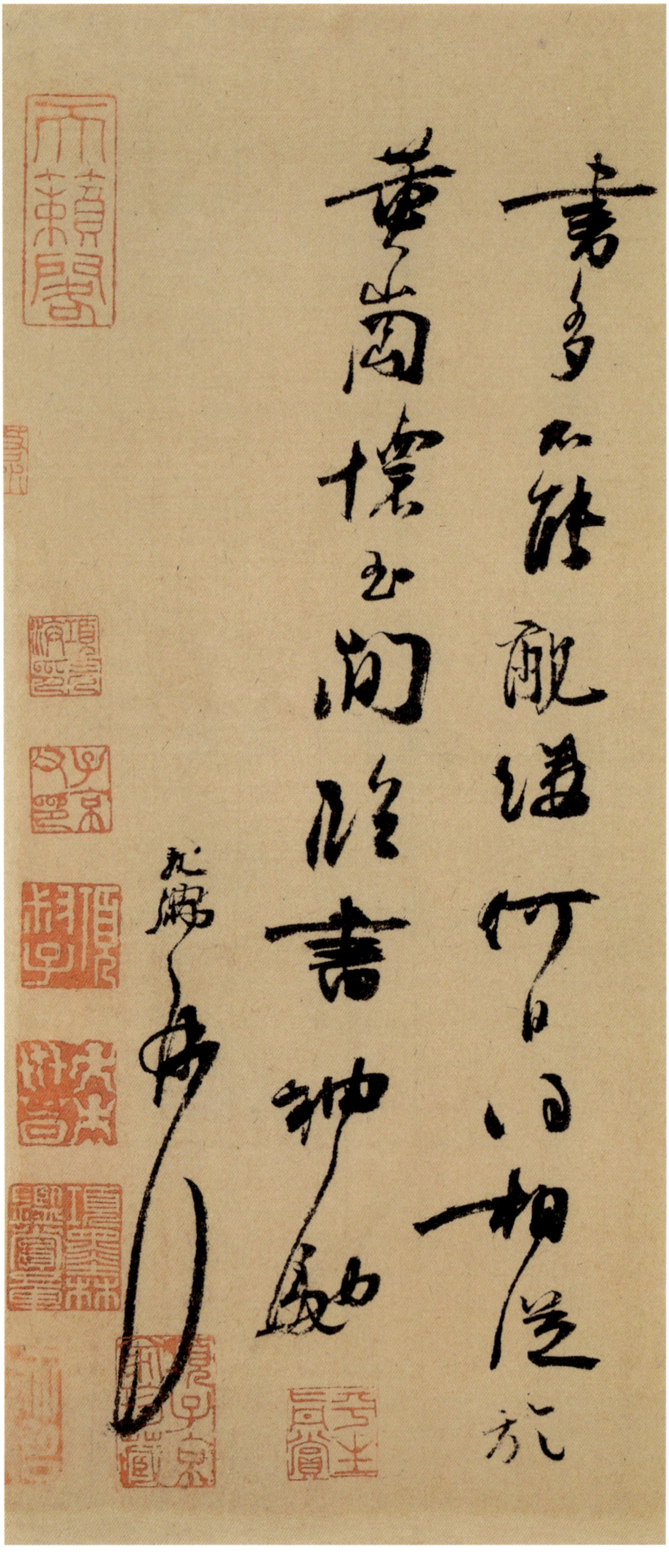

書多，不能覼縷。何日得相從於黃崗懷玉間？臨書神馳，敦儒再拜。

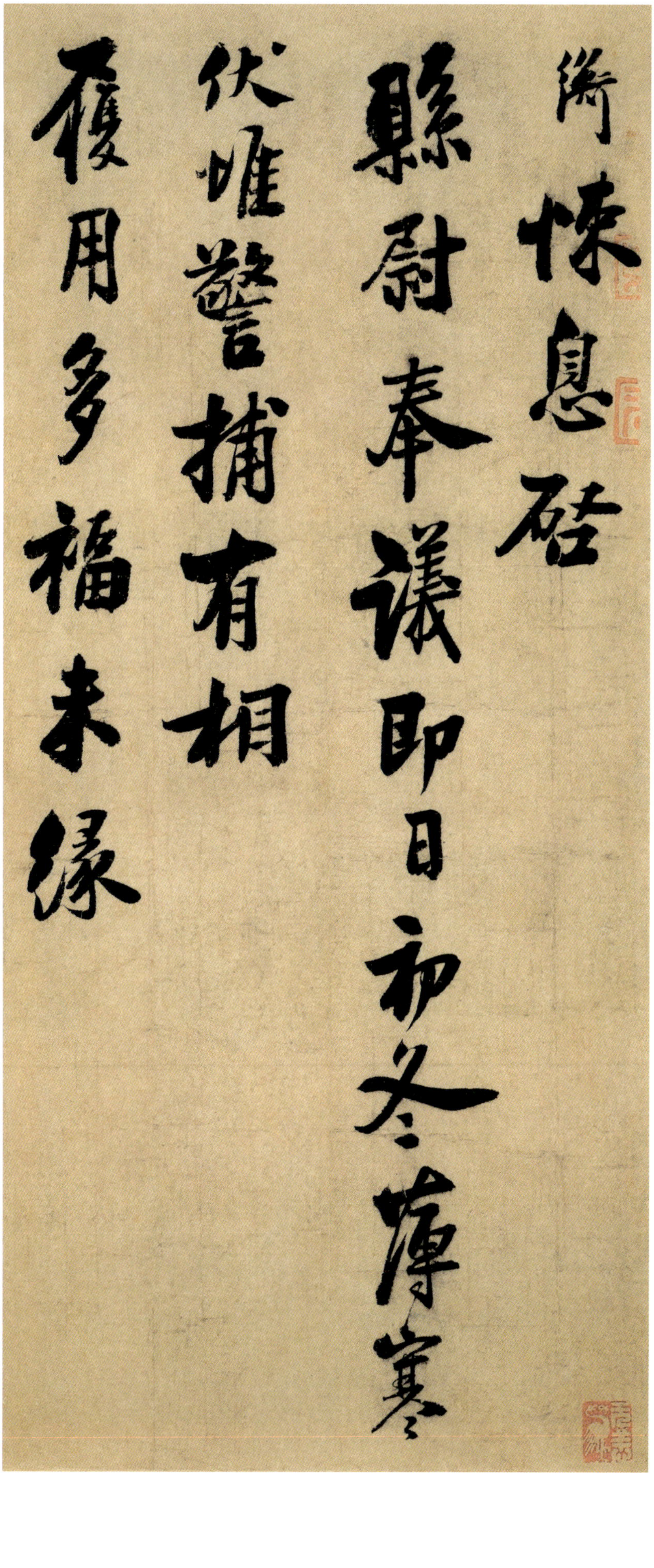

葉衡致縣尉奉議書

衡悚息啓縣尉奉議：即日初冬薄寒，伏惟警捕有相，履用多福。未緣

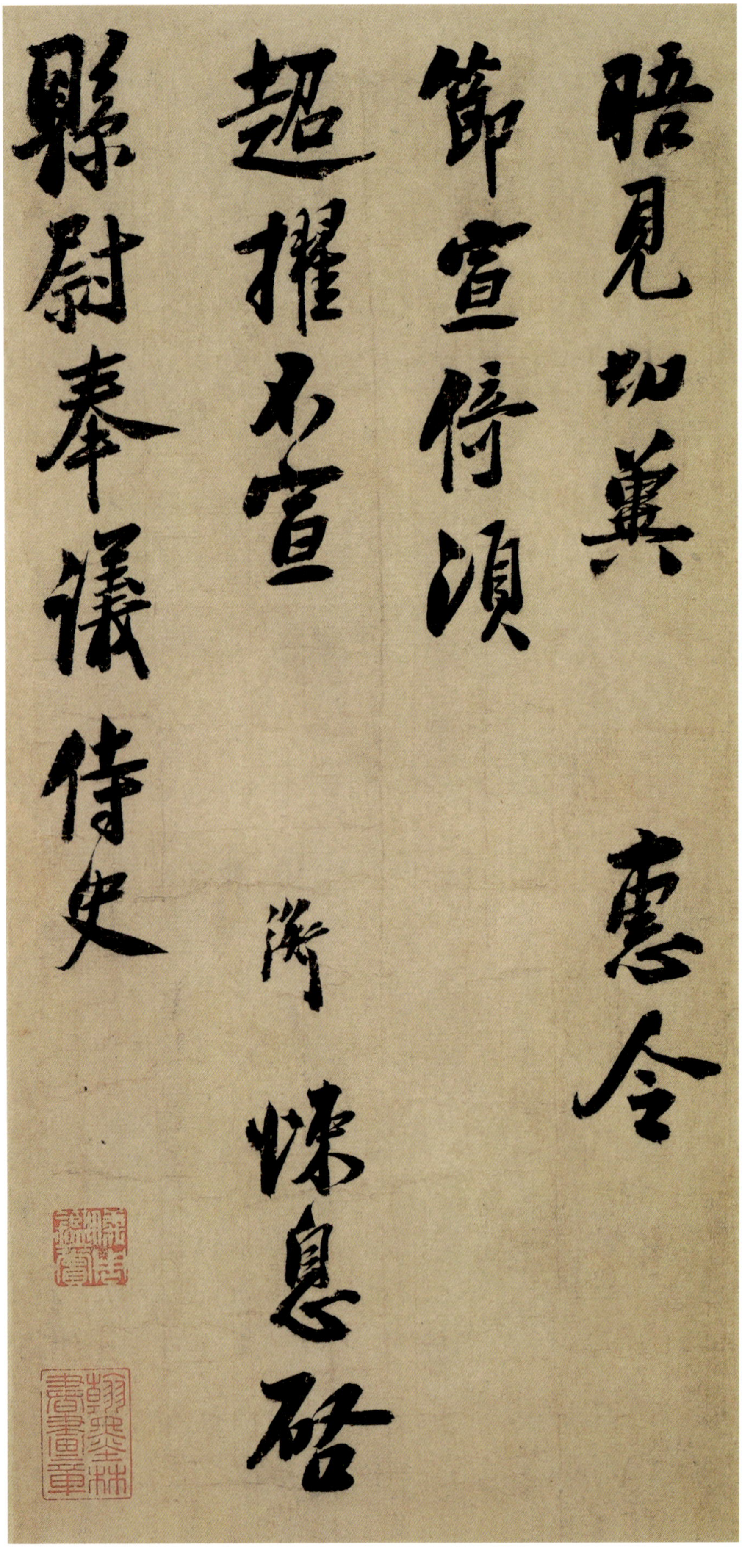

晤見，切冀惠令節宣，倚須超擢不宣。衡悚息啓縣尉奉議侍史。

范成大《垂誨帖》

成大嚮蒙垂誨，先夫人志中，欲改定數處，即已如所教，一一更竄添入。久已寫下草子，正以一兩處疑，封題在書案數月矣，而

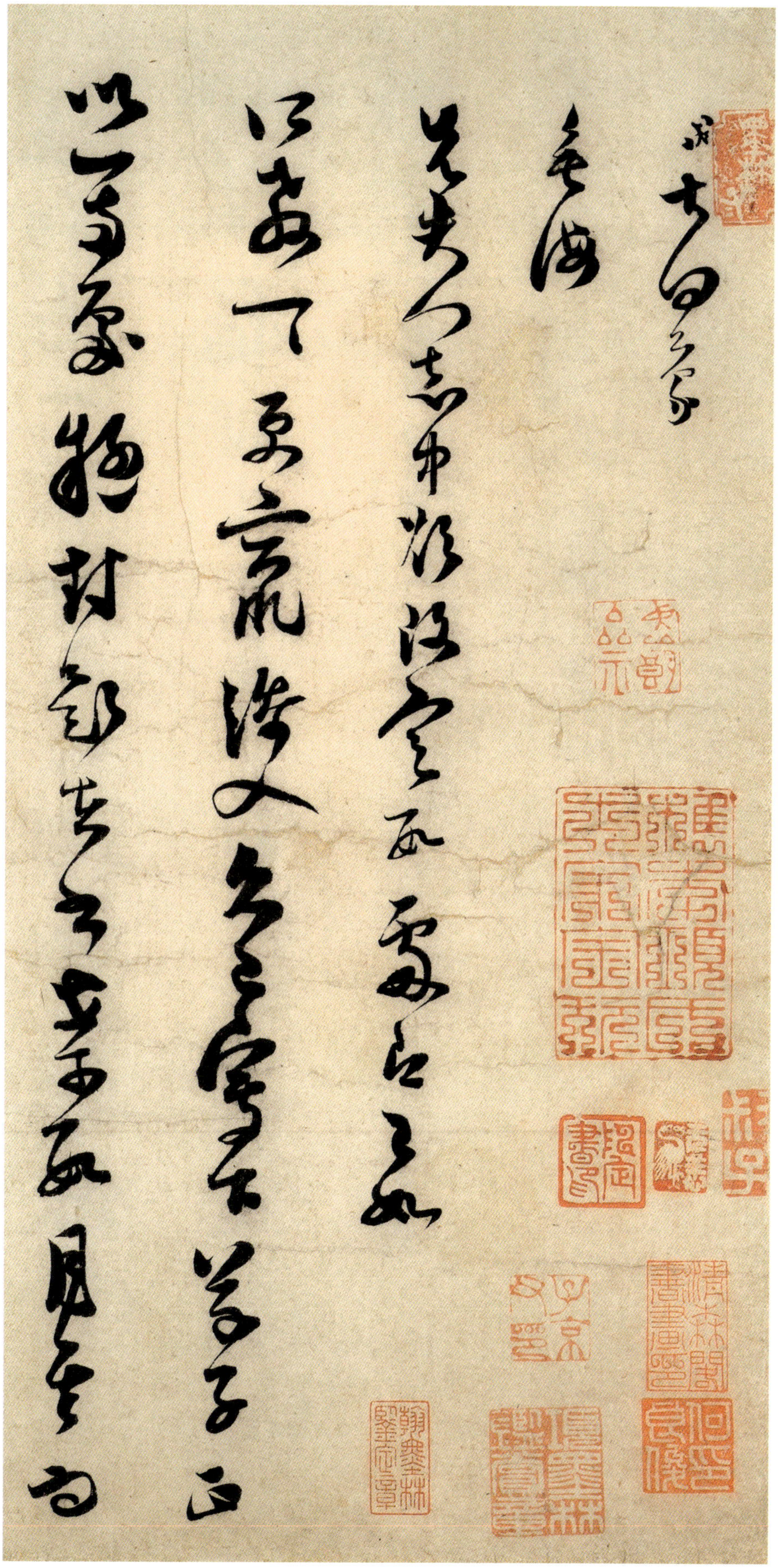

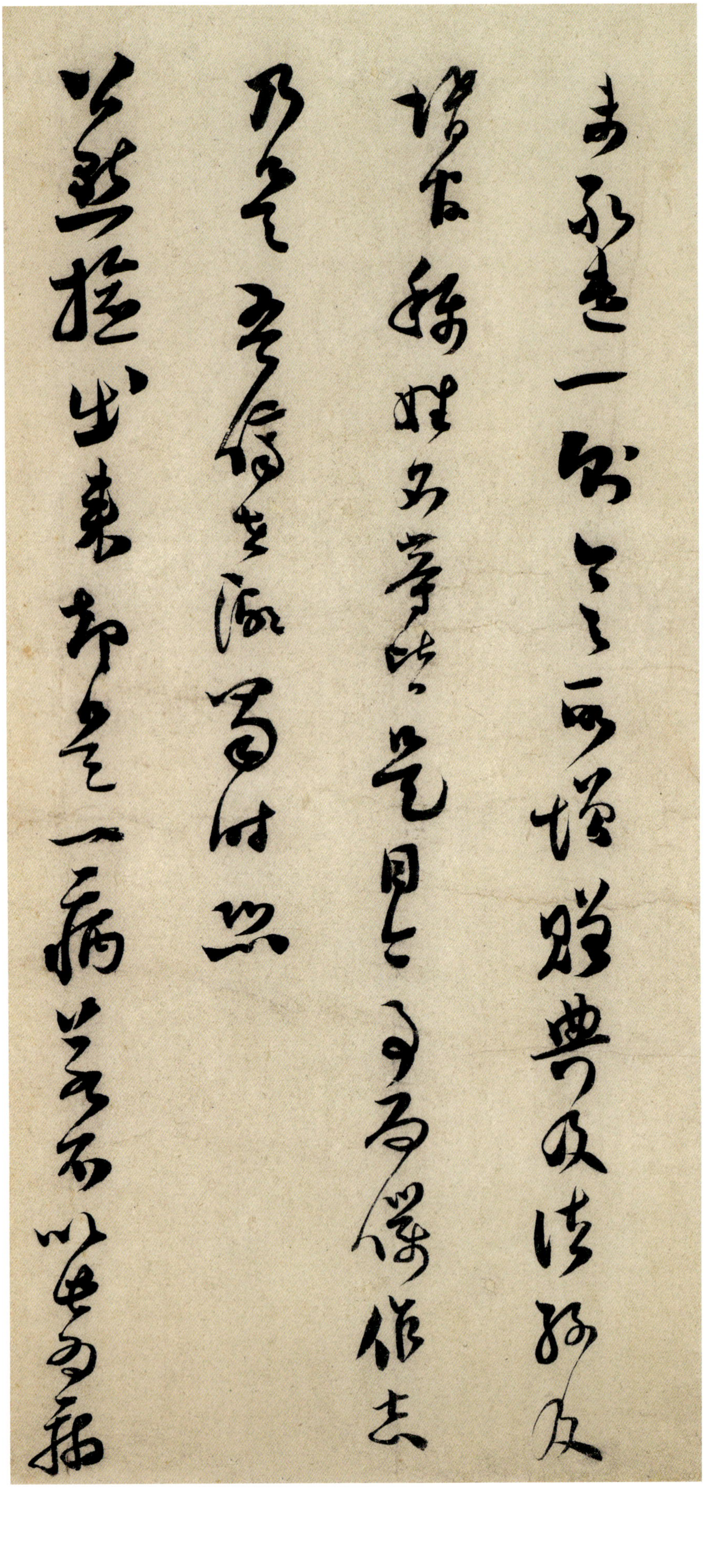

未敢遣。一則今之所增贈典及諸孫及壻官稱姓名等，皆是目今事。而僕作志，乃是吾儕在湖、蜀時，恐公點檢出來，却是一病。若不以此爲病，

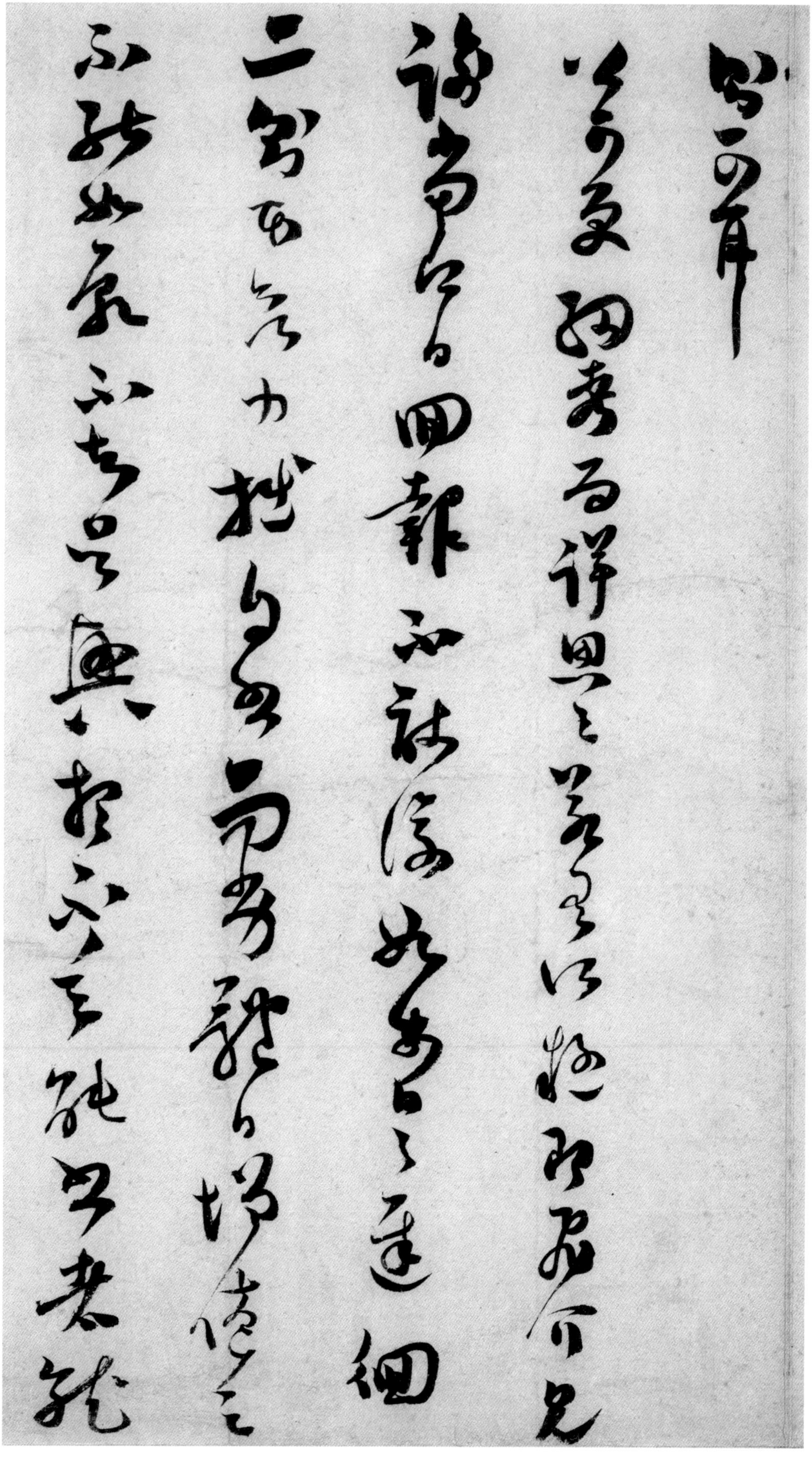

則可耳。公可更細考而詳思之，若有所疑，即飛介見諭，當即日回報，不敢復如前日之遲徊。二則本欲力拙自書，而劣體日增倦之，不能如願，不知吴興，想不乏能書者。就

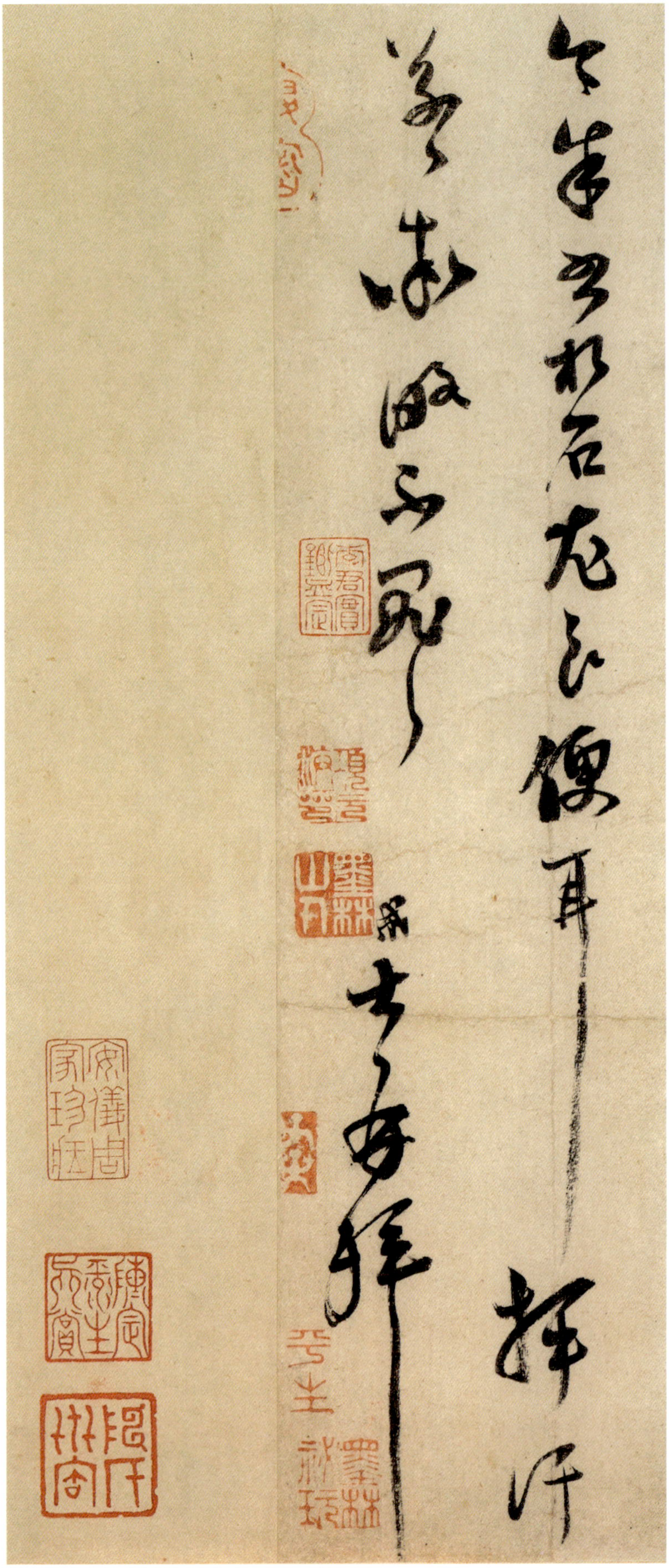

今朱書於石，尤良便耳。揮汗，草草率略，不罪不罪。成大再拜。

霍端友《久寓帖》

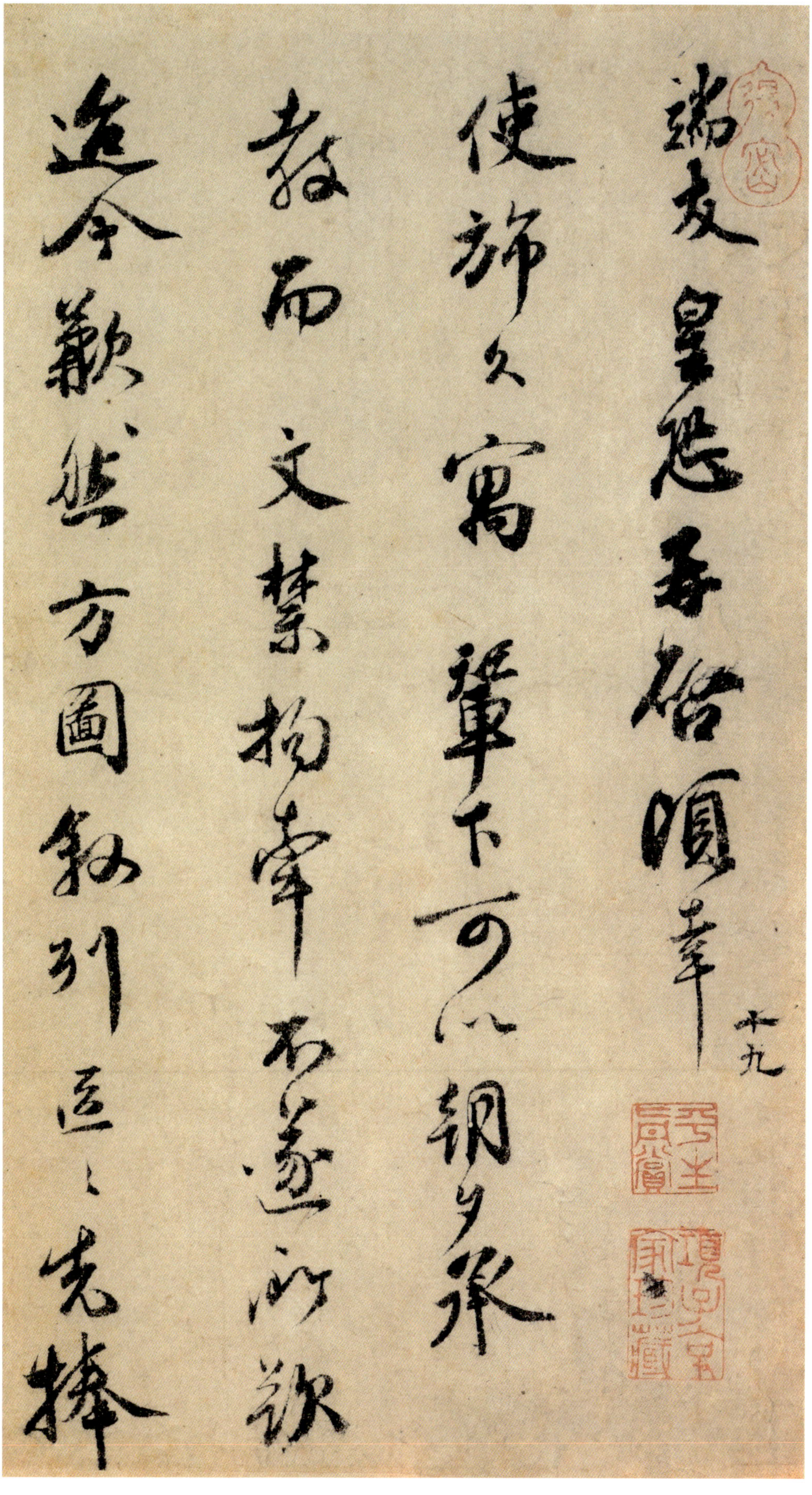

端友皇恐再啓：頃幸使旆久寓輦下，可以朝夕承教，而文禁拘牽，不遂所欲，迨今歉然。方圖叙列區區，先捧

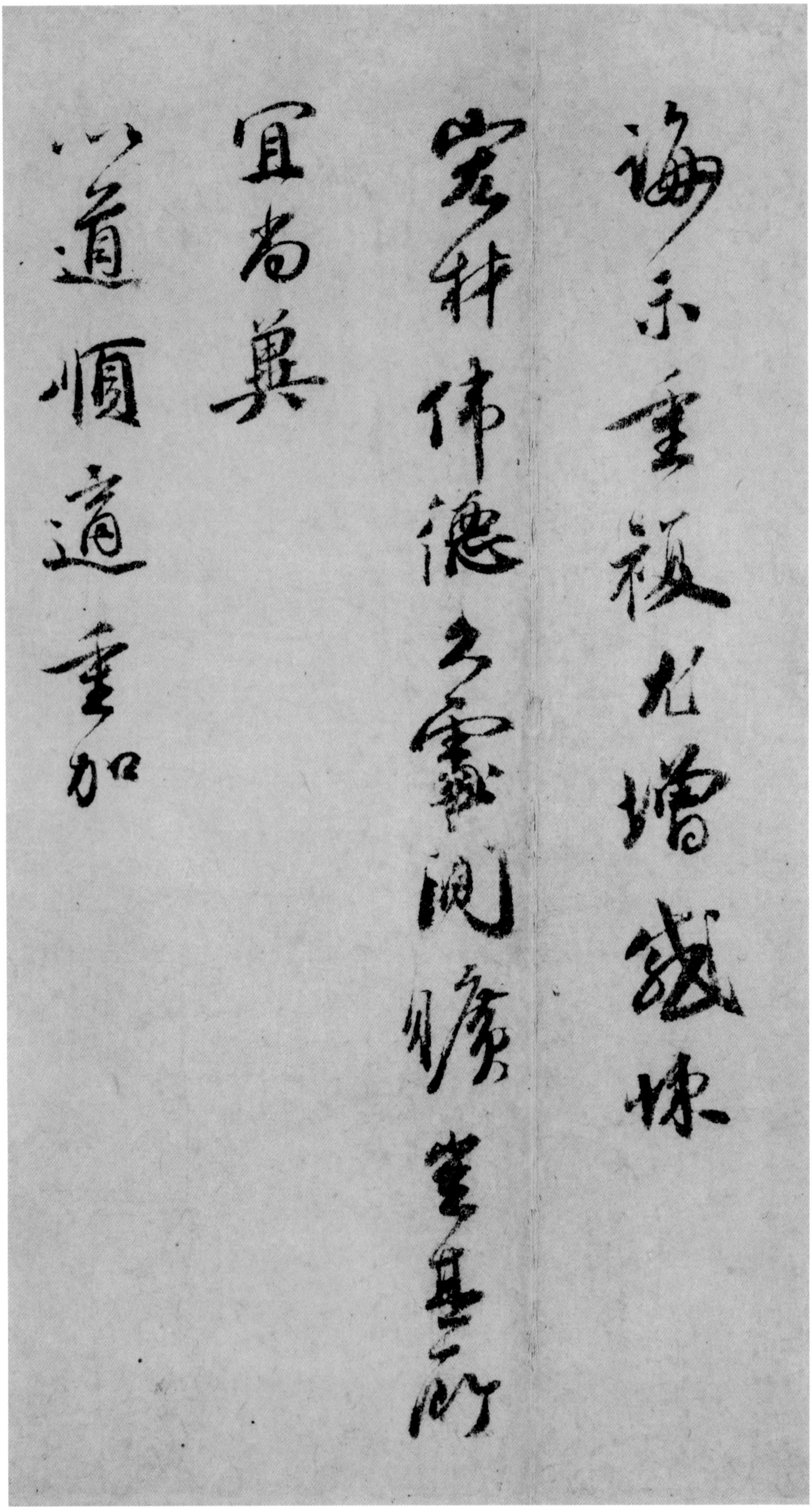

誨示，重複尤增感悚。宏材偉德，久處閑曠，豈其所宜?尚冀以道順適，重加

葆輔，前即龍光，無任瞻祝。端友皇恐再拜。

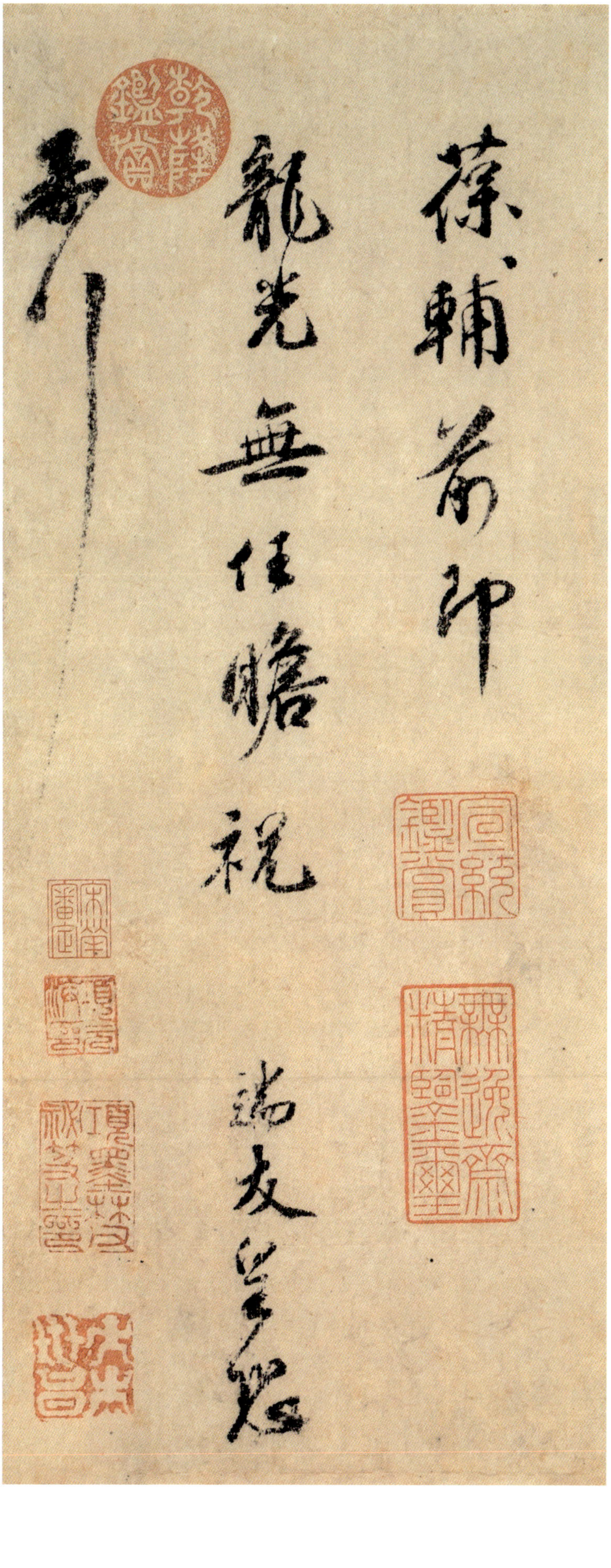

張孝祥致姨夫書

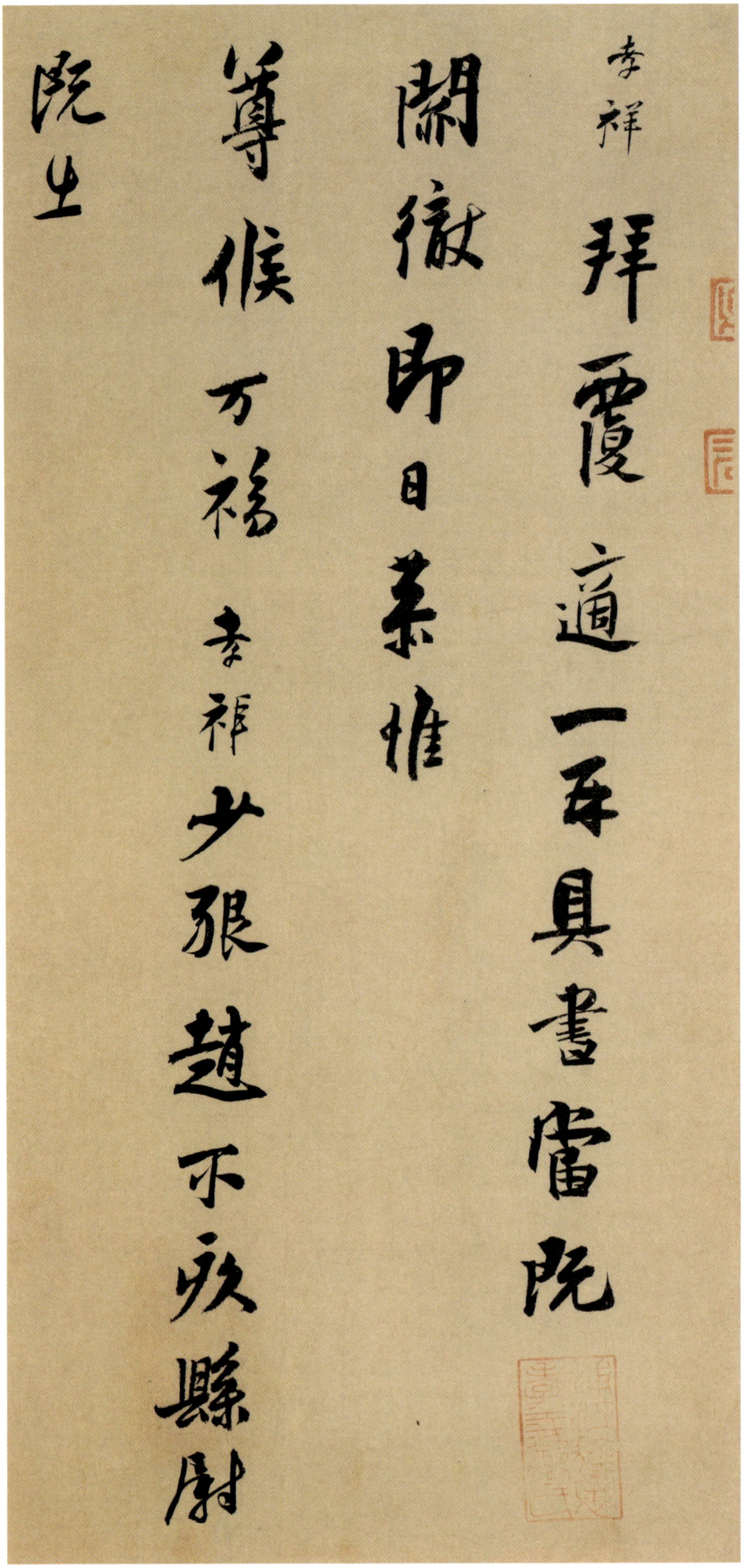

孝祥拜覆。適一再具書，當既關徹，即日恭惟尊候萬福。孝祥少懇，趙不疚縣尉既出

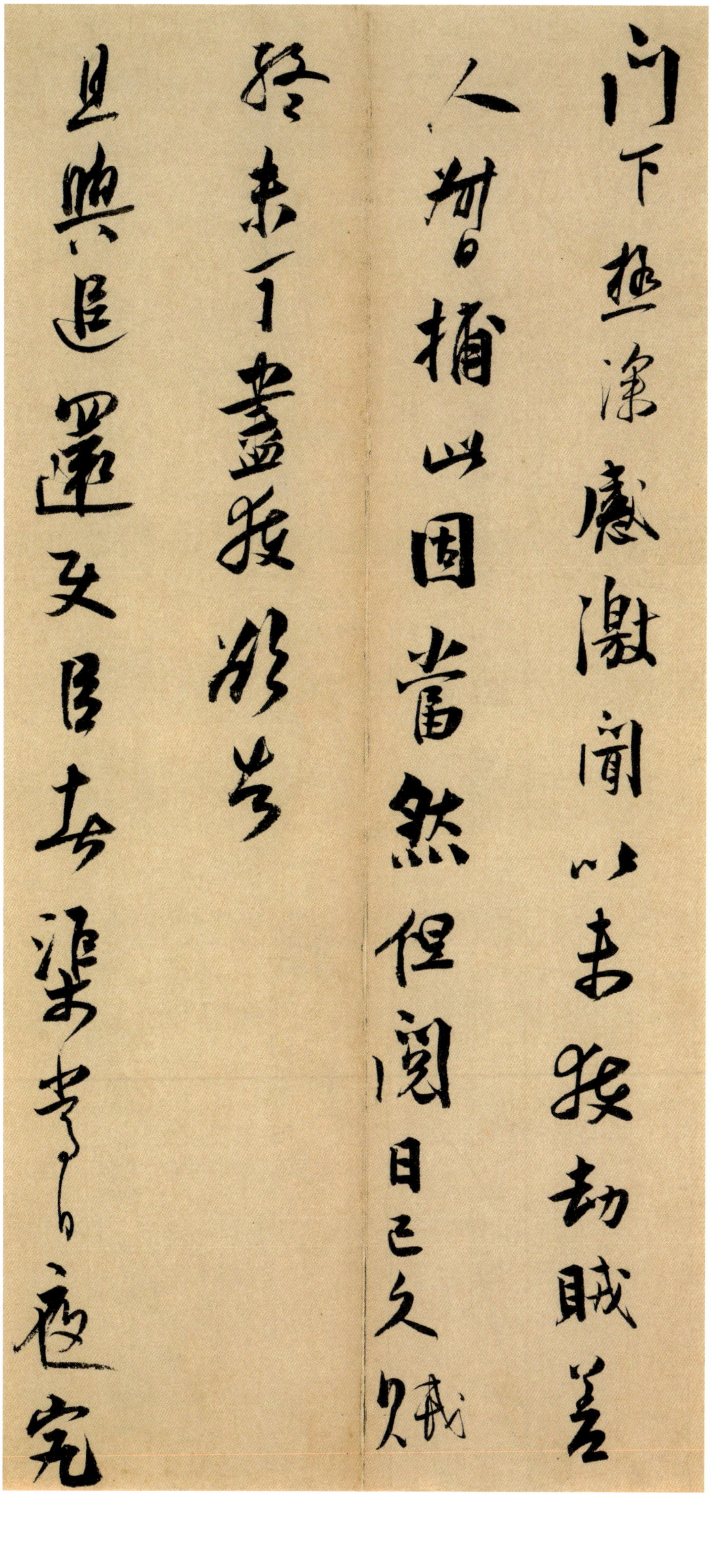

門下，極深感激。聞以未獲劫賊，差人督捕，此固當然，但閱日已久，賊終未可盡獲，欲告且與追還使臣者，渠當日夜究

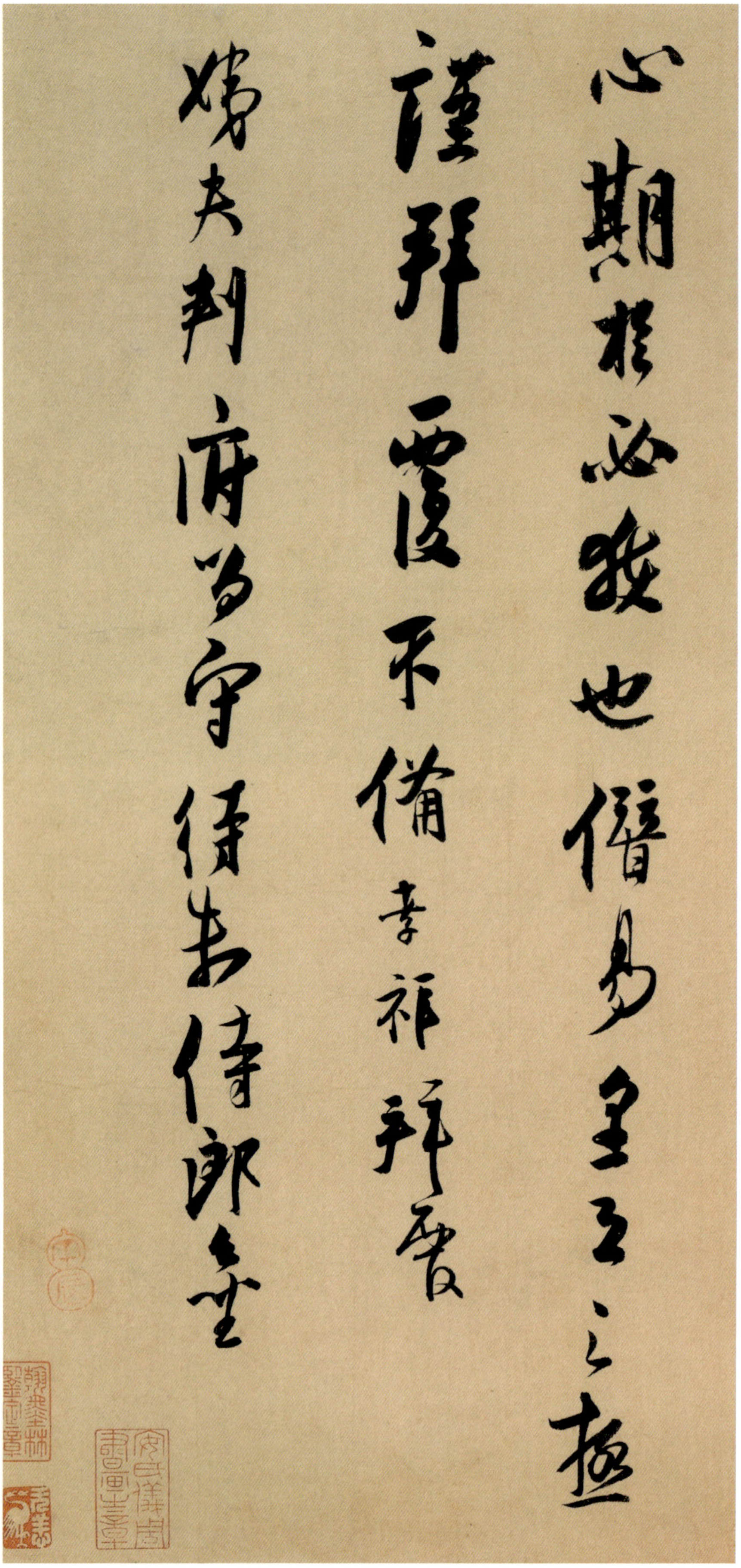

心，期於必獲也。僭易皇恐之極。謹拜覆不備。孝祥拜覆姨夫判府留守待制侍郎台坐。

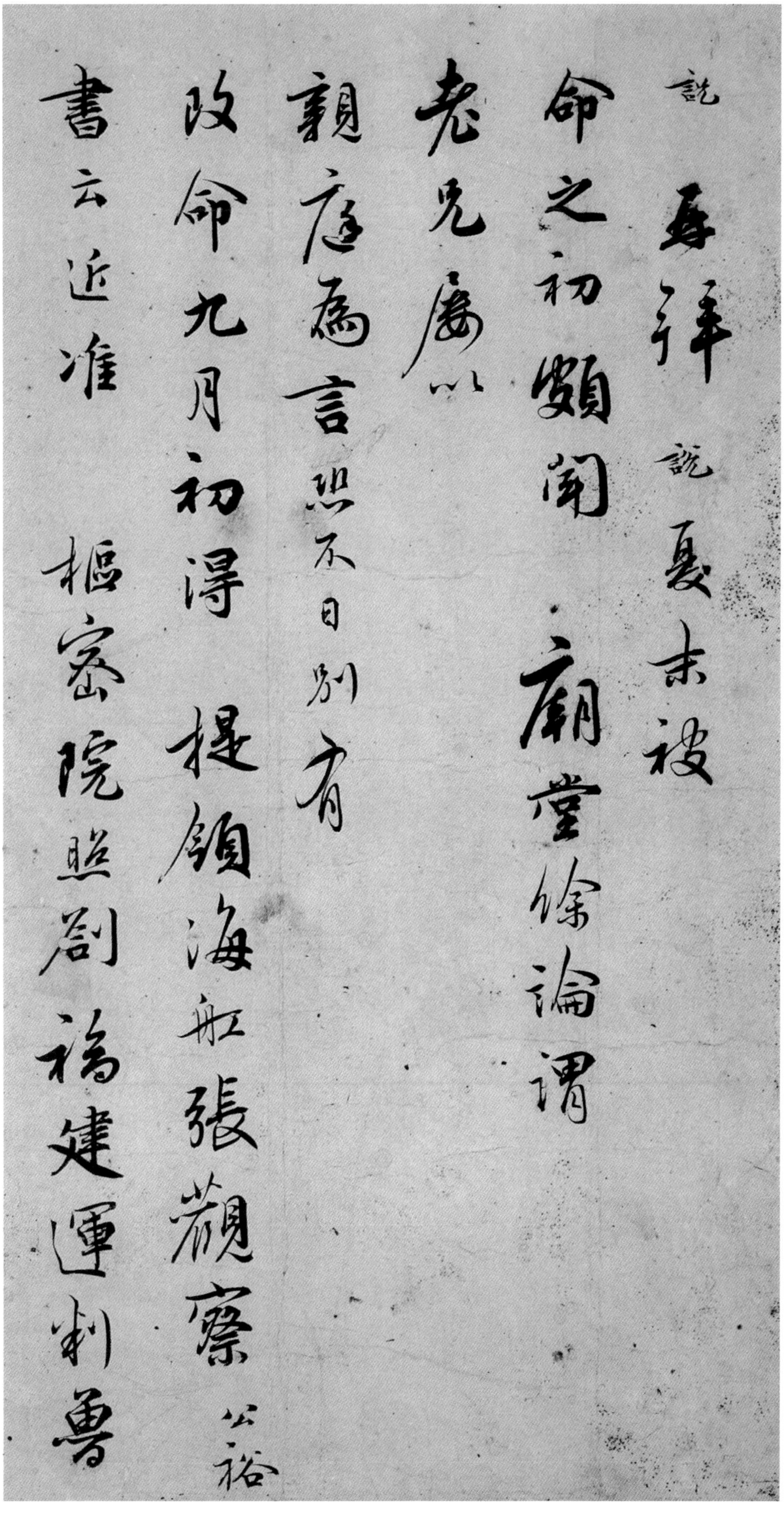

吴説《夏末帖》

説再拜。説夏末被命之初，頗聞廟堂餘論，謂老兄屢以親庭爲言，恐不日別有改命。九月初，得提領海船張觀察公裕書云：『近准樞密院照札，福建運判魯

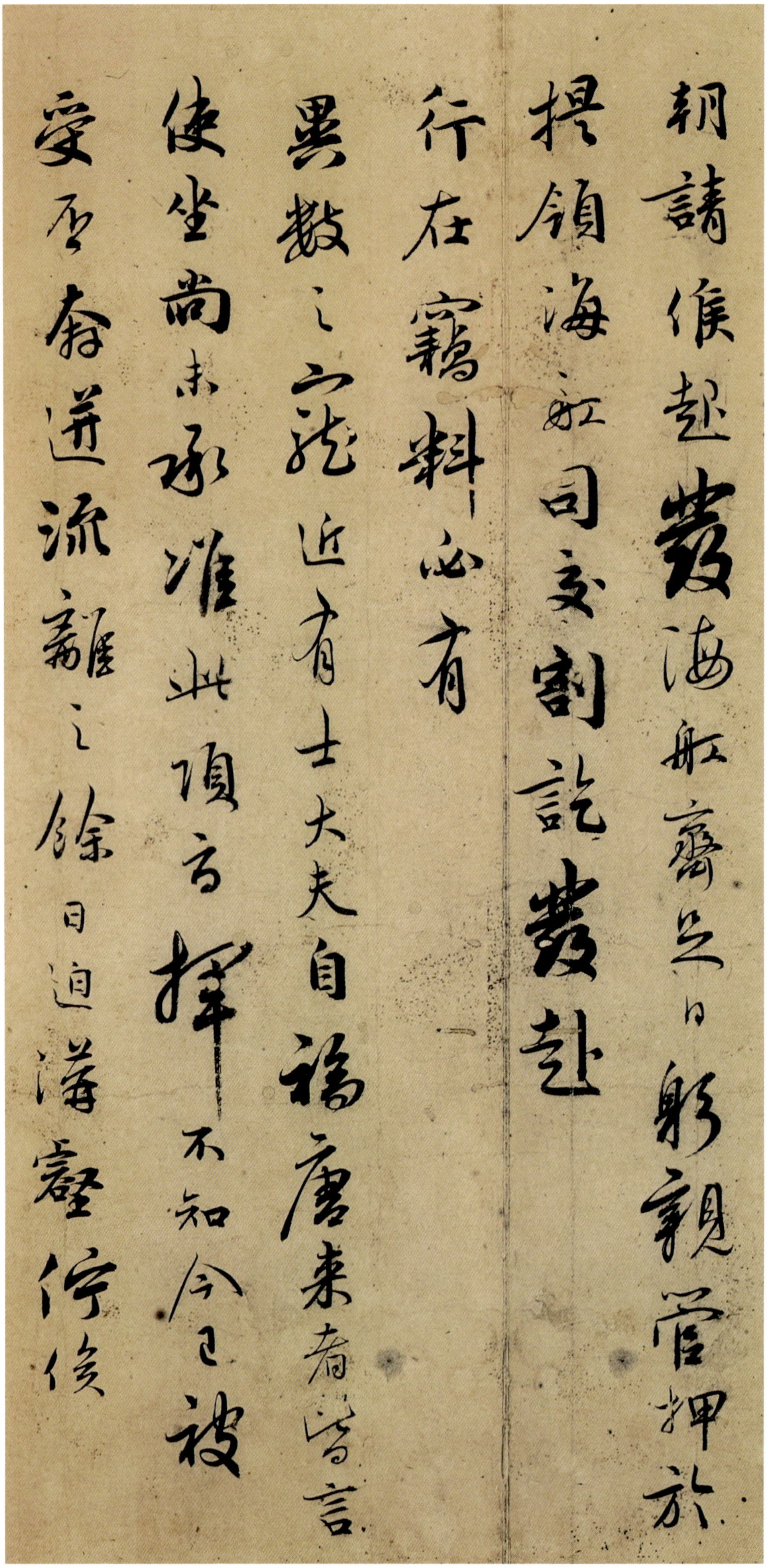

朝請候起發海船齊足日，躬親管押，於提領海船司交割訖，發赴行在。』竊料必有异數之寵。近有士大夫自福唐來者，皆言使坐尚未承准此項旨揮，不知今已被受否？奔迸流離之餘，日迫溝壑，佇俟

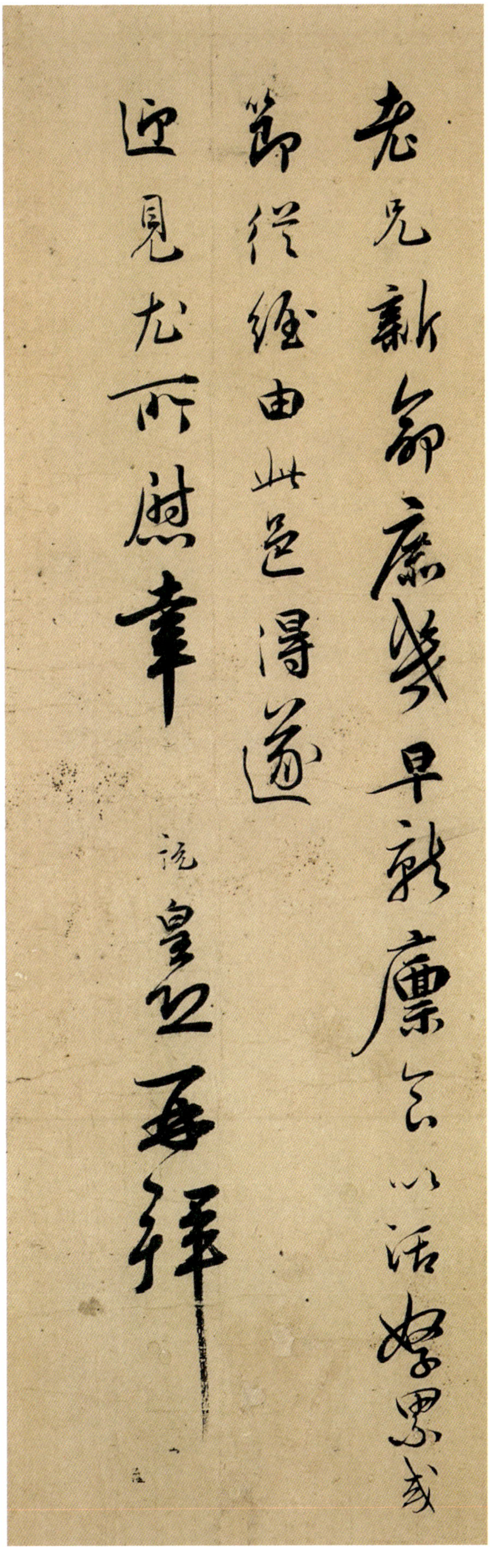

老兄新命，庶幾早就廩食，以活孥累。或節從經由此邑，得遂迎見，尤所慰幸。説皇恐再拜。

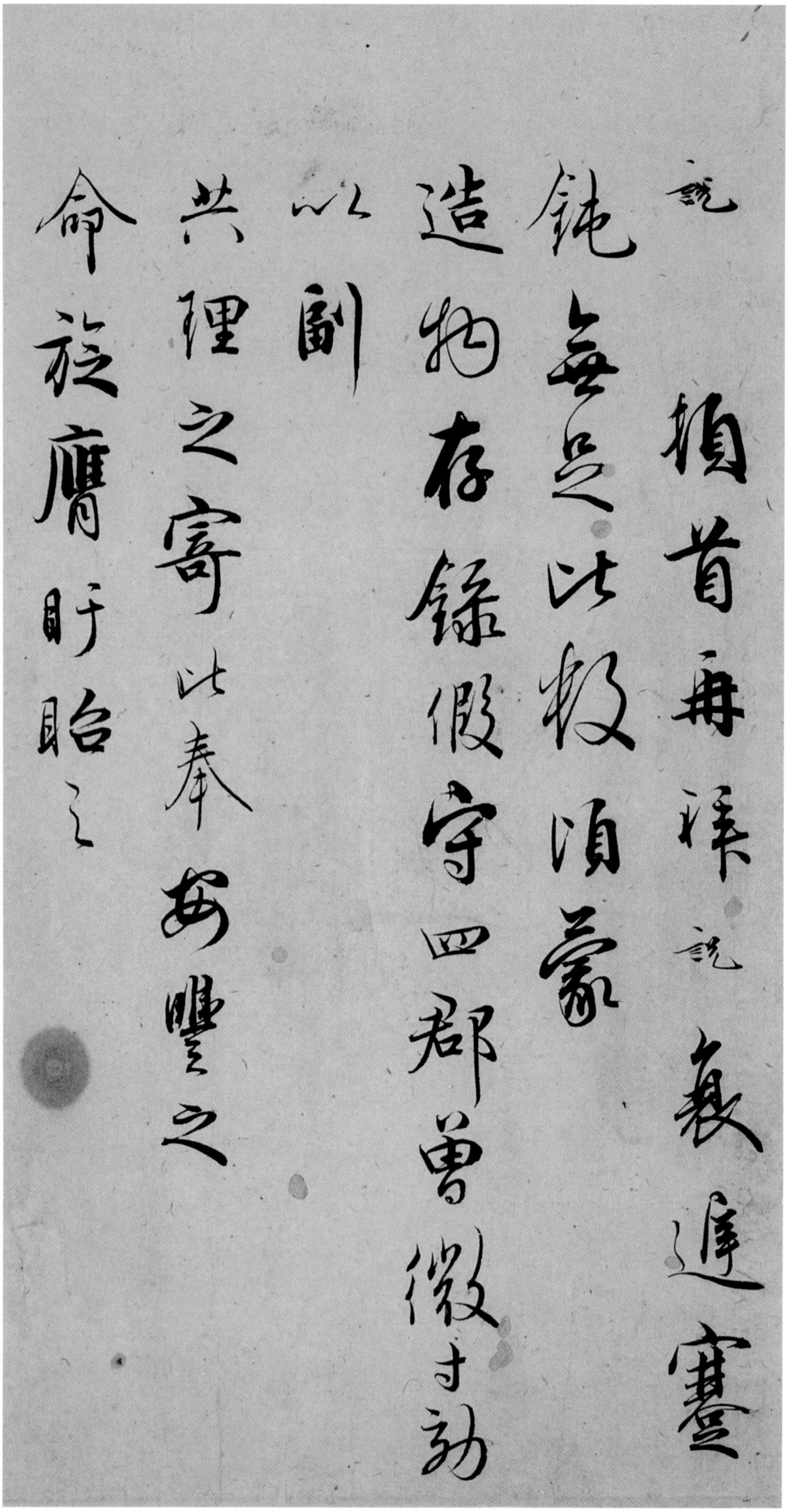

説頓首再拜。説衰遲蹇鈍，無足比數。頃蒙造物存録，假守四郡，曾微寸效，以副共理之寄。比奉安豐之命，旋膺盱眙之

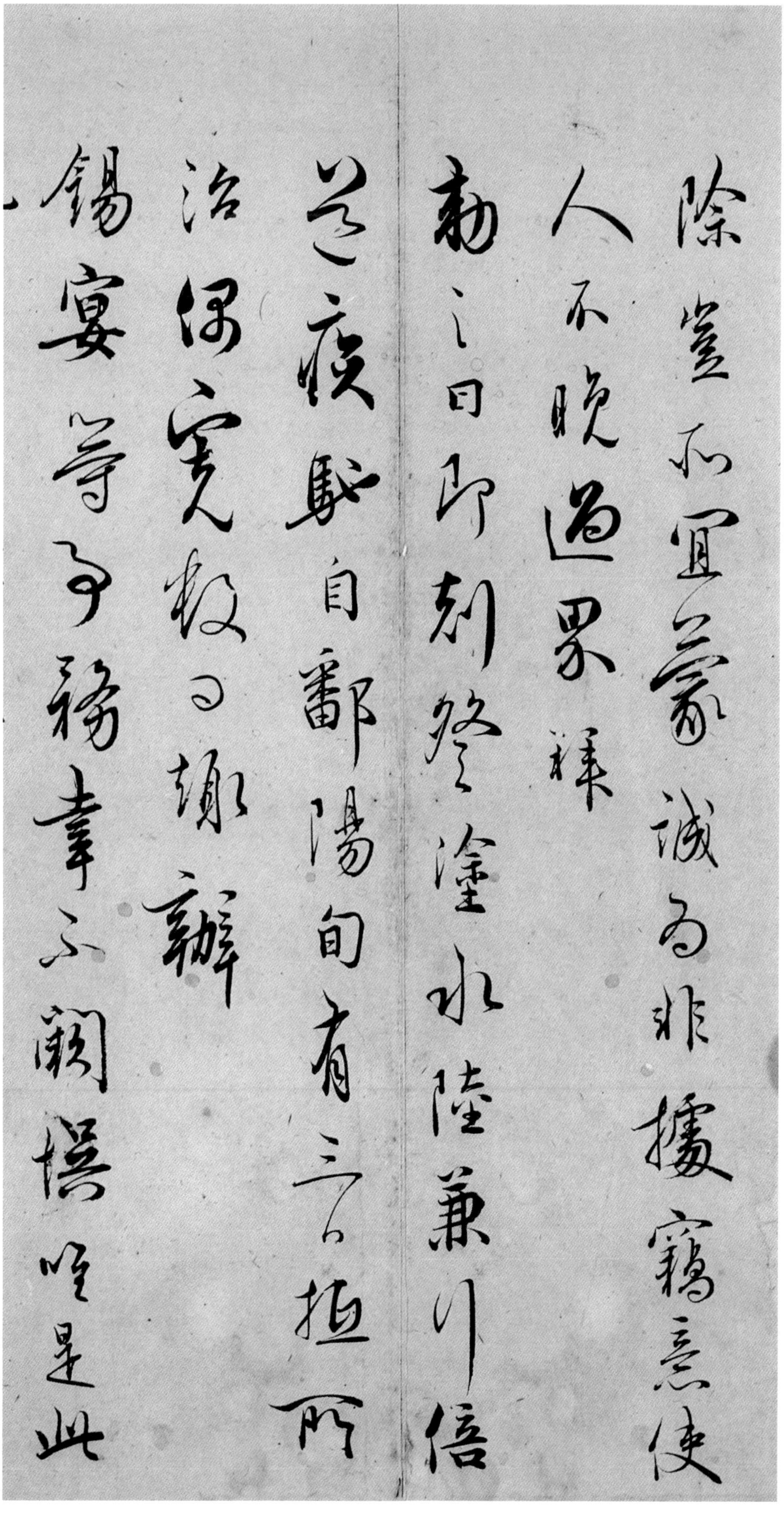

除，豈所宜蒙，誠爲非據。竊意使人不晚過界，拜敕之日，即刻登塗，水陸兼行，倍道疾馳，自鄱陽旬有三日抵所治。偶寬數日，趣辦錫宴等事務，幸不闕誤。唯是此

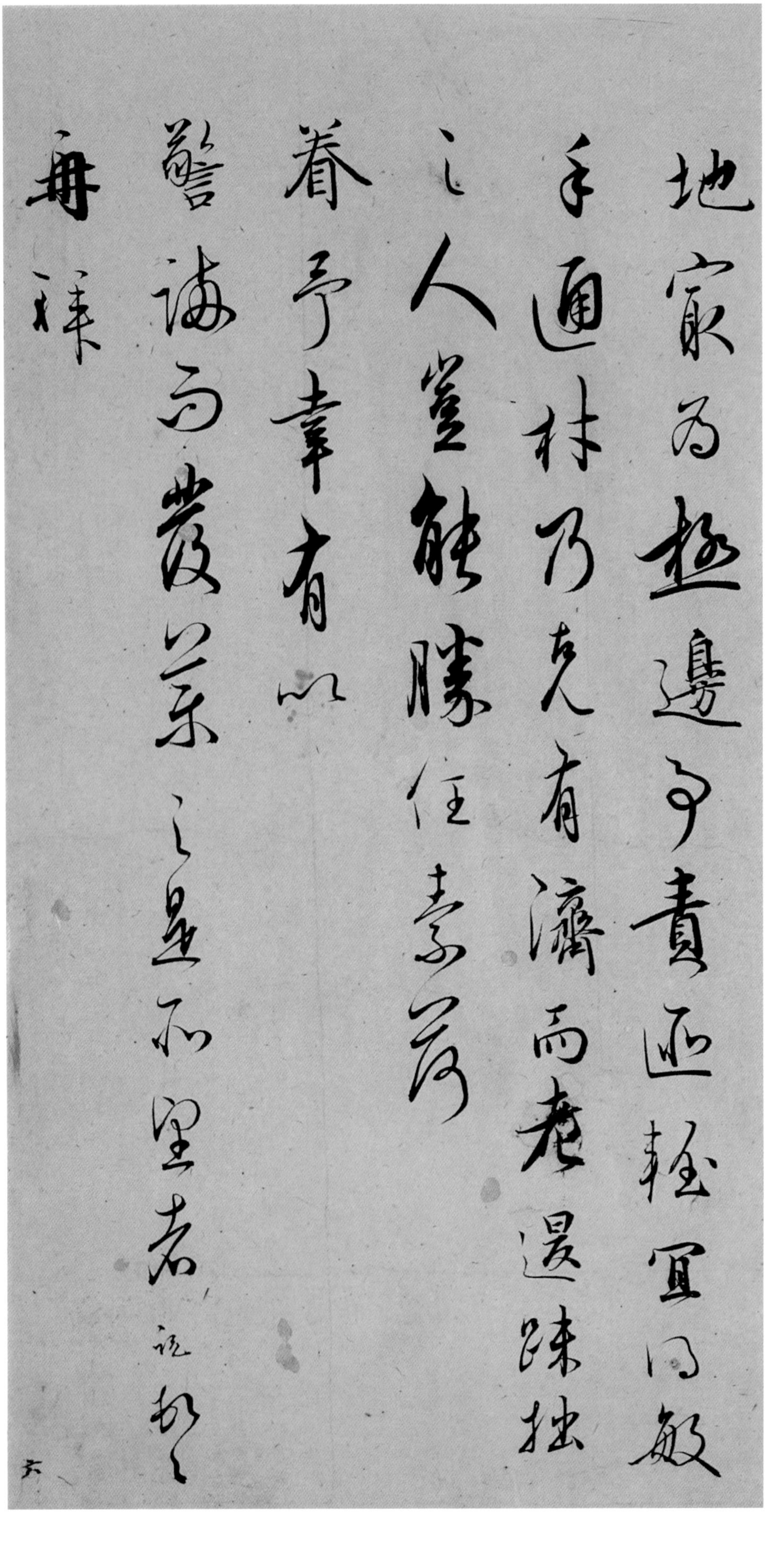

地最爲極邊，事責匪輕，宜得敏手通材，乃克有濟。而老退疏拙之人，豈能勝任。素荷眷予，幸有以警誨發藥之，是所望者。說頓首再拜。

吴説致明善書

説頓首上啓明善宗簿懿親侍史：近兩上狀，一附彌大，一送華亭，未知已得呈達否？比又辱

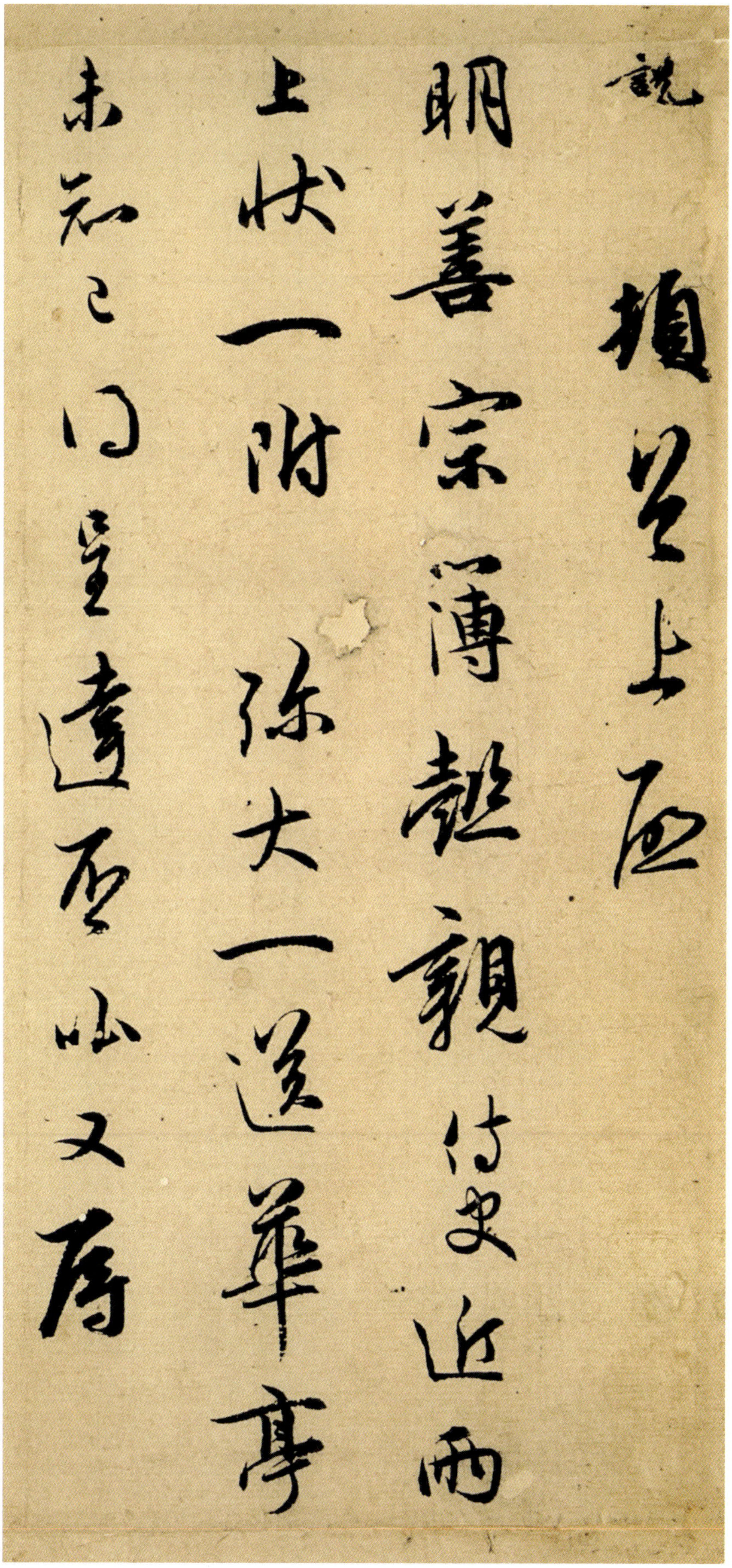

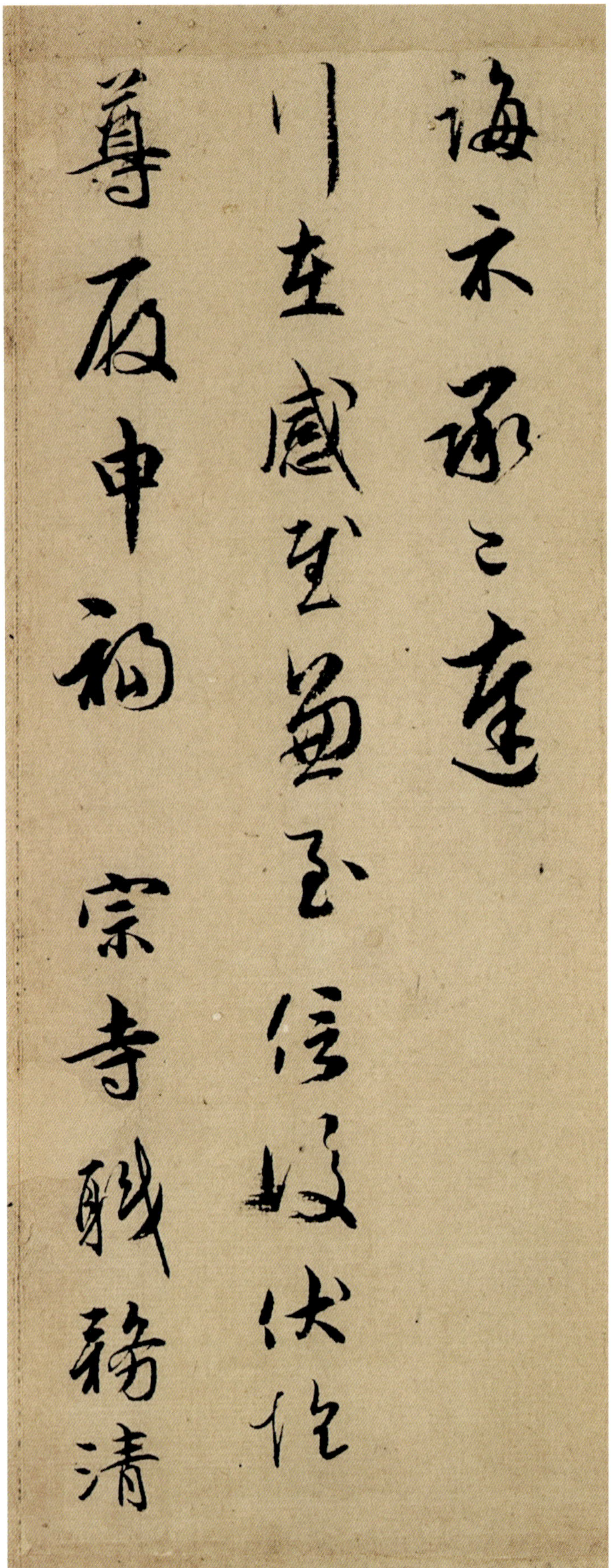

誨示，承已達行在，感慰兼至。信復，伏惟尊履申福。宗寺職務清

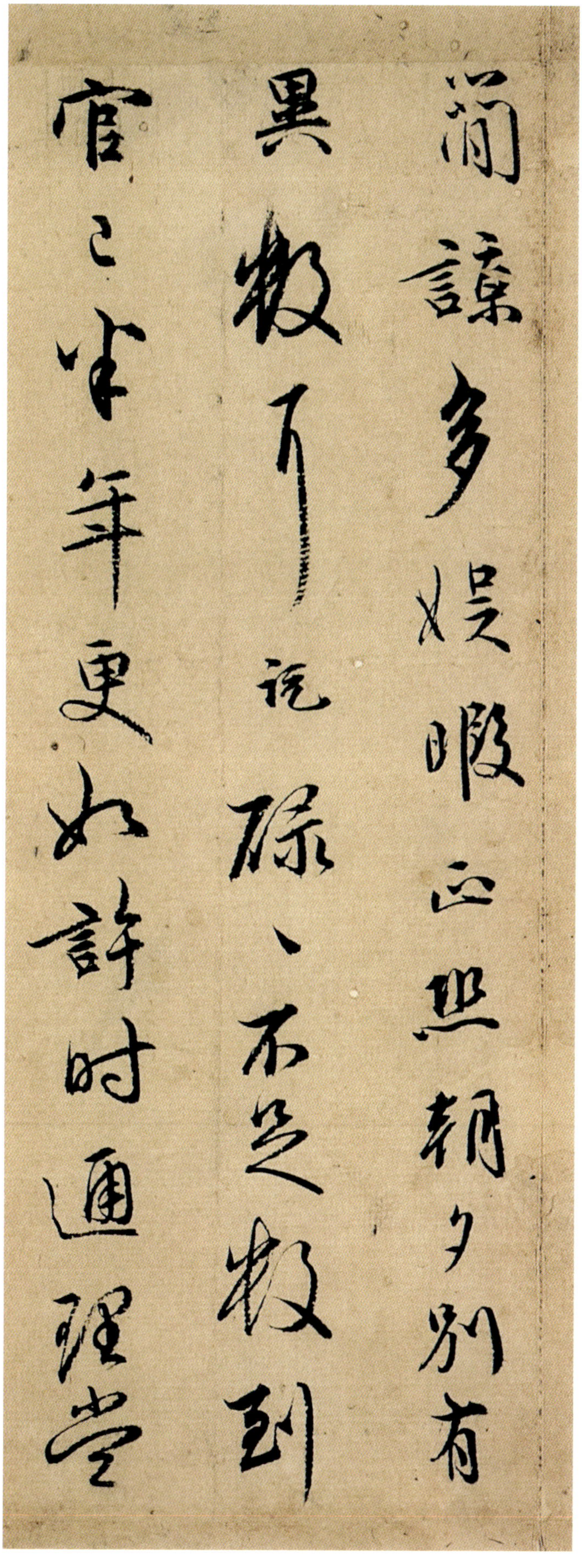

簡，諒多娛暇，正恐朝夕別有异數耳。説碌碌不足數，到官已半年，更如許時，通理當

滿，預有填壑之憂。正遠，冀寶煉冲粹，不宣。説頓首上啓明善宗簿懿親侍史，八月晦。

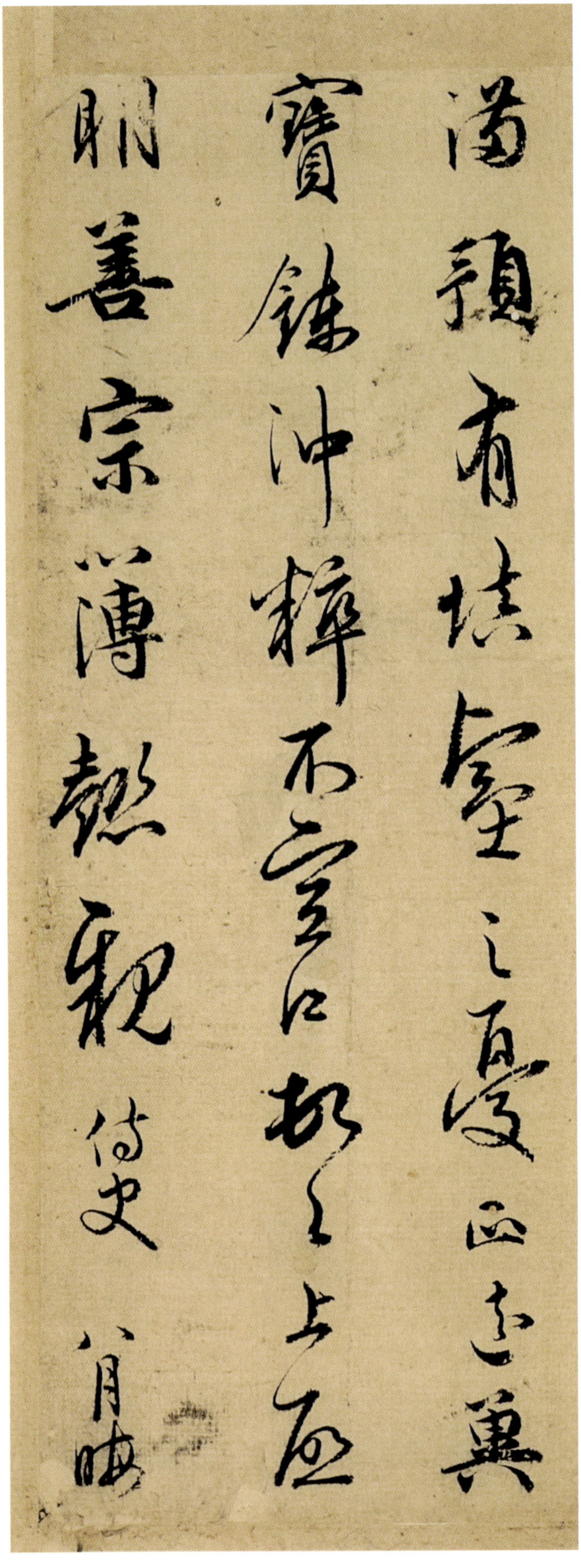

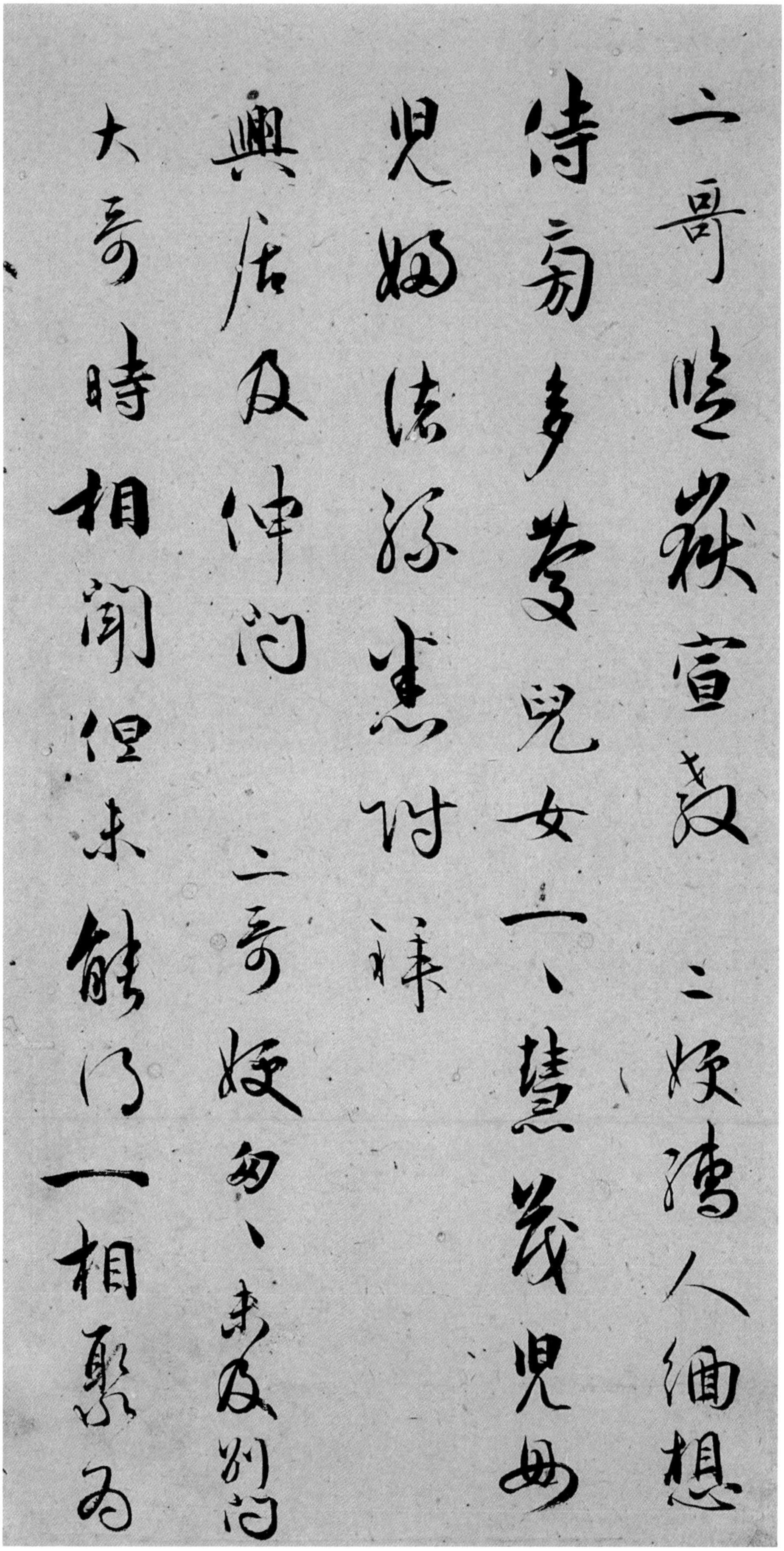

吴説致二哥、二嫂書

二哥監岳宣教、二嫂孺人：緬想侍旁多慶，兒女一一慧茂。兒母、兒婦、諸孫，悉附拜興居，及伸問二哥嫂，匆匆未及别問。大哥時相聞，但未能得一相聚，爲

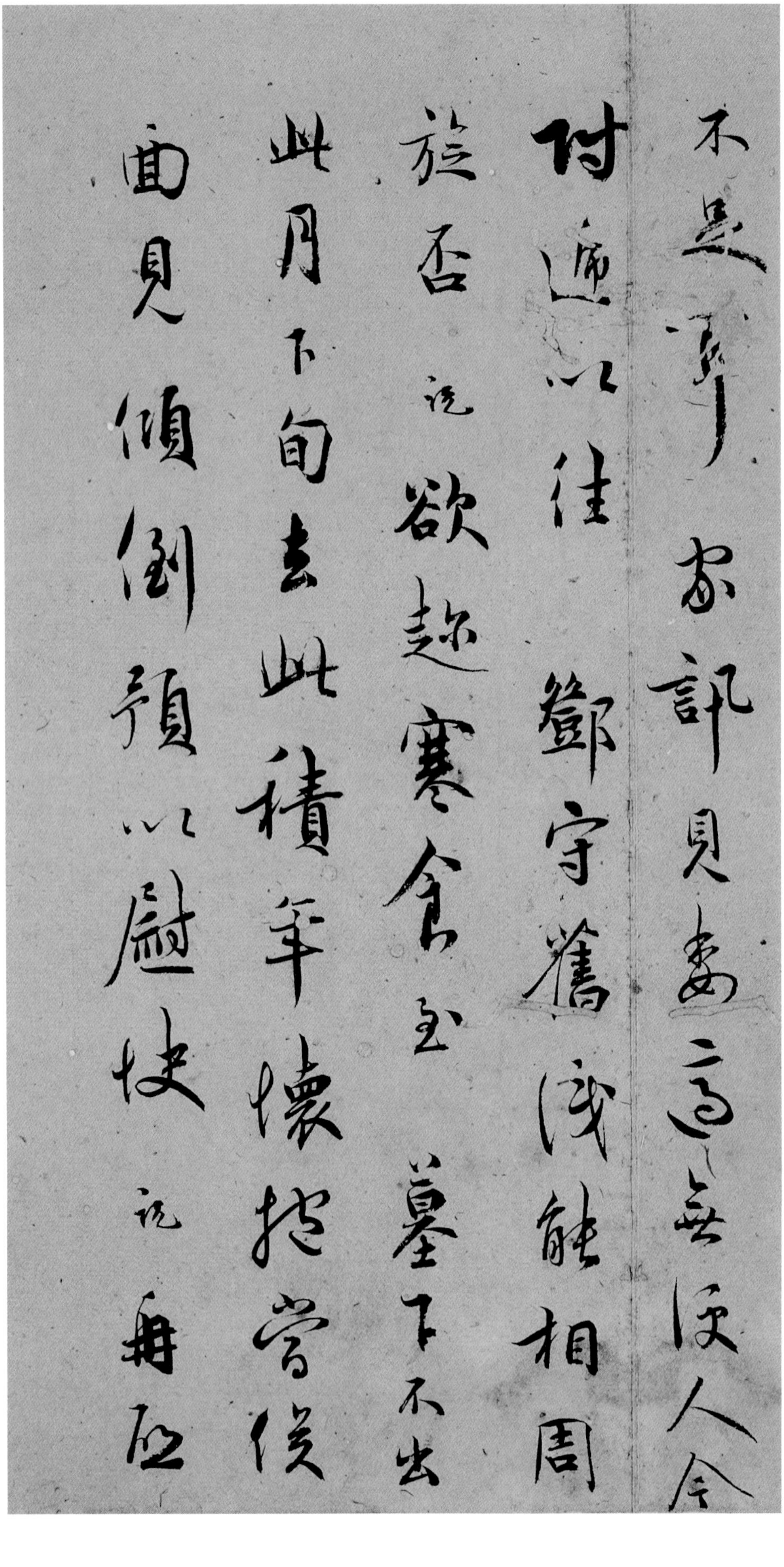

不足耳。家訊見委，適無便人，今附遞以往。鄧守舊識，能相周旋否？說欲趁寒食至墓下，不出此月下旬去此。積年懷抱，當俟面見傾倒，預以慰快。說再啓。

吴説致大孝宣教書

説頓首上啓。區區叙慰，已具右疏。即日凝凛，不審孝履何似？末由一造廬次，唯冀

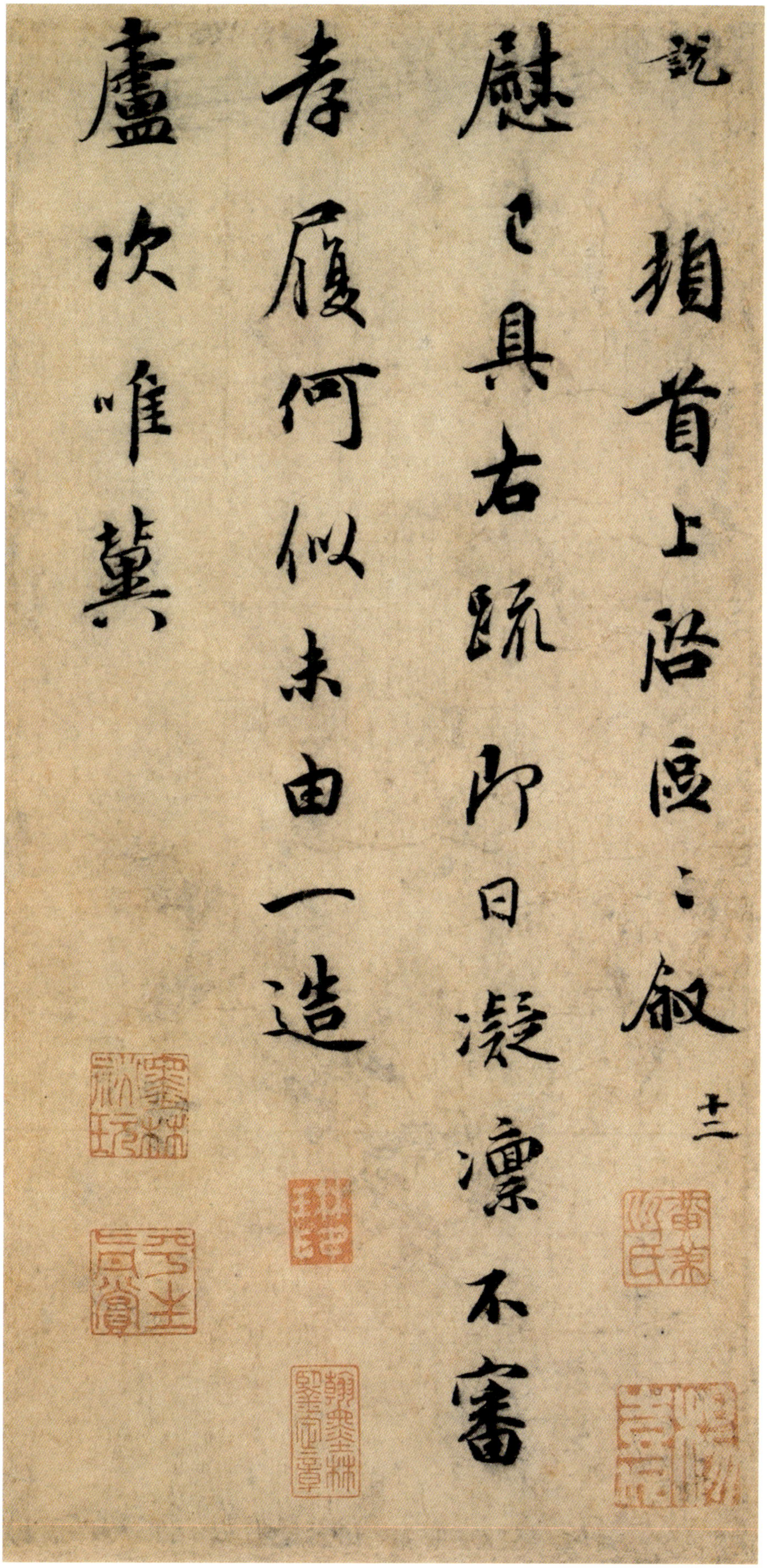
説
頓首上啓區區叙
慰已具右疏即日凝凛不審
孝履何似末由一造
廬次唯冀

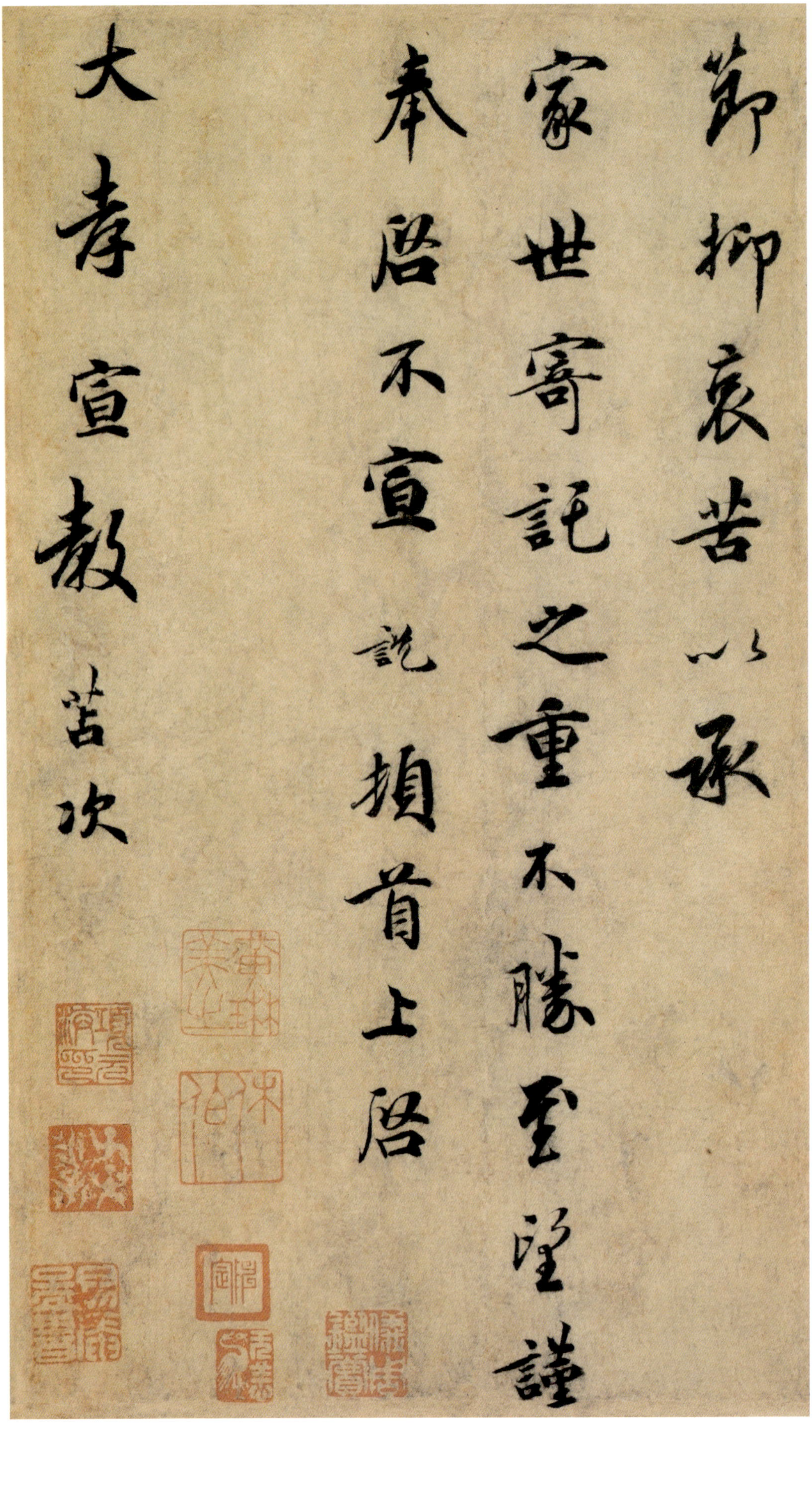

節抑哀苦，以承家世寄托之重，不勝至望。謹奉啓，不宣。説頓首上啓大孝宣教苦次。

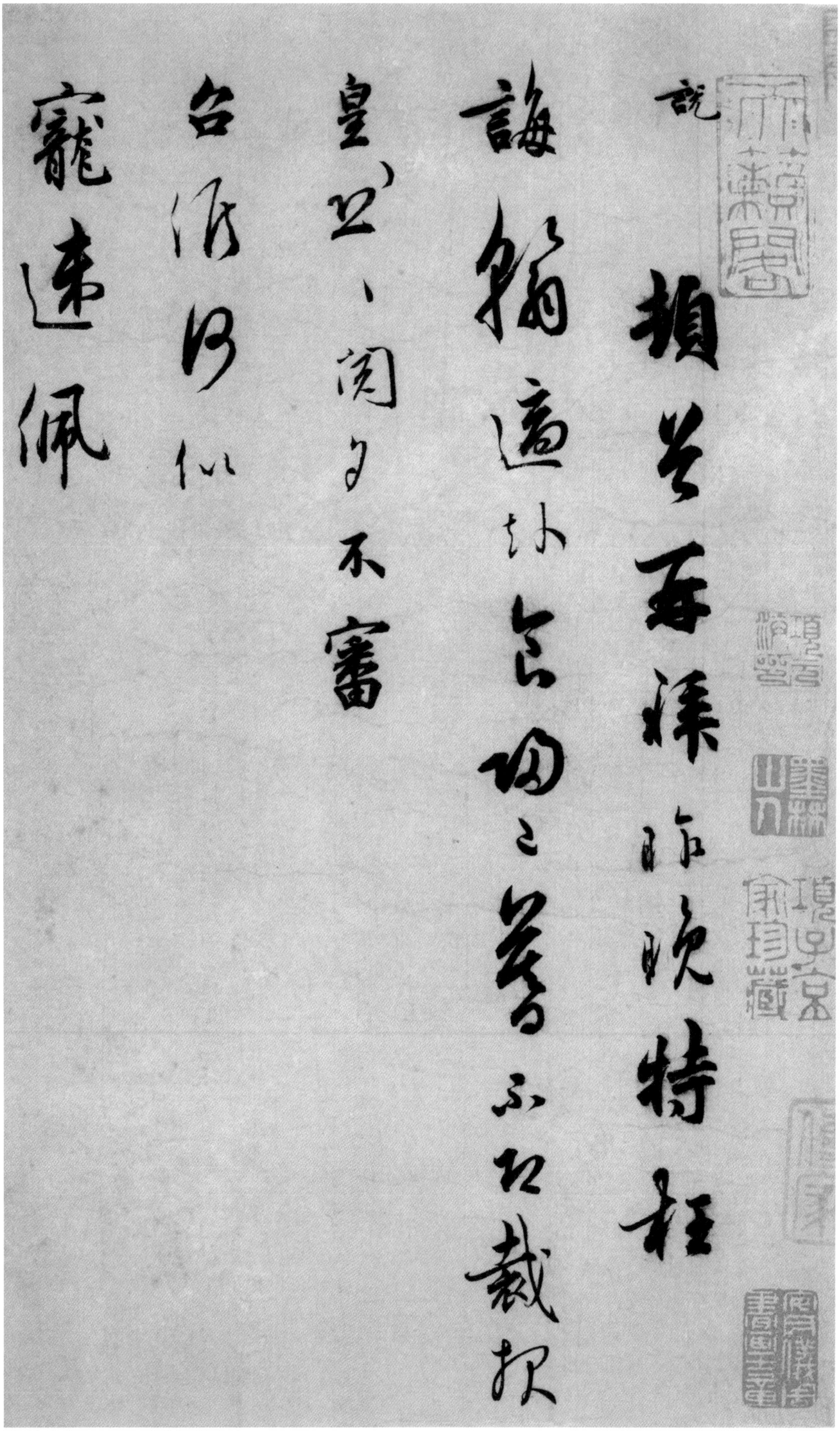

吴説致御帶觀察書

説頓首再拜。昨晚特枉誨翰，適赴食，歸已暮，不即裁報，皇恐皇恐。閲夕不審台候何似？寵速，佩

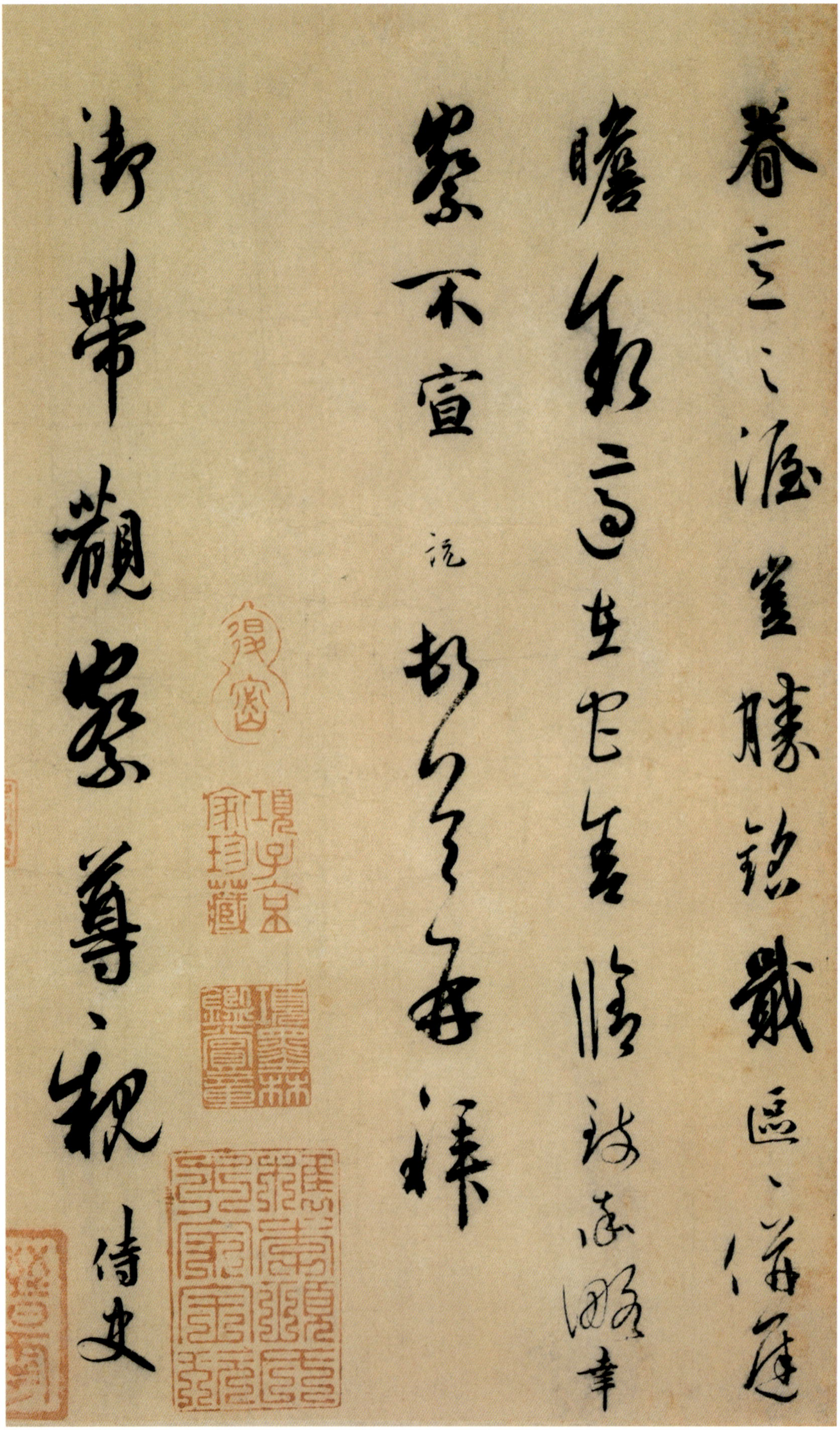

眷意之渥，豈勝銘戢。區區并遲瞻敘。適在它舍，修致率略，幸察。不宣。説頓首再拜御帶觀察尊親侍史。

張即之致殿元學士書

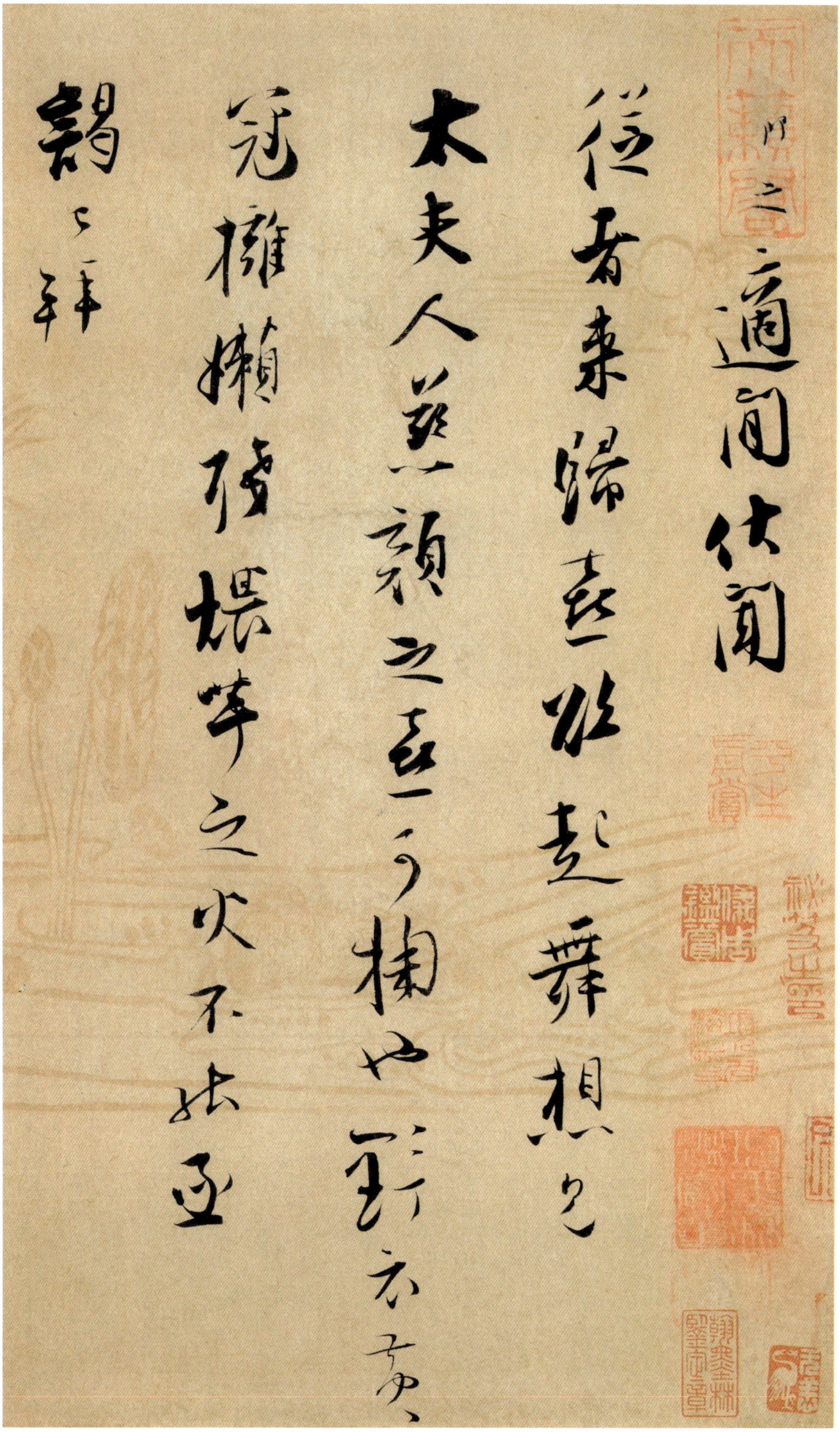

即之適聞伏聞從者來歸，喜欲起舞，想見太夫人慈顏之喜可掬也。野衣黃冠，擁懶殘煨芋之火，不能亟謁。已拜

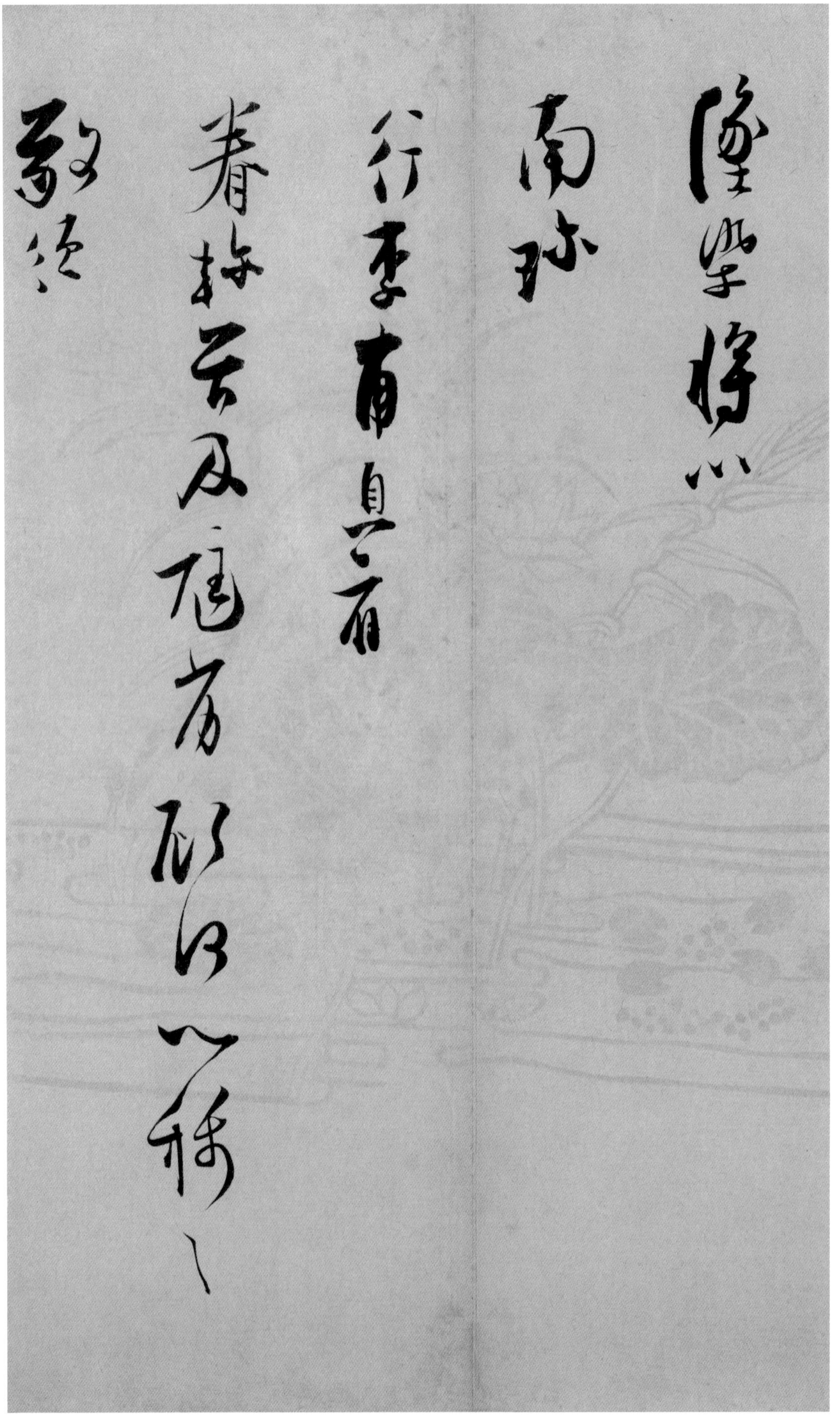

墜染，將比南珍。行李甫息，辱眷軫首及，尪劣顧何以稱之。敬須

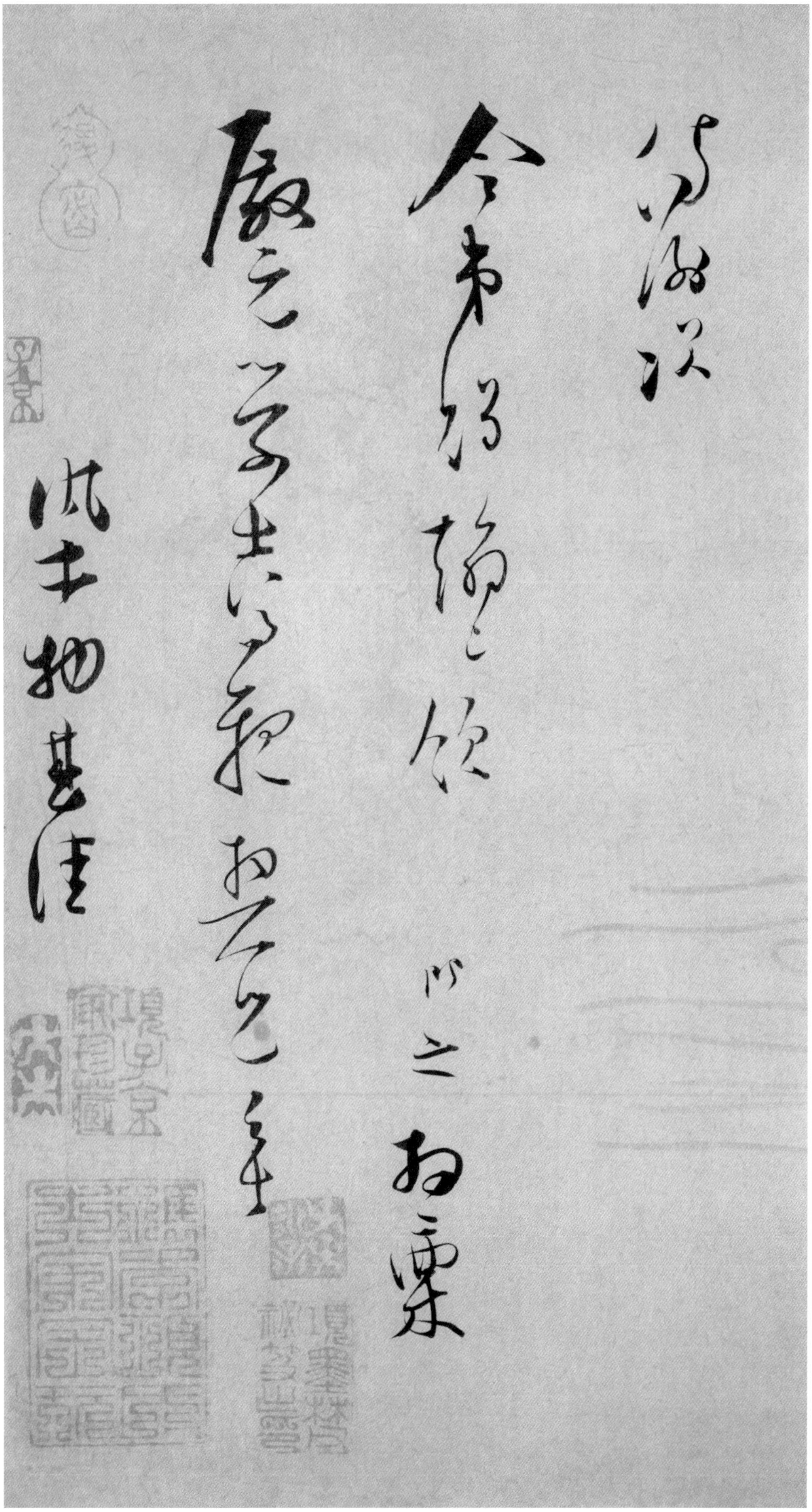

侍謝次。令弟贈翰已領。即之拜稟殿元學士尊親契兄台坐。染物甚佳。

張即之上問尊堂太安人書

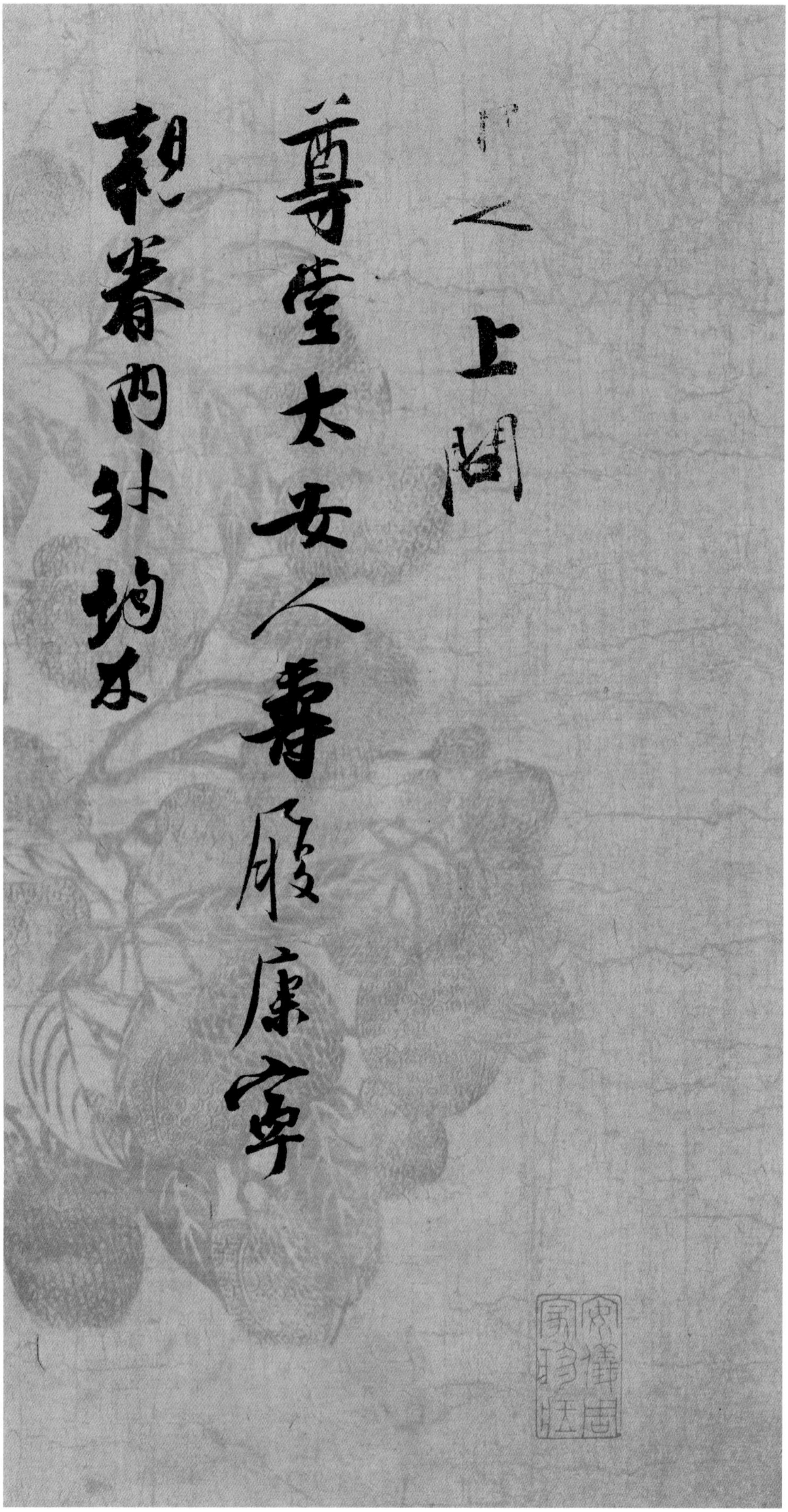

即之上問尊堂太安人壽履康寧，親眷内外均介

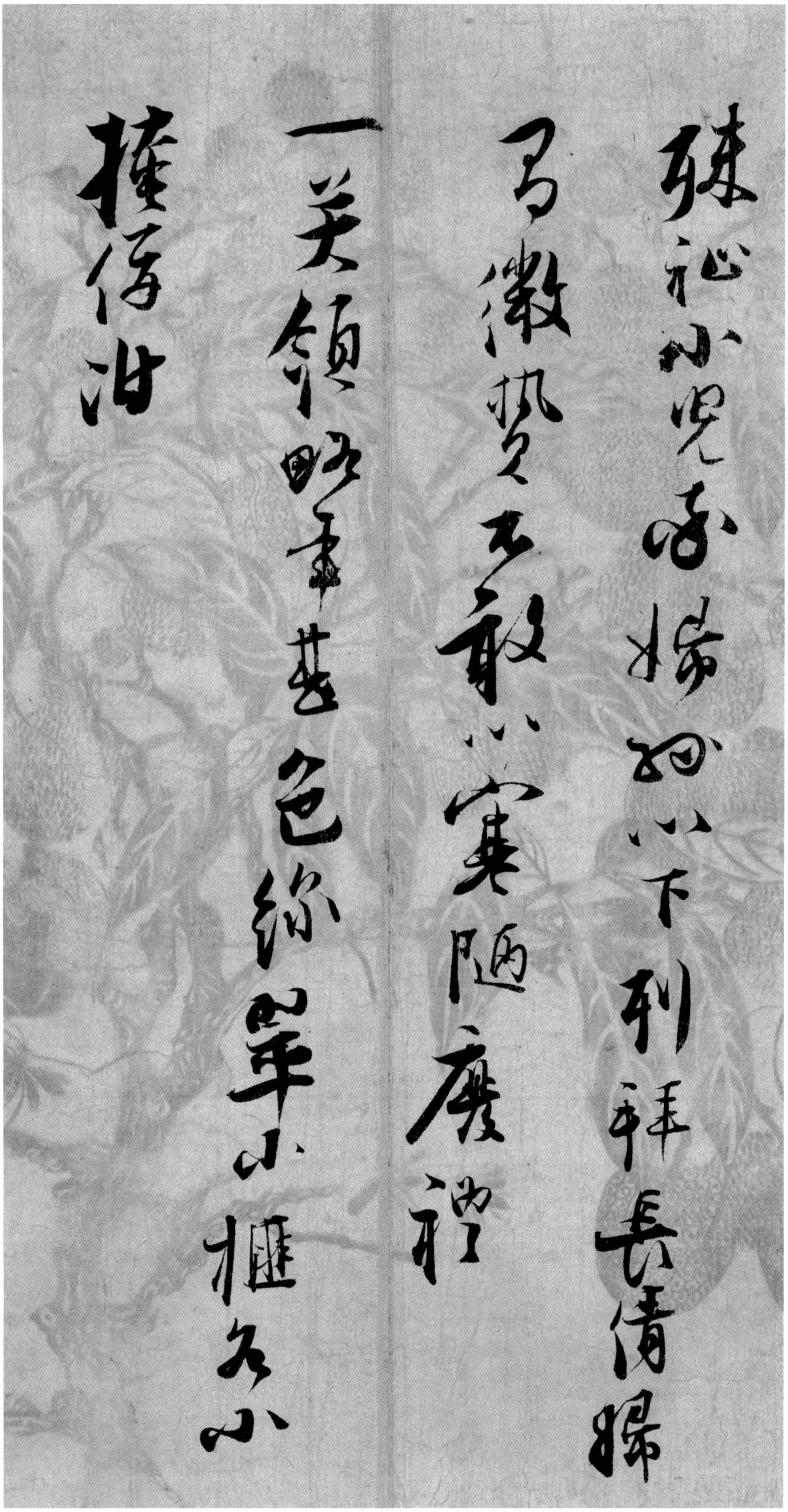

殊祉。小兒率婦孫以下列拜。長倩婦有微贄，不敢以寒陋廢禮，一笑領略，幸甚！色緑翠小榧各小掩，并附

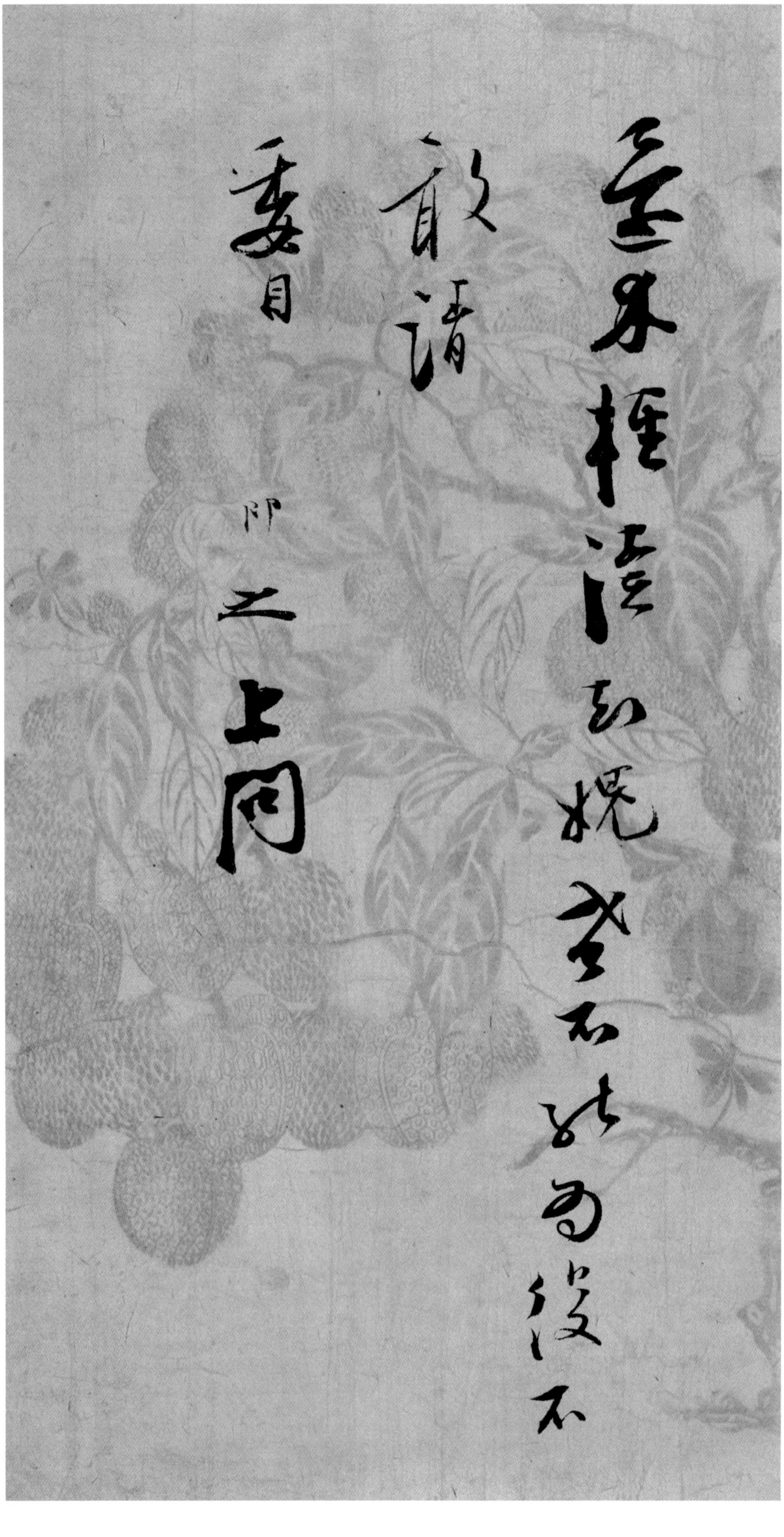

還介，輕瀆知愧。老不能爲役，不敢請委目。即之上問。

朱熹致教授學士書

正月卅日，熹頓首再拜教授學士契兄。稍不奉問，鄉往良深。比日春和，恭惟講畫多餘，尊履萬福。熹衰晚多難，去臘忽有季婦之戚，悲痛不可堪。長沙

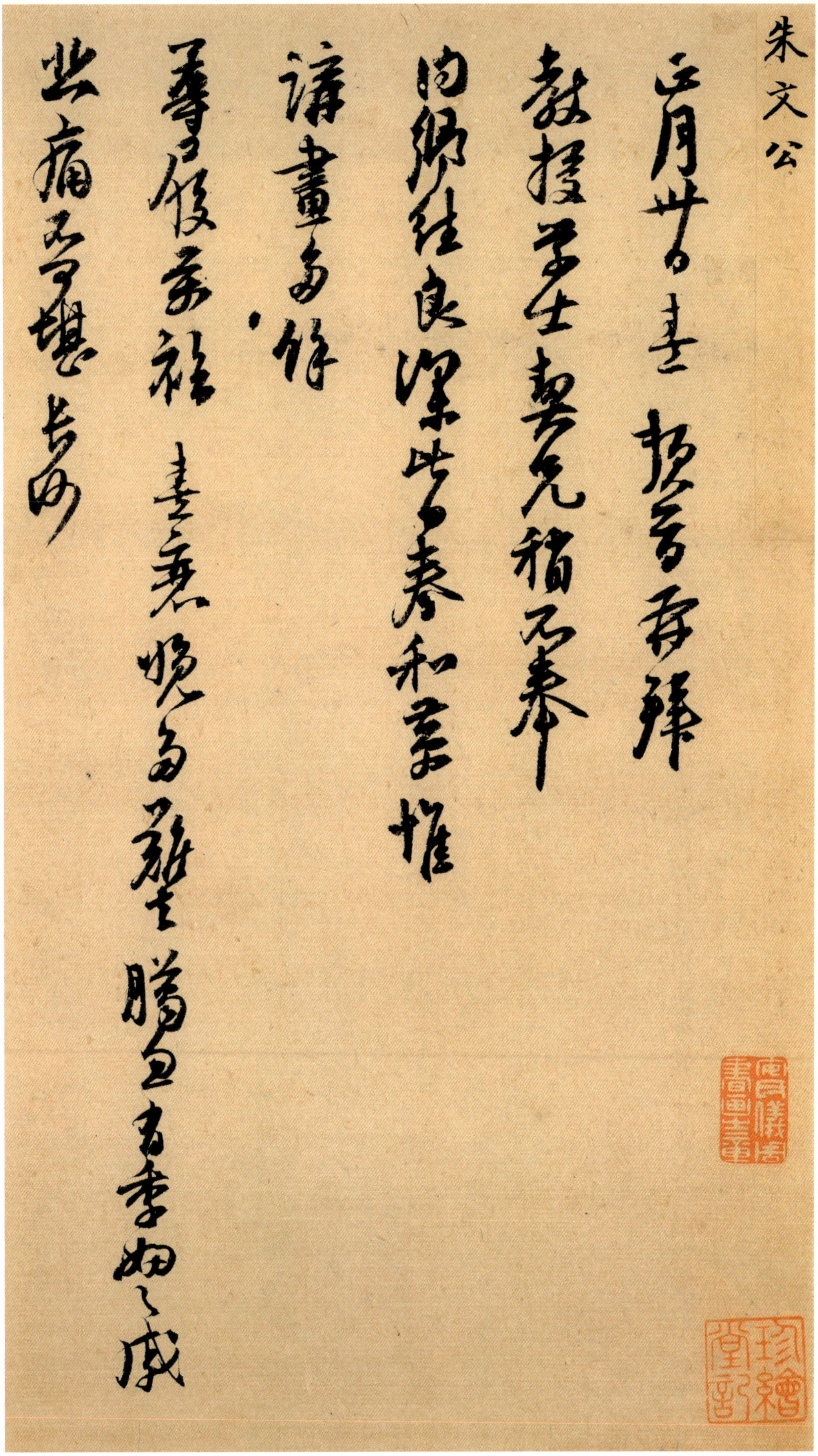
朱文公
正月廿日熹頓首再拜
教授學士契兄稍不奉
問鄉往良深比日春和恭惟
講畫多餘
尊履萬福熹衰晚多難去臘忽有季婦之戚
悲痛不可堪長沙

新命，力不能堪，懇免未俞，比已再上，計必得之也。得黃堉書，聞學中規繩整治，深慰鄙懷。若更有心開導勸勉之，使知窮理修身之學，庶不枉費鈐鍵也。嚮者經由，坐間陳才卿覿者登第而歸，近方相訪，云頃承

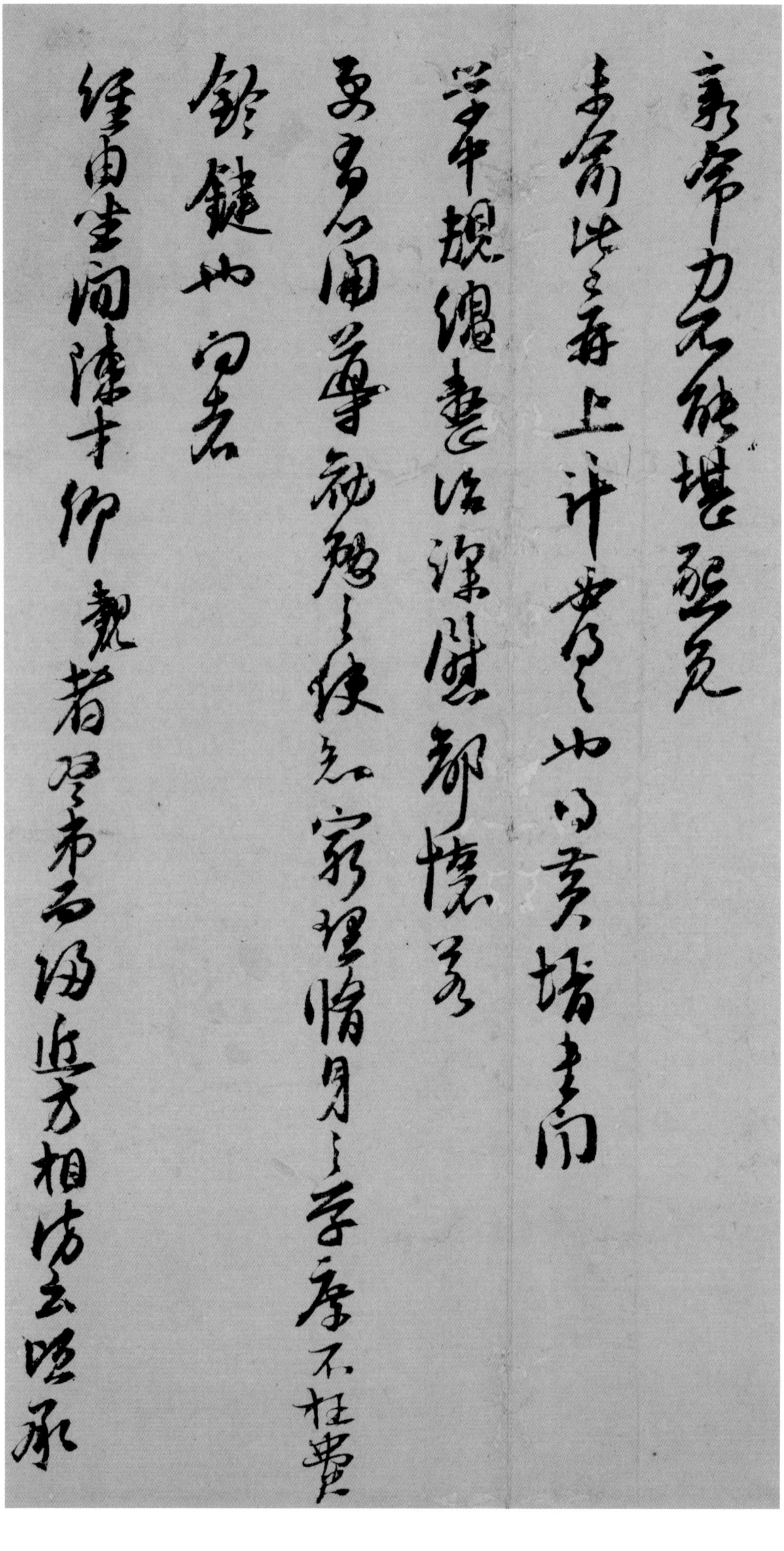

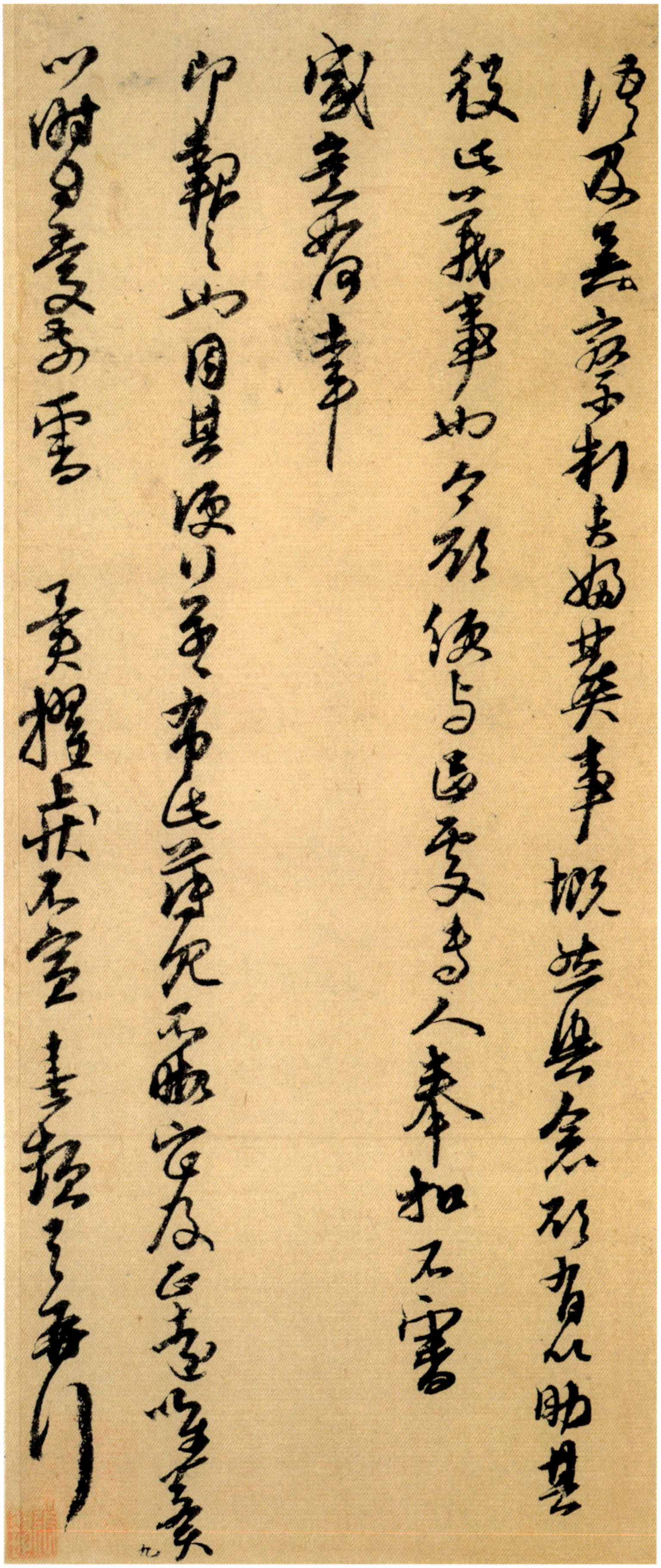

語及吴察制夫婦葬事，慨然興念，欲有以助其役，此義事也。今欲便與區處，專人奉扣，不審盛意如何？幸即報之也。因其便行，草草布此。薄冗，不暇它及。正遠，唯冀以時自愛，前需异擢。上狀不宣。熹頓首再拜。

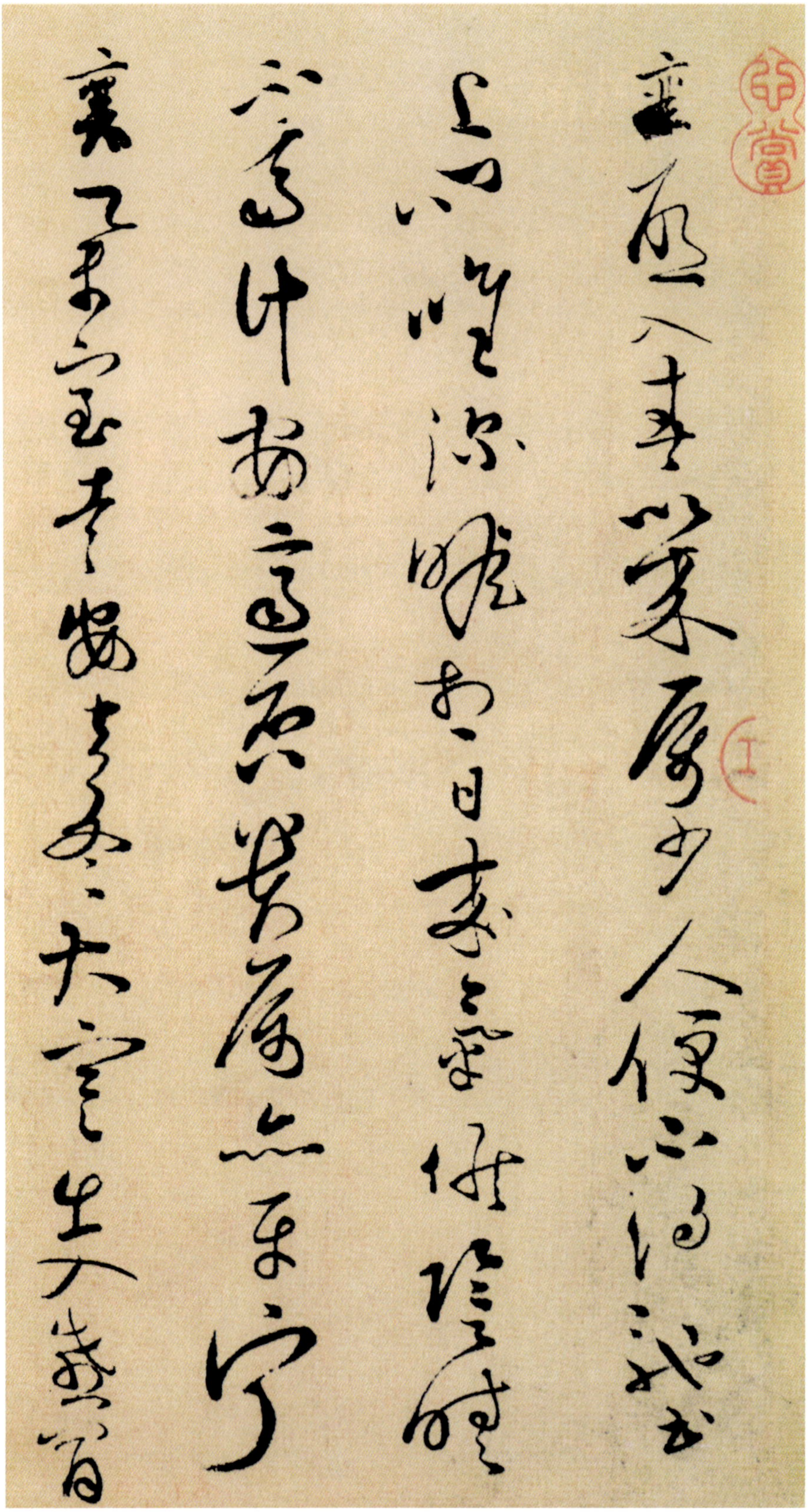

蔡襄致公綽書

襄啓：入春以來，屬少人便，不得馳書上問，唯深瞻想。日來氣候陰晴不齊，計安適否？貴屬亦平寧？襄舉室吉安。

去冬大寒，出入感冒

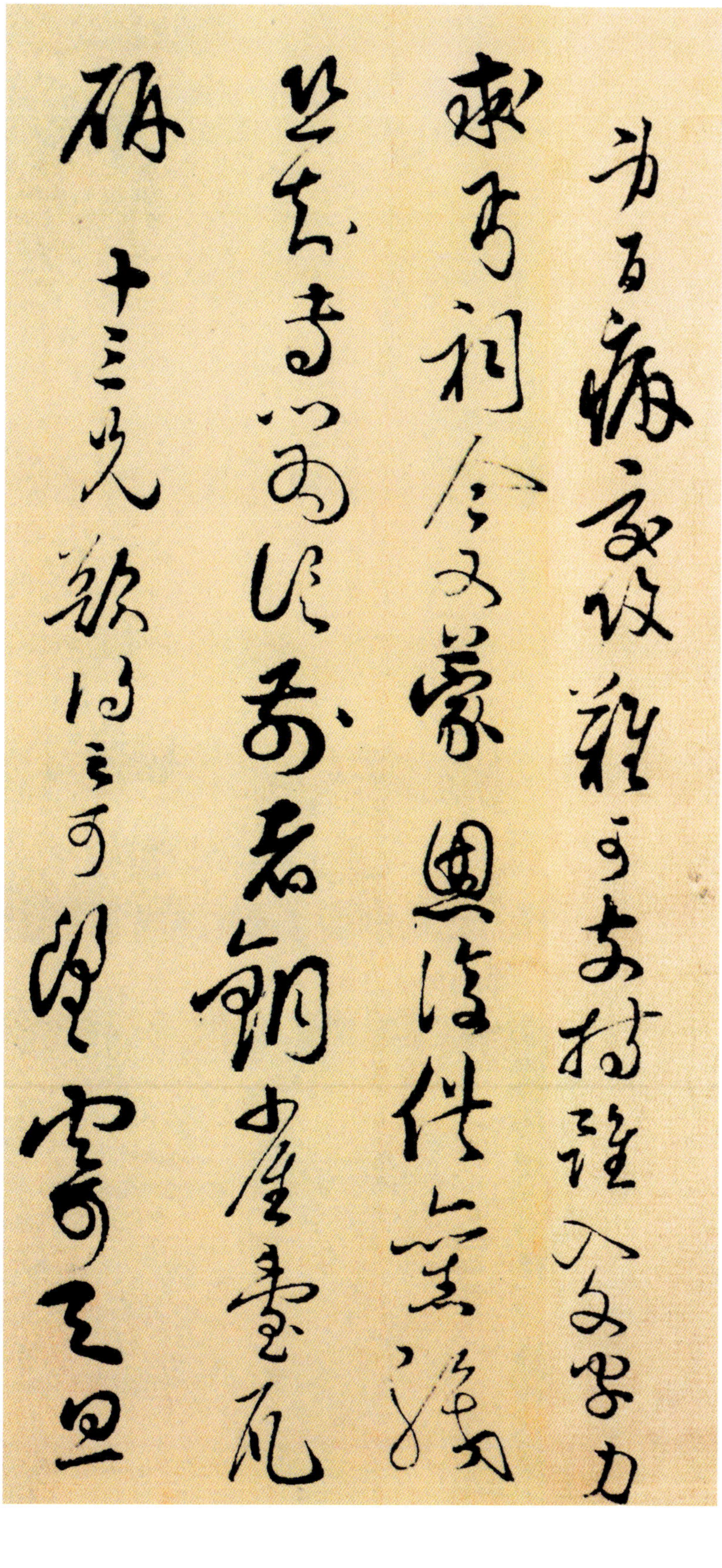

［積］勞，百病交攻，難可支持。雖入文字，力求丐祠，今又蒙恩，復供舊職，恐知，專以爲信。前者銅雀臺瓦研，十三兄欲得之，可望寄與，旦

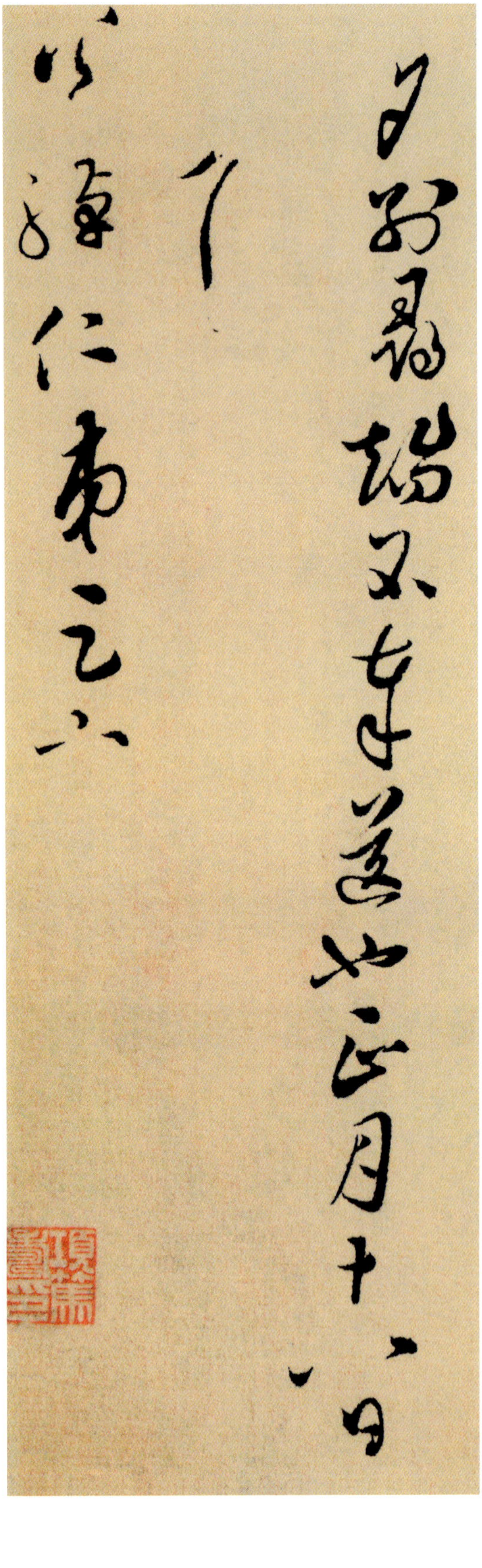

夕别尋端石奉送也。正月十八日，□□□公綽仁弟足下。

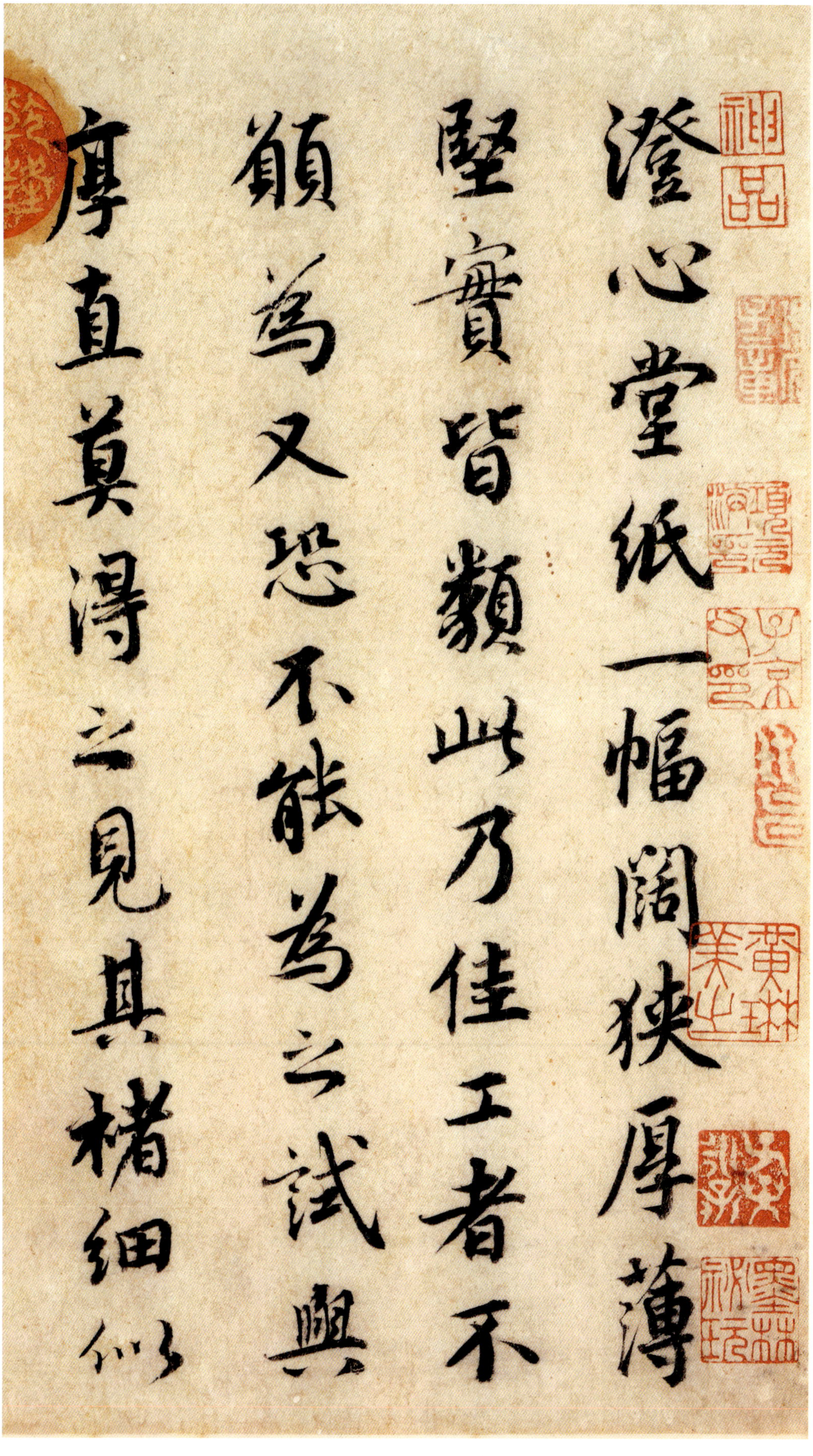

蔡襄《澄心堂紙帖》

澄心堂紙一幅，闊狹、厚薄、堅實皆類此乃佳。工者不願爲，又恐不能爲之，試與厚直莫得之。見其楮細，似

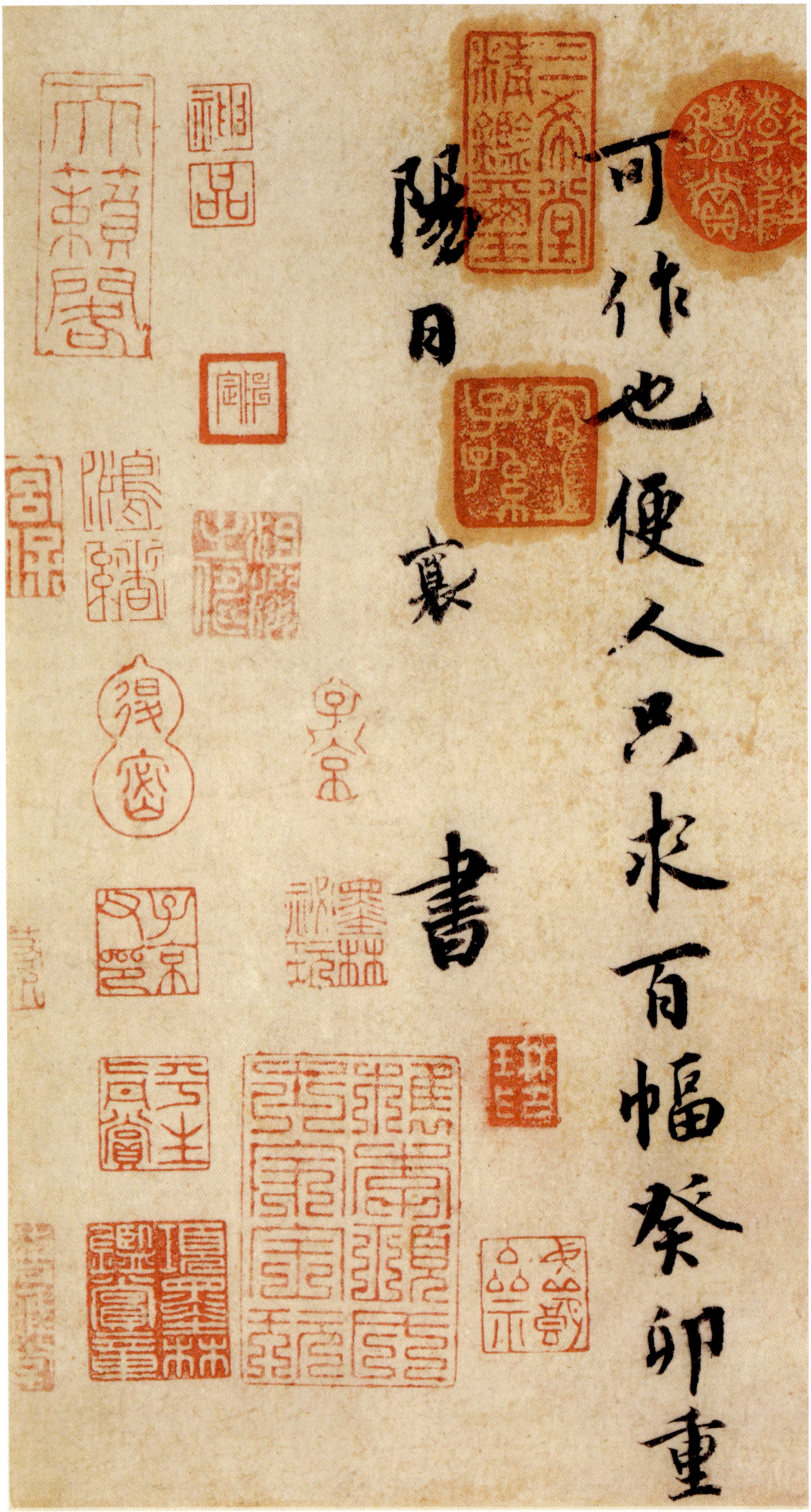

可作也。便人祇求百幅。癸卯重陽日，襄書。

黄庭堅致公蘊書

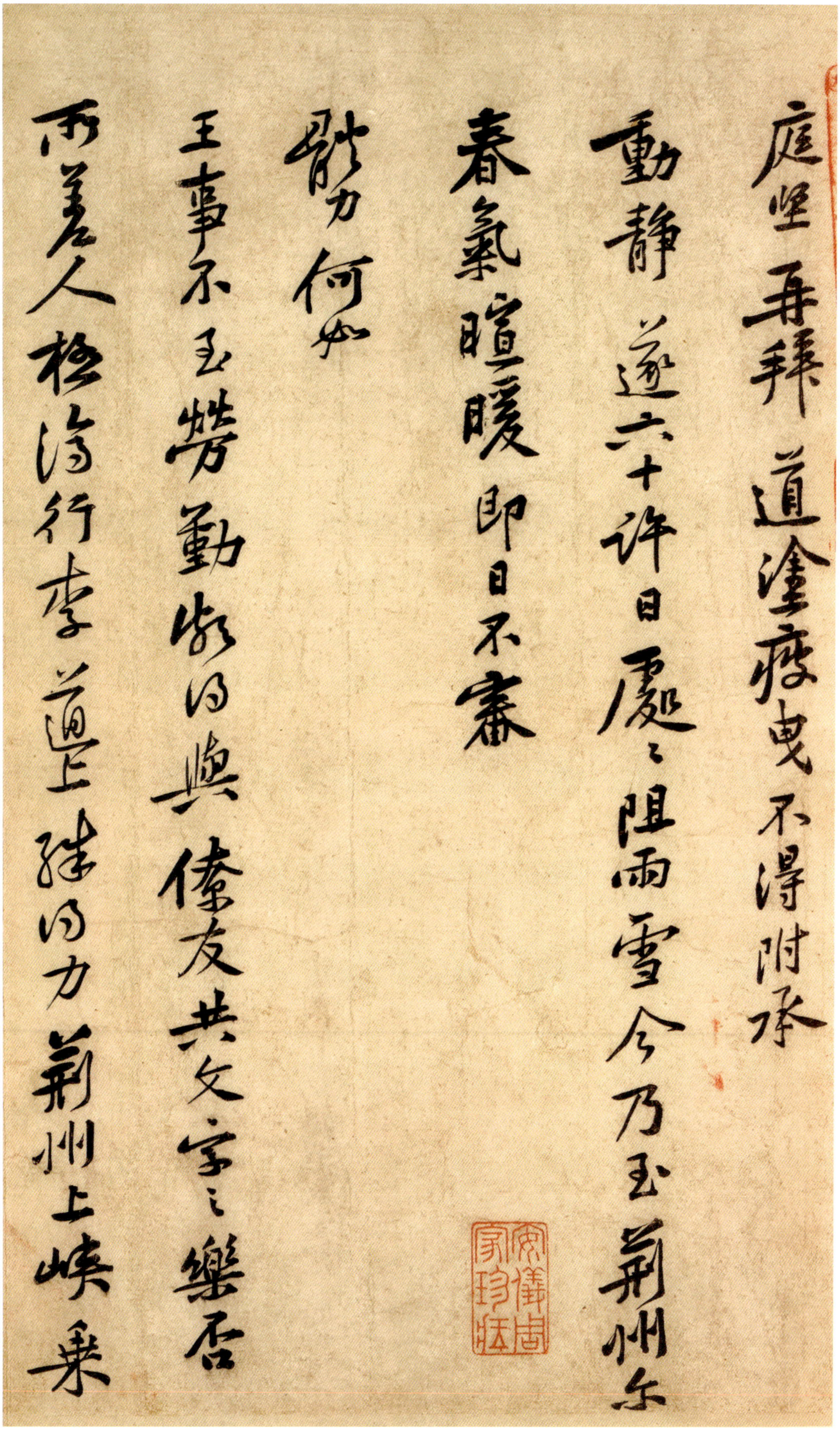

庭堅再拜。道塗疲曳，不得附承動静，遂六十許日，處處阻雨雪，今乃至荊州爾。春氣暄暖，即日不審體力何如？王事不至勞勤，頗得與僚友共文字之樂否？所差人極濟行李，道上殊得力。荊州上峽乘

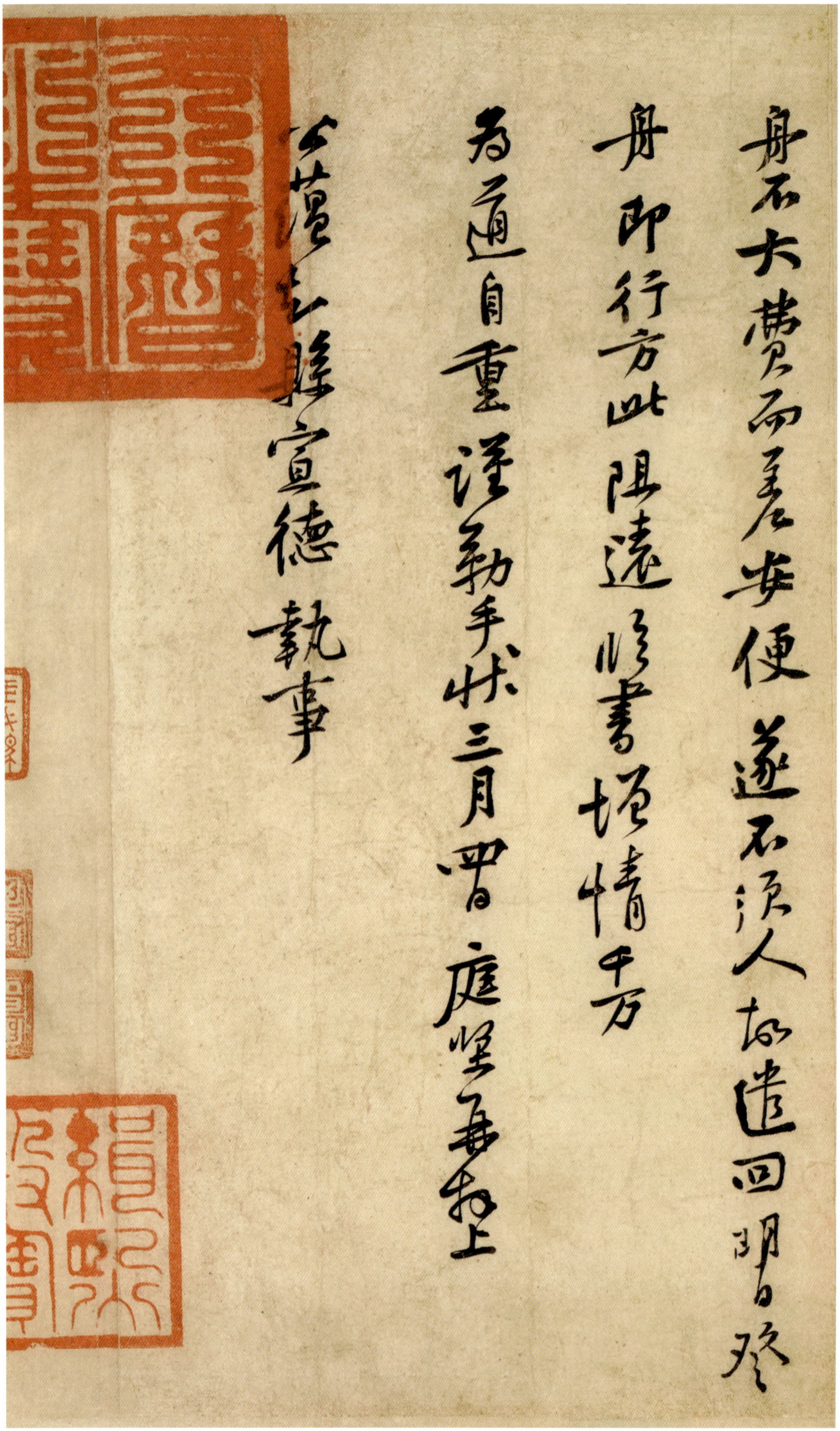

舟，不大費而差安便，遂不須人，故遣回。明日登舟即行，方此阻遠，臨書增情，千萬爲道自重。謹勒手狀。三月四日，庭堅再拜上公蘊知縣宣德執事。

黃庭堅致齊君書

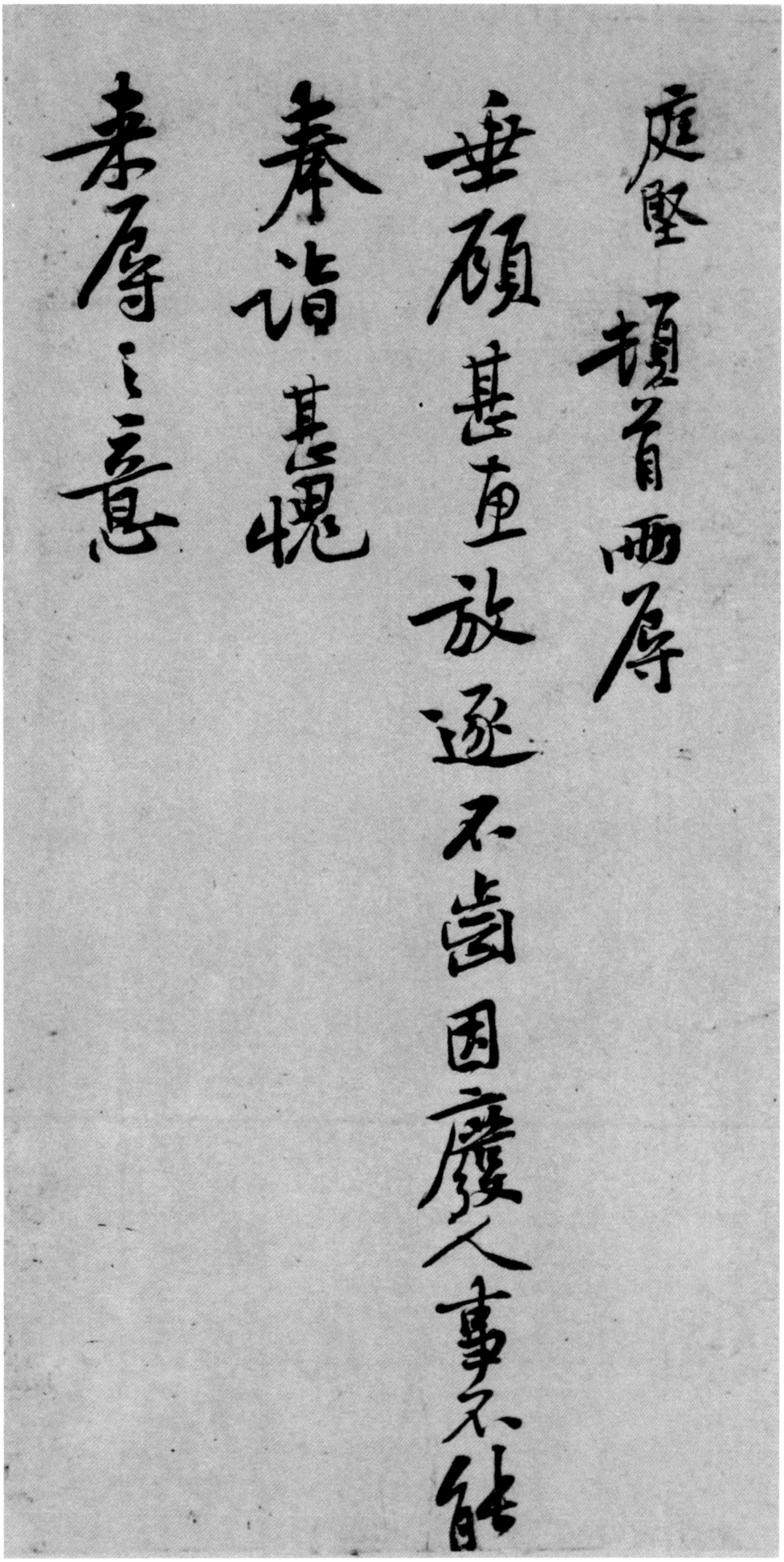
庭堅頓首兩辱
垂顧甚惠放逐不齒因廢人事不能
奉詣甚愧
來辱之意

庭堅頓首。兩辱垂顧，甚惠。放逐不齒，因廢人事，不能奉詣，甚愧來辱之意。

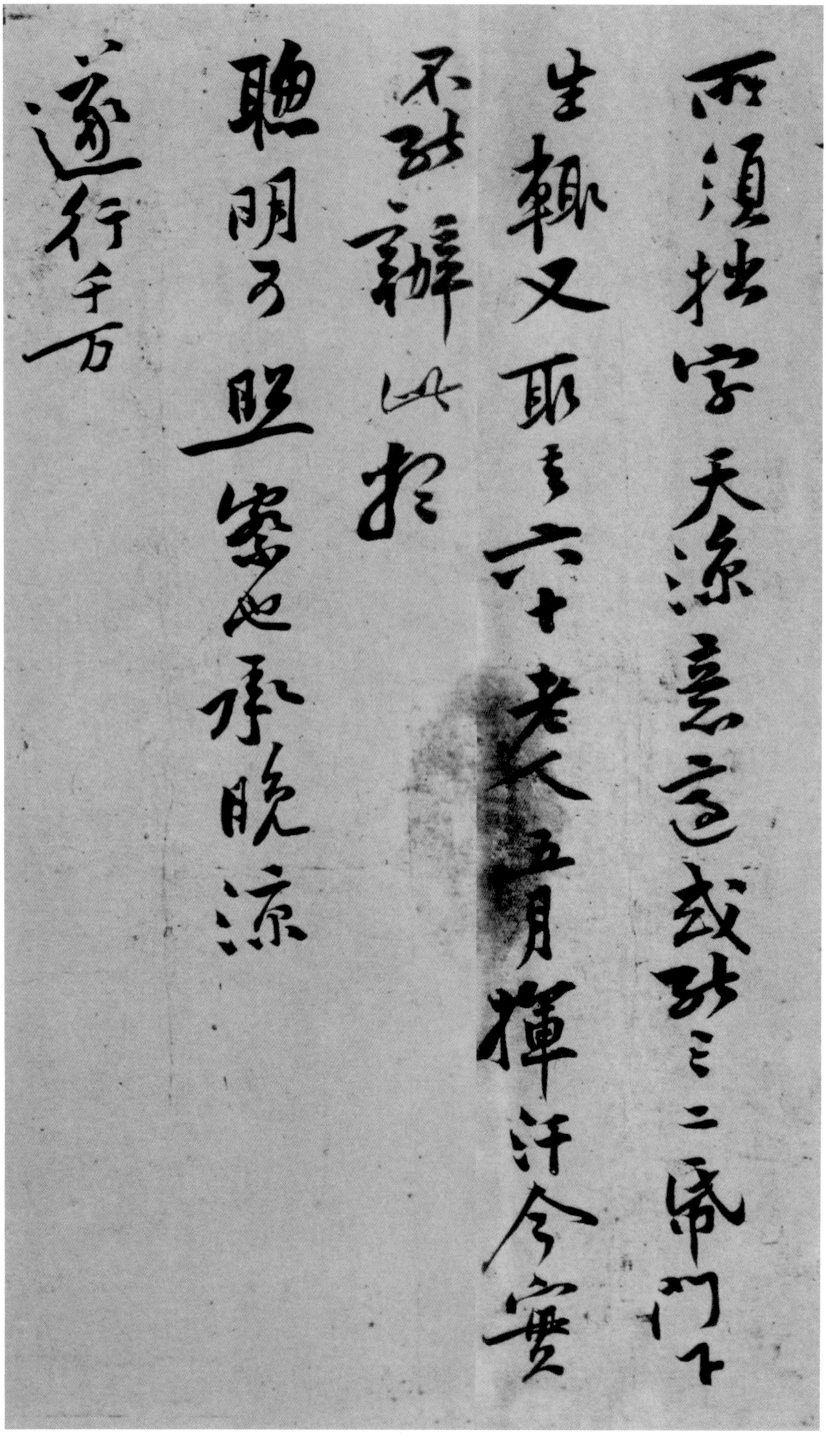

所須拙字，天涼意適或能三二紙，門下生輒又取去。六十老人，五月揮汗，今實不能辦此，想聰明可照察也。承晚涼遂行，千萬

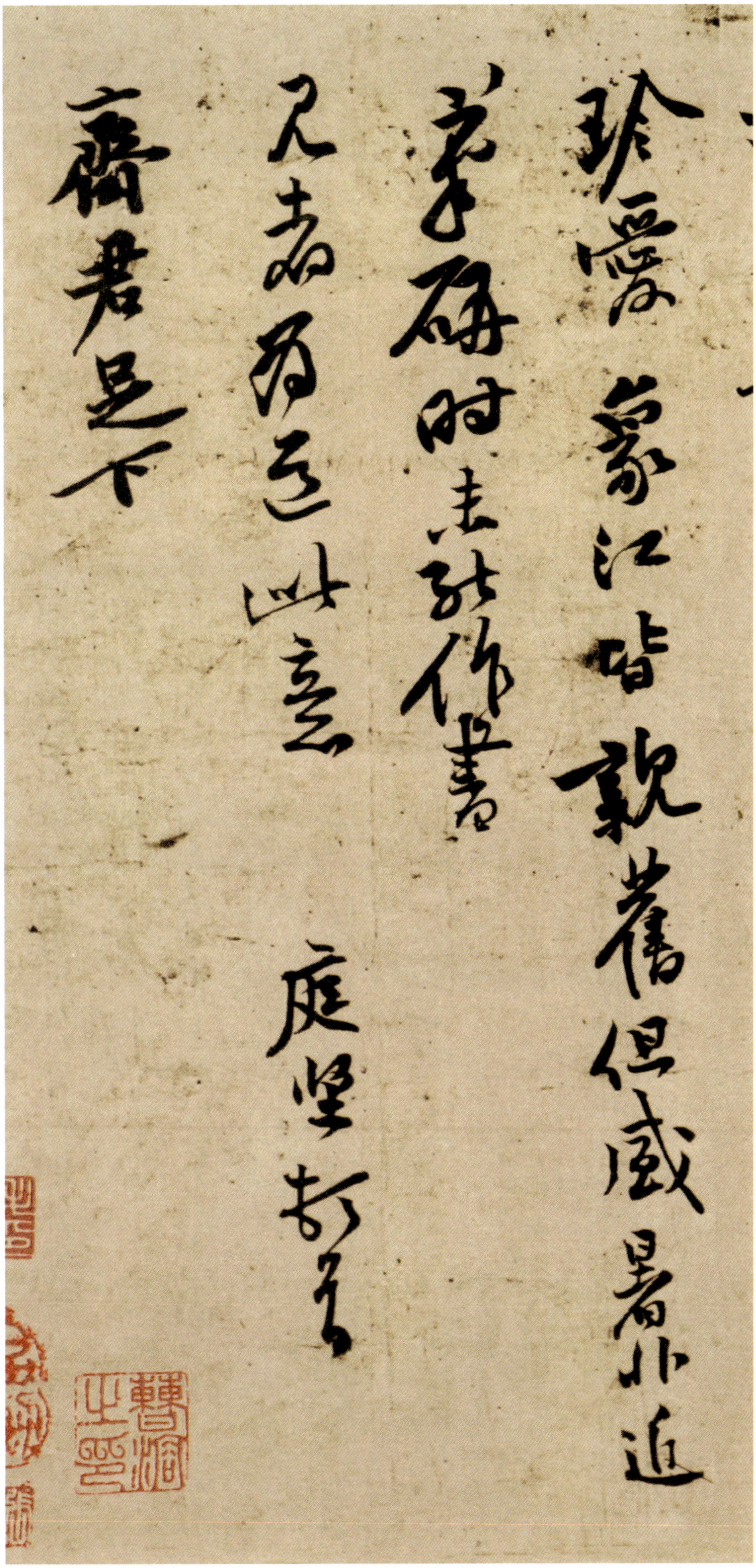

珍愛。象江皆親舊，但盛暑非近筆研時，未能作書，見者爲道此意。庭堅頓首齊君足下。

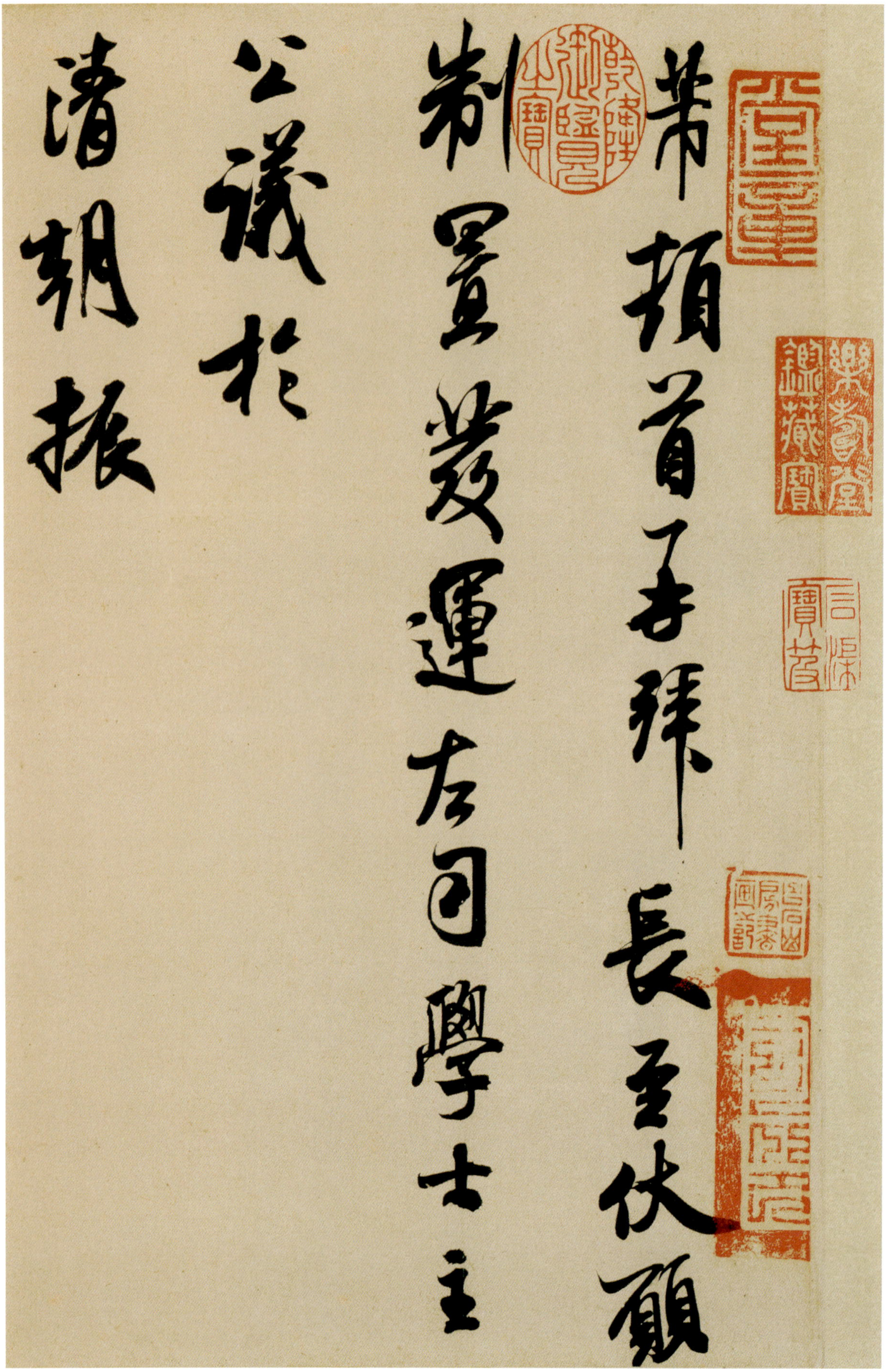

米芾致制置發運左司學士書

芾頓首再拜。長至，伏願制置發運左司學士主公議於清朝，振

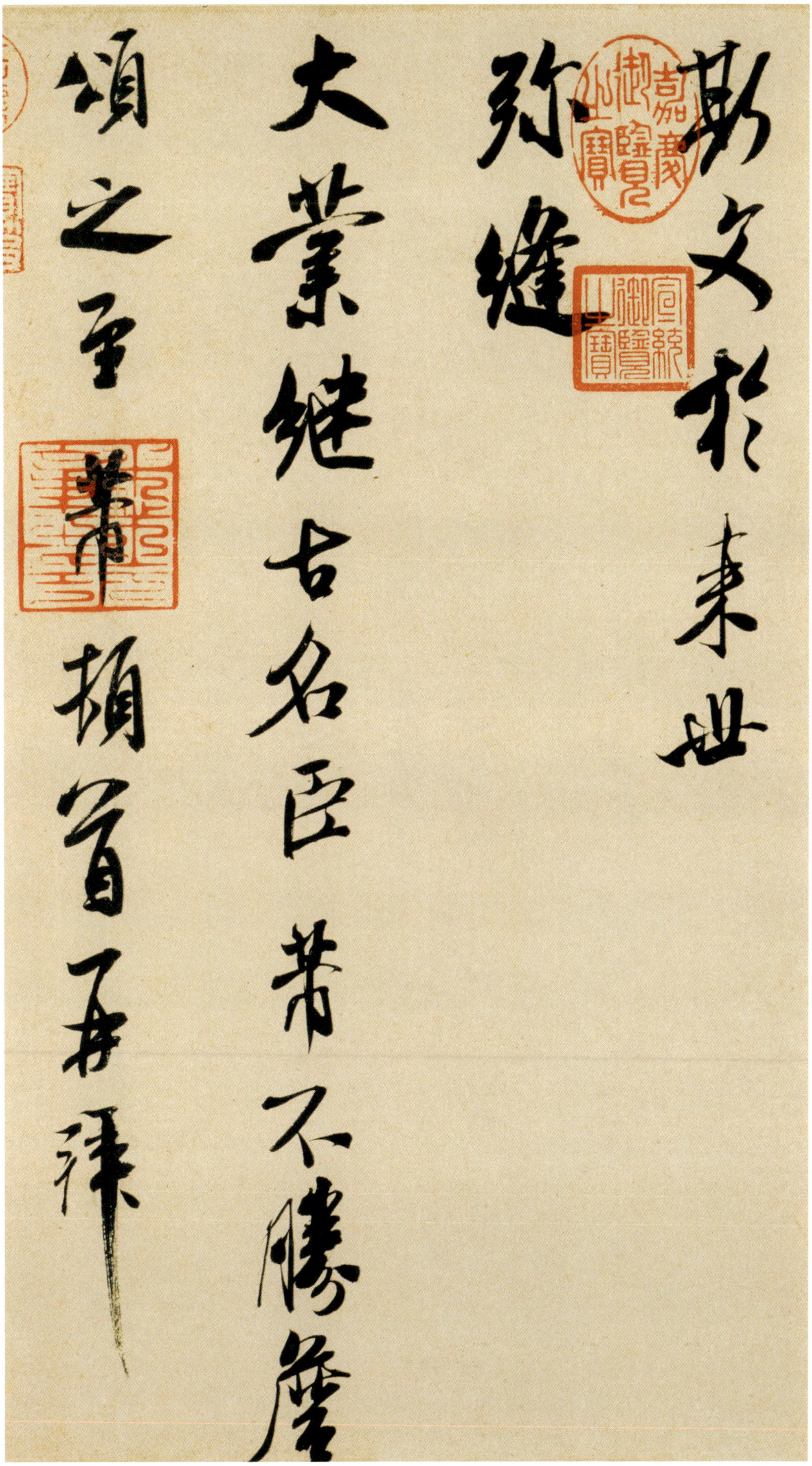

斯文於來世，彌縫大業，繼古名臣。芾不勝詹頌之至。芾頓首再拜。

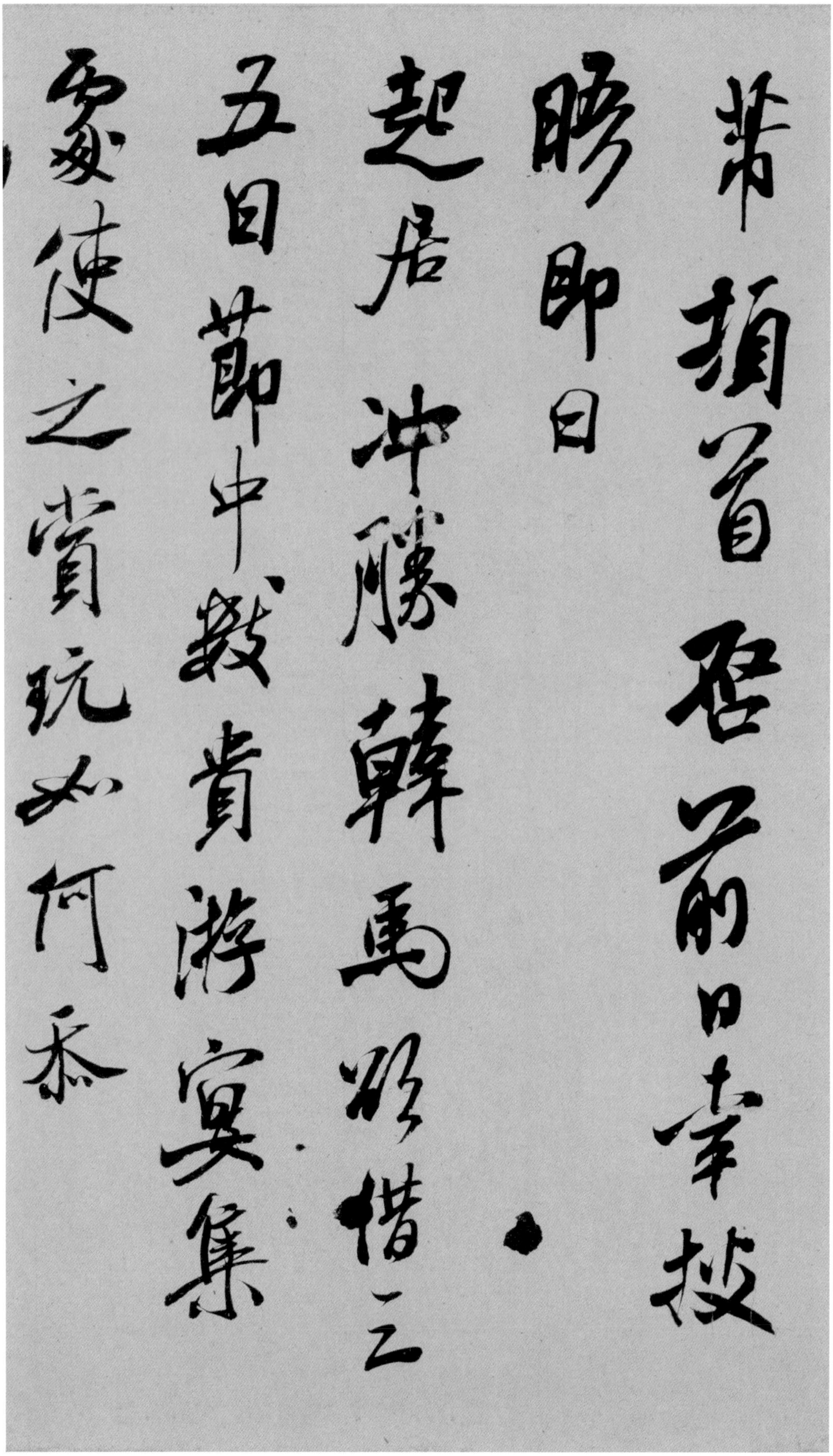

米芾致寺丞仁親書

芾頓首啓：前日幸披晤，即日起居冲勝？韓馬欲借三五日，節中數貴游宴集處，使之賞玩如何？忝親契敢爾，過節面納也。謹奉啓，不宣。芾皇恐，寺丞仁親閣下。

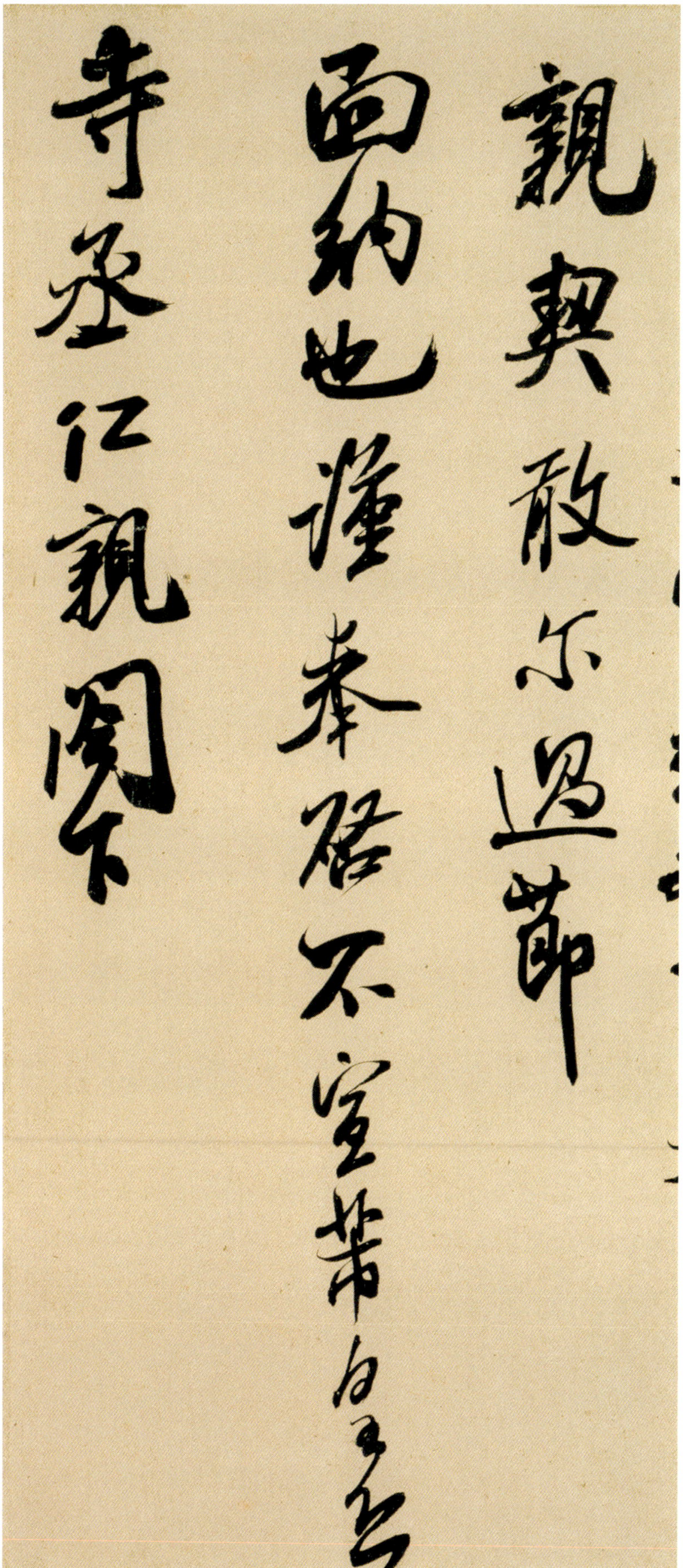

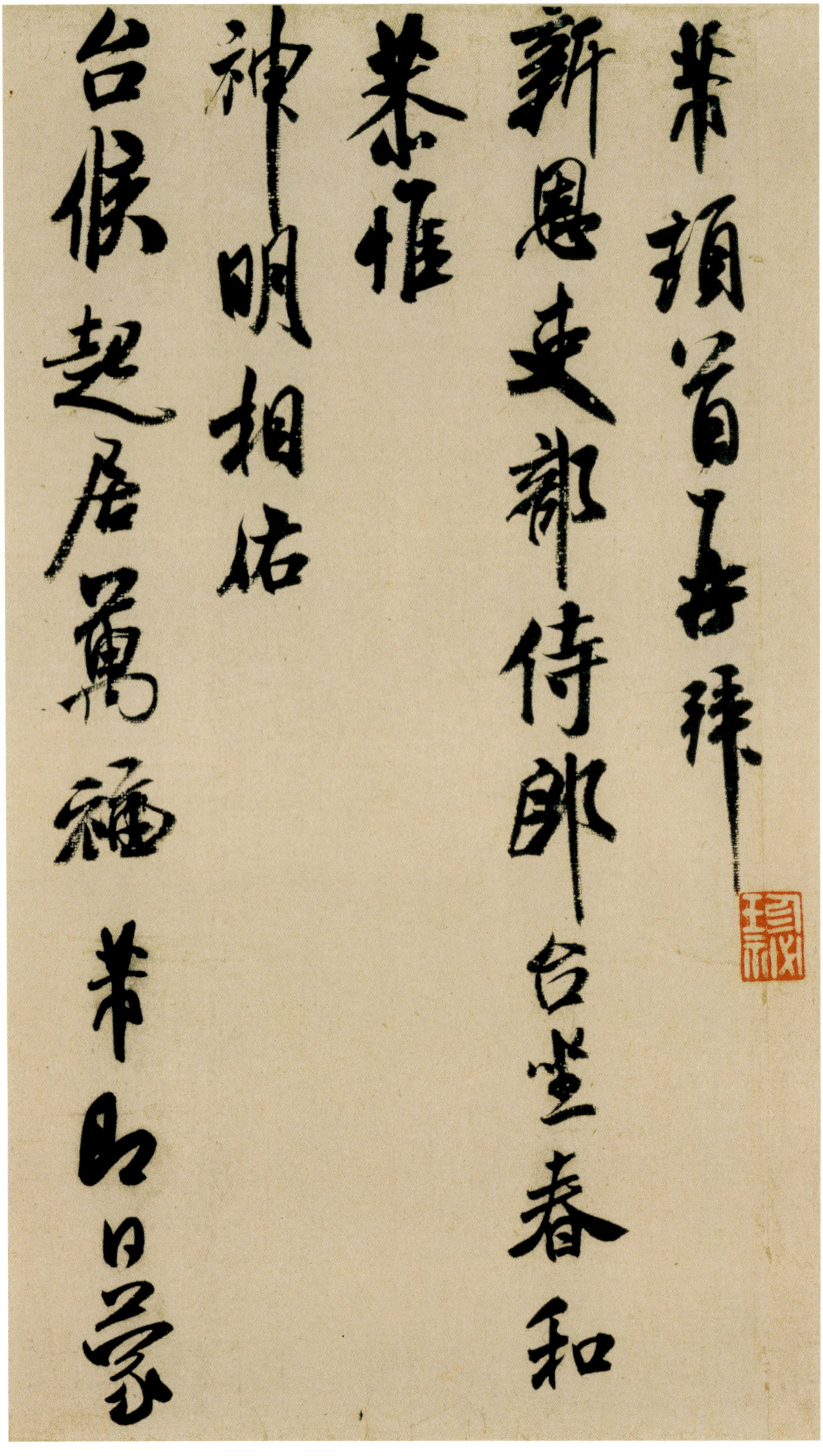

米芾致新恩吏部侍郎書

芾頓首再拜新恩吏部侍郎台坐。春和，恭惟神明相佑，台候起居萬福。芾即日蒙

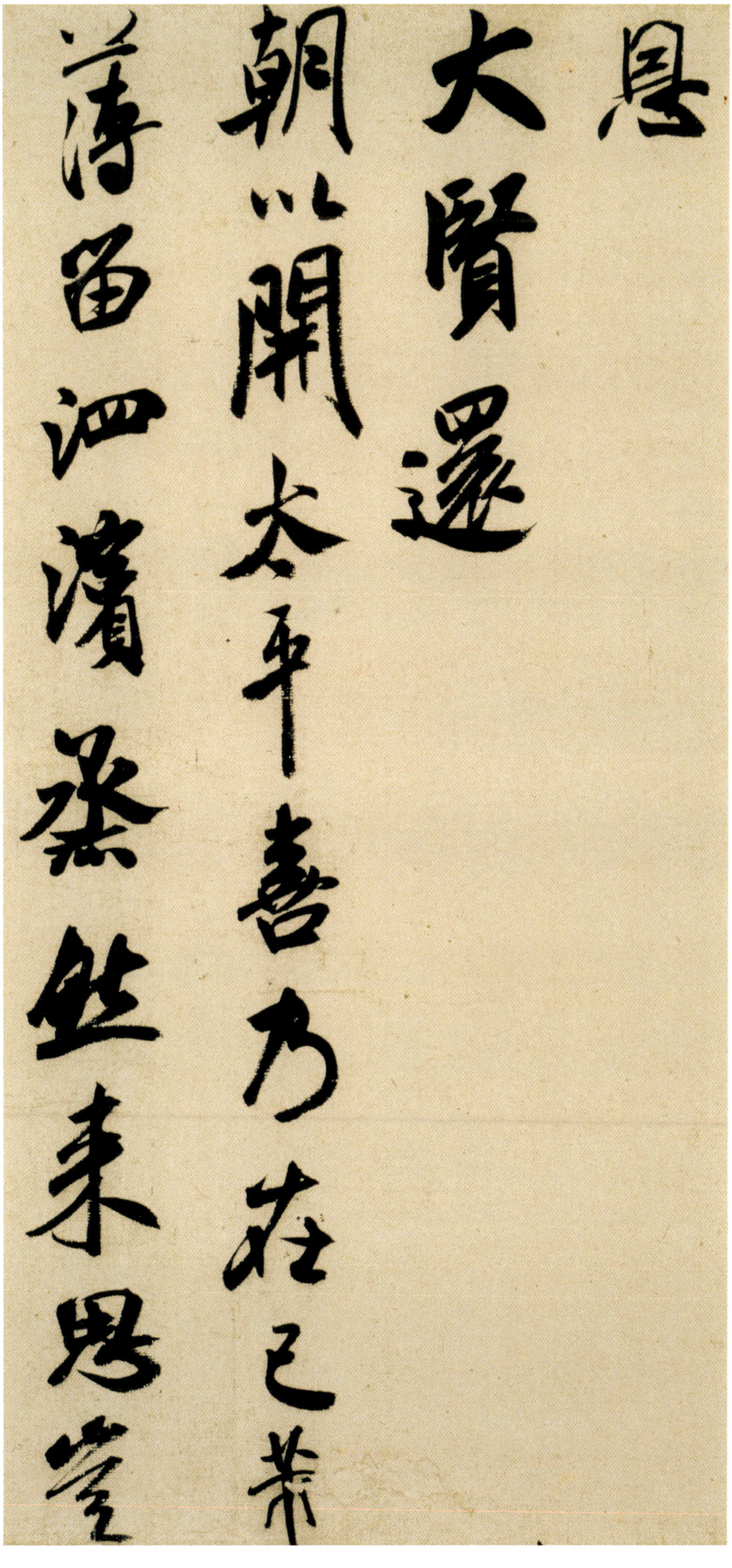

恩，大賢還朝，以開太平，喜乃在己。芾薄留泗濱，烝然來思，豈

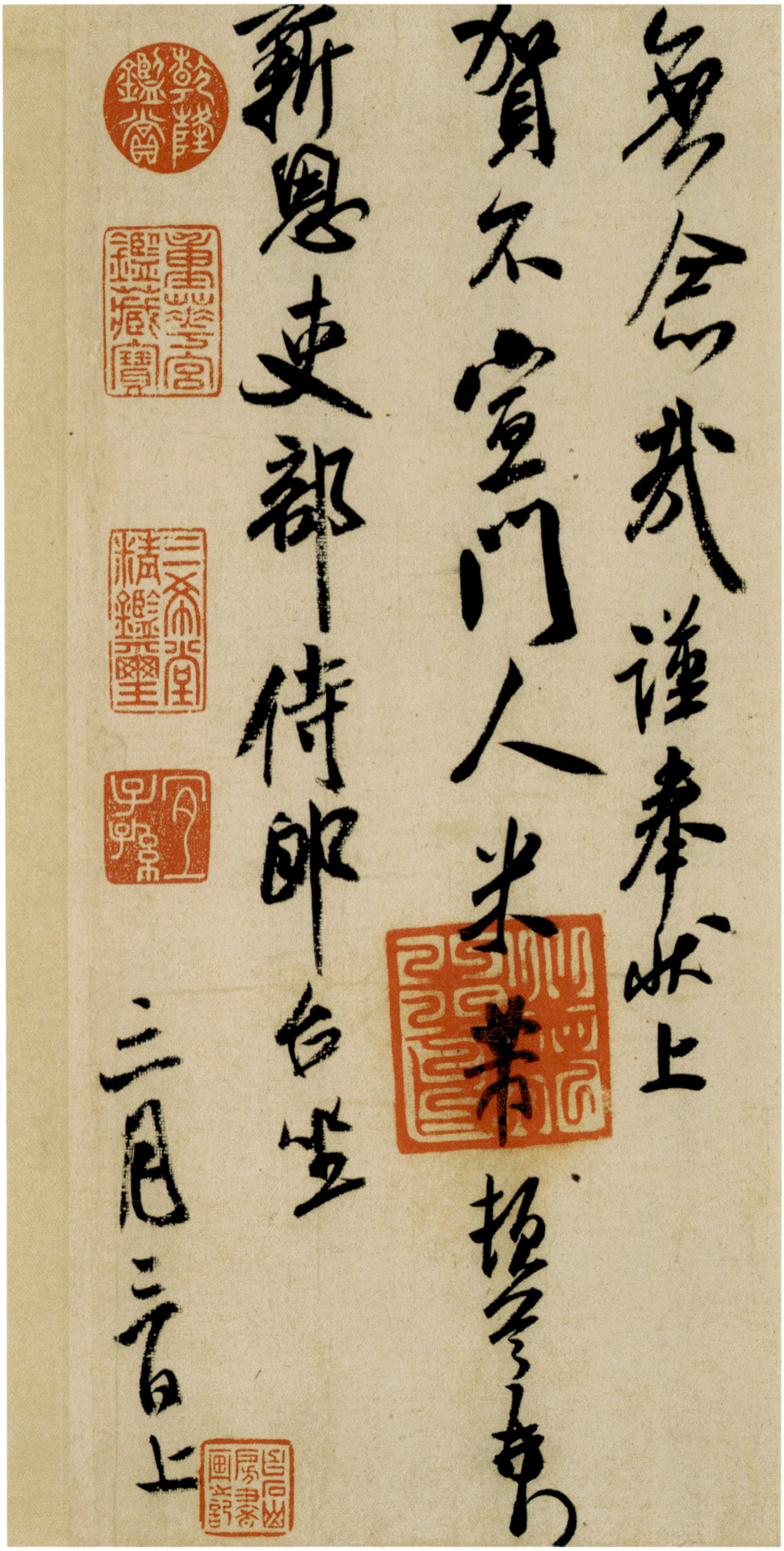

無念哉？謹奉狀上賀，不宣。門人米芾頓首再拜新恩吏部侍郎台坐。三月三日上。

米芾致彥和國士書

芾頓首啓：經宿，尊候冲勝？山試納文府，且看芭山，暫

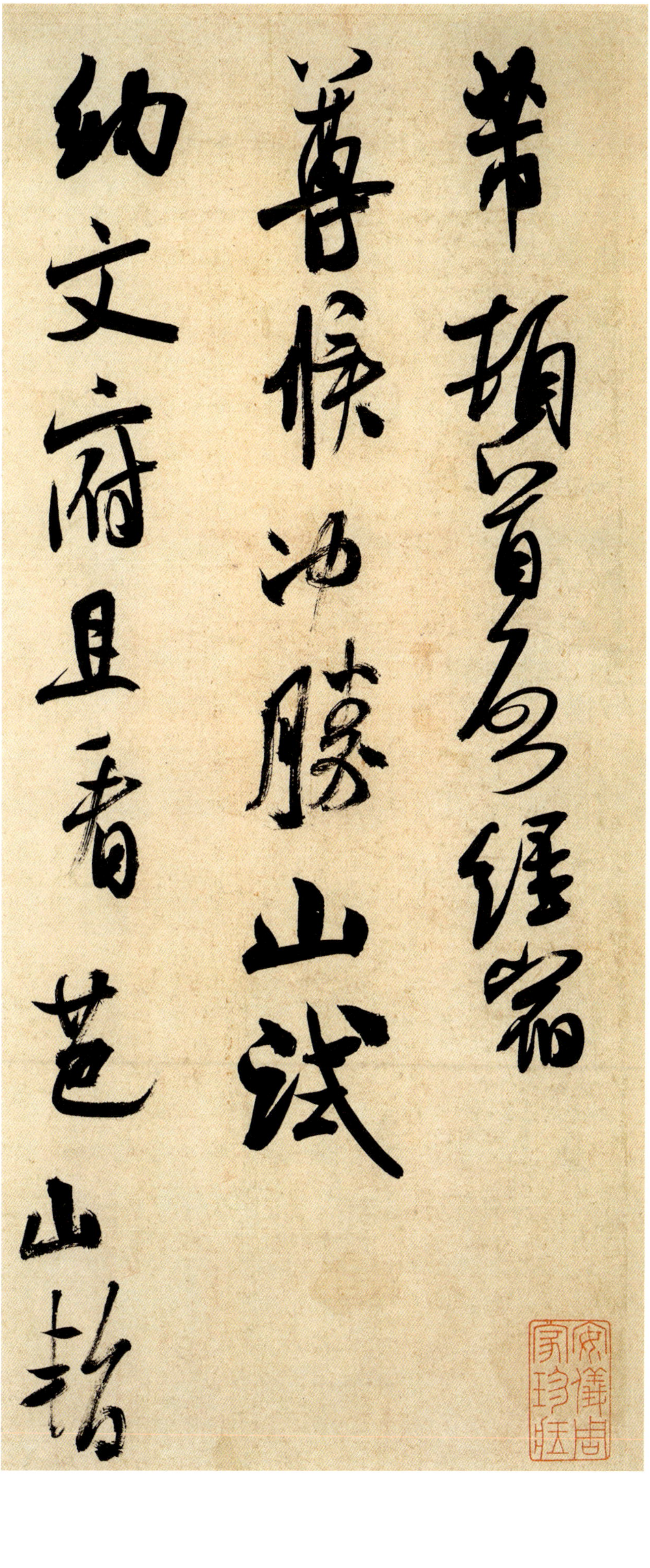

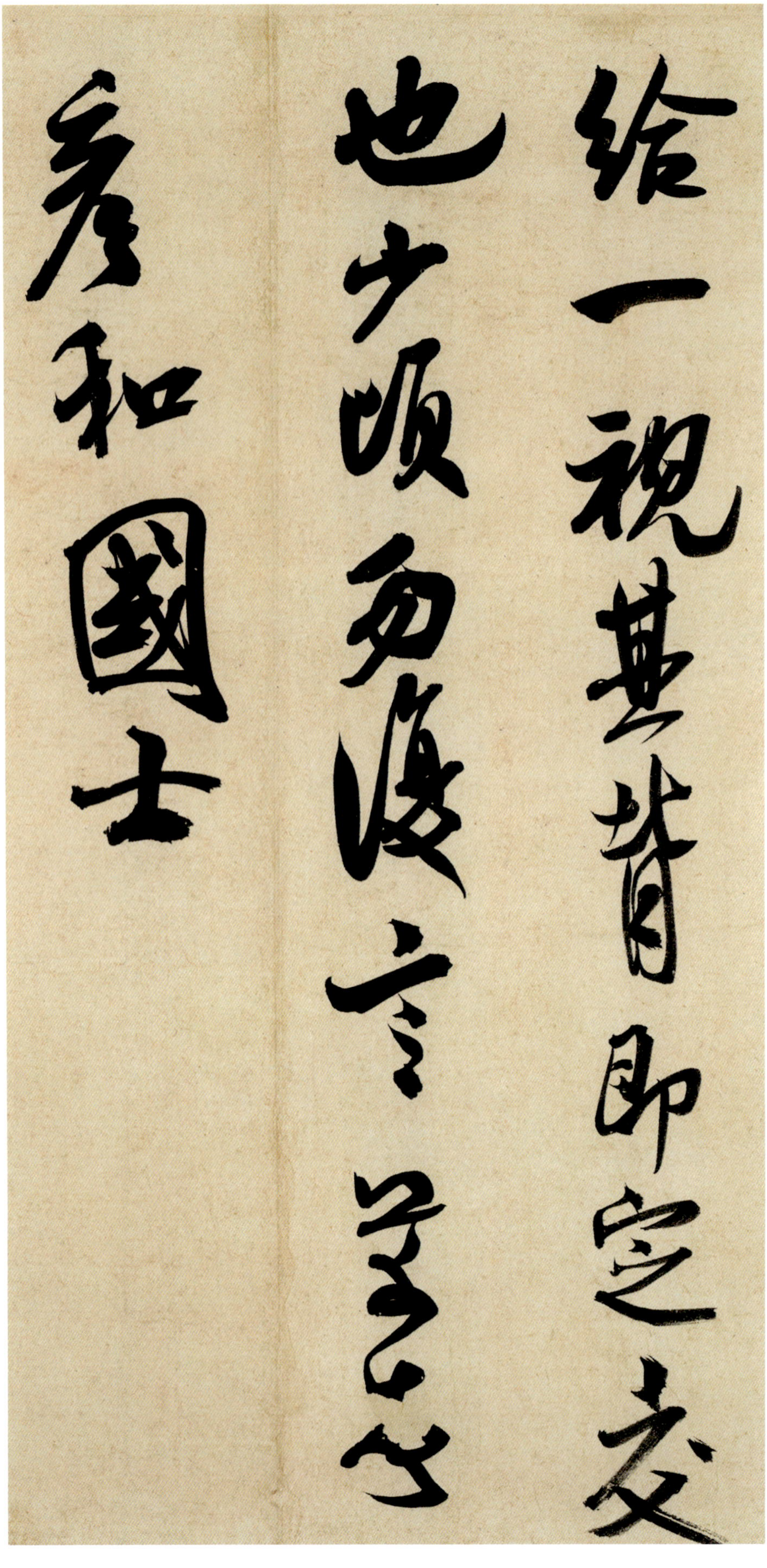

給一視其背，即定交也。少頃，勿復言。芾頓首，彥和國士。

本欲來日送，月明，遂今夕送耳。

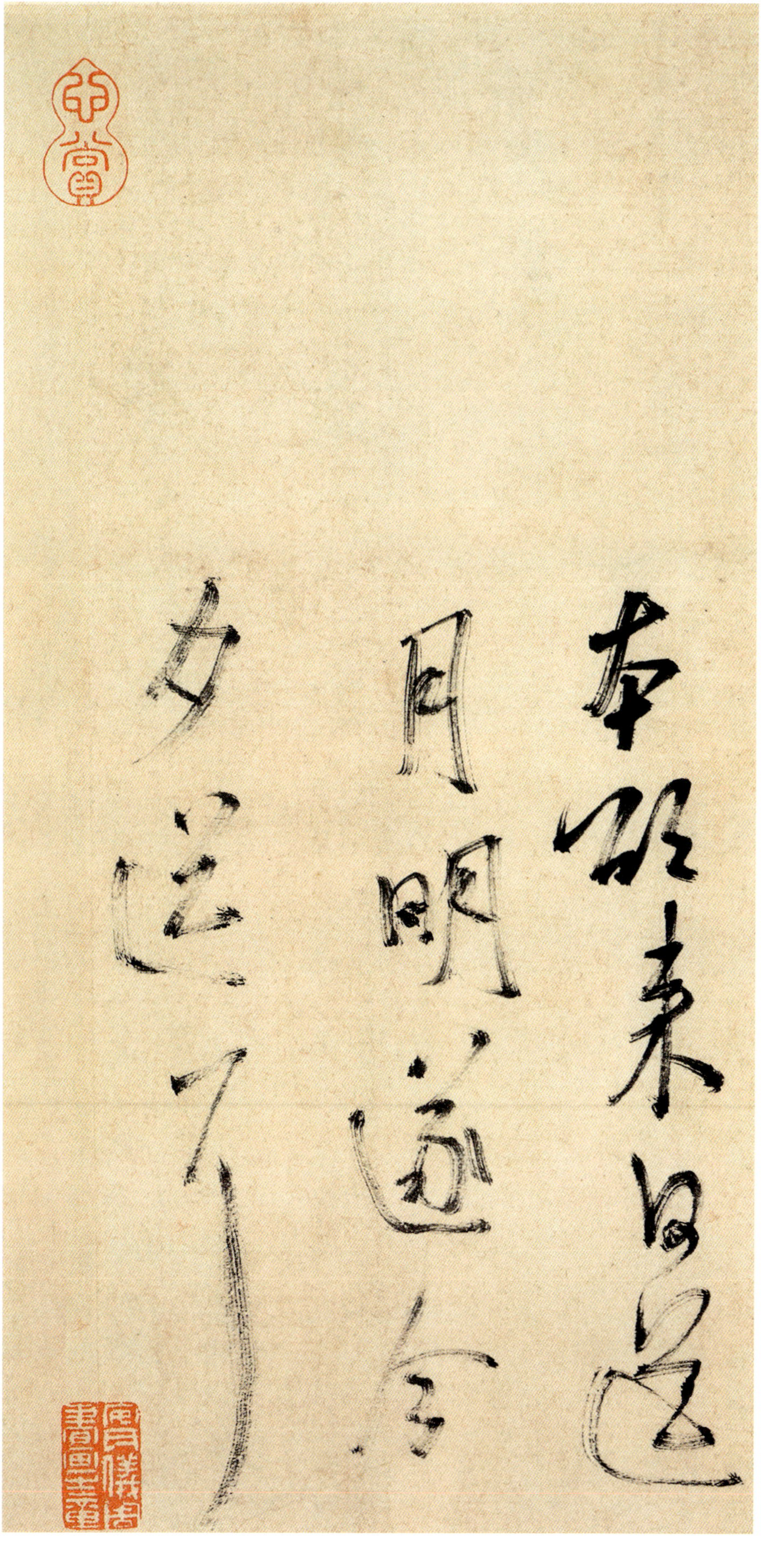

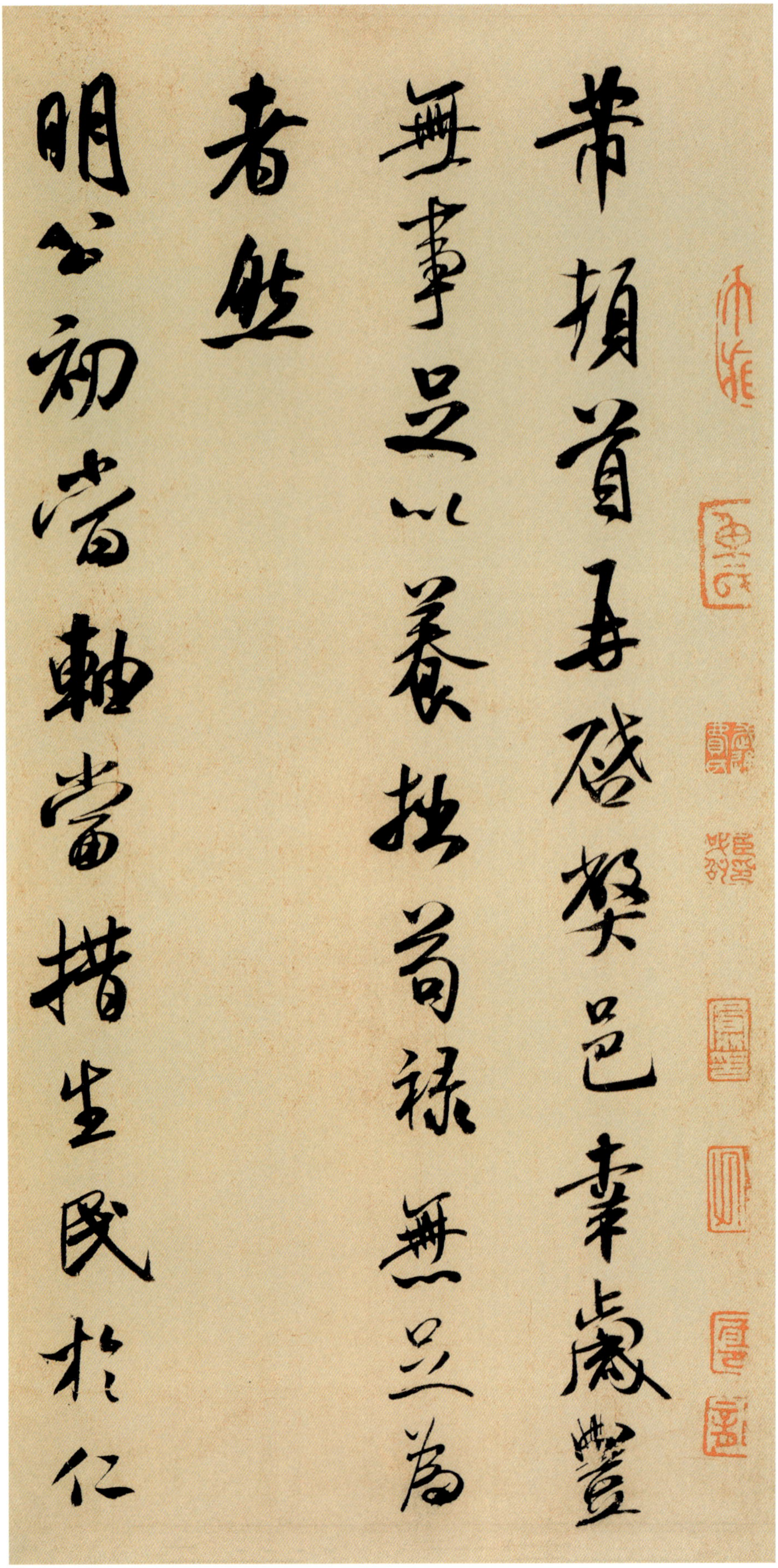

米芾《歲豐帖》

芾頓首再啓：弊邑幸歲豐無事，足以養拙苟禄，無足爲者。然明公初當軸，當措生民於仁壽。縣令承流宣化，惟日拭目傾聽，徐與含靈共陶至化而已。芾頓首再啓。

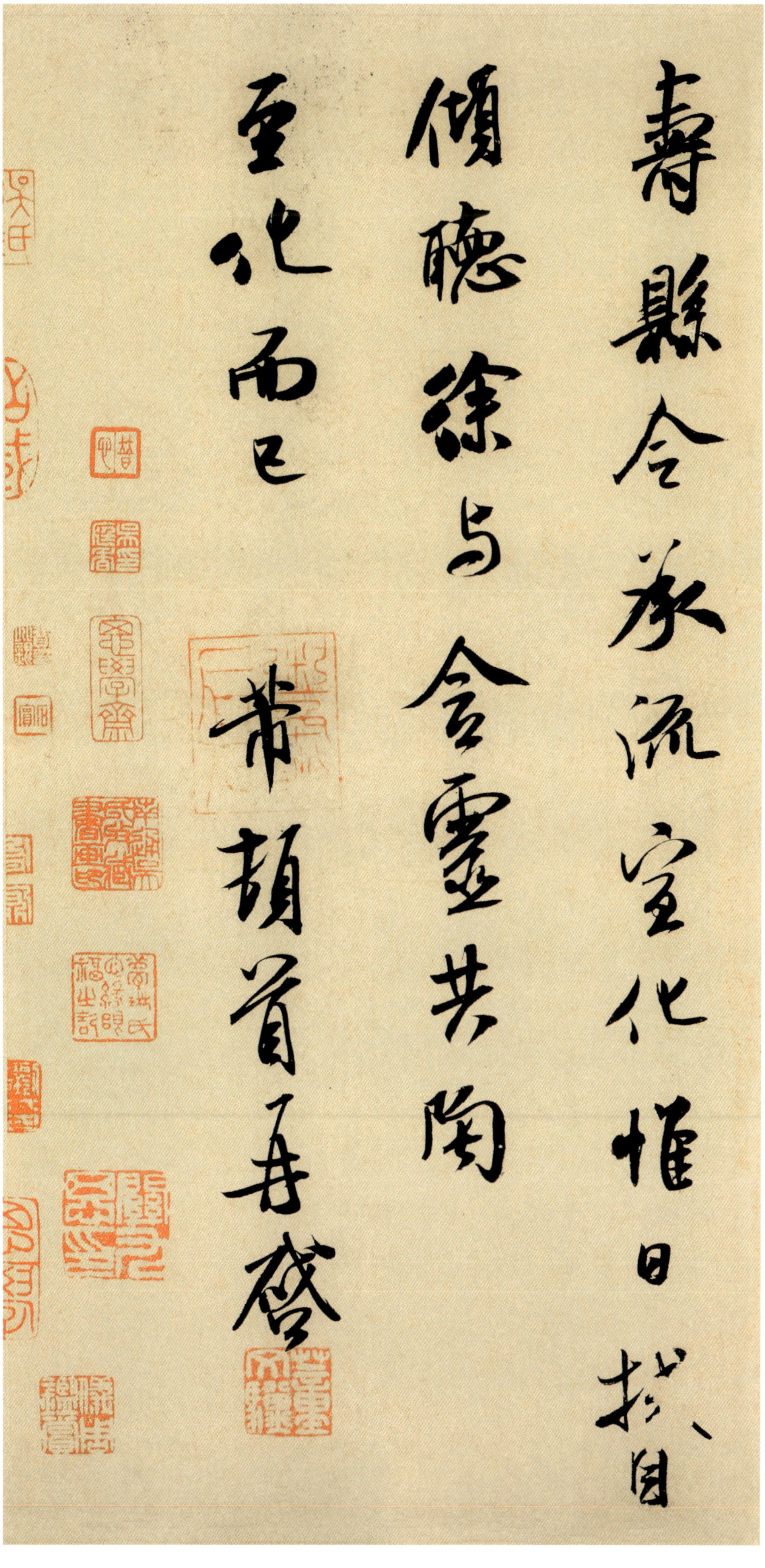

米芾《張都大帖》

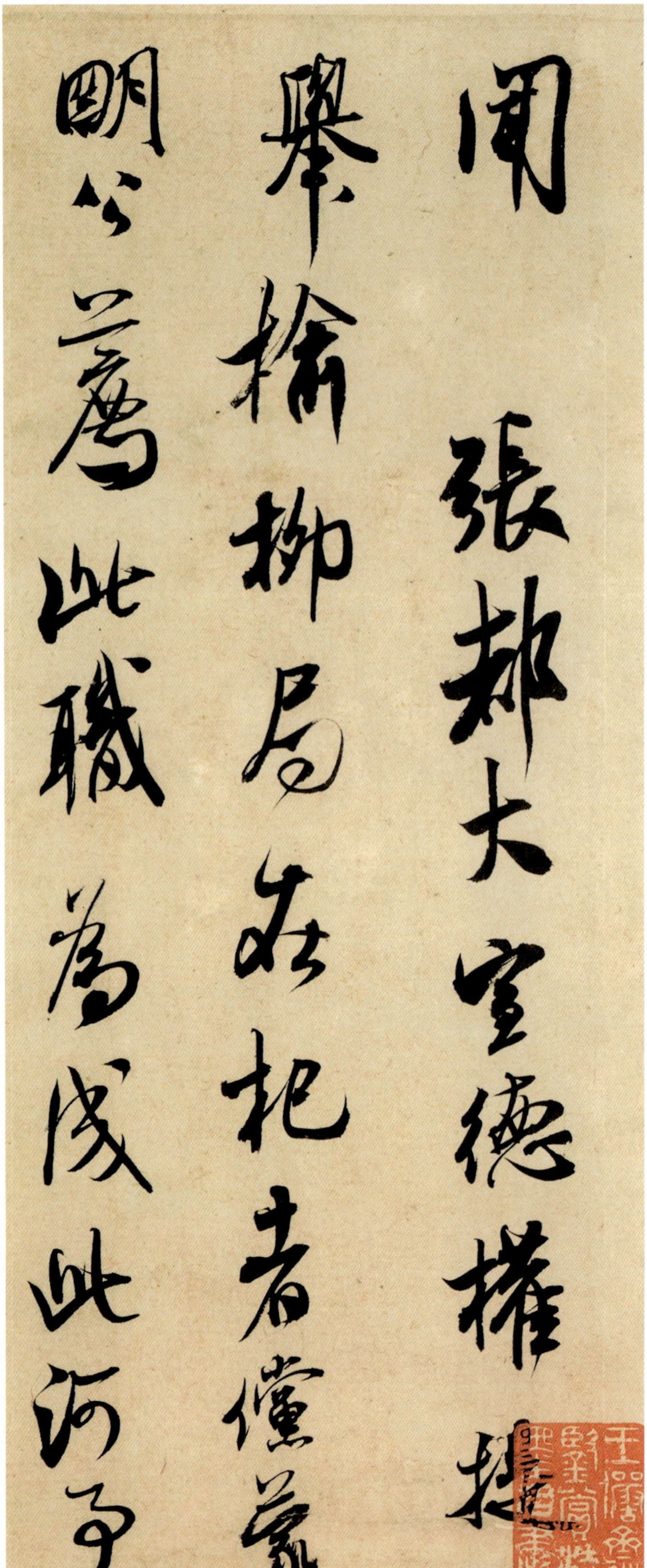

聞張都大宣德權提舉榆柳，局在杞者。儻蒙明公薦此職，爲成此河事，

致薄效，何如？芾再拜。南京以上曲多，未嘗淺，又以明曲，則水逶迤。又，

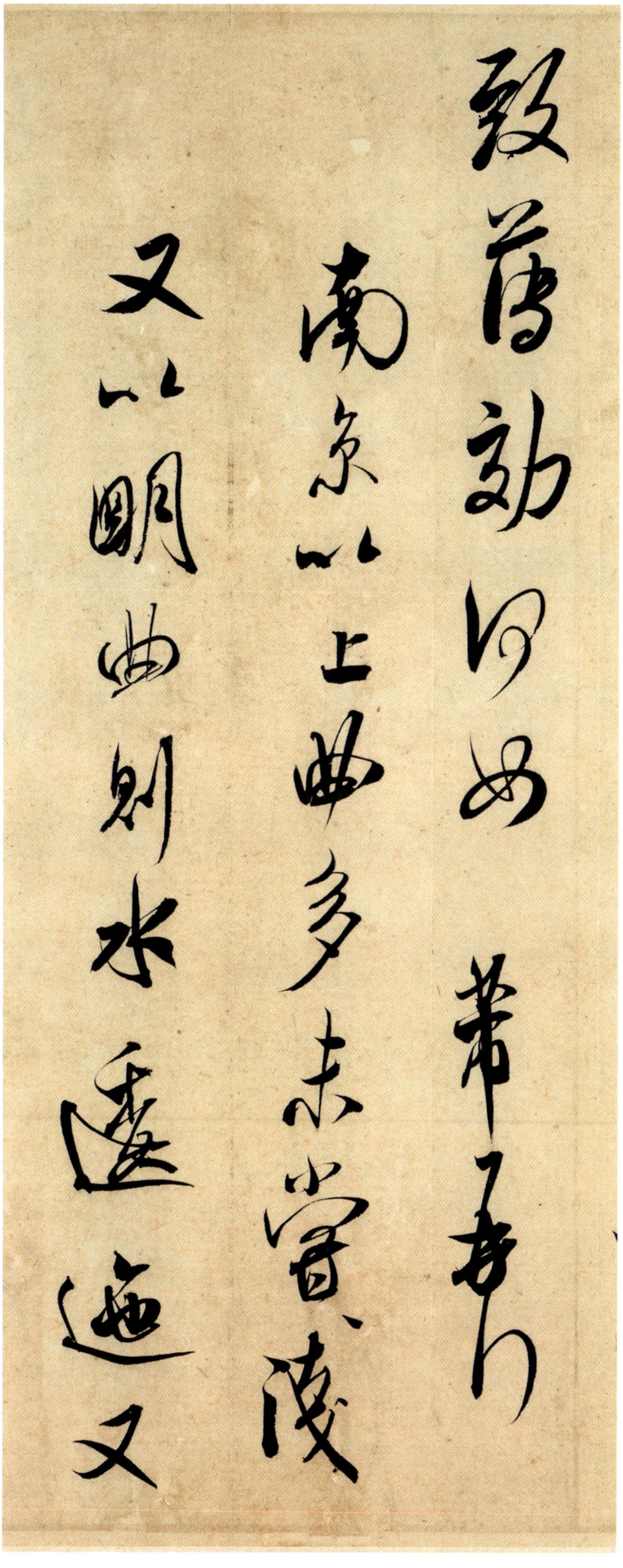

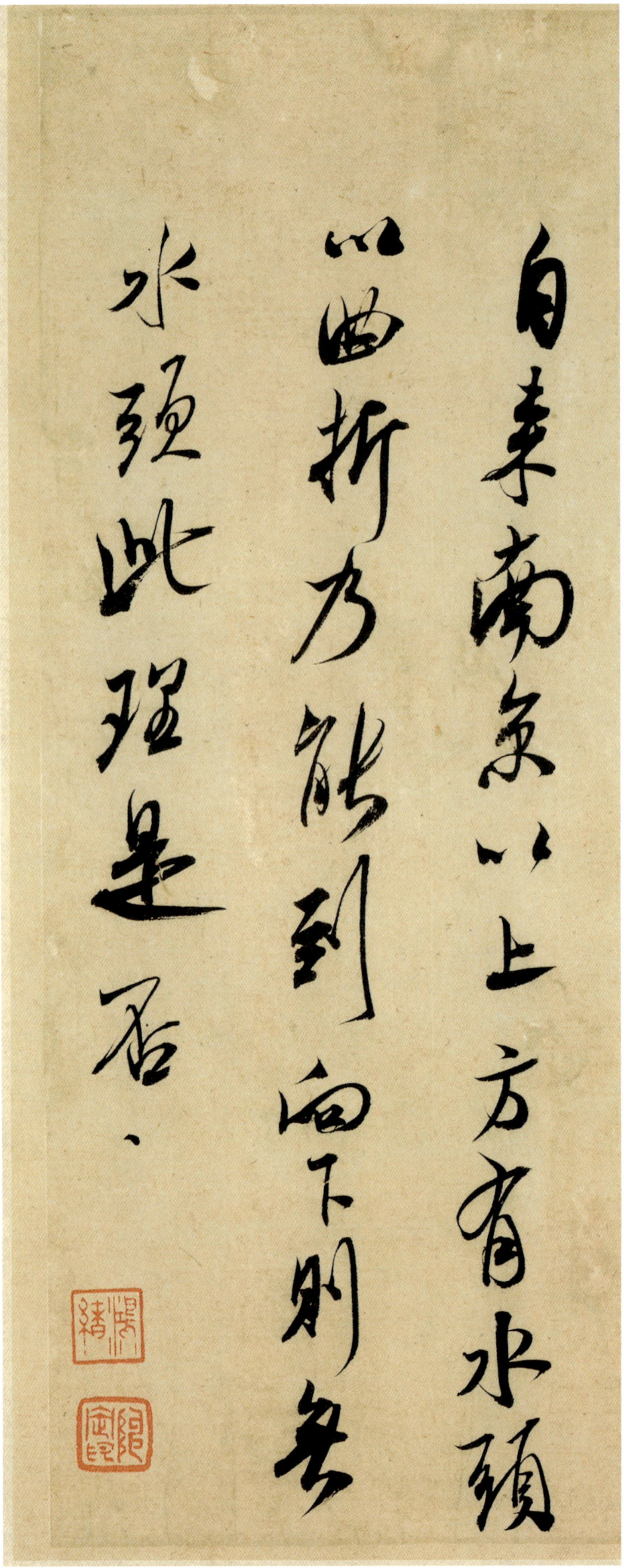

自來南京以上，方有水頭，以曲折乃能到，向下則無水頭。此理是否？

一夜尋黄居寀龍不獲，方悟半月前是曹光州借去摹榻，更須一兩月方取得，恐王君疑是翻悔，

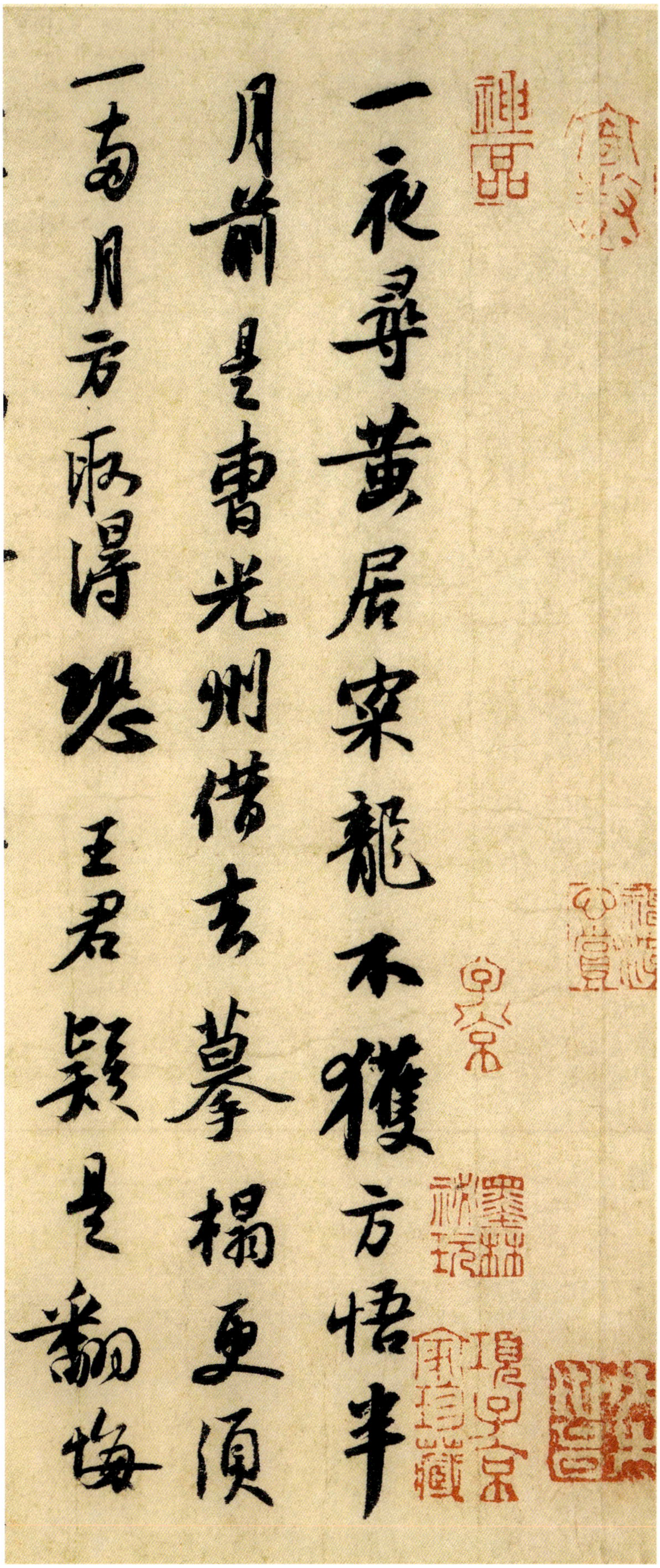

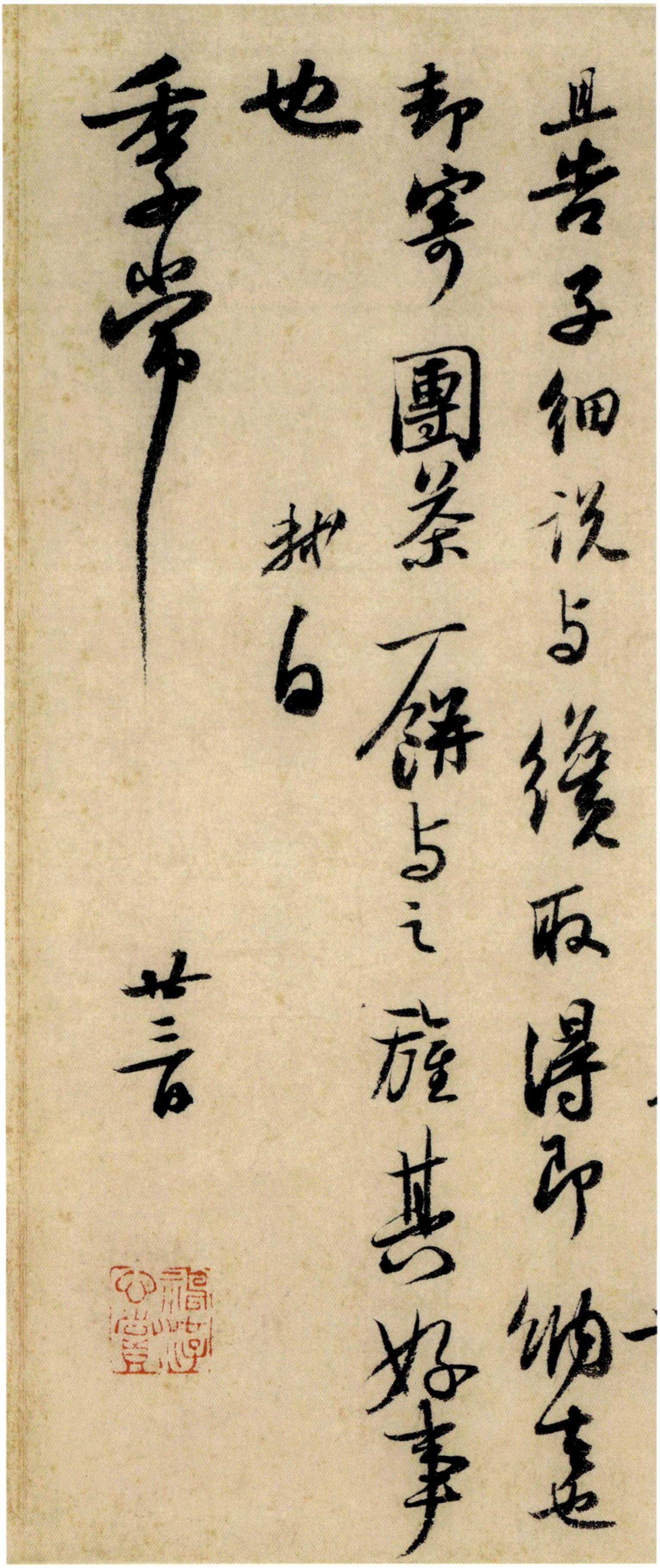

且告子細說與，纔取得即納去也。却寄團茶一餅與之，旌其好事也。軾白季常。廿三日。

蘇軾致章子厚書

軾啓：前日少致區區，重煩誨答，且審台候康勝，感慰兼極。歸安丘園，早歲共有此意。公獨先獲其漸，豈勝企羨？但恐

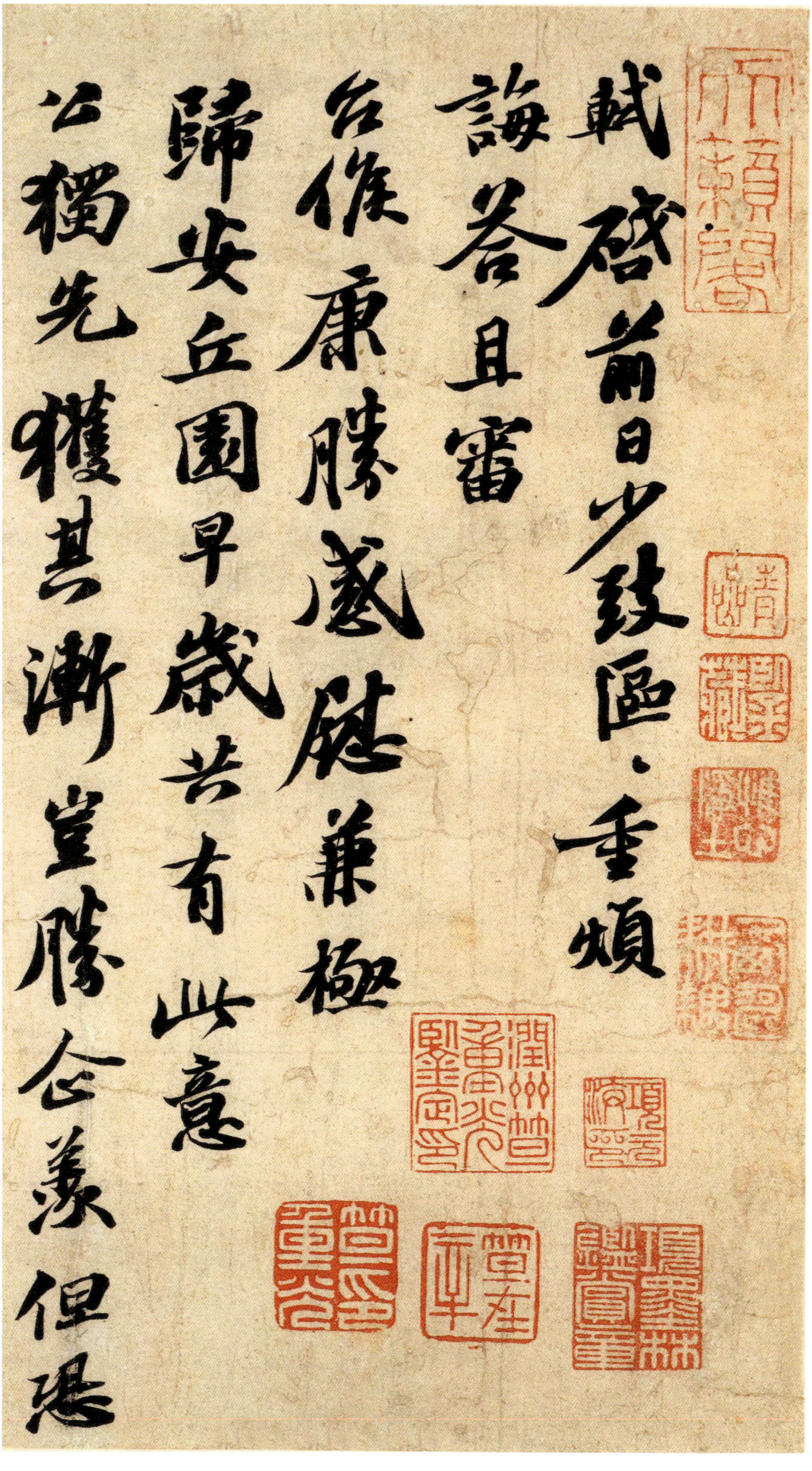

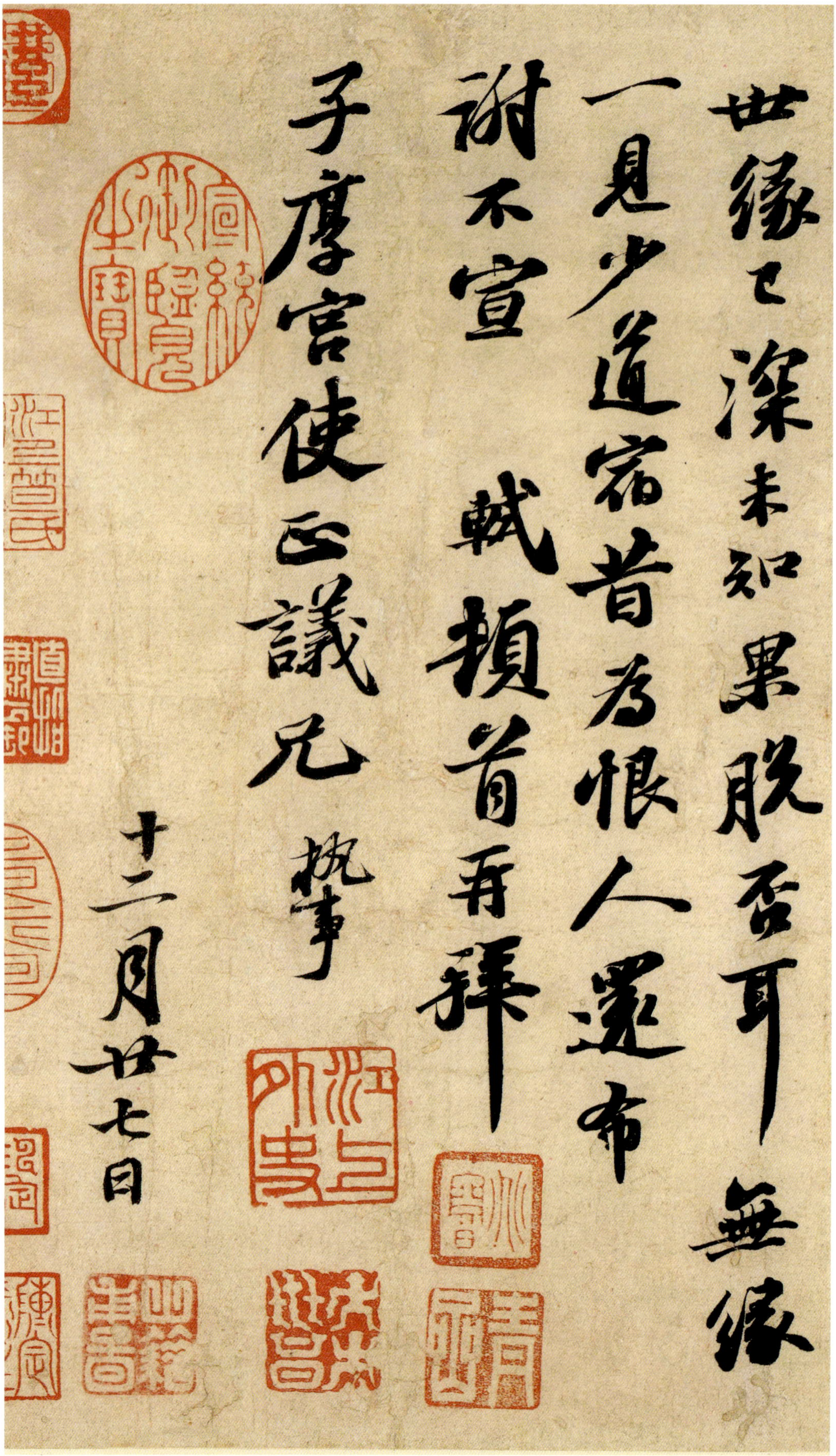

世緣已深，未知果脫否耳。無緣一見，少道宿昔爲恨。人還，布謝，不宣。軾頓首再拜子厚宮使正議兄執事，十二月廿七日。

圖書在版編目（CIP）數據

兩宋文人書札精選 / 静齋編. -- 杭州 : 西泠印社出版社, 2023.3
ISBN 978-7-5508-4114-7

Ⅰ. ①兩… Ⅱ. ①静… Ⅲ. ①書信集－中國－宋代 Ⅳ. ①I264.4

中國國家版本館CIP數據核字(2023)第068772號

兩宋文人書札精選
静齋 編

出品人 江吟
責任編輯 伍佳
責任出版 馮斌强
責任校對 曹卓
裝幀設計 方圓
出版發行 西泠印社出版社
（杭州市西湖文化廣場三十二號五樓 郵政編碼 三一〇〇一四）
經銷 全國新華書店
製版 杭州如一圖文製作有限公司
印刷 浙江海虹彩色印務有限公司
開本 十六開
印張 十一點二五
印數 〇〇〇一—一五〇〇
書號 ISBN 978-7-5508-4114-7
版次 二〇二三年三月第一版 第一次印刷
定價 貳佰捌拾圓

西泠印社出版社發行部聯繫方式：（〇五七一）八七二四三〇七九